他的城
DANIEL SÁNCHEZ PARDOS

〔西班牙〕丹尼尔·桑切斯·帕尔多斯 著
李天莹 译

著作权合同登记号　图字 01-2017-2964

G
by Daniel Sánchez Pardos
© Daniel Sánchez Pardos，2015
© Editorial Planeta S.A.，2015
Chinese Simplified edition Copyright © Shanghai 99 Readers' Culture Co.，Ltd.，2018
All rights reserved.

图书在版编目(CIP)数据

他的城/(西)丹尼尔·桑切斯·帕尔多斯著；李天莹译. —北京：人民文学出版社，2018
ISBN 978-7-02-013831-9

Ⅰ.①他… Ⅱ.①丹… ②李… Ⅲ.①长篇小说-西班牙-现代 Ⅳ.①I551.45

中国版本图书馆 CIP 数据核字(2018)第 026776 号

责任编辑	甘　慧　张玉贞　李　晖	
封面设计	高静芳	

出版发行　人民文学出版社
社　　址　北京市朝内大街 166 号
邮政编码　100705
网　　址　http://www.rw-cn.com

印　　刷　山东德州新华印务有限责任公司
经　　销　全国新华书店等

开　　本　890 毫米×1240 毫米　1/32
印　　张　14.375
字　　数　390 千字
版　　次　2018 年 6 月北京第 1 版
印　　次　2018 年 6 月第 1 次印刷

书　　号　978-7-02-013831-9
定　　价　58.00 元

如有印装质量问题，请与本社图书销售中心调换。电话：010-65233595

目 录

第一章　/ 1

第二章　/ 8

第三章　/ 15

第四章　/ 27

第五章　/ 36

第六章　/ 47

第七章　/ 53

第八章　/ 67

第九章　/ 75

第十章　/ 83

第十一章　/ 92

第十二章　/ 104

第十三章　/ 111

第十四章　/ 116

第十五章　/ 129

第十六章　/ 139

第十七章　/ 146

第十八章　/ 154

第十九章 / 166

第二十章 / 177

第二十一章 / 185

第二十二章 / 192

第二十三章 / 200

第二十四章 / 210

第二十五章 / 220

第二十六章 / 230

第二十七章 / 241

第二十八章 / 254

第二十九章 / 266

第三十章 / 273

第三十一章 / 284

第三十二章 / 296

第三十三章 / 309

第三十四章 / 319

第三十五章 / 329

第三十六章 / 334

第三十七章 / 344

第三十八章 / 351

第三十九章 / 362

第四十章 / 370

第四十一章 / 376

第四十二章 / 386

第四十三章 / 400

第四十四章 / 412

第四十五章 / 420

第四十六章 / 431

第四十七章 / 444

第一章

有轨马车在加努达街口停了下来，提示终点站到了的铃声响了好几遍。"由于一些不可抗力因素，本次行程被迫到此为止。"检票员突然严肃地说。这是一个看着体弱多病、胡子尚未长全的年轻人，刚才的半小时里他都在向车上唯一的小姐献殷勤，那份笨拙讨人喜欢。而现在面对新形势，他又吹响用于紧急情况的哨子，表现出长期处理各类意外事件的专业人员所应有的素质。

"请大家有序下车。"他一边重复着，一边杂耍般稳住车门处的脚踏板，右手不自觉地在空中画圈示意，"不要靠近马匹。保存好您的车票以便日后索赔。"

四辆马匹已被卸下的消防车停在兰布拉大街中央步行道上，在它们面前的是明显远超它们扑救能力的熊熊大火。其中一辆车停在了通往海边的下坡轨道上。在它们四周，好几十人假装没注意到自己站在铁轨上，好奇地看着消防员无能为力地走来走去，听着火苗在人行道的另一侧吞噬着街角一座四层建筑所发出的疯狂的劈啪声。被烧得已辨认不清的巨幅广告牌依然挂在建筑的低层，但建筑被烧得已然只剩发黑冒烟的骨架了，热量使所有窗户的玻璃炸成碎片，碎屑散落在大街上，如同威尼斯狂欢节上的彩色纸屑一般，在火苗的映衬下闪着美丽的光。人们三三两两地聚集在邻近街道的路口、咖啡店门口和警察尚未清场的大楼阳台上围观，还有好几群孩子在覆盖了中央步行道的

他的城　1

玻璃和灰尘编织的精美地毯上跑来跑去。贝伦教堂的钟声在波盖利亚市场前的广场上空疯狂作响,警示着火灾的发生。而在卡纳雷特斯喷泉旁边,在两辆消防车的蓄水槽之间,圣特蕾莎修道院的修女围成了圈,与众人的无动于衷形成对比,她们在虔诚地向上天祈祷。

修女们的古老仪式就发生在我们周围,但没人注意到,因为所有人的视线都被火势牢牢吸引了。

"请有序下车。不要靠近马匹。"

无论如何,我很高兴有轨马车之旅结束了,我终于可以踩在地面上了。不安分的马让马车摇摇晃晃的,从加泰罗尼亚广场的第一个弯道起,也是从大火独特的气味盖过了这一区域本来的气味时起,它们就颤抖了起来;现在在加努达街街口,面对近在咫尺的火苗,这四匹牲畜似乎马上就要把学过的谨慎行事通通抛诸脑后,让动物怕火的本能主宰它们的行为。

我不想在此刻当有轨马车司机,我一边走下最后两级台阶一边默默地想。也不想当售票员。更不想成为站在轨道中央观看火势的好事者之一。

"这个,年轻人,就是我年轻时候的味道。"一位站在我身边看热闹的老人说。

"您说什么?"

"兰布拉大街着火的味道。就是这个味道。"老人深吸了一口气,露出夸张的满足感。"我闻着它,就仿佛再次看到了那些燃烧着的修道院。"

我礼貌地笑了笑。

"应当是很壮观的景象吧。"

"可以这么说,年轻人。"老人又深吸了两口烟,并用力呼出来。"火苗从一面墙烧到另一面,空气里有像烧着的修道服的气味。最后呢,一切都有什么用?"

最后,修女们手牵着手,围着喷泉大声地祈祷,但似乎谁都不知道如何把喷泉的水运到对面正被火苗吞噬的建筑那儿去。我默默地想，但没有说出来。

"真希望我能亲眼看到那一幕。"

"如果您能看到的话，您就像我一样老了。所以不用觉得遗憾。"

老人微微点头示意，嗅着空气里的味道沿着兰布拉大街向海边走远了，眼神中氤氲着怀旧之情，怀念的是 1835 年修道院被烧毁的那段快乐的日子。今晚，这位老人必定不是唯一一个梦回逝去青春的巴塞罗那人，我一边看着他消失在围观火势的人群中，一边心想。

巴塞罗那，世上唯一一座会让上了年纪的人闻到燃烧砖块的味道便激动得哽咽不已的城市。

在这座城市里，爷爷奶奶辈梦到的是火烧教堂，孙子孙女辈梦到的是赚大钱。

检票员已经完成了从有轨马车里撤离所有乘客的工作，现在他站在驾驶室的门口，放松地与司机聊着天。马儿依旧被系在那套复杂的鞍具系统上，与车厢连着。在马儿周围，开始聚集起一小群被这天早上的第 N 条新闻吸引的孩子。旁边还有一只三条腿、不知品种的狗和一个戴着蓝色三角帽的乞丐。我的注意力被这对奇怪的组合——胡子浓密、衣衫褴褛的乞丐和他可怜的、少了一条腿的狗——吸引了好一会儿，然后才重新关注起火海中的大楼。

我记得就在那时，我看到菲奥娜·贝格红色的脑袋在占据了兰布拉大街中央步行道的黑发人海中闪过。

也就是在那时，我几乎要死在四匹狂奔的马儿的铁蹄下。

一切都发生在转瞬之间。我远远望见菲奥娜在兰布拉大街中央步行道上，于是本能地向她所在的方向迈了一步，刚好踏进了有轨马车的铁轨区，而就在此刻，马儿们开始愤怒地踏起石板路面来，疯了似的在鞍具里转圈，它们古老血液里流淌的对火的恐惧让它们下定决心沿着兰布拉大街往海边低处跑去。

在这十几秒里，我记得前头的两匹马夸张的眼睛紧紧盯着我。我记得它们肋部热气腾腾的汗水和乌黑鬃毛上的灰。我记得它们不停开合的唇的潮湿感。我记得在我倒下前一瞬间嗅到的它们的呼吸,听到的惊惶逃跑的孩子的尖叫,以及为没来得及发生的踩踏提前感受到的强烈痛感。

"您还好吗,先生?"

我跪在重新停下的马车旁,抬起头看向声音传来的方向,看到了一位先生,种种迹象表明刚才是他救了我的性命。

这是一个高高瘦瘦的年轻人,面容英俊,脸色苍白,胡子刮得很干净。他大约和我一样年纪,二十出头,穿着完美无瑕的英式剪裁的黑色裤子和一件合身的长风衣①,露出一个系得十分古怪的领结。他有着我回到巴塞罗那后见过的最蓝的眼睛,他的高顶大礼帽下露出浓密的头发,几乎和菲奥娜的一样红。

年轻人的左手牢牢抓着我的右前臂,据我推测,他刚才正是拉着这只手臂让我离开了发疯马儿的前进路线。

"我想是的。"我轻声嘟囔着,并在他的帮助下站了起来,我这个踩踏事故的幸存者第一次用理智衡量我的处境。

手和脚都没有被马的铁蹄踩到。没有骨头碎裂、折断或从开口的皮肉里露出来。也看不到血迹。

"没有无可挽回的伤害。"年轻人总结道,同时露出稍带勉强的微笑,松开了抓着我右臂的手。接着他走开几步,从泥坑里取回我掉的帽子,非常礼貌地把它递给我。"不过,恐怕这顶软帽已经不复从前了。"

就在那时我注意到,四五位身着制服的男人面色焦急,带着各不相同的热切神态把我围了起来,在他们身后,离铁轨绝对安全的距离之外,一百多双眼睛也都在盯着我看。有那么一会儿——虽然非常短

---

① 那个时代的长风衣属于较优雅的服装,可以像高迪一样每天穿,也可以像下文提到的卡马拉萨先生一样在出席特定场合时穿。——译者注(后同)

暂——但加努达街口的大火变成了背景,而我们——我戏剧性的没有实现的意外死亡和我自己——才是主角。另外两名穿制服的男人,或许是马车司机和瘦弱的检票员,还在消防车后方同那四匹马对抗。它们像小小的黑色恶魔一样在马笼头里挣扎,不过现在已经不像是死神派来的使者了,而只是四头惊恐万分的可怜的小兽,被汗水湿透了全身。

我接过帽子,颇有兴趣地看着他。

"刚戴了不久的帽子。"我想我是这么说的。

红发年轻人严肃地表示同意。

"那真遗憾。您确定您没事吗?"

我并没有机会回答他。围在我身边的穿制服的男人中有一个是马车公司的高级负责人,他的责任感让他必须霸占我的注意力两到三分钟,他不停地请求我原谅,向我表示抱歉,也成功地把我的耐心消磨殆尽。当我终于可以摆脱他的时候,年轻人已经不见了,在他刚才所在的位置,或者说距他刚才的位置很近的地方,现在站着一个女人,就是间接地因为她,我刚才几乎丧了命。

"你就以这种方式开始你第一天的大学生活吗?"这是她问我的第一句话,"冲到铁轨上?"

菲奥娜·贝格。

《插图新闻》的主要插画家。

她那听着圣玛丽勒波教堂[①]的钟声长大的小女孩的口音,我每次听到时依然能感到胃里一阵翻腾,并生出对父亲的怨恨。

"我很好。"我说着接过菲奥娜递给我的戴着手套的手,并轻轻握住它。"只是一场小小的意外。"

在她惯于佩戴的冷酷沉着的"伦敦佬"面具下,菲奥娜发自内心

---

① 英国伦敦市中心的一座教堂。在能听见此教堂钟声范围内出生的人常被定义为标准伦敦方言和口音的使用者。

他的城 | 5

地担心我。害羞让她的英式五官染上一丝美丽的绯红,仿佛她在离开报社办公室前刚搽了粉,或者更有可能的是,燃烧的大楼冒出的烟越来越黑、越来越浓,开始对我们这些还不打算远离它的人施威了。

"小意外?加夫列尔,在伦敦,我们把这叫作差点儿被马车碾死。"

"在巴塞罗那,我们可没有这么夸张。"我反驳道,同时立刻为自己会意外使用"我们"这个第一人称复数形式感到惊讶。"你在这儿做什么呢?"

菲奥娜快速晃了晃她抱在胸前的画图本。

"你觉得我来做什么呢?"

"是我父亲让你来的吗?"

她摇头否认,蓝色的珠串和红色的辫子晃得美丽动人,我仿佛还看到了瞬间在她脸庞周围飞扬起的尘埃。

"是我的父亲让我来的。"

"最近二十四小时并没有发生凶杀案。"我立刻指出。

"一场大火毕竟是一场大火。何况起火的是……"

菲奥娜没有来得及把话说完。火海中的大楼高层的整块飞檐就在这时突然倒塌,掉落在加努达街的人行道上,立刻引起兰布拉大街中央步行道传来一连串惊恐的尖叫、狂奔、推搡和更响亮的祈祷声。马儿们被重新套进鞍具里,站在车头。消防员们开始卷起他们无用的水管,在停驻着的消防车旁互相喊起了旁人无法理解的指令。一片气味难闻的烟云低低飞过在场所有人的头顶,与巴塞罗那受污染的浓云融为一体。这次,连刚才还在消防车旁跑着圈儿的孩童都全速向代表着安全的加泰罗尼亚广场方向跑去。

菲奥娜靠我更近了些,挽起了我的胳膊。

"我最好带你离开这儿。"她说。"我一点儿也不喜欢这些马儿还继续盯着你看。"

"你从什么时候开始这么关心我的安全?"

菲奥娜突然温柔地朝我笑了笑。

"如果我让你在我面前死掉的话,你父亲会解雇我的。"

我也笑了。

"我明白了。"

这时,贝伦教堂的钟暂停了火灾警报,报时上午九点。无论如何都该是出发的时候了,毕竟十点的时候我要在半个城市以外的海洋交易厅大楼[①]开始我的大学第一课,而且哪怕差点儿被踩扁这件事也不能在森普罗尼奥·卡马拉萨面前为我的缺课开脱。因此,我把变了形的帽子尽可能地戴好,挽起菲奥娜的胳膊,我们俩仿佛什么都没发生过一样,重新启程走上兰布拉大街,朝海边走去。

---

① 海洋交易厅大楼曾是西班牙最古老的进行交易、签订合同的场所,后改为建筑学院。

第二章

《插图新闻》报社办公室位于费尔南多七世街西段一座美丽的三层文艺复兴式宫殿里。按照报社经理马丁·贝格的说法，办公室选址在如此市中心、租金如此昂贵、如此不适合现代化工业用途、对于一个仅仅是喜欢危言耸听的报社来说绝对明显过头的地方，有一种无法单纯用金钱、舒适度或效率来衡量的意义。那些几百年历史的外墙上的滴水嘴、楣梁和半圆的拱形窗纯粹是资本的象征。马丁·贝格用一个生动的类比来解释这种选择，那也是我的父亲、同时还是为办公室支付租金的报社老板一有机会就常说的一个比喻：在城市贵族区的宫殿里建立专注于犯罪案件的报纸编辑部，就像在废弃的教堂里建立妓院。这个选择看似风险很大，却能让报纸成为全社会热议的焦点。

那天早上，一切都和我之前三次来看到的一样，排字工人、拼版工人、熟练的女秘书、带口信的男孩和匆忙的记者都在忙碌着，为一楼带来了生机和活力。印刷机占据了大部分中央空间，发出机械的咆哮声，与操作工人的说话声掺杂在一起。这十或十二个负责控制印刷机的工人穿着蓝色防护服，虽然看似对效率漠不关心，却个个技术熟练。好多刚成年的记者提着一摞摞的纸、笔记本和尚未完成的插图在周围走来走去，偶尔会有一位经验丰富的记者从楼梯的空隙里探出头来，高声下达命令，在场却没人理睬他。

秘书们占据了大厅最左端的一整排写字台，也就是通往内院的大门和通往编辑部所在的二层的楼梯之间的空间。一面磨砂玻璃墙将她们同印刷机和周围来来往往的人隔离开来，让她们免受环境噪声、浓郁的墨水味、热乎乎的纸张味，当然还有与她们同一层的同事们常常不太合适的脏话的干扰。所有秘书都无一例外地年轻貌美，大部分穿得像是良好家庭出身的小姐。像之前的几次一样，她们中没有任何人觉察到我的存在，她们待在用玻璃搭建的与世隔绝的区域里，沐浴在大型落地灯的人造灯光里，埋头在成堆的发票、信件和内部报告中，唯一的动作就是用钢笔在纸上干净利落地来回写着什么。

"如果你视察完这些小姐了，可以把帽子给我。"菲奥娜站在第五级台阶上，用打趣的口吻看着我说。"楼上或许有人知道该拿它怎么办。"

我有些慌张地把视线从那一排女秘书身上挪开，继续上楼。

"我没有在视察任何人。"我小声嘟囔着，"我只是在……"

"纯属职业病，我懂的。"菲奥娜打断我说道，"你终究是老板的儿子。"

老板的儿子。换作其他任何情况，这都会是我和菲奥娜漫长争论的开始，争论森普罗尼奥·卡马拉萨的长子身份给我带来的负面影响和所谓的益处。然而今天时间紧迫。

"我已经和你说过没必要找人替我清理帽子了。"

"今天是你上课第一天。虽然我们是在巴塞罗那，但你也不能戴着一顶被泥染脏的帽子去上开学第一节课。"

"但戴着干净的帽子迟到半小时会更糟。"

"只用一小会儿。如果你能在我的办公室等我，我会让人给你准备一杯热巧克力。"

不等我继续抗议，菲奥娜已经一手拿着我的帽子，一手拿着她的画图本，消失在通往二楼大厅右侧的走廊里了。两个街头记者衣着的年轻人和她在路上相遇，接着走廊突兀地拐了个弯，我就看不到菲奥娜的身影了。他们俩没有同她打招呼的意思,她也没有把头朝他们偏过一厘米。《插图新闻》内部的关系还是这样紧张,我心想。又或许这两个年轻人是新来的,还不了解他们刚刚忽略的女士是什么身份。

我一走进菲奥娜的办公室,就觉得它越来越像杜莎夫人的恐怖蜡像馆①。数十幅插图覆盖了这个房间所有的水平面,从地面到长沙发,再到围着写字台的三张上好的安达卢西亚皮椅,它们共同构成了一个描绘人类苦难的、压得人喘不过气来的大转盘,菲奥娜寥寥数笔就勾勒出了苦难的丰满细节,她用浓厚的黑色墨水画出了凝固的血液的感觉。画里有悬挂在就快折断的树杈、树枝或是飞檐边缘的男人和女人;被枪指着心脏的男人们;昏迷在汽灯灯嘴前的女人们;被刺伤的、被勒死于家中的、被各类钝器击打至死的男人和女人们;被困于大火、海难或交通事故中,向旁观者尖叫着求救的男人、女人和孩子,在像真实生活般荒谬而无可挽回的画中永远死去。

马丁·贝格的这位独生女显然一丁点儿也没有失去她在伦敦时的才华,正是这份才华帮她在当地传媒界赢得了最自然的插画家的美名。

"我没有找到有空为你准备热巧克力的人。"这时菲奥娜的声音传来,她没敲门就进来了,发现我手里正拿着一幅尤为血腥的情色罪现场的图,"不过我让一位主编为你刷帽子了。你喜欢吗?"

她灰色的眼睛观察着我刚才在长沙发坐垫上的那一堆画里好奇地找出的那一幅,我也重新看了看手中的画:一个女人跪在完美无瑕的资产阶级大厅的正中央,双手在面前握住,衣服有些被扯破了,在她面前,是一个中世纪的复仇者般凶猛的男人,他有着挺立的胡子,手中握着一把向下汩汩流着血的刀。

"你就把才华浪费在这种垃圾上?你知道的,这就是垃圾。"

菲奥娜笑了。

---

① 位于伦敦的一家博物馆,里面展示着著名罪犯的蜡像。

"亲爱的，我们有些人还得靠卖画吃饭嘛。"她说着用臀部轻巧地把办公室的门关上，右手拿着从我们在兰布拉大街相遇时就陪伴着她的画图本，左手端着一杯热气腾腾的热巧克力。"我亲自为你准备的。"

我接过菲奥娜递给我的杯子，并谢谢她。我喝了一小口，细细品味，严肃地点点头。

"好喝极了！"

"非常适合恢复元气。我们坐下说？"

菲奥娜抱起覆盖了沙发中央的成堆的画，把它们挪到沙发两边，摞起了好几厘米高的小山。然后她坐在了右边那堆画纸旁，并邀请我也坐到她身旁。

"工作空间太拥挤了，不是吗？"

"一想到报纸才运营了一个半月就有这么多画是有些吓人。"她说着若有所思地看向四周，"不到一年，这间办公室就会挤得没法走路了。"

不到一年，很可能不管是菲奥娜还是报社都不在这儿了，我心想。

"那就是租用新的办公室的问题了。"我嘴上却这么说。

那时，菲奥娜打开了她的画图本，放在我的膝盖上。

"你觉得这是垃圾？"

我花了几分钟时间审视画图本最后几页上的作品，它们都试图呈现出我们刚才目睹的大火最微小的细节：烟，火苗，灰烬的浓云，消防车，穿着统一制服却毫无用处的警察，围成一圈祈祷的修女，停在通往海边的下坡轨道上的马车，在原地休息的马儿，侵占了轨道好似鲜活的黑点的围观群众。

"或许我刚才的评价略显武断了。"我终于承认道，像往常一样钦佩菲奥娜能将充满不必要的细节和恼人的不合逻辑之处的事实压缩成简洁而富有意义的几何图案的能力。

"'略显武断'。既然是出自你的口中，我会把它当作恭维的。"

我继续欣赏了一会儿菲奥娜的草稿，直到终于注意到火海中的大楼一层外墙悬挂的条幅上的字。

"《下午报》。"我念道。

菲奥娜应当看见了我脸上惊讶的表情。那是惊骇，是不安，也是难以置信。

"你不知道吗？"

我摇头否认。我不知道。

"所以你父亲派你来报道火灾？"我问。

菲奥娜耸了耸肩。

"兰布拉大街起火一直是有趣的新闻。"她说，然而这一点儿也不能使人信服。"不过这起火灾更是引人注意。"

《下午报》。

《插图新闻》在巴塞罗那晚报业里最主要的竞争者。

近日，这份令人尊重的保守派报纸的市场份额开始急剧下跌，这都是我父亲创业之举的直接后果。于是，自不到一周前起，它开始凶残地公开诋毁刚在巴塞罗那落脚的新报社的老板、经理和主要插画家[1]，称《插图新闻》是"带着所有英格兰子民惯有的狂妄自大的、鄙陋的、用词受英语影响的小报"，批评其行事作风有违正派公民的基本行为规范，用它们最新社论的原话说，"《插图新闻》通过让人们的喜好变粗俗、灵魂被腐化来获得自己的快速致富，人们不够有文化，不够有戒心，于是面对追求轰动效应和腐化堕落的简单法术毫无还击之力。"

如果那天早上起火的是《下午报》的编辑部，那我父亲就遇上大麻烦了。

"你知道这意味着什么，对吗？"

菲奥娜嘴角带笑地点点头。

---

[1] 这三位分别指"我"的父亲森普罗尼奥·卡马拉萨、马丁·贝格和菲奥娜·贝格。

"少了一家和我们竞争的报社。"

"我是认真的。"

"我也是。你希望我为这些如此形容你的父亲、我的父亲和我的人的坏运气感到遗憾吗?"

"我希望你从今天下午起,对所有其他报纸开始对我们的评价感到不安。"

菲奥娜带着不可思议的神情摇了摇头。

"你认为这火灾是我们制造的吗?"

"当然不是。但是我知道其他报纸会怎么想。或者说他们会怎样猜想。"

"他们会怎样猜想。"菲奥娜重复了一遍我的话。

"《下午报》公开攻击《插图新闻》。《插图新闻》也公开回应了《下午报》的攻击。几天后,《下午报》的办公室在大火中化为灰烬。你不觉得这是一个太好的故事,以至于不拿它大做文章都有些可惜吗?"

"你父亲会毫不犹豫地利用它。"我差点儿加上这句话。很明显,菲奥娜和我想的一样。

"无论如何都是免费的广告。"她说,"我父亲明白该怎么利用这事。而你父亲不会介意他这么做。"

这最后一点,当然也是对的。当有金钱牵涉其中时,我父亲的荣誉感和他伟大的人文主义理念都像苦艾酒里的糖块一样溶解消失了。

"我明白了。"我说,"今天下午的头版?"

"等我在草稿基础上形成一个成熟些的插画就送交编辑。"

我想象了一下不到六小时后报纸在街头巷尾发行的样子:标题被印刷在角落,插图占据版面的四分之三,图片下的注脚全是形容词和感叹号,而在内页是首精心挑选的诗歌,虽然什么也没有明说,却能让人明白个中全部。

我们有麻烦了。

"我一点儿也不喜欢这样。"我说。

"所以你不在这里工作。"

这时,响起了两声干涩的敲门声。菲奥娜还没来得及在长沙发上坐好、问来者何人,门就被推开了,门口站着一个大约六十岁的男人,他有着浓密的胡髭和长长的髯须,一副心情不好的样子。

"小姐,您的帽子。"他说着从门口把我的软帽丢给菲奥娜,然后立刻消失不见了。

他关门时发出的声响让我觉得很像飞檐坠落在石铺路面上的声音。

"他是主编?"我问。

"一个性格古怪的老头。"菲奥娜点点头,拿起我的帽子仔细检查,露出赞许的表情,"但是一个会用刷子的老头。"

我从她手中接过帽子,仔细地戴好,立刻感到舒服的暖意,于是我的脑海中荒谬地浮现出老主编在办公室烧着茶,把我的帽子放在蒸汽流前的场景。接着我立刻把画图本还给菲奥娜,急忙喝完最后一口热巧克力,站起身来。

"现在我真得走了。"我说。

菲奥娜也站起来。

"你真的很担心吗?"

"担心我的第一节课?"

"担心大火。"

我耸了耸肩。

"我希望这场火灾没有发生。"

"你希望你父亲从来没有创办这家报社。"

我伤感地笑了笑。

我希望我父亲从来没有决定回到巴塞罗那。

"我不会这么说。"我小声嘟囔着,接过菲奥娜递给我以示告别的手,轻柔地吻了一下。

第三章

　　当我再次看到那个在加努达街口救我性命的年轻人时,是这天的下午一点过几分。

　　我们这次的相遇发生在海洋交易厅大楼新古典主义风格的巨大楼梯下,幸运的是,这次相遇的场景和情形都与第一次截然不同。当时我刚结束了在建筑学院的第三节课,跟我们聊浪漫主义艺术史的老师是一位当地著名的建筑师,他的作品我曾心不在焉地远远观赏过,而他本人则是个无聊的胖子,讲课枯燥沉闷。那天的前两节课也没有让我觉得有意思,都是快八十岁的老教授在给毫无兴致的学生们传授蕴含着陈腐理念的鸡汤,因此整个上午都让我感觉很失望。哪怕是深藏在学校所在的新古典主义建筑里的纯正中世纪魅力,也恰恰只是突显了这里所怀有的抱负有多卑微。

　　我不开心地垂着头,刚才那位肥胖建筑师的模样还印刻在我的脑海中。就在离交易厅大楼的合同厅还差最后几级台阶的地方,我迎面撞上了不到四小时前把我从失控的马跟前拖走的年轻人。

　　在这个新场合下,我的救命恩人仍旧像在兰布拉大街的靠边人行道上时一样,让我觉得气势威严不凡。他高高瘦瘦的,红头发,面色苍白,衣着颇有原创设计感,优雅万分。他的领结是扇形的,他的衬衫袖口的链扣上点缀着深紫色的花纹。他从头到脚都被包围在自信的光环里,这是一种或荣华富贵,或古老名门望族,或非凡社会成就才能造就的自信。至于他的身材,我记得当时我心想,也丝毫没有在圣詹姆斯街最棒的绅士俱乐部里走样。他的风衣很贴身,闪着黑色大理石般无瑕的光,在翻领下头可以看到纯白的衬衫衣领和若隐若现的黑色丝质领结,他全身的服饰都是精心挑选过的。他手上戴着小山羊皮的手套,脚上蹬着意大利做的上好短靴,左胳膊下夹着在兰布拉大街时他戴在头上的那个高顶帽。

他那介于金色和红色之间的发色与菲奥娜的不相上下,都是那样完美。

"我注意到您的帽子变好些了。"这是他认出我以后说的第一句话,说着停在了我身边的台阶下,脸上是惊喜的表情。

我至今都记得这句话,犹在耳畔。

我也记得自己意外与救命恩人重逢时满心的喜悦。我早已习惯了大城市的生活就是每天不停的人来人往,各走各的路,因此万万没想到能再度和他相遇。

"老天保佑!居然真的是您!"我猜自己是惊叫着说出这话的。我猛地向他冲过去,甚至为自己当时过度兴奋的表情感到震惊,"能再次见到您真是太高兴了!"

此刻正在大厅里的学生们都齐刷刷地看向我们,他们显然一整个上午都在听几个说话不连贯的老人扯闲篇,急需随便一桩什么事来消遣下。有几个本来要从大门出去的学生甚至停下了脚步,回过头来以充满期待的眼神看着我们。

年轻人一定没想到我的反应如此热情,于是脸上露出了踌躇的微笑。

"我也很高兴见到您。"他说。见我露出要拥抱他的征兆,他不由得缩了下肩膀。我实在是发自本能的愉快,这种冲动直到最后一刻才得以克制。

我想我的双手拍了好几下他的手臂和肩膀,才回到了自然放松的状态。

"请原谅我的热情。"我想最后我是这么说的,并向后退了一小步,试图恢复庄重。"我不想让您不自在。实在是之前情势混乱,我没能有机会感谢您的帮助,也没想到这么快就有赎罪的机会。"

年轻人又笑了,这次自然多了。

"'赎罪'这个词太过了,您不觉得吗?"

"那就换成'弥补过错'这个词吧。"我说,"您救了我的性命,我却还没有请教您尊姓大名。"

"高迪。我叫安东尼·高迪。"

年轻人说着脱下手套,向我伸出了右手,就像四小时前在兰布拉大街上把我沾满了尘土的帽子递给我时那样。

他这个动作让我觉得奇怪,却又很喜欢。之前从来没有人为了和我握手而脱下手套。

"加夫列尔·卡马拉萨。"我答道,也脱下了右手手套,坚定地同他握手。

年轻人把我们的握手姿势保持了五秒左右,然后很自然地松开。

"很高兴认识您,卡马拉萨先生。"他说。然后立刻又戴上了手套,轻轻点头,做出要从大门离开的样子。

荒谬的是,他的这个动作让我很难过,就像是一位老朋友做出了无礼的举动。

"您至少会允许我邀请您用午餐,对吗?"我赶忙说着走到他的身边,"为了感谢您的英勇,这是我能想到的最基本的方式。"

"您不用感谢我,卡马拉萨先生。而且,'英勇'又是一个过头的词。"

"那就用'及时'吧。请允许我感谢您及时出现。没有您优秀的反应能力,我现在就不会在这儿了。"

高迪脸上露出转瞬即逝的微笑,并在离大门几步的远处停下了脚步,他看了看我们周围,眉毛很夸张地蹙了起来。

垂着头备感无聊的学生们。写着课程表和对应教室的黑板。大厅四周墙壁上装饰着的大幅建筑主题的版画，大厅中央被所有人忽略的陈列在玻璃柜里的海上圣玛利亚教堂拙劣的复制品。古老的合同厅高耸的天花板和这座大楼里其他天花板一样华美，毕竟这里曾经是地中海沿岸最强盛城市的贸易中心，而今几个世纪后，却只是没有丝毫生机的过分奢华的冰冷建筑。

"您确定您想感谢我吗？"

我也笑了，看来他是接受邀请了。

"我看您是这所学校的学生吧。"我说。

"大二。我猜您上大一吧。"

"今天是我在这里上课的第一天。"我点点头。

"那您现在逃跑还来得及。"他说，"如果我是您，我会毫不犹豫地这么做。如果您有什么天赋的话，不用到圣诞节就会在这里被消磨殆尽。"

"在您身上就发生了这样的事吗？"

高迪和我一同穿过了海洋交易厅大楼高贵的门槛，停在了门前。

"万幸的是，我的天赋不在这些令人厌恶的糟老头子的可及范围之内。"他说着眯起了眼睛，没想到秋日的太阳此刻居然在天空发出明晃晃的光芒。

我又笑了，虽然我觉得高迪刚才说出那些话的语气没带着那类控诉通常会有的讽刺。

"当然，今天早上的课从头到尾都很令人失望。"我承认。

"对下午的课也别抱期望。这所学校是炼狱，但为了实现我们的职业理想，又必须待在这里。"

"这可是个不太恭维的类比。"

"相信我，几周后您自己就会想到比这更糟糕的类比。"高迪把右手伸到他风衣深处，掏出一个金色的香烟盒。"您抽烟吗，卡马拉萨先生？"

"只在特殊的场合。"

"这个策略非常合理。"

年轻人递给我一支细细的黑色香烟和一盒没拆封的火柴。盒子上画着一位小姐微笑的脸,她梳着当下最流行的法式造型。

"塔贝山。"我读着背面的字。"医院街36号。"我点燃了香烟并把火柴盒还给了我的朋友,"那是一个有趣的地方吗?"

"我不认为您会喜欢那里。"

"呵呵,您这么快就了解我的喜好啦?"

"我看人的功夫还不错。"他自然地说。

"真的吗?那我可否问问,在这五分钟内您从我身上看出什么来了吗?"

高迪像有经验的抽烟者一样熟练地划了根火柴。他点燃香烟,深吸了一口。一团厚重的蓝色烟云立刻在我们之间升起。

"不是很多。"他心不在焉地看着我说,"我只能看出您是单身,一个人住或是和一个男孩一起住,你们俩既没有血缘关系也没有特别的友谊。你们的房间朝南,但阳光不是很充足。您收集铅做的士兵小人;您不会游泳,但擅长走路;您在金钱方面很容易被人骗,很可能错信一些不值得您信任的人;您和女人的关系尚有很大的发展空间;您这辈子没抽过五支以上的烟;您爱好德国音乐和质量不怎么样的文学作品;您有好些年没有在弥撒时间进教堂了;您对建筑的爱好继承自一位过世不久的亲人;您奉行自由主义理念;您最爱的消磨时间的方式是摄影;您刚回到巴塞罗那,此前在一个热带国家待了至少六个月。"

高迪又吸了一口烟,以此圆满结束他冗长的演说,嘴角带着满足的笑意看着我。我明白,他不是在等我确认他猜中的部分,或是指出他猜错的部分,而纯粹是在等我发出惊叹的声音。

"哇!"我说。

"我还猜您睡觉习惯朝右侧。不过这点纯粹是我瞎蒙的。"

"也就是说,之前所有那些您都不是瞎猜的。"

"我或许有些地方说得不准确?"

我看着我的新朋友,对他的好奇心越来越浓厚了。

"您真的想知道吗?"

"或许我通过您右手手腕处红色颜料的污渍推断您有给铅制士兵上色的爱好有些大胆。"他承认道,沉默地思考了片刻后接着说,"但您衬衫衣领上镁留下的痕迹毫无疑问来自于摄影。"

我看了看自己的手腕,的确,在衬衫袖口下能模模糊糊地看到一小块红色的污渍。

"摄影是我主要的爱好。"我证实道,"这点您猜得不错。不过我上次给铅兵上色的时候,波旁王朝还舒舒服服地占据着西班牙王位呢。"

高迪快速摆了摆手,扬起一阵轻轻的烟和随风起舞的灰。

"看来我的推测很大胆啊。"他极为轻松地说。

"这块污渍来自我妹妹玛格丽特的调色盘。最近她着迷于探索自己的艺术天赋,于是昨晚我帮她一起混合了些颜料。"

"您妹妹。"

"我和她,以及我们的父母住在格拉西亚区一座阳光充足的别墅里。不过我的房间是有可能朝南的,这点我暂不与您争论。我今晚就去证实一下。"

高迪严肃地点点头。

"您的脸刮得有些笨拙,衣服的状态也不是太好。"他边解释边用手指大略地指了指我整个人,"虽然衣服这点可能是由于您不久前在兰布拉大街遭遇的意外造成的。"

"那不会游泳这点呢?"

"这是很明显的。您的皮肤不太自然的古铜色和近来明显下降的体重表明,您刚在一个热带国家待了不少时间。海盐通常会在那些不常年居住海边的人的皮肤上留下痕迹,但在您的脸上却完全看不到。"

"如果我没弄错的话,热带国家也会有内陆地区。"我提出异议,渐渐享受起这个游戏来。"甚至,如果时间紧迫的话,我无须在一个热带国家待上一季就可以获得这种肤色。比如,我的古铜色皮肤可能得益于在帕拉莫斯① 待了几周。而体重的下降,可能是因为某个家庭决议让我没了胃口。"

"如果您是在帕拉莫斯待了两周的话,那我的理论也算是证实了。您的确不会游泳。"

我举起双手表示让步。

"您是对的,我不会游泳。我最近的确轻了些,这点您也是正确的,不过您是从哪里推断出来的呢?"

"您的衣服明显不旧,却显得十分宽松。"

"棒极了。"

"这些都是很明显的。同样地,毫无疑问您之前在这座城市以外的地方待了至少六个月。否则,一个像您一样爱好艺术的年轻人不可能被我塔贝山的火柴吸引注意力。或者说,您会以另一种方式被吸引。不知我说错了吗?"

"您说得没错。不过您的时间估算得有些太短了。我是两周前回到巴塞罗那的,在那之前我在伦敦住了整整六年。"

听到这儿,高迪脸上原本随着我们的互相揭露而像是陷入了窘境的魔术师的表情不见了,取而代之的是发自内心地感兴趣的表情。

"那么您是1868年离开的?"他问,"我正是这一年来到这座城市的。就在'光荣革命'② 胜利两周后。"

"光荣革命"。

就是这场革命,或者说武装起义,在1868年9月将伊莎贝尔二世从西班牙王位上推翻。

"光荣革命"是有魔力的词汇之一,它能让所有卡马拉萨家族的

---

① 帕拉莫斯市,位于加泰罗尼亚自治区赫罗纳省,沿地中海。
② 1868年9月,普里姆将军发动武装政变,将波旁王朝的女王伊莎贝尔二世从西班牙王位推翻,这次政变又被支持改革者称为"光荣革命"。

人立刻表情严肃地在内心爆炸式地回忆起苦难和只能低声诉说的小秘密。

"这么说来,我想普里姆将军改变了我们两个人的生活。"我说,"当您来到巴塞罗那时,我和我的家人则灰溜溜地离开了。"

高迪立刻蹙起了眉头,明显十分好奇。

"我来到这座城市和革命一点儿关系也没有。"他澄清道,"我和我的哥哥搬来巴塞罗那是为了在这儿继续我们的学业。"然后他稍稍停顿了一下,说,"我能否问您……"

"连我也不知道。"我答道,接过了高迪留在空气中的省略号,"我的家庭很复杂。或者更准确地说,我家的一家之主很复杂。我和我妹妹唯一确切知道的是,普里姆将军政变后的第十天,当女王和她的随从人员还在寻找一个新的安身立命之所时,我们卡马拉萨一家已经搬到伦敦市中心梅菲尔区①一座三层楼的房子里了,我们所有的信件都是以所谓柯林斯先生的名义接收的。"

对那些奇怪日子的回忆让我产生了短暂的不真实感。我快速吸了几口抽完了烟,把烟头扔到了此刻刚好经过我们面前的马车车轮间。高迪也学我把香烟扔了,眉头仍旧紧锁着。

"有意思。"他只说了这几个字。

"星期一我和妹妹还在将军花园的树林间骑马,星期五我们就在文森特广场玩板球了②。"我回忆道,"生意上的原因。这是父亲唯一一次允许我们询问相关问题时给出的答案。而我们的母亲,似乎根本没有注意到住处变了。"

高迪若有所思地点点头。他那蓝色的大眼睛闪着好奇的光。

"您的家庭似乎相当有意思。"

"大概从 1861 年起我们就没有一天是在无聊中度过的。"我笑了,

---

① 伦敦市中心的上流住宅区。
② 将军花园位于巴塞罗那,文森特广场位于伦敦。板球是英国的国球之一。

"那么,'读心人'高迪先生,这所有的一切让您想到了什么?"

我的新朋友还没来得及回答我,就只见一群学生来到了海洋交易厅大楼的大门口,高声谈论着最新一批从荷兰寄到阿基拉裁缝店的衬衫的优点与不足。他们的突然出现使我们不得不离开刚才站着的人行道,把聊天的阵地转移到紧邻的宫殿广场。

三个多小时前,当我穿过这片同样的广场时,虽然时间紧迫,而且为从菲奥娜那儿得到的消息感到不安,却被这个我以前不认识的美丽广场彻底迷住;现在它又再度让我为之倾倒。坐落于里维拉区边界线上的宫殿广场似乎被烟雾迷蒙的丑陋老城区暗中窥探。这是一片讨人喜欢的开阔空地,四周出于偶然却又出奇和谐地聚集着一些楼房和巴塞罗那新城最引人注目的城市景观,直到现在我才开始重新发现这些景观。

古老的海洋之门洞开着,屹立在最后一段还没有屈从于贪婪的不动产投机商的城墙尽头,光亮和海风都像是从门的那一侧而来。

巨大的海关大楼,楼前是巴洛克式喷泉天才的加泰罗尼亚人,从楼的背后一直延伸到旧城区的是将军花园里浓密树林的轮廓。

古老的皇家宫殿周围竖立着城垛和旗帜,日日夜夜由海上圣玛利亚教堂的塔楼监视着,塔尖散发着有好几百年历史的黑色光芒,照在里维拉区的屋顶上。

带门廊的西弗雷之家① 如此简朴,又如此具有资产阶级情调,让人联想到坐在佩特里特索尔街的巧克力店里度过的周日下午。

广场边还有海洋交易厅大楼本身。

"那我可以理解成您父亲是个社会地位很高的人?"高迪这时问我,把重新沉醉于眼前美景的我拉回现实。

"至少一个半月以前他还是。"我回答说,"如果您喜好犯罪和流

---

① 何塞·西弗雷·卡萨斯(1777—1856),商人,慈善家。在古巴和美国做生意发财后,他回到巴塞罗那修建了西弗雷之家建筑群、七扇门餐厅和一家医院。

血的悲剧的话,或许您听说过他的名字——森普罗尼奥·卡马拉萨。"

年轻人的脸突然蒙上一层阴影。

"您的父亲已不……?"

我赶紧摇头否认。

"我父亲非常健康,您不必担心。虽然我想他现在一定胃里发酸。您没有听说过《插图新闻》吗?"

高迪微笑着点点头。

"我明白了。"

"我父亲是报社的老板。他一直都喜欢有风险的事业,这次是他最新的冒险。"我解释道,"西班牙第一家追求轰动效应的报纸,模仿的是英国那种一便士一份、令人生厌的通俗小报。我父亲的专长就是这个,发现市场的空缺,再一头扎进去占据市场。所以他让全家从住了六年的伦敦搬回了巴塞罗那,他毁了这个家族的高贵姓氏,为的不过是一份取材自真实的不幸事件的小报。"

高迪神情严肃地听着我抨击性的演讲,然后说了一些完全出乎我意料的话。

"所以您的父亲是一份现在正在巴塞罗那引起许多热议,且大多是批评之辞的新报纸的老板。而今天早上,发生在最主要的竞争对手办公室的大火害您差点儿丢了性命。"

直到此刻以前,我都丝毫没有想过,我的这次意外可能会在这场发生在《下午报》报社的大火里扮演怎样的角色。我思考了一会儿。

"我猜想我的父亲不会知道我和马儿间的小误会吧。"我最终说道,"虽然他的一位员工目击了所有的事实。您爱看晚报吗,高迪先生?"

"并不特别爱看。虽然我承认,我曾出于好奇翻阅过某期《插图新闻》。"

高迪说出这句话的语气似乎是不想让人继续提问相关的问题。

"我不是在问您的看法。"我说,"一定不会比我的看法更糟了,相信我。无论如何,我父亲的那些事不是我最想聊的话题。"

"我们父亲的事几乎从来不是我们想聊的。"

就在这时,两只海鸥低低地飞越广场,发出叫响。它们先穿过海关大楼上空向内地飞,在喷泉所在的纵截面上画出两个同心圆,接着又飞回了海面。

一个转换话题的极佳机会。

"其实我们并没有那么不幸。"我看着那两只海鸥飞过的痕迹消散在巴塞罗内塔区①的天空中时说道,"我们的炼狱至少拥有极美的景色。"

高迪快速地看了眼海洋交易厅大楼四周的风景,接着露出明显充满鄙夷的神情,这让我很惊讶。

"您喜欢这个广场?"他问。

"我认为这是一个很迷人的地方。"我点头道,"您不喜欢吗?"

年轻人耸了耸肩。

"说到底,或许这所学校对您来说并没有我以为的那么不合适。"他说,然后立刻加了一句,"抱歉,我不是有意这么粗鲁的。"

我微微一笑。

"您的确这么做了。"

"那么请原谅我。当有人在我面前炫耀他的恶趣味时我常常会失态。"高迪顿了顿,轻咬了下嘴唇。"我好像又粗鲁了一次。"

我摇头以示否认。

"不用担心。"我说,"您不久前救了我一命,这让您获得了至少三次粗鲁的权力。"

自从我俩认识以来,高迪第一次笑得毫无保留。

"共进午餐的邀请还有效吗?"他问。

"除非您有别的安排……"

---

① 巴塞罗内塔是老城区的一个沿海街区。

"我唯一的安排就是去七扇门餐厅品尝一份诗人米饭①。"高迪用下巴指了指海洋交易厅大楼侧面人行道对过矗立的几座带门廊的建筑之一。"如果您不介意的话,我很愿意和您共进午餐。"

此刻,一辆公共马车②出现在广场左侧的人行道上,聚集在交易厅大楼门口的学生立刻发出一阵喧闹。"喝莫里兹啤酒",车顶的黄色广告牌这样宣传着。等所有学生们都上了车,我才回答了我的新朋友的提议。

"我既不知道诗人米饭是什么,也没听说过七扇门这个地方。"我承认,"不过,我倒是很希望您能告诉我,您是怎么推断出截至目前我和女性的关系并不尽如人意的。"

这就是把我和同时代最非凡的人联系在一起的友谊的开端。如今我才明白,拥有这份友谊是我的荣幸。

---

① 七扇门餐厅位于海洋交易厅大楼对面,1836年开业,营业至今。此处的"诗人米饭"与下文的"音乐家蛋糕"等均为该店的特色菜品。
② 公共马车,即由马匹牵引的公共汽车。

第四章

  从那天起，去七扇门餐厅用午餐成了我和高迪的习惯，我们刚形成的友谊还有其他一些惯例。每天下午一点整，当第三节课结束后，我们就能享受一段美好的空闲时间，因为在重回教室前我们有一个半小时的自由。高迪和我总是约在海洋交易厅大楼的台阶下碰面，然后一起去宫殿广场，抽上一支烟，分享上午的新鲜事。接着我们穿过人行道，来到西弗雷之家，餐厅就在其中一座楼的拱廊下。我们总是坐在靠墙角的固定位子上，浏览一遍菜单上响亮的菜名和不菲的价格，最终点上一些最清淡的食物——卡布奇诺米饭，豆角蔬菜炒蛋，一小份刚从阿雷尼斯[①]运来的鱼——以及一瓶葡萄酒，我的朋友总会像行家一样充满信心地做出选择。让七扇门餐厅引以为荣的酒稠度和口感俱佳，不过它的酒精度数对于下午还有漫长的三小时课的我们来说并不十分合适，在同酒神巴克斯的愉快相约后，餐后的黑咖啡也常常不能阻止我们内心灼热、步履笨拙地回到学校。

  通过我们最初几天的交往，我慢慢发现高迪是一个生活习惯非常有规律、生活却很不循常规的人，或者更准确地说，他的精神生活极不循常规，生活日程却是依据一系列如同银行职员般规律的习惯制定的。每天早上，他都会在里维拉区离他家不远的一家奶制品店吃上一

[①] 阿雷尼斯市，巴塞罗那附近的海滨城市。

份量不大的早餐；每个工作日的午餐都会在七扇门解决，下午点心在尼洛叔叔的杏仁露店搞定，这家店也位于西弗雷之家的拱廊下；而周六周日他则会在兰布拉大街下段、靠近皇家广场或科梅迪亚斯广场的某一家餐厅吃午餐，在由于工作原因而经常去的巴塞罗那一些社团的大厅喝下午茶；每天晚上，他先在卡德纳街的好运客栈以奶酪面包配啤酒为晚餐，再去拜访一圈拉巴尔区——任何一个正直的银行职员都永远无法想象自己会去那些地方，而高迪则带着一贯的坚持和顽强，和白天一样精准地按照行程规划去这些地方。例如梦之剧院、东方夜总会、塔贝山和卡德纳街近乎被废弃的一些建筑，它们常年大门紧闭且都没有标名字，我会在这本回忆录后面的章节谈到这其中的一些地方。

我很快就发现，高迪的工作习惯也是极度规律的，且他的好些工作都相当过时、古怪，有些甚至让人震惊，这种特点令高迪从事它们时极力追求精准的态度不易被人察觉，或容易被混淆成一个精神病人醉心于自己独特疯狂时极度活跃的状态。

那天中午当高迪和我第一次在七扇门餐厅共进午餐时，我们一边品尝着美味的诗人米饭——一种有蘑菇和笋的多汁米饭——和上好的安达卢西亚葡萄酒，一边开始互相简要地介绍各自的人生经历和目前的生活环境。从而，我知道了他是二十二年前在雷乌斯市[①]出生的——我是二十一岁——自从他来到巴塞罗那后，就和他哥哥一起住过里维拉区的许多旅店，房间不同程度都很简陋。现在住的旅店位于蒙卡达小广场，就在海上圣玛利亚教堂凹室[②]的背后。他们兄弟俩占据了宽敞且阳光充足的阁楼，然而房顶却不尽如人意，用我朋友的话说，他们在房里走动时被迫一直低着头，并且时常有被掉落的天花板砸中脑袋的风险。高迪的哥哥叫作弗朗切斯克，比高迪大十三个月，

[①] 雷乌斯市属于加泰罗尼亚自治区的塔拉戈纳省。巴塞罗那为加泰罗尼亚自治区的首府。
[②] 欧洲的教堂一般前部呈长方形，后部为半圆形。后半部即为凹室，里面设有主祭坛。

在巴塞罗那大学刚落成的新中世纪风格的建筑里学习法律；就那天下午我的了解，或许因为他们的人生路途越走越不同，兄弟俩现在的关系不如多年以前好。他们的父亲在雷乌斯市附近的小镇乌多米斯做锅匠，他们的母亲是个简单的女人，心肠很软，也很勤劳，唯一没有幼年夭折的妹妹仍和父母住在老家。总的来说，高迪的家庭与塔拉戈纳农村其他正派家庭并无差别：谦卑的男人和女人，有自我牺牲精神，受过工作所需的教育，知道要信仰上帝，对生活没什么大的追求，只希望能让家里的男孩子在大城市获得更好的未来。高迪的父母卖掉了一些土地，加上攒了好些年的积蓄，终于在 1868 年的秋天送兄弟俩来到巴塞罗那。那时他们的衣袋里装满了钱，似乎可以不用拮据地在不错的学校受教育，而且父母还会给他们寄点儿钱，支付他们的住宿费用和日常开销。然而来自锅店的收入日益减少，全家改善经济条件的希望就此落在了两个儿子的未来职业发展上。

这段个人经历确实与我的完全不同，我眼中的高迪仿佛披上了光晕，那是个经历了条件并不优渥的孩提时代的考验、在拮据和困境中依然沉着冷静的男人。

不过，我的新朋友这段过往与他的穿着打扮、举手投足，以及对美食和美酒的喜好是完全不相吻合的。

"您允许我提一个轻率的问题吗？"高迪一讲完他的出身，注意力重新回到盘子里的最后一口米饭，我就感觉自己不得不问，虽然这是违背我的主观意愿的。

"当然。"

"我只是止不住地在想，您的衣服一看就是上等的质量，也只有少数来自塔拉戈纳农村的学生来得起这家餐厅吃一顿午餐，而您似乎每天都来。要么您非常懂得经营您的家庭每月寄给您的那一小笔生活费，要么就有什么别的我不知道的收入。"

高迪把酒杯端到唇边，露出了神秘的微笑。

"我有我自己的收入来源。"他只是简单地说了这么一句。

"那么说您工作咯?"

"您可以这么说。"

"您是某个建筑师工作室的学徒吗?"我大胆猜测,"或许您为我们的某位教授工作?"

"我们的教授?"高迪露出蔑视的神情,那一刻脸上的五官似乎都扭曲了。"我们的老师不会让我在他们的工作室工作的,哪怕我是整个伊比利亚半岛唯一的建筑师。"

"所以您是在哪里工作呢?"

"一些零散的活。我的运气不错,我的爱好除了给我带来纯粹的愉悦,还有物质上的报酬。没什么神秘的。"

"话虽如此,您还是不想透露过多细节。"

高迪把再次空了的酒杯放到白色桌布上,用他大大的蓝眼睛看着我,在葡萄酒的作用下那双眼睛似乎有些湿润了。

"至少这些爱好中的一项可能让您这种身份的年轻人觉得不合适。"他带着一丝坏笑地说,"就我所知,工人阶级的孩子为了维持生计不得不做的一些事在资产阶级看来是很不好的。"

"您是想让我出丑吗,高迪先生?"

"这绝不是我的本意,卡马拉萨先生。不过我还不够了解您,还不知道您对各类生意的容忍底线是什么。"

"我要提醒您,"我反驳说,"我的父亲是一家会把刚出生的婴儿被他喝醉酒的母亲杀死的新闻放在头版的报社的老板。因此,除非您是阿马利亚监狱的刽子手,或者,天知道,在拉巴尔区某个工作室的地下室逼迫十一岁的小女孩卖淫,否则您为了生计做的任何事都不会让我皱一下眉头。"

高迪又笑了。

"我的某份工作迫使我常常去拉巴尔区。"他说,"不过我向您保证,自从我妹妹长到十一岁后,我从没跟这么大年纪的小女孩说过话。"

"这样的话，不管您从事什么都可以告诉我了。"

此刻，负责餐厅主厅的一个服务员来到我们桌前，低声询问一切是否合乎我们的口味。在我们给出肯定回答后，他深深鞠了一躬，上半身几乎和地面平行，接着像来到我们身边时一样悄无声息地离开了。

高迪快速吃完了他最后一勺多汁米饭，把餐具放在空盘上，再把盘子推到桌子的远端。

"或许我可以和您说说我几周前刚得到的最新的一份工作。"他边说边把瓶里最后的葡萄酒分到我们的酒杯里，"既然您爱好摄影，我相信您一定会觉得有趣。您听说过巴塞罗那招魂术推广协会吗？"

巴塞罗那招魂术推广协会。事实上我听说过它，它的名字出现在1873年底菲奥娜从巴塞罗那寄给远在伦敦的我的好几封信里。当时她和她的父亲刚在巴塞罗那落脚，打算尝试一千零一种务实经营，终于在短短十个月后，发展创立了《插图新闻》报社。靠着在卡马拉萨家学的流利的卡斯地利亚语，以及满脑子奇怪阴暗、无法解释的想法的大杂烩，不到两周时间菲奥娜就开始经常出入于那座对她来说全新的城市的最奇特的地方。其中之一就是招魂术信奉者的圈子，圈子的名称就是高迪刚才说的那个。就我记得的信中内容而言，这个协会只干一件事，就是在烛台边召集死者的灵魂来参加华丽的社交聚会。

我朋友的钱包和这个鬼魂信奉者的荒谬协会有关？我觉得不太可能，不禁发出了嗤之以鼻的笑声。

"您是靠担任灵媒赚钱吗，高迪先生？"

"如果真是这样，会冒犯到您吗，卡马拉萨先生？"

我立刻止住了微笑。

"您是认真的吗？"我问。

"当然不是。我目前还没有考虑要担任灵媒，不过如果这家餐厅的菜品价格像现在这样继续飞涨的话……"

"您不是灵媒，却为这样一个招魂术协会工作。我认识您也有一个小时了,我怀疑您既不是看门人,也不是服务员,也不是等鬼魂离开后打扫房间的人。"

"您怀疑得没错。"高迪喝完了杯中最后一口葡萄酒,也把它推到了桌子的远端。"我想您会很高兴知道,我和您一样爱好摄影。事实上,如果世上没有建筑学的话,如今我的职业很可能就是摄影师了。"

"这实在是棒极了的消息,亲爱的高迪。"我不禁叫了出来,发自内心地感到高兴。"您是我在这座城市认识的第一个爱好摄影的人。"

我的新朋友也对我报以微笑,同时举起了手招呼我们的服务员。有那么一瞬间,我担心他要再点一瓶葡萄酒来庆祝这个场合。

"请给我来杯咖啡。"他说,"我要向您坦白,我也很高兴看到您的衬衫领子上有镁的痕迹。"

"现在我明白您是如何辨认出这些痕迹的了。"

"没有什么神秘的,您已经看到了吧。我自己曾经也不止一次地苦恼于我们这个爱好带来的小小不方便。不过我也要坦言,我从来没有穿过衣领如此糟糕的衬衫上街。"他说着用右手快速地指了指这件有问题的衣服。

"或许您房间的阳光比我的更为充足,"我大胆地说,也猛地喝完了我杯中最后一口葡萄酒,"又或者您有更好的镜子。但我依然没明白我们对摄影的爱好和为这群招魂术信奉者工作有何关系。"

"这很简单。"高迪说,"如果您对最近这些年招魂运动的发展稍有了解的话,您就会知道,现在实践招魂这一教义的人们的主要目的,已经不是聚集在一间黑暗的房间里,手拉手召唤那些他们相信环绕着我们的物质世界并等待与我们沟通的鬼魂了。招魂术现在谋求达到科学学科的条件,那些最严肃的维护者追求的是如何以不容置疑的方式证明他们主要观点的正确性,即在人死亡后鬼魂依然物质性地存在着。巴塞罗那招魂术推广协会是实践这一想法的先锋力量,作为他们项目的一部分,他们委托我制造一台照相机,要能在灵媒仪式上捕捉到鬼魂并冲洗出有其图像的照片。"

就在这时服务员过来了,给我们端来热气腾腾的黑咖啡,刚好填满了我的朋友刚才一番意外披露后的安静。托盘上摆放着一个盛满了古巴糖的金属小容器、两个银质小勺、一盒牙签和两大杯苏打水,服务员放下托盘又重新躬身走开了。

我舀了一勺糖放到黑咖啡里,抿了一口,然后说:

"您当然知道,摄影虽然看似一种魔法,其实却不是……"

高迪的五官微微变得有些高傲。

"坦白说,我并不认为我对摄影的技术性知识的了解亚于您,卡马拉萨先生。"

"只是随口一说,高迪先生。"我赶紧说,"我没想通过这句话暗示什么。我只是觉得您不会相信这些给鬼魂拍照的蠢话,对吧?"

"那么您是觉得这是蠢话?"

"一台相机只能拍出就在镜头前的东西。"我简单地说,"幻想是不能使胶片感光的。"

"幻想当然不能,"高迪承认,"但谁说鬼魂不能呢?"

"鬼魂不是幻想吗?"

高迪给他的咖啡加了一勺糖搅拌起来,银勺撞击上等陶瓷发出悦耳的叮叮作响。

"事实,卡马拉萨我的朋友,常常比我们希望的要复杂得多。"

"这点我从未怀疑。"

"我们的感官让我们可以与世界联系,也正是感官限制了我们与世界联系的方式。我们只能看到我们的眼睛能够看到的东西,同样地,我们只能听到我们的耳朵能够听到的东西。但是我们还知道,在我们的视觉和听觉可以识别的范围之外,有些色彩和声音完全从我们身边溜走了,因为它们高于或低于我们可感知的临界点。它们存在于我们的可及范围之外。"

"您认为亡者的鬼魂居住在这些我们的感官无法识别的色彩和声音的空间里。"

"我只是说我不认为这种想法是无稽之谈。"

"那您打算如何拍摄那些从定义上来说,我们永远无法看到的东西呢?"

"是谁告诉您,卡马拉萨先生,一个合适的相机镜头不能记录这些我们人眼无法看到的色彩频谱呢?是什么让您如此确信,在那些人眼无法企及的地方,却有一台专门设计的相机的镜头也拍不到东西呢?"

我思考了一会儿。就是说用镜头、光线、阴影的配合来让相机拍到裸眼看不出的东西吗?就是说用硝酸银的感光乳剂和一点儿镁光来让胶片感光,呈现出已离开躯体的鬼魂的样子吗?

就是说某一天科学的奇迹会被用来辅助证实迷信的猜测吗?

"毫无疑问,这是一个有趣的想法。"我说,"报酬不错吧?"

高迪笑了,他那在酒精作用下变得氤氲的眼睛又重放光彩,这多亏了咖啡和我们奇怪的对话。

"至少我不会抱怨。"他答道,"我突然在想,或许您愿意某天陪我去协会在他们总部为我准备的小工作室。我很好奇您会如何评价我的初步进展。"

他的初步进展。

我重重地点点头。

"那将是我的荣幸。"我说。

"棒极了。"

"只要您答应哪天陪我去我家就可以了。在我们的地下室,我有一个小的摄影工作室,或许您能在那里找到一些对您的项目有用的材料。我敢说,我从伦敦带来的好些器材在比利牛斯山的南边还从来没有过呢①。"

高迪也点点头,显然对我的提议很满意,接着他立刻像是以此签

---

① 比利牛斯山为西班牙和法国的分界线,以北为法国,以南为西班牙。

订我们的小约定一样，拿起他那杯苏打水，咕咚几大口，几乎完全干了下去。

"棒极了。"他重复了一遍，没能克制住一个消化作用产生的嗝。"不过现在如果您不介意的话，我们得结束这顿愉快的午餐了。快两点半了，我们还得回炼狱去。"

当我们走到室外时，广场上方的天空阴沉沉的，我感觉空气再次闻起来像烟、灰和海雾的混合体，就像我今天早上在兰布拉大街发生意外时飘浮着的气味。关于《下午报》报社大火的回忆一瞬间涌入我的脑海，又立刻消失了。我接过高迪递给我的烟和火柴，在门廊的庇护下点燃香烟，并再度观察火柴盒上的女人图像，然后才把它还给高迪。

塔贝山，医院街36号。

"您此生的第六支烟。"高迪说着把手搭在我的背上，一辆装着南瓜的车驶过后，我们穿过了马路。

考虑到我们间刚刚产生的友谊，我不想戳穿他这条非常错误的推测。

第五章

　　正如我担心的那样，加努达街的大火在发生不到二十四小时后就开始影响《插图新闻》最高负责人的名誉。印在事故当天发行的《插图新闻》头版上的菲奥娜的清晰插图已经成为《下午报》用来挑衅和败坏竞争对手名声的最钟爱的工具。短短两天内，森普罗尼奥·卡马拉萨、马丁·贝格和菲奥娜·贝格的名字从一开始在关于大火事态的时事报道中被小心谨慎地谈及，变成了占据整个专栏的主角。这些专栏基本都指责他们三人是火灾的幕后主使，称他们授意一些读者作乱，或者更有可能的是，通过深深地腐化这座城市的整体道德来扰乱秩序，因为从《插图新闻》的读者层次推断，直到它出现以前，没人了解恶趣味、追求轰动效应，或是骚乱为何物。直到那周周末，这桩丑闻的扩张性传播已经发展到让人意想不到的地步——给法院的检举信，塞在邮箱里的匿名信，巴塞罗那最富有的人联名的正式审查请求，甚至是对报社所在的费尔南多七世宫殿的破坏——并且开始骚扰像我一样只在报社边缘存在、与它仅有亲属关系的人的生活。

　　着火当天下午兰布拉大街卖报纸的人的吆喝方式就不是什么好预兆，菲奥娜的画印在《插图新闻》头版上，那是一幅全景画，所展现的都是混乱、迷惑和类似牙齿嘎吱作响的感觉，写着《下午报》的广告牌在火光映衬下闪着光，刚好位于构图的中心，巨幅的插图与竞争对手报纸活字印刷的朴素头版相比甚是突出。一些好事之徒晚上七点还聚集在被大火吞噬的大楼前，我亲耳听到人群中的一些评论，它们恰恰证实了我那天上午向菲奥娜表达的担心——虽然我们认为太不可能也太荒谬，但是《下午报》对《插图新闻》的漫天攻击与《下午报》编辑部的起火之间的联系太引人遐想了，任何一个有一丁点儿想象力的人，或者抱着游戏心态的人，或者有些不怀好意的人，都想挖掘出些什么娱乐一下，而不会放任这件事就这么过去。

　　实际上，第二天早晨，市里的三家日报都在关于火灾的报道中提到了《下午报》和《插图新闻》间的公开竞争。其中两家仔细回顾了双方在最近一周内的互相指责和辱骂，另一家则大胆却又不违背事实地写道，多亏了那场大火，森普罗尼奥·卡马拉萨的新晚报将独享巴塞罗那晚报业这块大蛋糕。还没有人明确对我的父亲指指点点，也没有人确认或暗示加务达街的火灾不是一场意外，不过《巴塞罗那日报》的一则简讯利用这次机会回顾了最近这些年我的父亲采取的一些大胆而鲁莽的企业操作。甚至连《下午报》的老板，那位五十岁的姓塔罗哈的赫罗纳[①]人，也暂时不敢为他的厄运寻求责任人。在《巴塞罗那日报》选取的他的简短声明里，他仅仅抗议了《插图新闻》在大火那天下午的报道中所表现出的机会主义和恶趣味，在这点上其实他有一定道理。用塔罗哈先生的原话说，菲奥娜在头版上的插图"再次展现了这位英国女士把旁人的不幸变作粪便的天赋"，而内页同样配有菲奥娜插图的四页文章则是"厚颜无耻的渔利主义行为，根本不配出现在新闻版面"。总之都是或多或少带有防备性的语言、令人不舒服的暗示，以及我父亲不愿看到见诸报端的大火同其他事之间的关联。这些都是线索，反映了在一些文章和一些人脑子里正酝酿发酵着什么，但是任何一条线索都没能预测到从第二天起事情的发展竟如此迅速。

[①]　赫罗纳市，位于加泰罗尼亚自治区。

"一切都好吗?"我记得周二晚上我经过父亲办公室时这样问他,当时我已和妹妹两人在院里吃过晚饭,并在下午厅陪母亲喝了一杯热巧克力,吃了几块手指饼,正要回我的卧室。我像往常一样探头与他道晚安。

父亲坐在书桌前,桌上杂乱地摊着各种报纸,似乎就要从四侧边缘洒落。父亲只穿着衬衣,嘴里叼着一支烟,这个六十岁的老头看起来突然和他的真实年龄一样苍老。

"一切如常。"他像往常一样回答,就这样结束了我们每晚的例行对话。

"那么没什么需要我们担心的了?"

父亲从他正在仔细阅读的黄色报纸里抬起头,带着明显的好奇看着我,似乎并不知道我指的是什么。或许,更确切地说,是对他唯一的儿子主动和他说话这一事实感到惊讶。

"你想说什么?"

"这家报社的火灾。我们不应当担心吗?"

"我们担心?"他反问道,试图露出轻蔑的笑容,嘴里依旧叼着烟,"为竞争对手的不幸担心吗?"

"你知道我指的是什么。"

父亲摇摇头。

"我们没什么好担心的。"他宣布,说着重新埋头于工作,像平常一样结束了这个话题。

十二个小时后,三家最大的日报已把新闻传遍城市的每个角落。

各家报道在不指明身份地引用了消防员、法警和许多所谓专家的观点后,指出加努达街口的大火是人为的。《事实报》和《巴塞罗那日报》的头版文章都写道:不论是火苗最初的颜色,还是火苗在建筑二层蔓延的速度都表明,存在某种被用于加速燃烧的物质。《信息报》则更进一步,将这种物质确定为杂酚油。依据他们不愿说明来源的信息，有人在二层楼的某处找到了一块被这种物质浸湿的羊毛布，警察相信纵火者就是利用此物引发了灾难。意外起火的理论就此被彻底搁置了，至少本市的大部分新闻媒体不再考虑这种可能，而每天早上被这三份报纸印刷出的资讯塑造观点的公众也不再相信大火纯属意外。

我在船厂大楼前下了有轨马车，刚从城墙步行道旁的一个小贩那里买了报纸，直觉就再次告诉我：我们有麻烦了。

如果《下午报》办公室的大火是人为的，那么对《插图新闻》的禁令也会立刻随之而来。

"您已经读到了吧。"十五分钟后高迪同我打招呼。我们在宫殿广场相遇，一起在进入海洋交易厅大楼前抽上这天上午的第一支烟。

他的胳膊下也夹着一折四的《信息报》。

"您怎么看？"我问。

"我觉得您前天说得很有道理：您父亲有足够多的理由感到胃里发酸。您读到人身攻击那部分了吗？或是您读到采访那篇就读不下去了？"

"我恐怕只扫了报纸前两页……"

高迪优雅地蹙了蹙鼻。

"那读到后面您还会激动好几次呢。"

我立刻发现，高迪刚才所指的那篇采访的对象是一个叫维克多·圣马丁的人，《下午报》在司法和犯罪领域的撰稿人，现在似乎还自封为周一大火背后隐藏真相的追寻者。针对采访中向他提出的五个问题，这位圣马丁的回答都是想方设法地抛出疑点，让人相信《插图新闻》的负责人与此事有牵连。不管是直接或间接的暗示、主动或无意的暗示、属于犯罪并应受惩罚的暗示或纯属象征意义的暗示，归根结底他还是在暗示《插图新闻》的负责人与此有关。维克多·圣马丁名义上仍为《下午报》工作，因此可以理解为他代表报社坚信，加努达街口大火背后的人毫无疑问是森普罗尼奥·卡马拉萨和他从伦敦带来的报刊媒体革命军。

这下问题更多了。

"真是好极了。"我低声嘟囔,"您刚才说人身攻击在这篇采访里还不算开始?"

"在读者来信部分。"高迪说着把抽了一半的烟扔到地上,抬头望向海洋交易厅大楼外墙上的钟,"最好留到雷亨特先生的课上看吧。您一定需要在这么无聊的课上找点事儿做。"

于是我把报纸一折二,与本来夹在左胳膊下的另两份放到一起。

"咱们换个话题吧。"我说着加紧抽完了最后两口烟,也开始朝学校方向走去。"这周五下午您有计划吗?"

"我本打算待在家里,利用下午的空闲忙活新项目的事。您有更好的提议吗?"

我并不打算问高迪他的新项目是什么性质,因为仅仅通过两顿午餐和两顿下午点心,已足以让我了解他有所保留的性格。

"我妹妹玛格丽特邀请您来我们家共进下午茶。"我说,"她想认识救她哥哥性命的人。我要告诉您的是,玛格丽特不是那种会接受'不'作为回答的人。"

"我明白了。"

"不过她是个特别可爱的孩子。我已经'忍'了她整整十六年,所以才这么跟您说。"

这时我们正走到昏暗古老的合同厅,高迪露出了柔情的微笑,他一定是想起了他自己的妹妹。

"按我的理解,这邀请也包括参观您著名的摄影工作室了。"

"您理解得没错。那我们就当您同意了?"

"当然。请代我感谢您妹妹的邀请。"高迪在写有课程表的黑板前停下脚步,指了指我们各自教室的方向。"您教室的窗户朝向宫殿广场,而我的却朝向西弗雷之家的拱廊。真羡慕您。"

"您羡慕我?"

"您在教室能看到您非常喜欢的广场,还有一堆荒谬的信可读。

您的第一堂课比我的有趣多了。"

事实证明,那天上午的三节课同下午的两节一样让人失望:单调的主题,年老的教授,几乎或完全跟不上时代的想法,以及因循守旧、懒散懈怠、对学科缺乏好奇心与热情的总体氛围,这一切让我不禁担心高迪周一和我说的关于建筑学院的话都是真的。尽管如此,直到快下午六点,我才有机会阅读《信息报》上刊登的读者来信,那时我的朋友和我正在尼洛叔叔的杏仁露店为数不多的空桌旁等待服务员为我们端来刚点的两块音乐家蛋糕和两杯牛奶咖啡。因为学校教室虽然容得下学生偶尔的打盹,却容不下摊开的报纸;而午餐时,我也不想冒着毁了圣包迪略① 美味洋蓟的风险,来阅读我已推测出不会有助消化的东西。

来信的内容非常一致:作者应该是有文化、遵循传统思想、因循守旧的读者,很可能经济条件宽裕,非常典型的加泰罗尼亚人或者说西班牙人,他们利用这次大火和所有与大火相关的骚动为契机,通过批评《插图新闻》来猛烈打击一切流行的、有外国化倾向的东西。所有这些来信都认为追求轰动效应、由英国人领导、面向文盲阶级的《插图新闻》的负责人纵火烧毁了一家优秀资产阶级报社的办公室是毋庸置疑的事实,这是它们不同程度的唯阶级论和充满爱国主义色彩的言论的出发点和前提。在信中,有人为新闻自由法庇护了"唯一目的在于毒害低文化教养阶层爱好的拙劣作品"而感到遗憾,有人为该法从法律上保护了一家"从建立第一天起,就致力于助长受教育程度低、特别容易被用他人的不幸做交易的利欲熏心者俘虏的社会阶层的陋习和弱点"的报社。有人把《插图新闻》里众多关于谋杀、暴力抢劫、自杀和家暴的血淋淋的文章同"巴塞罗那最近一个半月来下层街区犯罪和暴力事件的增加"建立了直接联系。有人信誓旦旦地说:

---

① 圣包迪略市,地中海沿岸城市,近巴塞罗那。

"火烧一座四层楼的建筑，只为获得一个引人注目的头版，这是《插图新闻》自成立以来一直表现出的疯狂行径的再度升级，却又合乎逻辑。"当然还有人惊讶于一位女士的大脑和心灵居然能装下"如此多的污秽、黑暗，如此少的对旁人的不幸和身处弱势的同情心，以及与现实阴暗面有关的丰富知识，这些阴暗面都充分展现在菲奥娜·贝格小姐的作品里，她毫不犹豫地在笔下的每一个怪胎作品上签名，仿佛这些画真的让她感到骄傲和满意，而不是羞愧。"

事实上，菲奥娜是所有这些气急败坏的来信最偏爱的靶子：胜过了森普罗尼奥·卡马拉萨或马丁·贝格，远超《插图新闻》编辑部其他任何一位署名的插画家、新闻记者或编辑。在这些信里，她成了与新报纸有关的所有邪恶势力的最终化身。女人、英国人、这座城市至今最不讨人喜欢的插画家，这三重身份让她成为了许多人不愿继续忍受的无耻之徒。

当我边阅读这些厚颜无耻、不堪入目的信件，边和我的朋友评论时，我惊讶地发现，在与他们的共同事业有关的事上，我第一次和自己的父亲以及贝格一家站在了同一阵营。在追求轰动效应、意图模糊、偏好令人生厌的小报和一群带着继承来的信仰的假正经的暴民之间，我无比清楚自己支持哪一派。

而高迪，似乎不那么清楚自己的立场。

"这位先生还是有一定道理的。"在听我读了一封信尾署名F.M.的信的最后一段，即称菲奥娜的画是"令人无法忍受的现实主义"那段后，我很惊讶高迪竟这样说。

"抱歉，您说什么？"

"前天您第一次和我讲到您父亲的报社时，您自己也说了非常类似的话。"

我不可置信地摇摇头。

"这位先生，"我的指尖在刊登这封信的版面上敲击了好几次，反驳道，"他还说所有与《插图新闻》有关的人都应当作为加努达街口大火的集体责任人被关进牢里。这一点他也有道理吗?"

面对我陷阱式的提问,我朋友的神色并没有任何变化。

"这纯属傻话,就像这些信里说的绝大部分内容一样。"他淡定地说,"不过,不论您父亲和您的朋友们目前受到的是有意的蛊惑还是泛滥的攻击,都不会改变他们领导报社的策略是站不住脚的这一事实。"

"我不认为这和我们目前在探讨的话题有任何关系。"我反驳说,接着把《信息报》一折二,丢到桌角的另外两份日报上。

"所有艺术行为都有道德上的暗示。您父亲通过菲奥娜小姐的插图,用怜悯心的缺失和对散布流言的热衷教育民众,唤醒他们最低等的本能。如今,这部分民众反过来针对您的父亲,靠的正是这些插图教会他们的,即这是个嘲弄、侮辱和散播流言的好机会。"

我再度摇头否认。

"我不相信《插图新闻》的读者正是现在写这些信的人。"我补充说,"虽然您的理论听着特别好,却不是真的。"

高迪微笑了。

"我只想说,我们所有的行为都有相应的后果。"

"那么,我父亲该对大火负责了?"

"现在别人认为您的父亲应当对纵火负责,您父亲把自己置于这样一种境地,对此他是有责任的。"

"您今天变成诡辩家了吗,高迪我的朋友?"我说,"现在可否用通俗的话解释一遍?"

"卡马拉萨我的朋友,我是说这位小姐的插画会给您的父亲带来一些不快,而一个像您父亲那样地位的男人,本是可以很容易地避免这些不快的。"

这是我第二次不喜欢高迪说出"小姐"这个词的方式。

"我父亲之所以会陷入如今的处境,正是因为他喜欢惹麻烦,就像现在遇到的这类麻烦。"我想了想父亲从事过的为数不多的生意中我有所了解的那些，接着说，"让我来告诉您吧，您口中的'这位小姐'是一位一流的艺术家，如今出于生活所迫，她不得不贱卖她的艺术作品，来换取我们家的一个房间和餐桌上的一份食物。您应当比任何人都更理解她。"我补充道，或许我说得些许有失公允。

无论如何，高迪并没有被我对菲奥娜的维护打动。

"如果您的朋友在贱卖她的作品，那她就不是一流的艺术家。"他换了个话题接着说，"不过您是对的，我无权评判别人维持生计的方式。"短暂停顿后他问："您刚说您家的一间房和餐桌上的一份食物？"

"菲奥娜和他的父亲住在一个老旧的农家小屋①里，小屋位于我们家别墅的土地上。这是他们工作协议的一部分。"我甩了甩右手，试图冲淡这个话题的重要性。"我是最为我父亲回到巴塞罗那建立报社的决定感到惋惜的人，也是最不喜欢所有这些关于事故和谋杀的插图报道的人。但如果有人想把对我父亲或好朋友的道德判断上升为犯罪指控，我不认为我可以置身事外。"

就在这时，服务员右手端着银质托盘，脸上带着职业笑容来到我们桌边。他把盛有蛋糕的碟子和装有牛奶咖啡的杯子完美地放在我们面前，微微鞠了个躬，最后保持着微笑走回了挤满吵吵闹闹的学生的忙碌吧台。

"如果是这样的话，我建议您关注一下所有这些信的句法和词汇。"高迪边说边用叉子的齿尖检查着蛋糕的质地。"您会很高兴知道，公众的观点并不总像我们新闻业的朋友们想呈现的那般广泛而一致。"

我停下把牛奶咖啡端到嘴边的动作，发自内心地感到奇怪。

"您是想说？"

"这六封信是由同一个人所写。"我的朋友说，"而它们的风格很像这个所谓的维克多·圣马丁先生的风格，就是第四页被采访的那

---

① 那时巴塞罗那郊外的房子除主楼外，往往还有一些用于各种用途的小楼。农家小屋曾由耕种别墅内土地的农民居住，现为菲奥娜和她父亲的家。

位。当然,也可以说很像采访了圣马丁并写下记录稿的那位记者的风格。"

我思考了几秒钟。

"这是好事还是坏事?"

高迪耸了耸肩。

"这是件有意思的事。"他说,"等我们吃完饭,或许我们可以扫一眼其他两份报纸上的读者来信。"

"就让我们来看看那些信是否提到了不一样的新内容。"我表示赞成,"有人想挑唆民意针对我的父亲。"

我的朋友吃下了音乐家蛋糕的第一口。

"又或者很简单,有人想在行业里声名大噪并卖出更多的报纸。"

"这到底是好事还是坏事?"我再度陷入思考,但这次我把疑问留给了自己,没有说出来。

像之前两天一样,这天下午我也在杏仁露店门口同高迪告别,然后踏上步行回家的路,我会沿着城墙步行道、兰布拉大街和格拉西亚大道这三段直线走。在经过费尔南多七世路口时,我起了走进《插图新闻》办公室并询问关于维克多·圣马丁的事的念头。的确,他的句法和词法习惯似乎也出现在了《巴塞罗那日报》和《事实报》刊登的读者来信里。但最终我没有这么做,毕竟已经晚上七点了,我在学校度过了漫长而紧张的一天,在家还有一些照片底片等着我冲印,而且在我的内心深处,向我父亲的员工询问关于一个竞争对手报社的、热衷于隐藏真名和诽谤诋毁的记者的想法并不吸引我。

于是,此后到晚餐前的时光我都待在我的摄影工作室里,处理一些前一天下午拍的菲奥娜的照片,之后我陪妹妹在院子里吃晚餐,听她分享白天的新鲜事。大约八点半时两位警察来到我家,九点他们离开的时候,我同他们在别墅主花园偶遇,当时我正要去餐桌前找玛格丽特,她带着一副有重大消息的表情等着我。我不禁想,当警察在父亲办公室询问他关于报社间的纠纷、传闻、诽谤以及浸透了杂酚油的羊毛布的事时,他的脸色一定很难看。

因为那些都只是山雨欲来的前兆而已。

"一切都好吗?"这天晚上我站在父亲办公室门口问他,就像每天晚上一样。

而这个男人也像往常一样,从成堆的文件中抬起头,对我答道:

"一切都好。"

第六章

　　安东尼·高迪和他哥哥弗朗切斯克同住在里维拉区正中心一座四层老建筑的阁楼里。令我沮丧的是,这座建筑的外表与东伦敦①任何一座以小时计费的小旅店并没有太大区别。大面积的油漆脱落,船帆一样大的潮湿印渍,还有长年累月的煤烟造成的铜锈,如此种种都让这面外墙显得破败不堪,这面墙曾经富丽堂皇,而现在却仅仅预示着致命的轰然倒塌将很快来临。许多扇窗户外安装着晾衣竿,晾晒着泛黄的被单、做工粗糙的内衣和工人穿的长衫,有些窗台上放着种有天竺葵的花盆,看起来仿佛已经在那儿放了几个世纪了。最高处的阁楼的窗户都是圆形的,像是微缩版的教堂圆花窗,又或者更像跨洋航船的舷窗。建筑的大门半开半掩着,通往大门的两级矮台阶上坐着两个年轻人,穿得像城里的小混混。

　　"G先生!"一看到高迪和我从蒙卡达街角转过来,他们中的一个就喊了出来,"我们等了您一个小时了!"

　　我的朋友看起来一点儿也不喜欢这个相遇。

　　"埃塞基耶尔,阿图罗。"他小声嘟囔,同时微微点头算是和那两个年轻人打招呼,"我以为我们说好了今天谁都别来找我的。"

　　"是一桩急事,G先生。塞西莉亚小姐……"

---

① 指伦敦东部、港口附近地区,那里街道狭窄,房屋稠密,房租较低。

高迪右手做出断然的手势，打断了这个叫埃塞基耶尔的人的解释。两个年轻人已从台阶上站起来，他们壮硕的身躯几乎把大门完全挡住了。他们不会超过十五岁，看起来却比我在建筑学院的任何一个同学都经历过更多事。

"您不介意在这里等我上去放几本书，对吧？"高迪回头问我，我觉得他面色微红。"今天我们的阁楼一团糟，我哥哥一定不希望您看到这个状态的房间。"

这个借口太拙劣了，却让我不得不接受。

"如果您更希望这样的话……"

"只要一小会儿。"

于是，我的朋友消失在昏暗的大楼深处，那两个不像是他会认识的人也跟着上楼了，而我就在门口，边欣赏隔壁海上圣玛利亚教堂的哥特式图案，边在脑海中列举了一些可能的事态，思考可能是什么把高迪和两个这样的人联系起来。

此时是周五下午三点，自从我回到巴塞罗那后就没遇上这么炎热而阳光明媚的天气。几小时前，我在学校的第一周课程结束了，等待我的是一整个有高迪和妹妹玛格丽特陪伴的下午，再之后是一个排满了让人厌烦和不舒服的社交约会的周末。无论如何，周五放学后带来的自由感此时依然让我感到愉悦，就和照亮了里维拉区迷宫似的街道的阳光一样让我欣喜，甚至有关高迪突然的奇怪举动的谜团也仿佛给下午增添了一抹颜色。午餐过后，当我们穿过城墙，欣赏了一会儿止于巴塞罗内塔区贫民窟前的大海后，高迪向我提议陪他回家，然后再启程去格拉西亚区。他说想把今天早上从图书馆借的几本书放家里，他还带着随意的语气补充说，或许能借此机会向我展示他忙活了几周的东西，或许我会感兴趣，就我理解，那是海上圣玛利亚教堂的模型。这个意料之外的邀请，这个进入高迪私密生活环境的机会——这一周的相处已让我了解他是个有所保留的人——还有欣赏他私人项目的附加邀请，凡此种种都明显体现了一种友谊和信任，对此我十分感激。

而如今，我的朋友用一个我所能想象到的最蹩脚的借口阻止我进入阁楼，却让两个无论穿着、说话、气味都像是港口小偷的年轻人随他一同上去，让我在小广场的角落等候，而且怎么说呢，这个广场一点儿也不像我习惯去的那些广场。

大约五分钟后，当我的好奇心开始变成替我的朋友和我自己的安全感到不安时，那两个年轻人有说有笑地从大门走了出来，环顾了一下他们四周，最终向海上圣玛利亚教堂半圆形的后部走来。我正站在这里，躲避刚才驶来广场的一辆装满了难闻杂碎的车，绕着它嗡嗡飞的苍蝇仿佛形成了一片黑云。

"G 先生说他马上下来。"他俩之中被高迪叫作埃塞基耶尔的年轻人对我说，他从让我觉得过于靠近的距离仔细观察着我，"您很有钱吧？"

埃塞基耶尔的口气闻起来既像清新的薄荷，又像腐肉。他的牙齿是牛皮纸色的，质地就像黄油，此时的温度仿佛已经开始让它们融化。

我想了一会儿该怎样回答。

"我和 G 先生一样，也是学生。"

年轻人笑得让人难以形容地不悦。

"您不像学生。您看着就像公子哥。"

"我和 G 先生在一个学校上学。"我重复道，"他能作证。"

埃塞基耶尔响亮地吸了一口痰到喉咙口，接着把痰吐到了离我左脚尖几厘米的地方，而且全程都直视着我的眼睛。

"祝您拥有一个愉快的下午。"他说，然后和同伴向波恩区方向走去。

当高迪终于下楼来到广场时，我们刚遇到那两个年轻人时他两颊泛起的羞红已经完全消失。现在的他又变成了那个面色苍白、永远沉着的人。

"您准备好了我们就出发。"他边说边向我展示已从书本中解脱的双手,表示刚才不管是什么事让他在楼上待了近二十分钟,他已从中抽身出来。

"那么您带路吧。"我答道,也装出一副沉着的样子,其实我完全不镇定。"这是六年来我第一次踏进这个街区。"

我们离开了蒙卡达小广场,先是绕过海上圣玛利亚教堂美丽的侧面外墙,接着沿着一些狭窄昏暗的陋巷沉默无语地走着。这些巷子总是让人感觉逼仄,石块路面铺得很不好,或甚至完全没有石铺路。小巷的走向很随意,时不时地通往一个不怎么样的中世纪广场,或是短短一段两旁有美丽宫殿遗迹的街道。几乎和巷子一样宽的车常常堵住我们的去路,于是我们不得不拐进旁边的小巷,而那里由于各种商业活动,同样只能容我们笨拙通行。售卖蜡烛和纽扣的流动商贩,磨刀的工匠,修鞋擦鞋的匠人,没有店铺也没有顾客的鱼贩,拖着筋疲力尽的奶牛、叫卖着"新鲜的牛奶,热乎的牛奶,质量上好的牛奶"的高个子女人……这场景既让人着迷,又叫人害怕:如此多种多样的人拥挤在几平米的小空间里,一切都离我那么近。当躲避公主街路中央一个约莫十二岁的小姑娘照管的水果蔬菜摊时,我突然记起,哪怕是菲奥娜陪我去白教堂或圣吉尔斯区[①]等郊区探险时,我也没有过现在这种置身于一个完全不属于自己的环境里的感觉。我完全忽视了郊区的内在本质和它的隐秘之处,因此过去无论多么努力地尝试,也感到无法走近它。

就在公主街上,一只三条腿的狗从我们面前穿过,突然让我有一种来自记忆深处的奇怪感觉,这记忆在几秒后变得具体起来,因为一个戴着蓝色三角帽的乞丐从我的朋友和我正经过的一扇大门里走出来,差点儿撞上我们。

"别跑这么快,犬牙。"高迪对他说,但是老人根本没把视线从手

---

① 伦敦的两个下层街区。

中那块黄色奶酪上挪开。

"您认识他？"我看着老人和他的狗消失在第一个街角时问道。

"犬牙，大家都这么叫他。"高迪点点头说，"你一定看到了他的牙齿不全吧。他是这一带最有名的乞丐。"

"大火那天早上他也在兰布拉大街上。马儿发疯的那刻我正在看他的狗。这是我所能记得的您出现前的最后一幕。"

高迪似乎对这个消息并不吃惊。

"犬牙从来不会错过任何一场盛会。"他说，"也不会错失任何一个混入分神的人群中的机会。"

我点点头，试图理解高迪的话。

"一个把他人财物占为己有的人……"

"我想他更愿意自称想尽办法生存下来的'幸存者'。"

我们再次陷入安静之中。终于，我们走出了里维拉区广阔的边界，继续沿着老城区密集分布的街道和广场走了一会儿，斜穿向天使之门。那所谓巴塞罗那最高贵的地区也充满了"幸存者"吧，在注意到许多乞丐、醉汉和纺织工厂的瘫痪员工在几乎所有非商业用途的建筑大门口睡着无梦的觉后，我这样想道。男男女女都穿着破旧的衣服，脸上脏得发黑，四肢残缺或畸形，跌坐在葡萄酒和排泄物混合的水塘边，眼神里没有任何表情，如同生命中只剩对死亡的恐惧和憧憬一般。他们这些捡拾硬币、收集劣酒和硬面包的人，注定被瞧不起、孤孤单单地面对漫长空虚的时光。这里是一块对巴塞罗那工业新城毫无用处的地方，它的工厂和作坊经济只用了不到一代人的时间，就造成了一批掉出工人阶级的人，他们因为年龄、健康原因，心理或生理缺陷而不能为推动资产阶级进步的大机器贡献什么，因此注定穷苦无依。

直到加泰罗尼亚广场已清晰地映入我们眼帘，高迪才重新开口，拾起自我们经过海上圣玛利亚教堂就搁置的话题。

"您什么都不打算问我吗？"

我看向我的朋友，挤出一个非常自然的皱眉。

"关于您的不速之客吗？"

"我以为刚才的场景唤起了您的好奇心。"

"当然，的确如此。"我承认道，同时加快脚步以便穿过圣佩德罗转盘川流不息的车流。

"那么？"

"G 先生，我觉得您不愿意回答我的问题，我也还不敢询问您社交生活中的谜团。"

高迪侧眼看了我一下，嘴角挂着浅浅的微笑。我的回答让他感到愉快。

"小心车子。"他说。

就这样我们结束了对话。

第七章

我们平静地走在格拉西亚大道宽阔的人行道上,并每隔两三个街区就偏离主干道拐进左右两侧的小巷,去观察巴塞罗那新扩展区工程的缓慢进展。外形几乎一样的建筑群、弧形外墙①及横平竖直的轴线中蕴含的严格几何学是学院里为数不多真正对建筑感兴趣的学生最爱的讨论主题。当我们到我家时,已接近下午五点。

在这些讨论中,高迪和我往往属于同一阵营,我们都是对伊尔德方索·塞尔达②简洁的数学视角和其理论在土地上的笨拙运用感到好奇的人。但我对塞尔达观点的维护方式是"想法是好的,执行是不够的,结果是不确定的",这与我朋友的想法大相径庭。就像我从我们在海洋交易厅大楼第一次谈话中体会到的那样,所有与高迪关于美学的讨论都会以对手的口头攻击、沉默的蔑视和无聊的投降告终。高迪坚信的艺术真理正在于此:真理不能被争论或推理论证,只能被承认和被遵从,无他。对他来说,就一个美学问题发表观点跟就一个数学方程或自然科学法则发表观点是一样的。艺术真理只有一个,它是客观且不变的,而他似乎是唯一一个完全掌握艺术真理的人。

---

① 弧形外墙,指为了方便通行、扩大视野,将十字路口的建筑外墙设计成近似弧形而非直角的建筑风格。
② 伊尔德方索·塞尔达(1815—1876),西班牙工程师、城市规划家、律师、经济学家和政治家,因写作《城市化通用理论》被认为是现代城市化之父。他设计并主持建设了巴塞罗那扩展区,但没有受到当地人的认可,最终化为了废墟。

当然，这一切都让他变成了难以相处的同学、不可能共进午餐的人和只要有一丝职业尊严的老师都会觉得如同噩梦般的学生。

"铁栏杆很棒。"当我们到达格拉西亚区马约尔街时，我远远地指给他看我父亲租下给我们回到巴塞罗那居住的避暑别墅。令我意外万分的是高迪会这样评价："这些植物的外形倒是出人意料的好品位。"

我决定不理会"出人意料"这个形容词的挑衅意味。

"您居然喜欢，我要为此庆祝一番。"我说，"准备好见我妹妹了吗？"

玛格丽特正在郁郁葱葱的小花园里等我们，花园护卫着别墅主楼，可以防止路人出于好奇心的窥探。她穿上了最优雅的那条居家裙，衣服上有低调而谦虚的谨慎的曲线和褶皱，毫不夸张地说，闻起来依然有邦德街时装店里的香气，衣服正是在那儿买的。她没有戴手套或帽子，头发用简单的花蝴蝶结扎起来，露出雪白的脖子和没有耳环装饰的耳朵。我推测这是母亲的小胜利，也是妹妹的小失败：前一天晚上，在母亲拉维尼亚的房间喝热巧克力配手指饼时，关于一个十七岁的小女孩在接待哥哥的朋友时戴耳环合不合适的问题，我生命中的两个女人展开了一天里最具争执性的对话。

无论如何，玛格丽特似乎看起来对即将到来的会面感到特别开心。

"亲爱的哥哥，"这可能是她第一次这么与我打招呼，同时她轻盈而优雅地、明显事先排练过地打开铁栅栏的门，"你回家了真是太好了。"接着，她把注意力从我身上收回，全都放到我同伴身上，用不经意的语气说："我想这位就是高迪先生吧。"

"很高兴终于见到您，卡马拉萨小姐。"高迪接过我妹妹向他递来的手，在指关节处笨拙地吻了吻。"您哥哥和我说了许多关于您的事。"

"加夫[①]是个非常好的年轻人，是的。"她轻声说，像往常一样叫

[①] 加夫（Gabi）是对全名加夫列尔（Gabriel）的亲昵简称。

出了我宁愿同漫长青少年时代的其他附属品一起遗忘在伦敦的外号。

"您可以叫我玛格丽特,如果您觉得没问题的话。"

"那么就叫玛格丽特小姐吧。"

我妹妹短暂地蹙了蹙鼻,不过脸上依然保持着笑容。

"请就叫我玛格丽特。"

"当我的父母给妹妹起名时,没有预料到未来使用时韵律上的难题。"我解释说,"'玛格丽特小姐'听起来就像是童谣的第一句,① 您不觉得吗?"

"多谢,亲爱的。"她轻声说,"我想高迪先生已经明白了。"

我的朋友严肃地点点头。

"那么就玛格丽特吧。"他说,"以花朵作名字是我的最爱。"

玛格丽特微微点头感谢他的恭维,脸上立刻泛起了绯红。我妹妹自从十三岁起就可以随意控制脸上泛起或褪去红晕,这实在让我觉得神奇。

"您叫安东尼,对吗?高迪先生。"

"安东尼·高迪。"我的朋友点头说,"当然,您可以只叫我安东尼。"

"您介意我叫您东尼吗?或许您会觉得这很可笑,但我一直不喜欢三个音节的名字。"

高迪眨了两下眼睛,并斜眼瞟我。

"那将是我的荣幸,玛格丽特。"看到我没有站出来帮他解围,他最终这样答道。

微笑好似点亮了我妹妹的脸庞,如此美丽的笑容值得我多用相机拍几张照片。

"或许您想和我们一起去下午露台,东尼。"我妹妹说,她叫出这

---

① 在西语里,"玛格丽特"和"小姐"一词均以 rita 的发音结尾,十分押韵,所以加夫列尔说像童谣。

个名字时瞬间羞涩起来。"如果您喜欢喝茶，我们家的茶一定会让您觉得特别有意思。"

玛格丽特用钥匙关上了铁栅栏的门，矜持地吓跑了两只在人行道上观察我们的流浪猫。伴着手中钥匙的叮当声，她带领我们穿过花园来到带顶小院，每晚我们俩都在这里吃晚餐。接着她请我们在早就收拾好的桌边就座，道歉要失陪，然后就急忙离开去寻找为我们奉茶的女仆了。

"我本来不知道您还有对女人如此殷勤的一面呢，高迪我的朋友。"当只剩我们俩时，我这样说，"又或许我也可以免去您的姓氏和名字的第一个音节？"

高迪掸了掸衬衫左边袖口并不存在的灰尘。

"某些不拘礼节，卡马拉萨我的朋友，若男士如此绝不允许，若女士如此却可以容忍。"

"我明白了。"

"比如原本邀请一个人去吃午后点心，事实上却让他喝英式下午茶配小蛋糕这种失礼[①]。"

我笑了。

"茶不是英国的，是锡兰的。而且我想我们也有一些开胃吐司。"

"您的家人还没有发现牛奶咖啡这种东西的存在吗？"

"我正在这方面培养他们。六年的伦敦生活是会在人的精神世界留下痕迹的，您懂的。"我解开外套的纽扣，并示意高迪也解开他风衣的扣子。"我暂时能做到的是把热巧克力和手指饼加入他们的生活，不过只是在饭后。"

我朋友的脸色稍稍缓和了些。

"一杯热巧克力配手指饼听起来还算过得去。"

"只是在饭后。"我强调说，"真抱歉。"

[①] 西班牙的下午点心一般喝咖啡，而非茶。

高迪解开风衣最上方的两颗纽扣,然后停下了手头的动作。

"您的母亲会和我们一起吗?"两分钟后他这样问。他已经默默地审视过半包围着院子的大理石栏杆的形状,以及几米开外小段台阶的石质扶手的形状,那段台阶解决了花园地面不在同一水平面的问题。

"妈妈今天下午身体不是非常舒服。"我妹妹抢先回答道,同时出现在了大厅门口,在她身边的是我们最喜欢的女仆玛琳娜。"不过她希望能在您走之前在她的厅里招待您一会儿。"

"我们的母亲是位体弱的女士。"我解释道,并向玛琳娜报以微笑,她正忙着把沉重的托盘上的物品分放在桌上。

"我希望她能好转。"

"我们所有人都希望如此。谢谢你,玛琳娜。"

女仆把头埋得更低了,接着退回了楼里。

"或许最近这几天的情绪对她来说太沉重了。"高迪大胆猜测道。

"任何人都不喜欢警察在二十四小时内三次出现在家门口。"玛格丽特表示赞同,不过她的微笑却透露了相反的情绪。

"而且所有报纸都把你的丈夫称为严重犯罪的诱导者并不能帮你放松。"不管怎么说,我也表示赞同。

"是的,糟糕透了。您要牛奶和糖吗,东尼?"

高迪看着他杯中的绿色物质,眼神中带着屈服。

"谢谢您,玛格丽特。"

"我的荣幸。"我妹妹给我们朋友的茶里加了许多奶,然后也给我加了许多。等又给我们俩加了糖以后,她才开始给自己的茶调味。"那么,东尼,您也相信我们的父亲是个疯狂的纵火犯吗?"

高迪礼节性地把嘴唇在他杯里发白的液体中沾湿了一下,然后回答说:

"我不认为有任何人会这样看待您的父亲。"

"我认为整个巴塞罗那都是这么看的。"玛格丽特回头看向我,"今天早上又来了五封信。"

好极了,我心想。

"妈妈看到它们了吗?"

"信到的时候玛琳娜把它们给我了,接着我把它们直接交给父亲了。早上你刚走邮差就到了。"

"信里说……"

"和昨天的一样,只是更糟了。"

我严肃地点点头,并看向高迪,他正饶有兴致地听着我们的对话。

"匿名信?"他抢在我说出同样的词之前问。

"最糟糕的那一类。"我说。

出于某种原因,或许是羞耻,那天早上我选择不告诉我的朋友前一天送到我们家来的三封信的内容。那三条讯息中有某样东西,让我感到最深的、最严肃的、发自内心的不安,远胜这周以来发生在我们身边的所有攻击,甚至包括警察三次到我父亲办公室的来访,或是《下午报》老板和发生火灾的大楼所属公司提出的针对我父亲的最初两份起诉书。

那种令人不安的东西或许是这些匿名信中的指控的共同特点——一些指控有不容置疑的真实背景。

"这些信糟透了。"玛格丽特说,"我读它们的时候差点儿晕过去。如果母亲读到它们,对她来说将是致命的打击。对吧,加夫?"

这次,我没有在意妹妹爱夸张的习惯,对她的话表示赞同。在我向我的朋友简要描述前一天的三封匿名信的写作风格和内容时,我略过了一些令人不舒服的细节,那些寄信人似乎知道或者猜到了一些会影响到森普罗尼奥·卡马拉萨某些非贸易活动的细节,而这些细节我作为他的儿子都不清楚。我妹妹则描述了这天早上寄到的另五封信。都是同一类的简短而直接的消息,让人难以启齿复述或念给女士听,消息都由《插图新闻》页面剪下的短句组成,配有筛选出的菲奥娜·贝格的一系列插画,这些画离开了原来的上下文语境后就变成了类似暴力的死亡威胁或更可怕的东西。这八封信的内容相当一致：用父亲和他的家人可能遭遇不测来威胁他立刻关闭《插图新闻》并停止目前的对"法国魔鬼的事业"的支持。在其中一封匿名信里用这个词形容父亲所做的事，这般优雅甚至值得赞扬了。

这最后一段正是让我决定那天早上不向高迪提起那几封信的原因。这次我也没有提到有问题的句子，对我来说那句话充满意义，庆幸的是，玛格丽特完全没注意到。

"我可否问问，你们的父亲对这些匿名信作何反应呢？"在我和妹妹都描述完后高迪问道。

"同他面对所有其他事的反应一样。无动于衷和沉静。"

"我们的父亲是个非常勇敢的人。"玛格丽特说。

"我想可以这么说，没错。"

"他是个勇敢的人。"妹妹又重复了一遍，用责备的目光看向我。"他从来没有受到过一个懦弱到不敢留下姓名的人恐吓。"说完又看向高迪，十分严肃地问，"您不认为匿名是世上最缺乏教养的行为吗？"

或许是为了争取更多的时间，高迪从玛琳娜给我们准备的托盘里拿了一片面包和黄油，放在了自己的小碟子里。

"毫无疑问就是这样。"他终于答道。

玛格丽特点点头，再次露出了微笑。

"没有比一个懦夫更让人遗憾的了。"她说，"相反地，您是一个极其勇敢的人。"

"您这么认为吗？"

"您救我哥哥性命的方式简直是英雄式的。"

"我不认为'英雄式的'是用来描述事实最恰当的词……"

"我认为是的。"玛格丽特坚持说，变得严肃起来。"当加夫告诉我如果您没有救他，可能会发生什么后果时，我差点儿就晕过去了。是不是这样，加夫？"

"我渐渐发现玛格丽特特别容易'差点儿晕过去'。"我对高迪说，

他的城 | 59

"她是从她看的法国小说里那些女英雄身上学的。"

玛格丽特瞪了我一眼。

"我哥哥是位非常搞笑的年轻人。"她说,"您一定也注意到这点了。"

"他的幽默感让人神清气爽。的确如此。"

"我们全家都以他为荣。"玛格丽特站起身,绕着桌子够到茶壶,高迪还没来得及阻止她,她就再次把他强忍着好不容易喝干的茶杯添满了。"我记得……"

没有多解释什么,我妹妹把已经不烫的牛奶罐放在桌上,几乎小跑着消失,留下可怜的高迪面对喝完这第二杯加奶加糖的茶的挑战,也让我不得不像之前很多次一样,回忆对话的最后几句,试图找出可以解释这位卡马拉萨家族的小女儿突然退场的原因。

几分钟后,当玛格丽特重新出现在露台门口时,她手里拿着一张拜访卡,神情仿佛自己是掌握秘密的女主人。

"今天上午有人来拜访你。"她说着重新坐到我身边,把卡片放在我的茶杯旁。"一个年轻人,大约二十五岁,自称是记者。他是十二点前一小会儿来敲门的,当时母亲和我正要像往常一样出门散步。他问起你。玛琳娜对他说你不在,让他离开,但他坚持要和家族里的某个人说话。于是玛琳娜就喊我过去了。"

我拿起卡片仔细看了一会儿。然后把它递给高迪。

"维克多·圣马丁。"他高声念出来,似乎和我一样并不感到惊讶。"《下午报》撰稿人。"

"一个英俊的年轻人。"玛格丽特告诉我们,"衣着讲究。虽然不像你们这么好。"她又立刻加了一句,微笑地看着高迪。

"他说想要什么了吗?"

"他只说了需要和你谈谈。"

"不是和父亲。"

玛格丽特摇了摇头。

"他要和你谈。他说几天内会再来拜访,但你明晚也可以在他写在卡片背面的地址找到他。"

"阿维尼翁街 3 号楼 2 层 3 号门。"高迪再次念出声来,"如果我没记错的话,此地离《插图新闻》的办公室只有几步远。"

"棒极了。"我说,"恶魔在隔壁。"

"我对他说不管是你还是这个家的任何一个人和他都没什么好说的。这个家不喜欢谎话连篇的记者。"玛格丽特皱了皱眉,"他就是你前一天晚上和我说的那个人,对吗?报纸里所有那些可怕的读者来信的作者?"

"我们是这样认为的,没错。"我答道,接过高迪还给我的卡片,塞进外套的内袋里。"事实上,我们对此相当确信。"

"要么他写了这些信百分之九十的内容,要么他的写作风格特别有感染力,使巴塞罗那各大报纸百分之九十的读者都完全吸收了他的句法、词汇和思辨模式。"

玛格丽特蹙了蹙鼻,表情中写满不屑。

"又一个胆小鬼。"她说,"英俊且衣着讲究,然而是个胆小鬼。"

"为什么他想见的人明确是我?"

高迪耸了耸肩。

"他想找个间接的方式来接近您的父亲。"他大胆猜测,"又或者他相信您能提供一些信息,加倍润色他的写作。您打算回访他吗?"

"我应该这么做吗?"

"比起让他再次入侵您的领地,最好在他的领地里直面他⋯⋯"

"我也可以选择忽略他。"

我的朋友摇了摇头。

"一个像圣马丁先生这么能干的人面对您的忽视是不会善罢甘休的。"

这倒是真的。同维克多·圣马丁的会面或许可以推迟几天,但不可能彻底避免。

"今天《信息报》上刊登了一篇采访,《巴塞罗那日报》上又登了一篇文章。"我对玛格丽特解释道,"三份晨报上也登了几篇读者来信。"

妹妹严肃地点点头。在我父亲最近做出的为数不多的理性决定中,包括自周三起不许玛格丽特接触报纸,因此如今她和她的朋友玛琳娜只能依靠我的透露,来了解外面的真实情况。

"说的内容都和之前一样吗?"

"差不多吧。虽然不像这些匿名信里的那么严重,但也比任何一家所谓的严肃报纸应当发表的内容要过头得多。"

玛格丽特再次露出鄙视的神情。

"胆小鬼。"她说,"这糟透了,不是吗,东尼?"

高迪点点头,他的面前是再次只剩半杯的奶茶。

"当然,玛格丽特。"

"明天晚上你要去他家,与他当面对质。你要告诉他,不管是父亲还是贝格先生都从来没有做过他指控的事。还要告诉他菲奥娜也许是疯了,但绝不是他所想的那种无耻之徒。"我妹妹用被她咬过指甲的食指指着我说,接着又转头看向高迪,"而您,东尼,要陪他一起去。"

我们的朋友不自在地笑了。

"玛格丽特,我恐怕明天不能陪您的哥哥去任何地方。虽然我承认我很想认识这位先生。"

"哦,我明白了。"我妹妹的眼神黯淡起来,"是有浪漫的约会吧?"

"玛格丽特……"

我妹妹伤心地看向我。

"很抱歉。这与我无关。一位女士不应当对一位年轻、不受羁绊的男士的夜生活感兴趣。"玛格丽特挤出后悔的神情,几秒钟后立刻加上一句,"您的确不受羁绊,对吧,东尼?"

我赶紧喝完最后一口奶茶,把空茶杯推到桌子中央。

"如果母亲听到您向陌生人询问这种事,她会真的晕过去。"我说。

"东尼才不是陌生人。"

"无论如何。"我微笑地看了看妹妹和我们的朋友高迪,然后站起身,"现在,如果你们愿意的话,我们把森普罗尼奥·卡马拉萨的所有问题都忘却吧,我们来把注意力放在更有意思的事上。"

玛格丽特迷人地吁了口气。

"棒极了。"她叫出声,用餐巾把手擦干净,随它掉落在桌布上。"又可以玩你的那些玩意儿了。"

于是,我们先穿过家里主要的房间和花园里风景秀丽的角落,接着去下午厅和母亲简短地打了招呼,她正在她最爱的沙发椅上休息,看起来似乎正从病痛中逐渐康复。这番短暂插曲后,高迪、妹妹和我余下的下午时光都是在我简陋的摄影工作室里把玩最新到的玩意儿中度过的。

高迪对所有我那些破烂东西都有强烈的兴趣,从工作室外拍摄所需的挡光板①,到实验用的燃烧灯,再到有色镜片的丰富收藏,有些镜片背面磨得十分光洁,有些带有不同的凸面度,都是那周早些时候刚从伦敦寄来的。吸引高迪注意的还有一小套幻灯机、有最新西非风情的世界名胜风景片匣②和频闪式图片投影机。最后一样自从好几年前父亲就严禁我使用了,因为我在梅菲尔区的家中阁楼开了个小小的玩笑,让母亲和妹妹被这种极度恐怖的突袭吓坏了,确确实实地呆住了。直到那时我才相信,不仅仅是安妮·拉得克里夫③小说中的人物才会感到这般恐惧。然而,我觉得整个工作室里最吸引我朋友注意的

---

① 当时的相机结构十分复杂,为了在摄影工作室外使用,需要装上一些木质挡板,防止太多光线进入镜头。
② 风景片匣,一种装置,透过其上的光学镜片可以看到各类图片的画面。
③ 安妮·拉得克里夫(1764—1823),英国小说家,哥特式恐怖小说的先锋人物。

要数六七张刚冲洗过的底片和一些我最近在菲奥娜·贝格家中的工作室拍的她的照片。

每张照片里都有菲奥娜,她穿着罗马风格的肥大长衫,头发散在肩上,露出手臂和脚上的肌肤,以不同的姿势站立着,或两手叉腰,或半侧着身子,或目光迷茫地看向天空,或注视着相机镜头,背景是一些以梦为主题的巨幅画作。当她不是在画犯罪现场或尸体时,马丁·贝格的女儿似乎把所有的艺术细胞和想象力都倾注进了这些画里。

"菲奥娜·贝格。"我注意到高迪审视这些照片时的专注,于是说,"一个美丽的女人,对吧?"

我朋友漫不经心地点点头。

"她有一张非常和谐的脸。"高迪说着放下手中的照片,又拿起同系列的另一张。照片中的菲奥娜躺在长沙发上,手里拿着一个木碗,眼神失焦地望着西南角的一个点,"她身后的这些油画……?"

"都是她的作品。"我证实了高迪的猜测。"正如我已经对您说过的,菲奥娜是一位值得尊重的艺术家。当然,除非您高人一等的判断力告诉您,这些风景画只不过是垃圾。"

高迪又仔细观察了好一会儿这第二张照片。

"我不知道该怎么对您说。"他最终说,"如果您的照片拍摄质量更好些的话,我就敢评价背景里的画作了。"

当我以微笑回应我的朋友语言上的打击时,突然第一次想到,如果能亲眼看见这两人的会面该是一件有趣的事。一位是坚信自己掌握了所有艺术真理的建筑师,另一位是坚信自己的观点都是绝对真理的插画家。

"我得找个机会把您介绍给菲奥娜认识。"我说,"很遗憾她现在在工作,而您不能留下来吃晚饭。"

"东尼不会喜欢她的。"玛格丽特此时插话进来,她从十分钟以前就在长沙发上缩成一团,此前的四十五分钟则以不同的方式宣泄着她的无聊感，我对摄影的爱好和对海峡另一边寄来的玩意儿的喜爱让她感到无聊。"可怜的菲奥娜疯了。加夫，全世界都不喜欢疯子。"

"与常人不同并不代表她疯了，亲爱的妹妹。你应当比任何人都明白这一点。"

玛格丽特皱了皱眉，朝我吐了吐舌，这种小女孩才独有的可爱小动作还时不时地在她身上出现。

"菲奥娜疯了。"她对高迪说，"她能看到一些东西。"

"看到一些东西？"

"当加夫把她介绍给您时，让她把她的画给您看。如果您还有兴趣知道的话，让她给您讲讲那些画是怎样画出来的。"

"我想这叫灵感。"我说。

"这叫疯疯癫癫。"玛格丽特坚持道，"东尼，还要让她给您解释所有她相信的东西。那些政治和灵魂方面的事。您会觉得可笑的。"

高迪严肃地点点头："当我认识菲奥娜时，我首先会做的就是问她的信仰和她的创作方式。"

就在此时，不远处格拉西亚区的钟楼敲响了七点的钟声，我的朋友立刻有所反应。

"我恐怕得走了。"他说着把一直拿在手中的照片递给我，"弗朗切斯克八点时会在城市的另一头等我。"

玛格丽特露出了失望的表情。

"您真的不想留下来吃晚饭吗？我们的父亲也会想认识您的……"

"我也希望能留下来，真的。"高迪道歉说，"这是个非常愉快的下午，如果你们再次邀请我，我很愿意再度拜访。"

"一言为定，说话算话。"

高迪模糊地笑了笑，转过身最后看了一眼我为他摆在工作台上的那排幻灯机和频闪图像投影机。在收拢菲奥娜的照片时，我心想，或许可以在高迪的帮助下骗取那些招魂术信奉者的慷慨资助和保护。我把照片归在名为《浪漫随笔》的文件夹里，与其他文件夹放在一起。

在我大脑最私密的地方,我把这些文件夹的合集叫作《我策划中的照片集》。截至那时,这部作品主要还是由菲奥娜的系列照片组成的。照片中这位英国美人以不同的面具示人,她正是戴着这些面具穿梭于伦敦与巴塞罗那之间。或是中世纪的少女,或是雅典的缪斯,又或是穿着裤装系着领带的清秀绅士,总之是一个随时准备好被友好的相机拍摄的有一千零一种身份的女子。

当我把文件柜锁上再度转身时,玛格丽特正在高迪面前再度展现她巧妙的时有时无的羞红机制。

"如果我对您说您的眼睛闪着光,这会不会很放肆?"我听到她轻声说,声音微弱又强装平稳,"您的发色非常天然。但一定许多人对您说过同样的话了吧……"

十分钟后,只剩妹妹和我站在半开的铁栅栏边,她对我宣布,那个我们正目送着走向市区的人,是她这辈子认识的最优雅、最英俊、最像任何一位有基本品位和想象力的小姐梦中情人样子的男人。

"你觉得我们之间的爱是不可能的吗?"当高迪完全消失在我们视线中时她这样问我。

玛格丽特等待我那可以预测的回答时眼神如此悲伤,令我只得临场发挥一个回答。

"不可能的爱只存在于小说里。"我说,"在现实生活中,至多只存在不太可能的爱。"

我妹妹似乎对这个回答相当满意。

第八章

当我结束了这天的最后一个社交活动时,已是晚上七点零几分了,我终于可以前往《插图新闻》办公室了。像每周六的这个点一样,费尔南多七世街的人行道——或者像共和国政府设立的指示牌上写的路名一样称它为费兰街——已失去了它通常的繁荣景象,变成了一个女士们和先生们熙攘往来的地方,所有这些人的条件都很好,衣着整洁、讲究,他们手挽手地在本市最负盛名的服装店橱窗前逛悠,时不时地停下来欣赏新货:英国来的帽子、意大利来的手套和皮靴、巴黎来的女士内衣,就像在跳一种复杂的群舞,他们对服装的观赏也成了其他巴塞罗那市民的娱乐项目,只是后者可怜兮兮的钱包让他们甚至不敢幻想踏进那些店里。

橱窗里的灯用各色耀眼的光芒照亮了人行道,有些发红,有些发绿,有些甚至因橱窗玻璃而显得发蓝;在街道上,汽灯也随着路灯管理员的经过而被点亮,这是一位上了年纪的人,他紧紧地、焦虑地斜握着点灯的长杆,仿佛拿着的是一支扎枪。即将降临的夜晚看似会很晴朗,温度适宜。午后刚过时从海上升腾起的雾气已在覆盖城市上空的烟尘里消散不见,这层覆盖物现在开了个口子,大到足以看到一小块正从四分之一月向满月过渡的月亮和两三颗星星开始从费尔南多七世街房顶上西方的天空探出来。

在那样一个夜晚,在巴塞罗那的那片角落,我能想到五十个比我正要做的事更让人愉快的活动。

"我想贝格小姐已经走了。"当我发现菲奥娜的办公室空无一人后,便向二层的秘书询问,她这样回答我,"您想给她留个讯息吗?"

"我是否能见见马丁·贝格呢?"

秘书多疑的表情加重了,刚才当她听我说出菲奥娜的名字时她美丽的脸庞已经努力掩饰了这种多疑。

"我不认为有这种可能,先生。"

"我是加夫列尔·卡马拉萨。"我说,"卡马拉萨先生的儿子。我不是敌人。"

我的对话者在听到我的姓时稍稍紧了紧肩,尽管如此,她看起来还是不完全相信我所说的话的真实性。

与在一层工作的秘书们不同,她既不非常年轻,穿着也不像附近时装店的雇员。她的面貌更像一位来自良好家庭的小姐,受过很好的教育,热爱冒险的精神促使她用她的家庭环境允许的范围内最奇异的方式来填补大把无聊的时间。

我不禁有些同情她。最近这些天在《插图新闻》工作不可能是一位习惯于简单而庄重的资产阶级生活的女士最喜欢的事。

"或许我可以去问问我的上级主管。"她依然边说边审视着我,似乎正在我的衣袋里搜寻凸起的石块,或者正在我的裤子的褶皱里搜寻一盒火柴。

"非常感谢您,小姐。"

女秘书从书桌前站起身,沿着过道慢慢走远。她走路时的优雅与镇静让我更钦佩她了。等她回来的间隙,我想起了那天下午与我一起在国王酒店的餐厅吃午餐、在中央剧院看滑稽剧的女士:那是青少年时期懵懵懂懂的爱——隔着栅栏的不自在的对话,在喷泉旁交换的信件,在蒂佛利花园的马鞭草丛里共度的下午——这份回忆在我生活在伦敦的六年时光里时常占据我的遐想,而如今已无法在孤单的夜晚抚慰我了。马尔蒂塔,那时候大家都这么叫她。她有双绿色的眼睛,十五岁的年纪，像人体模型或玩偶般雪白的双手，后颈纤细柔软的汗毛闪着金光，仿佛初生婴儿般光洁的肌肤。她是有幻想症倾向的少年最佳的梦中情人，任何一个有血有肉的女人都不可能像她一样完美。

当秘书终于回到她位于大厅中央的桌子旁时，是马丁·贝格与她一起来的。

这位《插图新闻》的经理穿着有袖衬衫，头发乱糟糟的，仿佛刚从好几个小时的午睡中醒来。裁缝式的眼镜滑稽地挂在曾经的拳击爱好者的鼻尖上，两大团白白肉肉的腮帮因刚长出来的胡茬而闪着红光。

"我只有三十秒。"他说，摆出习惯性的外交架势。

"那我就不浪费时间和您打招呼了。"我说着把关于马尔蒂塔的回忆从脑海中抹去，回归严酷的现实。"我只想知道您是否认识一个叫维克多·圣马丁的人。"

马丁·贝格思索了几秒钟，然后才重复了一遍我刚刚念出的名字。

"维克多·圣马丁。"

"《下午报》的一位撰稿人，他一整周都在巴塞罗那的日报上诽谤污蔑我们。您一定听说过他吧。"

菲奥娜的父亲蹙着眉看了我好一会儿，右手插在裤兜里，左手支在秘书的桌沿上。

"我想没有。"他最终回答说，语调是那样中立，只有刚开始学习外语的人才有这种语调。

"我父亲也这么说。"

为什么对他我也不相信呢？

这最后一个问题我没有高声提出来。马丁·贝格身高一米九，有一头茂盛的红发和隆起的啤酒肚，他不像是那种允许别人放肆无礼的人。

甚至他腋下衬衫接缝处的两圈汗渍也传达着某种侵略性的张扬

力量。

"您问过菲奥娜了吗?"

"从周四起我就没见过她。昨天她没来吃晚餐,今早当我去农家小屋时她已经走了。现在我来这儿找她说话,但我好像又来晚了。"

"抱歉没有办法帮您的忙。"

"十分钟后我要和维克多·圣马丁会面。"我说,"我希望能在去之前对他有所了解。"

如果我曾期望我所宣布的事能在马丁·贝格的脸上留下些许痕迹的话,那么我错了。

"那么祝您好运。"他说,接着消失在通往经理办公室的走道上。

直到再次只剩秘书和我两人时,她才从桌上成堆的纸张中抬起头,看着我的表情透露出她一贯的高效。

"他是一个令人愉快的人。"我微笑着说。

她的表情没有发生任何变化。

"祝您有愉快的下午,卡马拉萨先生。"

无须多言,我走出了《插图新闻》的办公室。就像来时一样,我依然对我马上要拜访的神秘记者一无所知。不过我越来越怀疑,我作为森普罗尼奥·卡马拉萨长子的身份有时就像幻想国的纸币一样无效。

阿维尼翁街与费尔南多七世街在距报社办公室所在的小广场仅几步之遥的地方相交。著名的埃斯特韦·科梅利亚手套店就位于两街交叉口的大楼底下几层,而这座大楼隔壁的建筑就是维克多·圣马丁在拜访卡背后留下的地址。

楼门半开半闭着,因此我不假思索地进去了。大厅里既没有看门人的门房,也几乎没有照明。只有一盏灯发出微弱的光亮,并不足以照亮整个大厅,楼梯平台在昏暗中若隐若现,底层房间的门都朝向这里,第一段向上的楼梯也始于此。通往二层的十七级台阶也只有楼梯中段被一盏壁灯照亮着。我记得我当时心想,这里暗得好像住户都不愿看到他们所处的环境一样,或是这座建筑本身为自己的样子感到羞愧,并决定舍弃所有可有可无的光源。即使在那片昏暗中,依然能明显看出房子十分老旧,疏于打理,破败之势已无可挽回。只要摸一摸楼梯的扶手,或是墙壁上剥落的油漆,就能在指尖注意到潮湿而油腻的肮脏,而稍往上走就能闻到来自建筑深处的气味,那气味暗示着搭成这座楼的骨架的木材和灰泥正在腐烂和分解。我上到二楼,三号门旁壁灯的光让我得以看到约定的家外墙破落的样子:潮湿、凸起或脱落的整层油漆,以及从地面延伸到天花板的深深的裂缝组成的网,这网让人不禁想到一个濒临崩溃之人的面部血管。

尽管这座建筑位置极佳,外墙华丽,但它就像高迪和他的哥哥在里维拉区的房子一样,内部破败不堪。我一边准备敲门一边心想,如果这是维克多·圣马丁的家,那这个记者绝不是我根据妹妹的描述和拜访卡背面的地址而想象出的富裕、来自良好家庭的年轻人。

我用指关节在栎木门上敲了三次,却没有等到回应。

又敲了两次,还是同样的结果。

第三次尝试。毫无回应。

我不禁咒骂起来,一方面因为这个圣马丁的不靠谱,另一方面因为我居然决定来拜访他。当正要转身走向楼梯时,我突然发现了从门缝里探出一部分的信封。

"加夫列尔·卡马拉萨",信封上用大写的印刷体字母写着我的名字。

就着壁灯的光亮,我打开用火漆封住的信封,阅读里面简短的手写书信。

尊敬的卡马拉萨先生:

一个突发的意外让我不得不离开这座城市。直到周一我才会回来。

  对于以这种方式浪费了您的时间我表示深深的歉意。我相信，我们会在周二的晚会上相见。希望到时有机会弥补这份不可原谅的失礼。

  谨上。

维克多·圣马丁

  这位记者的字体又小又尖，明显是一个习惯于迅速书写之人的字迹。他所用来写下这条信息的墨水不是纯黑的，看起来像掺了水，或许是为了与此处卑微的整体场景形成呼应。书写的纸张也很普通，并不厚实，是没有光泽的白色，看起来是从一张更大的纸上小心裁剪下来的。乍一看，这条信息的风格不像是那些被高迪和我推测为出自圣马丁手笔的读者来信，然而当我第三次读它的时候，我不禁自言自语，哪怕最不小心的诽谤者也会懂得在这种场合伪装他的句法文风。

  周二的晚会，这是字条里唯一让人迷惑的点。

  "我相信，我们会在周二的晚会上相见。"

  五分钟后，我已离开了大楼和阿维尼翁街，重新暂时回到繁忙的费尔南多七世街，可我依然对圣马丁先生所指的聚会毫无头绪。无论如何，我决定不再想它。对《下午报》的记者令人沮丧的拜访终究不是对这一天的忙碌最合适的补遗。毕竟，这一天充满了各种因我本人的判断失误而造成的重大错误，始于我幻想尝试找回一段青少年时期的旧爱，或许将以我和马丁·贝格不久前的短暂对话告终，不过我还不太确定该如何评价这次谈话。在来自陌生人的道歉信里的一个难以理解的疑点绝不会成为今晚占据着我的大脑并让我像往常一样失眠的主要问题。

  当我从费尔南多七世街街角拐上兰布拉大街时，天色已一片漆黑。不到半小时，天空就会被低低的云层遮盖，云朵仿佛与建筑高高的屋檐和中央走道的树冠纠缠在一起。黄色的街灯和往返于加泰罗尼亚广场和海洋城墙的厢式马车的光束被雾气抹上一层光晕。空气中浓郁的硝石味、油烟味与兰布拉大街中段的小饭馆、咖啡馆和酒店传出的食物味相混合,外加盖满了靠边车道的马匹排泄物的气味。那时已过了八点半,然而兰布拉大街依旧像午后般熙熙攘攘,人来人往。

考虑到现已来不及在周六的家庭晚餐开始前赶回格拉西亚区,我选择了坐落于阿萨尔托伯爵街街口的一家外观马马虎虎的小饭馆,并点了一份鹰嘴豆配米饭以及半瓶葡萄酒。我从来都不喜欢独自吃晚餐,不过那份简单的食物和劣酒却给我的精神带来了立竿见影的效果:当我走出饭馆时,下午发生的事都久远得仿佛是幼年的回忆。我被一个军乐队的音乐吸引,于是再次穿过兰布拉大街来到了皇家广场。广场上聚集了好几百人,有些人坐在门廊下的露台上,另外不少人站在美丽的连拱柱廊下,不过大部分人都围在广场中央的乐队周围。那些老兵演奏的进行曲仿佛在对我的血液讲述一种从来没有机会观察也不曾梦到过的生活,但如今这种生活突然变得诱人,穿着制服的英雄式的生活,在军营和战场打拼的光荣的生活。

"这音乐让人激奋。"我对在我身旁看军乐队表演的某个男人这样说道。

"这音乐让人觉得恶心。"他答道,并向地上吐了一口痰,和马尔蒂塔的耳环是同一种颜色。

从这一刻起,我记忆中关于这一晚的细节都是错乱的。我记得我在广场又待了一会儿,和好几个人说了话,后来有人高喊着"波旁军队去死吧!",这让老兵们的音乐静止了。接着广场发生了小小的骚乱,人们匆忙奔逃,广场迅速半空了。有两个年轻人各自爬上街灯,高声发表着支持共和国的演说。听着他们的话我的心再度激奋起来,虽然那两位年轻人的演讲热情满满,但听着却像献给自帕维亚起义后就行将就木，且不可能重温其短暂统治的共和国政体的一曲挽歌①。之后我也离开了广场，穿过兰布拉大街向拉巴尔区走去，钻进团结街上的一家小酒馆，喝了几杯茴香酒、一丁点儿杜松子酒和一杯我已记不得名字的绿色液体，但我记得坐在我身旁的老人向我保证说他有"圣人之手"，可以治愈一切爱之疾。

"我没有爱之疾。"我想我是这么对他说的，同时试图让视线集中在他模糊不清的脸上。

"不要自欺欺人了，小伙子。"他答道，"我们每个人都患有爱之疾。"

接着，当我恢复意识时，贝伦教堂的钟刚好敲响了晚上十一点的钟声，我正跪在一个满是泥和尿的水塘边，身边围着几个好奇的乞丐，我靠着圣克鲁斯医院哥特式的宏大建筑外墙把肚子里所有的东西都吐了出来。与此同时，我的脑中已构思好了这天的最后一个坏点子。

---

① 1874年1月3日，为阻止联邦共和国政府的成立以及艾米利奥·卡斯特拉尔总统的被免职，马努埃尔·帕维亚将军发动了军事政变，占领了正投票选举新总统的议会大楼。政变后，卡斯特拉尔拒绝通过不民主的方式再任总统，于是弗朗西斯科·塞拉诺将军成为新总统。此次事件标志着西班牙联邦共和国的终结，单一制共和国，即塞拉诺独裁政权正式建立。

第九章

"塔贝山",医院街36号大门边挂着的小木牌上写着这几个字。

这座建筑就像拉巴尔区那片的其他建筑一样,又矮又暗,连用于修饰外墙的难看直线的丑陋装饰都没有。与其说它是一幢住宅楼,不如说它看起来更像一个车间,或者一家小型工厂,又或者是医院另一侧诸多纺织厂其中的一家的仓库。光秃秃的胡桃木制大门紧闭着,整座建筑第一眼看来完全处在黑暗中,但是木牌下方的金属门铃似乎在邀请来客试试运气。

门铃是蛇头的形状,摸起来十分寒冷,手感就像真的刚刚摸了一条令人作呕的蛇。

门过了二十秒才打开。一个年约六十岁的女人出现在门口,她面容严肃,画着浓妆,干瘪憔悴,脖子上的脉络在皮肤下清晰可见,仿佛绷紧了的吉他弦,马上就要断裂。

"有事吧。"她的语气与其说是疑问,不如说是肯定。

"塔贝山?"

女人上下打量了我一遍、两遍、三遍,脸上一副完全不喜欢面前的我的表情。

"牌子上是这么说的。"她回答。

一阵短暂的沉默。她脖子上的琴弦随着晚间凉风的吹拂颤抖着。尽管吐过了,酒精依然让我的大脑处在麻木状态,让我的血液变得黏稠。

"或许，我可以进去？"我终于问道。

"我不这么认为。"

"入场不是免费的吗？"

女人好像笑了。

"如果您需要问我是不是免费的，那么先生，您绝对不可以进入。"她说，大红的嘴唇下隐约可见发黑的牙齿和缺牙的窟窿。

我决定改变策略。

"有位朋友在里头等我。"

"一定是这样。"

"这是我第一次来。但我的朋友已经和我讲了许多关于这个地方的奇事。"

"一定是这样。"女人向后退了一步，明显是打算关门让我碰一鼻子灰。"如果您不需要别的什么，那么先生……"

就在此刻，我突然灵机一动。

"我的朋友是 G 先生。"我宣布道，带着酒鬼独有的自信。

女人脸上的表情没有变化，但大门依旧开着。

"您说什么，先生？"

"我想您已经听懂我的话了。G 先生就在里头，要不然就是马上会到，我必须和他见面。"

女人摇了摇头，看我的表情似乎带着悲伤。

"酒对您来说还不够吗？"

在我忍不住想问她这话到底什么意思之前，塔贝山的门半开了。我穿过一条又长又窄的过道，在一片昏暗和当时的情况下，我恍惚觉得在走道的终点看到了一块暗血红色的幕布。

"欢迎您，先生。"一位穿着十分新颖、面带笑容的年轻女子对我说，同时为我掀开了幕布的一角，用做作的表情邀请我进入幕布后的厅里。

我挑选了一张位于尽头的桌子坐了下来，努力不打破室内原有的十或十二人所保持的安静。他们都独自坐在各自的桌前，手里端着一杯酒或是夹着一支烟，面向着舞台。现在的大厅俨然一个微型剧院，升起的舞台主导着整个空间。

舞台上还是空的，但是用于照明的成套灯具和镜面暗示着马上就会发生些什么。

"您想喝点儿什么，先生？"第二个面带笑容的殷勤女孩在我耳边轻声问道，她也穿着即使在干草市场① 附近的人行道上也会引人注目的服装。

"一杯欧波尔图葡萄酒，谢谢。"

女孩从我桌边走开了，她腰间装饰的羽毛柔媚地跳跃着，我满怀惊愕地重新一个人坐在桌旁。

这个厅大约有一百多平米。厅里面放着二十张独立的桌子，虽然间距不大，但彼此既不成一条直线，也可以避免就座者的直接目光接触。第三位同样带着永恒的微笑、穿着令人难以置信的华服的年轻女孩在厅的左后方，即进门幕布旁的柜台边服务。幕布左右两侧各有两扇关着的门，门楣下端庄、美丽得如同雅典雕像般站着另外两个女孩，她们以无聊但又抱有期许的眼神观察着桌边的座客。厅的墙壁被涂成了温暖的天蓝色，一些植物状的花边在距地面不高处延展；其余地方没有挂着一幅画或一张照片，也没有张贴着附有这家店店名或是介绍所能提供的优质服务的海报。简单的植物装饰花边也出现在地毯上，在桌子染色的卷边上，支撑舞台的木板台的横梁上也有这种花边的变体。那份用叶和刺的组合图案作装饰的执着让我觉得很有趣。在我的桌上摆着一个玻璃烟灰缸、一盒烟以及一盒火柴，火柴盒同高迪六天前递给我的一模一样，上面也画着同样梳着法式时髦发型的女人，这一次，女人的脸让我觉得那不仅仅是一家普通的夜间营业场所

---

① 伦敦市中心威斯敏斯特区一个买时髦衣服的地方。

的广告。

我刚点燃了一支烟,照亮舞台中央的灯突然毫无预兆地变换了颜色和亮度,从红色变为橙色,从橙色变为黄色,从黄色变为暗淡的绿色,这种绿色散发着阴森的光,仿佛沼泽地里的火光,似乎把所有在场人的侧影化为了鬼魂,把整个场景化为了不那么讨人厌的非现实气氛。

正在那时,我看到高迪坐在大厅最靠前的桌子边。他的背向前弯曲,被一团厚重的、泛绿光的、幽灵般的烟云包围着,右手拿着一本画图本,远远望去和菲奥娜带去犯罪现场的那本一模一样。

也正是在那时,舞台上出现了一个女人,她的面貌是我一生所见过最奇异的。

"先生,您的欧波尔图酒。"腰间围着羽毛的女孩对我说。不过,在我的印象里,我面前的酒杯似乎是自己飘浮着来到我桌上的,或者是团结街上对我谈起爱之疾的老人端来的。

因为整个世界刚才都从我的视线中消失了。

现在唯一的真实,唯一值得我混乱的大脑去关注和感兴趣的,是刚刚在我面前展开的双重谜团。

第一重谜团是我的朋友出现在了那样一个我至今仍觉得奇怪的地方,第二重谜团是舞台上的那个女人,她先一动不动地在舞台中央,仅仅穿着简单的肉色丝绒衣服和格子图案的长袜,突然又开始进行缓慢的演出,单调,没有节奏也谈不上妩媚,但我至今仍能在记忆里重现她的动作。

长话短说,接下来的半小时我都在我的角落像懦夫般窥视着高迪,观察着他的手不知疲倦地在画图本上挪来挪去,看着他脖子和背部的连带动作,同时默默记下那些独身一人的男人或女侍者走近他桌子的次数。他们不说话,只是用双手与高迪握手,接着又立刻回到本来的座位上去(有一次,两个男人同时从各自的桌前起身,从相反的方向穿过大厅走向舞台,在有雕像般直立的女孩守护着的门边消失了。十分钟后,他们一言不发地又回到各自的桌子,我没能读懂他们的表情。几分钟后,那个女孩也重新站在了门楣下)。我不打算详述这一切发生的同时舞台上的那个女人的表演到底是在表达什么,现在我只想说那女人的姿态让人着迷,非凡奇特,美丽而虚弱,又像深度神经错乱,就和她本身的面貌一样。

终于在半小时后,我的处境,即在阴影中偷窥一个朋友,并远远欣赏一个陌生女人的动作与姿态——随着舞蹈的进展,她越来越近似于让人无可忍受的裸体——让我感到羞愧,我的良心因为那里发生的一切而惶惑。我在玻璃烟灰缸里按灭了最后一支香烟,用手势唤来了腰间挂有羽毛的女孩,支付了一口没喝的欧波尔图酒和入场费,离开了塔贝山,心中对什么都没把握,只是明白一件很重要的事刚刚发生了。

当我回到格拉西亚区的别墅时,已接近凌晨一点了。夜间的寒意和走过的路途让我的大脑清醒了些,足以让我在关上背后的铁栅栏门时注意到房子另一侧传来的微弱光芒。出于责任感和纯粹的好奇心,我不由自主地把倒床就睡的愿望再推迟了一会儿。于是我绕过了别墅主楼,克服了花园的地势差异,来到了老旧的农家小屋。

菲奥娜斜倚在她父亲为她在门廊下临时布置的两个摇椅中的一个里。把我吸引到那里的亮光来自菲奥娜脚边的小油灯,又或者是她裸露的左手手指间夹着的香烟。离门廊还有好几米远就能闻到空气中弥漫的令人感到熟悉的奇怪烟草的草药味,菲奥娜与其说是倚在摇椅里,不如说是瘫坐着,她的姿势让我确信,马丁·贝格的女儿刚才做的绝不是抽完最后一支烟然后上床睡觉这样单纯的事。我一边沿着花园小径靠近农家小屋一边清了几遍嗓子,但她闭着的双眼没有睁开,身体也没有显露出对半夜突然有陌生人来访的不安。菲奥娜正在另一个世界,奇特而私密的世界,她幻觉中的世界,不管她现在在那里见到了什么,明天都会化作洁白画布上无法解释的带颜色的图案。

我在另一把摇椅上坐下，看着布满云朵的天空。我在想高迪和那名舞者，想那些同我的朋友握手的人，想那些在塔贝山这个同样奇特而又私密的世界做服务员的美丽女孩。我看向菲奥娜，欣赏她小憩时纯洁的面庞、她头发的颜色、她纯白无瑕的皮肤。"一张十分和谐的脸"，高迪在看到她照片时说过这句话，他是对的。我记得五年前我第一次认识她那天，我记得我爱上她那天，我也记得这份爱永远消失的那天。我闭上眼睛，当我再次睁开时，油灯的火苗已经熄灭了，菲奥娜正从她的摇椅上望着我，唇边挂着甜美的笑意。

"嗨。"她说。

"嗨。"我说。

我们在沉默中看了彼此一会儿，仿佛在为继续对话探路。

"我没想到你会这时候来。"她终于开口说。

我再次望了望天空，看到两颗孤独的星星在云朵间的一小块明亮的地方闪烁。

"我看到有光，于是过来打个招呼。"

"你真体贴。"菲奥娜抬起左手，快速理了理散乱的头发。"刚回来吗？"

"吓到你了吗？"

"很高兴你来。今天过得有意思吗？"

我仔细想了几秒钟。

"今天我度过了奇怪的一天。"我说。

"说我听听。"

我照做了。我向菲奥娜讲述了我和一些自1868年后就再也没见过的朋友共进的早餐，对卡马拉萨家族一位远房亲戚不得不进行的拜访，和马尔蒂塔共进的午餐，在中央剧院看的滑稽戏，与菲奥娜父亲的对话，对维克多·圣马丁无果的拜访，独自一人的晚餐，过量的酒精，去塔贝山的一探究竟，以及在那里头发生的所有的事。我没有提及那些几乎裸体地守护着两扇关着的门的雕像般直立的女孩，也没谈到舞台上的裸体女人所跳的舞蹈动作,不过我确实提到了在高迪所坐的桌边发生的奇怪行为。菲奥娜像往常一样,静静地听着,既不给我提供建议也不发表观点。当我叙述完时,她向我的摇椅伸出手,让我握了一会儿。然后轻柔地抽回手,对我说:

"你周二想去见这个圣马丁吗?"

我在黑暗中耸了耸肩。

"我都不知道他指的是什么晚会。"

"《插图新闻》办的晚会。周二晚上七点。就在报社礼堂里。"

幻想国里用的纸币,我心想。

"第一次听说。"

"你父亲打算明天告诉你的。"

"然而维克多·圣马丁今天就知道了。"

菲奥娜短暂的沉默表明,她也对此感到奇怪。

"一个消息灵通的年轻人。"

"而且他对你的插画着迷。他不放过任何一次在信中引用你的画以及评论你品德的机会。"

"关于那些你的朋友认为都是他写的读者来信,"菲奥娜纠正我说,"或许你应该解释给你的这位高迪听,读者寄给报社的信有时的风格并不适合直接发表,于是在编辑部通常有一个人专门负责在付印前调整润色下它们。可能这位圣马丁是从事这个的。"

"在三份不同的报社?而且他同时还是第四家报纸的员工?"

菲奥娜的摇椅随着她换了个姿势发出嘎吱响。

"忘了它吧。"她说着,侧卧躺下,脸正对着我。

这姿势就像妻子在双人床上向丈夫讲述白天遭遇的小问题一样。

"你相信我们每个人都患有爱之疾吗?"我惊讶于自己的提问。我不知道这么做是为了排除刚才脑中的画面还是加强它。

"什么?"

"在拉巴尔区的一家酒馆里一个老头对我说的。"就在一摊摊小便的水坑前我把喝的酒都吐了之前,我忍住没加上这一句。我努力地在记忆中搜寻确实的信息,接着说:"我记得是这样。"

菲奥娜没有费心回答。

此时,一道短暂的亮光照亮了我们头顶的天空,让她和我身体的轮廓清晰了一刹那,然后又消失了。大概是一道没有雷鸣的闪电,或是一朵烟花,又或是即将沉没的船发出的求救信号。

菲奥娜香烟的气味继续弥散在我们呼吸的空气中,在我们身边召唤来一个奇特又不可见的世界。

"你看到有趣的事了吗?"我问道,也转身侧卧,正对着她的脸。

这个问题她也没有回答我。

第十章

　　周一早上的日报这六天来第一次完全没有提及加努达街口的大火，也没有谈到牵连《插图新闻》的论战。没有一篇文章报道警方调查的进展或是案件的司法结果；没有一篇居心不良的采访；没有任何一封呼吁禁止森普罗尼奥·卡马拉萨的报社继续运作，或要求流放它的经理，或号召公众用石头击毙它的主要插画家的读者来信。我也是这六天来第一次能够平静地浏览那三份日报，内心没有想一把火烧了它们的报社办公室、各自经理的住所，或许还有阿维尼翁街3号的冲动。那天下午出版的《插图新闻》也是不同寻常地低调，既没有刊登特别血腥和使人不安的消息，也没有提到《下午报》报社的大火，只有一些关于港口发生的争吵和塔列雷斯街的社会主义者罢工的骚动迹象的新闻，完全没有可能使任何一位传统的读者感到不快的内容。晚餐时，妹妹表示没有什么新鲜事要告诉我，不论是之前的早上都会收到的败坏我们家族名声的匿名信，还是不受欢迎的登门拜访，或是朝费尔南多七世宫殿砸石头的消息都没有，这让她很沮丧，却让我非常欣慰。我记得这天晚上，当我回房睡觉途中经过父亲办公室时，我在门口祝贺他这天的平静。或许归根结底，爸爸卡马拉萨是对的。或许我们的确没有什么好担心的。或许所有的一切只不过是某种对新闻的狂热，某种强烈而又让人不悦的、但已在减弱的狂热。

接着，周二到来了。

占据了《巴塞罗那日报》整版的那篇文章让这些幻想都化为了泡影。文章署名只有两个首字母，一个"V"一个"S"[①]，凭文中的语言风格推测无疑出自维克多·圣马丁之手。

文章的标题用的是国际新闻惯用的字体、字号和印刷术，内容十分简单：《森普罗尼奥·卡马拉萨，波旁家族的代理人》。它的第一个副标题是《〈插图新闻〉，效忠于阿方索十二世的复辟大业》，第二个副标题补充道：《对〈下午报〉犯罪性质的攻击，波旁阴谋的一部分》。

文章的内容没有标题这般斩钉截铁，事实上仅限于附和那些自夏末就开始流传的流言，即一场意图把波旁家族的一位成员推上西班牙王位的巨大的阴谋。至于文章指称我父亲和他的报社与这个阴谋有联系的依据，都是些微小的或者纯属臆想的征兆——如卡马拉萨家族刚好在1868年革命之后逃离西班牙，父亲在伦敦的一些生意的性质含糊可疑，他那些所谓危险人物的朋友，以及子虚乌有的《插图新闻》支持波旁王朝、反对共和国的思想倾向——甚至圣马丁自己似乎也不完全信服这些迹象，只能晦涩地提及一位匿名知情人士才能为不属实的文章增添些分量，此人据说与被赶下台的伊莎贝尔二世的儿子在巴黎的根基关系密切。总之，全文完全就是在追求轰动效应的标题下由一堆无端猜测的东西拼凑而成的。

但无论如何，伤害已经造成了。

文章作者肯定地说，森普罗尼奥·卡马拉萨是波旁家族的一位代理人，这个想法会扎根在所有读者心中。他们都会认为我父亲是波旁家族策划中的谋反的代理人，父亲的报纸就是用于这种目的的工具。他们都会相信，卡马拉萨家族刚好在那时回到巴塞罗那，在共和国因1月的帕维亚政变而在事实上已被埋葬时、在自由在愚笨且灰心丧气

[①] V.S. 正是维克多·圣马丁（Victor Sanmartín）名字的缩写。

的政府手中行将消失时、在政变的谣言传遍全国时回来,这一切恰好印证了被一位匿名信作者称为"法国魔鬼"的那一位在流放之地的藏身处精心安排的计划。

这就是会扎根在所有读了那天早上的《巴塞罗那日报》的人脑海中的念头。

我一读完文章就意识到,这也是从此刻起会不断在我脑中重复的疑虑。

当高迪和我到达蒙卡达小广场时,一场小泥雨正要开始弄脏里维拉区的街道。这是一个非节庆日的周二下午六点,但是海上圣玛利亚教堂周围却熙熙攘攘,像是星期天上午弥撒刚结束时一样热闹。穿着工作服的男男女女,穿着孝服却笑眯眯的老太太,依旧穿着乡村服装的顽固的老头,一共好几十人,聚集在小摊周围,背倚着教堂的外墙,高声地用一种令人费解的乡村加泰罗尼亚语相互交谈着。在他们周围,几群脏兮兮的孩子追着车轮、一闪而过的陀螺或是和空中落下的泥水同样颜色的羊毛球,不受控制地乱跑。一头驮着褡裢的驴在教堂后部半圆凹室的外墙边呕吐着,一条狗也在小广场一头的乳制品店门边做着同样的事,但所有人似乎都对此毫不在乎。几个乞丐在盲拱①的石质拱门下相拥而睡,离他们几米远的街道中央,一个流浪音乐人拉奏着一把西班牙犹太人式小提琴,双脚随着欢快的旋律舞动着。

这次没有人在高迪居住的楼门外等他。

"我注意到今天您没有访客。"我忍不住说。

"我试图在工作日避开来访。"他说着开始上楼,离我们要去的阁楼还有很多段台阶。

顶层的样子比外墙及门厅并没有好多少。阁楼唯一一套房的大

---

① 盲拱,指用挂毯把石柱间的拱形空隙遮住而形成相对密闭空间的门廊。

门上沾满了油漆的斑点，有一些很深的抓痕，还有像是不久前的一场大火留下的难以掩盖的痕迹。用于照亮阁楼的小天窗被鸽子和海鸥的排泄物盖得几乎不透光，整个环境的肮脏似乎渗透进了天花板和墙壁里，还有那没铺瓷砖的地面。然而这一切里最引人注目的，莫过于那三把守护着高迪家的锁了。

"这一带有贼？"我问，高迪正用三把钥匙中的一把插入最上方的锁眼。

"我们最近运气不佳。"

"希望不太严重。"我说着再次看向木门上大火留下的明显痕迹。

"没什么不可挽回的后果。"高迪终于打开了所有的锁，将门推开，"请进。"

阁楼的内部宽阔明亮，而且出人意料地舒适温馨。天花板不像之前某次对话时我朋友对我描述的那样矮，虽然屋顶呈坡面的设计会让房间高度朝一面墙逐渐变低。一个中央大厅占据了一大半空间，在角落分布着一张大餐桌、两张稍小的工作台、两把扶手椅、几张木制椅、两个带玻璃柜门的衣柜、好几个装满了书和各种物品的书架，以及一个带有食品储备柜、炉灶和水槽的小厨房。在大厅中央的地上，铺陈着尚在制作中的海上圣玛利亚教堂的模型，它像个由线绳、金属和小袋泥土组成的怪物，我们此行就是来看它的。模型周围的地上杂乱地散落着各式各样的木工工具和两张大幅画纸，同大厅其他部分的干净整洁显得很不协调。模型同我之前在任何一个建筑师工作室里看到的都不一样，画在两张大纸上的设计图乍一看也是用一套我不认识的符号和量度绘制的。尽管高迪看到我一脸茫然的表情，听到我对他工作的初步评价后明显十分高兴，但我们没有进一步检视那个模型。厅两端各有一扇门，分别通往兄弟俩的卧室，第三扇门镶嵌在照亮阁楼的一排气窗之间，通往一个可以俯瞰里维拉区诸多建筑的小小露台。

从那里看到的海上圣玛利亚教堂的景象美得惊人，我第一次大约理解了为何高迪会继续住在这样一个地方。

"太美了。"我说，忘却了从天而降的雨水和高处有力的风，一心只有那个建于中世纪的教堂，那个石头砌成的美丽奇迹。"任何一个资本家都会愿意付出一笔财富来交换你们这里的视野。"

高迪也来到我身边，站在围住露台的矮墙边。

"我不认为会有资本家愿意像我们一样，为了拥有这片视野而承担随之而来的不便。"他又补充说，"当然，且不说我怀疑从没有资本家抬起头看过这些教堂的尖顶。"

我们又静静地欣赏了一会儿被城市各色建筑的屋顶围在其中的教堂，直到雨和风开始加剧，高迪提议回到阁楼里。

"对晚会来说真是坏天气。"我们一进到室内我就抱怨说，从肩上脱下了已完全湿透的外套。

"如果您觉得我们不去更好的话……"

我笑了。

"您答应陪我一起去的，亲爱的朋友。"我说，"而我，则答应会保证您出现的。"

"我猜，您是向那位专画不幸的画家做了承诺吧。"

我再次微笑了。

"您不用假装不想认识她。"

高迪从容不迫地脱下也湿透了的风衣。

"我不否认我感到有些好奇。"他终于承认了，"那些没有对焦的画仿佛揭露了一颗初心。"

我忽略了这句话的前半句，只关注后半句。

"如果您重视原创性的话，那菲奥娜就是您要找的女人。"当然，我又加了一句略不符事实的话，"她也很急切地想认识您。"

虽然他的脸和声音都没有变化，但我这句话似乎让我的朋友很高兴。

"如果我今天不邀请您进我的房间，您会原谅我的，对吧？"高迪问。他只穿着长袖衬衫，领结也松开了。"今天早上我还没有机会收拾，我不想您看后留下错误的印象。我哥哥是个很骄傲的男人，如果我让您觉得他是不爱整洁的人的话，他永远都不会原谅我的。"

"我恐怕不是评判他人是否爱整洁的合适人选。"我坦言，"无论如何，如果您的房间像灾难现场般杂乱，那个不爱整洁的人也应该是您，不是吗？"我说完才明白，高迪刚才以他惯用的绕弯方式向我传达了深层的意思。"您的哥哥负责打扫整个家？"

他露出浅浅的微笑。

"他也要通过某种方式为这个家做贡献，不是吗？"

"他没有为招魂术信奉者有偿工作，也不和称他为 G 先生的小混混们打交道。"我差点儿贸然大声说出口。不过我的朋友已经消失在他房门的另一侧了，而我，不管怎样，那个下午并不想继续套出高迪的秘密。我既有《插图新闻》的晚会要操心，又还没从《巴塞罗那日报》上发表的对我父亲的恶意揣测带来的不适中缓过来，高迪的私生活此刻在我关注事项的清单上排在最后。

总之，我又是一个人待在大厅了，天然的好奇心终究战胜了暂时的没兴致，我抵制不住诱惑，走到其中一张办公桌边证实我刚才远远认出的东西：在桌上的大堆书和纸之间，夹着一本画图本，和我上周六晚看到的高迪手中的那本一模一样。事实上，这和菲奥娜用来勾勒她的幻觉的本子也是一样的：大四开，黑色封面，两指厚，一根海蓝色的丝线在水平方向把它束了起来。尽管诱惑很大，但我还是没有解开丝线的结，也没有尝试从可以半开的侧面窥视里面的内容。那本画图本是一个谜，但那个下午尚不是解谜的时候。

我走近另一张办公桌，看到桌上的所有东西都和弗朗切斯克·高迪的法律专业相吻合。我还在桌上瞄到了两张装在相框里的小照片，那是乡村风格十足的全家福。接着我走到占满了两面墙的书架前，浏览其中整齐排列的书的书脊。书名透露出奇怪的兴趣组合：建筑学、美学、摄影学、艺术史专著，一些低品位的长篇小说，一些加泰罗尼亚诗集,一本外壳保管不善的《圣经》,威廉·莫里斯[①]和沃尔特·佩特[②]最新作品的译本,两本经院神学的书,一本古希腊和古罗马经典名著的小集子,不少法学著作,好几本介绍世界奇观的插图本,好几种法国杂志的零星几期,让我惊讶的是,还有不少关于植物学、药学、自然历史和非常规科学的著作。如同所有的私人图书馆一样,对书刊、材料的私人收藏似乎可以展现出关于其拥有者内心的有趣方面,但是,那个下午再次让我感觉不适合进行这方面的探索。

终于,我结束了对高迪兄弟俩隐私的打探,重新把注意力集中在海上圣玛利亚教堂的模型,以及与之相关的两幅设计图上。

"您觉得怎么样?"几分钟后高迪问我,他穿着新的衬衫走出卧室,领结也打得比平时更精致。

"您看着十分优雅。"

我的朋友微微蹙了蹙眉。

"我想说的是模型。"

"它一点儿也不像教堂本身。"

"这是因为我正在搭建的圣玛利亚教堂不是你们看到的样子。"

"你们?"

"普通人。"高迪的眼神想说这个,但他的舌头再次吐出了委婉的外交辞令:

"那些没有花上六年时间研究它的力学体系的人。"

它的力学体系。我再次看向房间中央那团怪异的、明显没有定形

[①] 威廉·莫里斯,19世纪英国设计师、诗人、早期社会主义活动家及自学成才的工匠。他设计、监制或亲手制造的家具、纺织品、花窗玻璃、壁纸以及其他各类装饰品引发了工艺美术运动,一改维多利亚时代以来的流行品味。1868年至1870年间出版叙事诗集《地上乐园》,借古希腊到中世纪的传说一抒胸中块垒。他亦是拉斐尔前派的重要成员,但极少留下画作。

[②] 沃尔特·佩特(1839—1894),英国著名文艺批评家、作家。他是19世纪末提倡"为艺术而艺术"的英国唯美主义运动的理论家和代表人物,文风精练、准确且华丽,其散文和理论在英国文学发展的历程中,有着很高的地位。

他 的 城 | 89

的东西,终于,我想我明白了那其中隐藏着什么,它的意义和意图是什么——那些悬着的绳,那些沙袋,那金属和马口铁做的奇怪装置共同构成了以秤砣和滑轮组成的代表建筑内部骨架的系统。它展现了教堂的理论架构。用物理学原理支撑住沉重的石块。

"我懂了。"我说,惊叹于直觉告诉我的我朋友正在进行的项目。

"真的吗?"

高迪以非常真诚的好奇问我,这次他成功冒犯了我的小小自尊。

"我认为,高迪,救我一命已经开始不能抵消您对我这么多粗鲁行为的总和了。"我抗议道。

我朋友的笑容瞬间让我的怒火平息了。

"今天不适合同您开玩笑,确实。那么您觉得我的项目有意思吗?"

接下来的半小时我们跪在地上,手里拿着设计图,就着两盏油灯,谈论高迪那个全新体系的细节。他构思出这个体系来揭示全巴塞罗那他最偏爱的建筑的秘密,这座教堂是为数不多的符合他严苛建筑学理念的建筑之一,或许也是唯一一座我的朋友不愿意亲手摧毁、以便给更棒的设计让位的建筑,哪怕是他自己的设计。借助我们面前的滑轮和滑轮组模型,高迪向我解释了他关于圣玛利亚教堂原设计师的构思的一些初步理论,即如何让建筑的重量不像其他所有中世纪教堂一般分散在墙、柱和额枋[①]上,而是几乎全部落在一系列主要沿着教堂中殿分布的特殊的点上。教堂内部透出的无与伦比的轻盈感,甚至是脆弱感,就是建筑师们匠心独运的结构的直接产物,五六根柱子、拱顶的下部和偏殿的拱廊构成的这根秘密"脊柱"让建筑的其他部分不用承担机械责任,直到现在也似乎没有人怀疑这根"脊柱"的存在。我承认,那天下午高迪的奇思妙想让我觉得非常吸引人而又不可思议,我并没有特别关注它们;但不管怎样,听着我的朋友热情洋溢

---

① 额枋,柱子上端联络与承重的水平构件。

地介绍他花了这么多时间、这么多努力,倾注了这么多激情、这么多想象力的项目,对我来说是一种愉悦,我愿意整个下午都沉迷其中。

然而,我背负的责任却在夜幕降临时从玻璃窗的另一侧窥视着我。当海上圣玛利亚教堂敲响七点的钟声时,我不得不中断高迪关于消失点①在中世纪宗教建筑中价值的讲解,并心痛地提醒他,还有一场晚会在费尔南多七世街等着我们。

"虽然您或许说得对。或许我们可以不去。"

高迪看了看他的模型,看了看我,又看了看因为下雨而失去光泽的气窗玻璃,最后带着屈服的表情看向我。

"我们不能这样让您的父亲难堪。"他说着把领结重新整理好。"当然更不用提那位非常想认识我的小姐。"

从这天下午起,我们的生活永远地改变了。

---

① 消失点,又称灭点,透视法中的概念,指立体图形各条边的延长线相交的点。

第十一章

当高迪和我走进费尔南多七世宫殿的礼堂时，晚会已经开始了。华丽的装饰性照明设备让在场每个人的脸上都闪着光，显得气色很好，既让每位女士的皮肤都神奇地变光滑，又让每位男士的胡髭看起来都不那么浓密。六个侍者端着盛有酒和食物的托盘在围成小圈子的客人间穿梭，一个六种乐器组成的宫廷乐队在角落临时搭建的亭子里弹奏着一曲孔雀舞①。然而，整个大厅的气氛并不比我心情欢快多少。在场共有五十人左右，或者更多，但我只认识其中的三个人。我猜想其余的人都是我父亲现有的或潜在的合作伙伴，都拥有巴塞罗那经济社会圈里响当当的姓氏。在《插图新闻》最近面临公关挫折之时，需要再次博得这些当地举足轻重的人物的好感。在一片深色服装里，一些军人制服显得尤为突出，我甚至还在一些人的下巴下隐约看到了教士的硬立领。在场人的平均年龄不会低于六十岁，这是已经把高迪、我，当然还有菲奥娜计算在内的结果。菲奥娜是礼堂里众多女人中唯一一个没有用厚厚的粉底化妆、不会微微一笑妆容就崩溃的人。甚至连乐师和侍者都像是经历过某个波拿巴②占据西班牙王位的时代的人。

"我父亲应该是世上唯一一个有能力举办这样一场晚会却找不来

---

① 孔雀舞是西班牙古代一种慢步舞蹈的乐曲。
② 此指何塞·波拿巴，拿破仑·波拿巴之兄，1808—1813年为西班牙国王。

一个女服务员的人。"我低声抱怨,从一个秃发侍者的托盘上拿起一杯雪莉酒①,一饮而尽。

"男性侍者是一种财富和荣誉的象征。"

"您这么认为?"

"这和礼仪有关。"高迪仔细观察了大厅的每个角落,然后转过头带着满意的表情看向我说,"有意思。"

"如果您真这么觉得的话……"

"这里现在聚集了全城最富有的十五人中的十个。您不觉得有意思吗?"

我皱了皱眉。

"我没想到您是对这种事这么了解的人,高迪我的朋友。"我说,"我甚至都不觉得您会看报纸的社会版。"

"卡马拉萨我的朋友,那些出现在这些版面的人,是在财富背后叱咤风云的人,或许某天我们就得靠他们存活。对我们来说熟悉他们的名字是有好处的,不管我们对他们的成就感到多厌烦。"

我把空杯子放在第一个够得着的托盘上,又拿了两小杯欧波尔图酒。

"所以您是考虑要成为宫廷建筑师了。"我说着递给我的朋友一杯。

"您这么说仿佛这是一件不光彩的事。"

"难道不是吗?"

"如果您父亲把设计家庭别墅的活交给我,由我为他打造,这很不光彩吗?"

"我认为我的父亲还不属于出现在社会版的那类人。"

高迪微微抿了口欧波尔图酒。

"而我认为,亲爱的卡马拉萨,您还没有意识到您姓氏的真正分量。顺便提一句,这点让我很吃惊。您作为森普罗尼奥·卡马拉萨的

---

① 雪莉酒,产自西班牙南部城市赫雷斯的著名白葡萄酒。

长子，任何事的意义对您来说都不仅仅是家族生意。说到底，将来继承它们的是您。"

关于这方面我有许多话想说，然而我却选择了最愚蠢的一种。

"等我继承这些家族生意的那天，您就是我的宫廷设计师。"

高迪很认真地点点头。

"能为您效劳将是我的荣幸。"他说，并没有明显的嘲讽语气。接着，他的视线又转向大厅东边离乐团几步远的小圈子，说："我推测您的父亲是那位戴着祖母绿袖扣的先生。"

我看向我父亲，证实他的袖扣的确是翠绿的，就和站在他身旁端着空杯的菲奥娜的披肩一个颜色。

"是因为他的某张照片在报纸上出现过吧。"

我的朋友摇了摇头。

"你们俩简直一个模子刻出来的。"

"不至于吧。"

"你们耳垂的形状完全一样，是不会搞错的。"

这个识人者再次发功了，我心想。

"您观察了在场所有人的耳朵就为了在我向您介绍前认出我的父亲吗？"

"我不需要这么做。他右手边的女士把一切都简化了。"我的朋友露出我已经熟悉的微笑，"那当然就是菲奥娜·贝格。"

"这番推测就更不值得赞扬了。"

"那位红头发的先生是马丁·贝格。"他补充说，"他的肚子棒极了。"

"如果您在被介绍时想说句恭维他的话，千万别说这句。"

"您不必担心。"高迪把食指放在左侧嘴角上，若有所思地观察了好一会儿那圈人。"在和贝格小姐交谈的男人是个船东[①]。丧偶，没有

[①] 船东，资助货船或渔船出海的人，负责提供船只并为航行配备所有必需品，待船返航后从收益中分成。往往是有钱人。

孩子，或者只有一个很久不打交道的儿子。他住在港口区，那里也是他生意的所在地，这对于一个他这种经济能力的男人来说有些奇怪。或许您也注意到了他的衬衫领子下露出的小块橡皮膏，还有鞋子上沾到的红色泥土。"

这次我并不讨厌跟随着高迪进入他的推理游戏。父亲刚从一直和他交谈的老人那里脱身，就有好些客人的目光聚集在他身上。

"准备好被介绍了吗？"我问，一边拉着高迪的胳膊把他拖到礼堂中央。

直到我们离父亲只有几步远时，他才注意到我们的存在。看到我，他勉强露出微笑，但在我看来，那微笑不像他大部分笑容那样虚假。他的面容写满了疲惫，严厉的眼睛下有发青的眼袋，青色的胡子若隐若现，皮肤相对于他的年纪来说倒是令人羡慕的光洁。他穿着他最好的晚会服装，头发贴在额前，左手拿着一杯几乎没有喝过的法式香槟。

"爸爸，你好啊。"我同他打招呼，一边犹豫是和他握手还是进行一个父子间的拥抱，最终我决定像往常一样，两样都不做。

"加夫列尔。"他说出我名字时带着意料之外的严肃，"谢谢你能来。"

在我看来，他这么说暗含着例行礼节之外的内容。在那天早上的打击后，父亲真心感谢我来参加晚会。

"爸爸，这位是安东尼·高迪。"我说着把手搭在我朋友肩上。"高迪，这位是我父亲，森普罗尼奥·卡马拉萨。"

两个男人有力地握了握手。

"很高兴认识您，高迪先生。"父亲说，"加夫列尔和我说了很多关于您的事。"

"我也是一样，卡马拉萨先生。今晚能来这里是我的荣幸。晚会棒极了。"

我父亲严肃地点点头。

"半数客人还没到。"他说，"我不认为他们会来了。"

这次轮到高迪严肃地点点头了。

"大雨从来都对这种活动没有益处。"

高迪不经常展现的机灵显然让我父亲很高兴,毕竟父亲也是喜欢把真相藏在比喻背后的人。

"您说得有道理。"父亲说着回头看向朝着费尔南多七世街的那排窗户,"外头刮的风的确不鼓励人们出门。"

"当然,更别提被大众看到和所谓致力于推翻共和国的波旁家族代理人在一起有多不合适了。"我插嘴道。

父亲看着我,表情里疲倦多过厌烦。

"这个话题今晚我不想提及。"

"但我认为这是个重要的话题。"

"我们的律师会负责的。"

"我希望他们已经对《巴塞罗那日报》对我们的诽谤提起诉讼了。"

"我们的律师会负责这件事的。"父亲重复道,"但这里不是谈论这个的地方。"

我饮尽了手中的酒,想找个托盘再拿一杯。然而一个侍者都看不到了,所有人都商量好似的同时离开了大厅。在我们身边,一直用后背对着我们却无疑知道我们来了的菲奥娜继续和那个所谓独居的船东说话,再过去几步,衣着讲究、盛装打扮的三个男人和两个女人围成小圈子,毫不掩饰地观察着我们。

"只要告诉我一切都是谎言就够了。"我轻声说,"我今晚就只想听到这个。"

父亲带着不可置信的表情摇了摇头。

"现在你开始在意报纸上怎么说我了吗?"

"我只想听到你告诉我,"我依然坚持道,"我们回到巴塞罗那只是因为商业利益。我只想听到你说,你没有在这里也牵扯进了政治。"

父亲很自然地没有在意"在这里也"这几个字,就像我刚才说出它们时一样自然。

"明天我们一起吃早餐。"他宣布,"除非你有什么更好的安排。"

"就这么约定了。"我点点头,"但是现在我只求你说'一切都是谎言'六个字。"

父亲把手中的香槟一饮而尽,把杯子放在我空着的那只手里。

"明天早上七点在我办公室。"他说,用他一贯的应急方式解决了问题。"玩得开心。"接着转身朝向我的朋友,收尾道:"很高兴认识您,高迪先生。"

"我亦如此,卡马拉萨先生。"

接着父亲做了件奇怪的事。他没有立刻离开我们并融入任意一个等候和晚会主人交谈的小圈子,而是皱着眉头盯着高迪看,嘴角的弧度向下,若有所思。

"不过,您和我之前就认识,对吧?"

听到这个意想不到的问题,高迪看起来和我一样吃惊。

"我不这么认为,卡马拉萨先生。"他礼貌地回答,"恐怕您和我经常去的地方不会是一样的。"

父亲点点头,但视线依然紧盯着高迪的眼睛。

"那我一定是搞错了。"他说,"玩得开心,高迪先生。"

在我们谈话期间一直仔细观察我们的那三个男人和两个女人立刻抓住机会把父亲拉进了他们的小团体,菲奥娜也决定在此时友善地摆脱她的谈话者,转过身来朝向我们。

"我仿佛听到了熟悉的嗓音。"她说,冲我动人一笑,"一只手一杯?我们已经到这种地步了吗?"

"你了解我的,我喜欢有备无患。"我也笑着说,"你美极了。"

我说的是实话。菲奥娜真的美极了。她穿着一袭黑色的长裙,白色和灰色的滚边,裙摆很蓬,领口开得很大方,一件精美的绿色披肩盖住她的双肩,背部和部分胸部半裸着。她的妆容十分优雅,没有假装的端庄,也毫不夸张做作,全身唯一的首饰是一副会立刻把人的注意力吸引到她小巧好看的耳朵上的白金耳环。她的手套是灰色的,天鹅绒般的触感，贴合得仿佛可以照着手套准确画出她的指甲和指关节皮肤的褶皱。她栗色的短靴一尘不染，仿佛从来没有踏上过尘土飞扬的费尔南多七世街。她的头发高高地束成了复杂的发髻和辫子，露出整个额头。她的额头宽宽的，和她父亲的一样，在左边眉毛上面点着两颗浑圆的痣。

在礼堂奇怪又喜庆的灯光下，她的红头发比以往都更能衬托出她深灰色的眼睛和雪白的肌肤。

"你也穿得很独特。"她说，"我喜欢你裤子上的泥点。你想我再次找来……你遇上意外那天早上为你刷帽子的主编吗？"

我从菲奥娜的犹豫中推测出这场晚会上不许提及"火灾"这个词。我觉得这是条正确的规定。

"说到我的意外，"我说，"终于到了我们期待已久的时刻了。高迪，这位小姐是菲奥娜·贝格。菲奥娜，这位先生是安东尼·高迪。"

菲奥娜紧紧盯着我朋友的脸并报以微笑。

"很高兴认识您，高迪先生。"说着她向他伸出手，高迪礼貌地吻了一下。

"认识您是我的荣幸，贝格小姐。"

"请叫我菲奥娜。"

"那么，请叫我安东尼。"

随之而来的短暂沉默被乐队此刻恰好开始弹奏的小步舞曲欢快的节拍和我们身边男男女女的说话声填满了。

一个盛有小杯雪莉酒和好像是英国人灵机一动发明的开胃面包的托盘在我们身边停下，直到我们三人的双手都拿着东西才走开。

"我必须跟您坦白一件事。"这时菲奥娜微笑地看着高迪说，她的嘴角因为刚喝的葡萄酒而有些湿润。"我正巧听到了您和卡马拉萨先生对话的最后一部分。"

高迪正经地点了点头。

"这个厅不大。"

"而且菲奥娜是一个听力特别好的女人。"我补充说,"不过我对我父亲的问题也感到很好奇。您和他有可能在,我不知道,比如说……别的某个晚会上相遇过吗?"

我的朋友用兴致勃勃的表情看着我。如果说某一瞬他怀疑我短暂的迟疑背后隐藏着的词是"塔贝山",那他的脸上丝毫都没有表现出来。

"我感谢您认为我有机会同您父亲有来往,亲爱的卡马拉萨。"他答道。"但是我恐怕,"他此时转向菲奥娜说,"这不是我通常交往的那类人。"

"那您通常交往的是哪类人呢,安东尼?"

高迪看了一会儿我们四周——燕尾服、军装、女士们戴的非天然的珠宝,以及男士们的秃顶——然后回答说:

"远没有在场这些人尊贵的那类人,相信我。"

菲奥娜似乎对这个答案很满意。

"无论如何,我确信您和我之前见过。"她肯定地说,"而且,我坚信您是记得我的。"

我朋友的脸颊稍稍有些泛红。

"我也这么觉得。"他轻声说。

"她说的可不是恭维话。"我感觉有必要澄清一下。"菲奥娜想说的就是字面意思。如果她在任何一个地方曾经见过您,不管相遇多么短暂,她都不会忘记。她的记忆力好得不可思议。"

高迪带着明显的兴趣看向菲奥娜。

"真的吗?"

"我拥有被加夫列尔称作摄影般的记忆力。"菲奥娜点头说,"不管我何时看到什么,我都不会忘了它。但这次我真的只是说了一句恭维话。"她补充说,笑得特别迷人。"您看,加夫列尔都不让我对他的朋友礼貌些。"

"是的,我就是个容易嫉妒的男人。"我也笑了,"不过,亲爱的高迪,事实上菲奥娜也经常去那些远没有我们现在所处的环境尊贵的地方。如果您的所到之处能和在场除乐师和侍者外的某个人交汇的话，那毫无疑问一定是她。"

菲奥娜把左手的面包靠近嘴边，咬了一小口。

"工作需要。"她说，"加夫列尔一定跟您提过我的工作。"

"《插图新闻》主要插画家。"高迪点点头，"一份棒极了的工作。"

"不是所有人都有和您一样的看法。"

"是的。不过也不是所有的评价都同样值得加以重视。"

这个回答也让菲奥娜很喜欢。

"的确。"

我们之间陷入一阵愉快的沉默。小宫廷乐队的音乐、我们身边男男女女的声音、远远传来的雨水落在费尔南多七世街上的声响：这一切都是一个发展趋势尚未开始转变的晚会上令人愉快的声音。一位很高很瘦、七十来岁的女人经过我们身旁，响起皮毛和丝绸摩擦的沙沙声，她对我致以一个特别友好的笑容，以至于有那么一瞬间，我感觉一部分的自己也融入了我们身边的那个世界。那个森普罗尼奥·卡马拉萨的世界。那个充斥着燕尾服、非天然的宝石和古老家族间的利益交换的世界。真正把这些家族联结在一起的只有一种东西，那就是金钱和利益的纽带。

"不管怎么说，加夫列尔是对的。"当我从老妇的微笑让我陷入的短暂梦境中回过神来时，菲奥娜正对高迪说，"我们的脚步至今从未交错过，这很奇怪，您不觉得吗？在一座这么小的城市里，似乎每个人都应当或早或晚地和所有人相遇。"

"您觉得巴塞罗那是座小城市？"

"巴塞罗那是一个全是渔民和店主的村镇。一个大村镇，有抱负有志向，但归根结底还是个村镇。"菲奥娜流露出轻微蔑视的表情，"就像所有的村镇一样，这里所有人都认识其他所有人，所有人都议论其他所有人，没人能够逃脱他人的评判。"

高迪想了一会儿她的话。

"我想，这个问题与视角有关。您从世界上人口最多的城市来到巴塞罗那，而我是从一个真正的全是渔民和店主——或者说农民和店主——的村镇来到巴塞罗那的。对我来说，巴塞罗那恰恰与您刚才所说的相反。这里谁也不认识谁，谁也不会去议论谁或评判谁，因为谁都不在乎其他人怎么样。"高迪喝了一口雪莉酒接着总结说，"这就是我喜欢巴塞罗那的部分。"

"匿名。"

"自由。"

菲奥娜笑了。

"看来您是个喜欢独处的人。您认为自由就是自顾自地生活，没有人认识您或为您担心。"

"没错，我觉得这是一种很好的对自由的定义。以没有人认识我或为我担心的方式生活。"高迪也笑了，"相反地，您不是一个喜欢独处的人。"

"我更喜欢对自由的其他定义。"

"但是我们所有人都是独自一人。只是有些人比其他人更喜欢被陪伴的感觉。"

菲奥娜深表赞同地点点头。

"这倒是真的。"

"巴塞罗那为我们提供了他人的陪伴，同时也不让我们忘记我们其实是独自一人。因此我喜欢它。"

"相反，伦敦在让你像看戏般对待他人的生活时逐步摧毁你自己的内心生活。所以我必须离开那里。"

"因为那个，也因为这个。"高迪说着，用左手指了指《插图新闻》的整个礼堂[①]，接着立刻补充说，"您允许我对您说，您对我们语

---

① "那个"指菲奥娜上文自己说的离开伦敦的原因，"这个"指菲奥娜要来巴塞罗那为《插图新闻》工作，所以必须离开伦敦。

他的城 | 101

言的掌握好得令人嫉妒吗?"

菲奥娜稍稍欠了欠身。

"我允许,而且谢谢您的恭维。"

"菲奥娜的西班牙语说得比许多加泰罗尼亚人还要好。"我表示赞同,因为我感觉有责任缓和一下我的两个朋友突然卷入的精彩争辩后的氛围。"虽然恐怕她的口音还是出卖了她英格兰子民的身份。"

菲奥娜淘气地冲我笑。

"你想我和安东尼说说你同英语和英国人之间的奇遇吗?"她问,"我有好些轶事值得配着欧波尔图酒来分享呢。"

"或许在别的场合吧。我们别破坏了现在的雪莉酒。"我干了我的那杯然后换了个手拿杯子。"和那个船东聊得有趣吗?"

"船东?"

"我们和父亲交谈时在和你说话的先生。"

菲奥娜可爱地皱了皱眉。

"你在考我吗?船东和养马人可不一样。"

我瞟了一眼高迪。

"那位先生是干这个的?"我问,"养马人?"

"他是这么和我说的。"

"他对您撒谎了。"高迪快速看了一眼我们在谈论的老人,此刻他正和一位披满了薄纱、戴满了珍珠串的女士,以及挂着乌木杖、可能是她丈夫的先生交谈。"您作为艺术家,一定观察到了他衬衫领子下露出的小块橡皮膏。"

菲奥娜十分好奇地看着我的朋友。

"我是个不错的观察者。但我想我还没能跟上您的推理。"

"很简单……"高迪开始细说。

就在此刻,我的注意力从他身上转移了,落到了刚从礼堂门口进入的人身上。

一个二十五岁左右的年轻人,很高很帅气,衣着讲究,和四天前我妹妹玛格丽特对那个人的描述一模一样。

  维克多·圣马丁。

  "请原谅。"我抱歉说。

  我丢下正在进行他们第一次对话的菲奥娜和高迪,去面对这个整个星期都威胁要毁了我家庭平静的人。

第十二章

"卡马拉萨先生。"圣马丁和我打招呼,向我伸出了摘下手套的手,在接触的那一刻我感觉他的手出奇地潮湿而且有茧。

一丝笑意出现在他的嘴角和眼睛里,以及全身的所有其他部分,如果这是可能的话。

"我没想到今晚您敢来,圣马丁先生。"我答道,故意把刚才和他握过的手在裤子上擦了擦。

"约定就是约定。虽然我承认,通过你们在楼下的安全检查还是费了我一番功夫。"他说着笑容更明显了些。"您看到那些守卫的肩膀有多宽了吗?"

"显然,那些肩膀并不够有效。"

"不是他们的错。我借用了身份。"他在为这次的场合选择的风衣胸口摸索,我想他是在向我指出他存放那块帮助他畅通无阻地进入报社的假冒通行证的地方。"不过首先,请让我为周六晚上没能接待您的拜访再次道歉。"

"我认为这是您应当道歉的诸多事中最微不足道的一件。"

年轻人依然保持着笑容。

"我明白您觉得很不爽。我也不喜欢在报纸上读到关于我父亲的事。但请您理解,我的工作就是发现和揭露事实。"

"您的工作。"

"新闻工作是一份要求很高的职业。"他点点头说,"有时我们不得不做我们自己不喜欢的事。"

"例如写假冒的读者来信?或者邮寄匿名的恐吓信?"

圣马丁脸上的笑容第一次动摇了。

"您说匿名信?"

"我们就开门见山吧。"我催促他,同时环顾四周,证实已经有几个脑袋朝我们这儿看了。"您为什么想见我?"

圣马丁把他的右手短暂地搭在我的肩上,用这种手势邀请我跟随他到大厅的一个角落去。我们绕过乐师们所在的亭子,把六个长胡子的、正兴高采烈地讨论巴塞罗那股市最近动态的男人所坐的扶手椅和板凳抛在身后,拒绝了一位侍者给我们端来的葡萄酒和开胃面包,终于停在了朝向宫殿内院的最大窗前。

在玻璃的另一侧,雨水继续从天而降,此时的天空一片漆黑又多缝隙,像极了煤炭。大风让那唯一给庭院带去一抹秀色的大树光秃秃的树枝不停地摇晃,也让把我们与外面的世界隔绝的窗框瑟瑟作响。总之,这天晚上的天气就像我的心情一样令人不悦。

"或许这里不是最适合谈话的地方。"圣马丁边说边从那个临时的隐蔽点的新视角环顾我们四周。

"当然不是。"我表示赞同,"这是我能想到的与您说话最不合适的地方。"

"无论如何,我只想提议您让我对您做一次采访。不论何时何地,不论您提任何条件。"

一个采访。

"您接着说。"

"我想您今天早上也看到了,我掌握了一些应该会让您父亲不高兴的信息。与他的政治活动有关的信息。"

"我父亲不从事任何政治活动。"

维克多·圣马丁这次的笑让我觉得难以形容地讨厌。

他的清秀，或者说他周五的短暂拜访给我妹妹留下的清秀印象主要是因为他狭长的鼻子、黑色的大眼睛，以及又黑又长又浓密的头发，这头发盖住了他大部分的额头和耳朵，差不多披到肩膀，还带着自然卷，很女性化。他的嘴唇比我至今见过的任何一个男人的都要薄，而且没有血色。我现在看清了，他右手无名指上闪着光的是一枚银质戒指，上面镶着一枚奇怪的大印章。

"但愿是真的，对吧？但是您和我都知道真相是什么。"

"请别替我说。"

"请原谅我的坦率。但是您，卡马拉萨先生，是个聪明人，您一定知道这所有的一切⋯⋯"圣马丁用手势囊括了整个礼堂，或许也涵盖了整座建筑和建筑所在的街道，"⋯⋯是不足以用一份追求轰动效应的报纸的利润来支付的。不管您的父亲多喜欢在生意上冒险，任何一份真正的事业都不会选择在这样的地方起步。"

我都知道，我只是不愿意这么想。

"请继续。"

"在场的这些人也不是为了表示对这家报社的支持。莫非您相信这么多受敬重的名人聚到一起，只是为了公开维护一份面向教育程度低的下层人士、追求轰动效应的小报的荣誉和尊严吗？法官和银行家，主教和实业家，地主和军人⋯⋯"圣马丁用左手中指的指肚轻抚了一下他的戒指，说，"您的父亲来巴塞罗那是有任务在身的。这项任务需要，或者说您父亲希望获得在场所有这些先生的帮助。据我的可靠消息，这项任务是您不会喜欢的。"

"据您的可靠消息？"

"我做了一些调查。我想我熟悉您的思维方式和感受方式，卡马拉萨先生。您不是您父亲那一派的，尽管总有一天您注定要继承他的衣钵。"

令我非常不悦的是，我居然开始对那个人感兴趣了。

"您做了一些调查。"我重复道，"我可以问问您的信息来源是什么吗?"

年轻人又笑了,露出了再次体现非常女性化特征的牙齿:小小的、湿润的、洁白的牙齿整齐地排列在嘴唇后单薄、毫无血色的嘴里。

"记者从不透露他的信息来源。"他答道,"不过您要知道,您在这座城市不是个不为人知的人,卡马拉萨先生。"

"我才在这里待了三个多星期,圣马丁先生。我不相信这里有任何人了解我任何的政治理念。我们是在讨论这个,对吧?"

"巴塞罗那离伦敦没有您想的那么远,卡马拉萨先生。"那个记者稍稍停顿了一下,这次他接受了刚来到我们这个角落的服务员端来的欧波尔图酒。他冲我举起酒杯,象征性地做出干杯动作,但我没有回应,他喝了一小口然后接着说:"或者换个说法,如今在巴塞罗那的某些团体和伦敦的某些团体保持着非常直接的联系。您知道我指的是什么,对吧?"

我对他的断言没有表示赞同,但也没有否认。我记得我把视线转向了大厅门口,正巧看到门口出现了一个衣衫褴褛的老人,奇怪的是他的脸让我觉得很熟悉。他的衣服脏兮兮的,头发乱糟糟的,留着流落街头的人那样的胡子,总之,他的样子和那个汇聚了有权有势之人的大厅极不相称,换作其他任何情况都会立刻吸引我的全部注意力。

"那么,您是想让我接受您的采访,公开地把我从所有对我父亲的诉讼中抹掉。"我忘掉那个老人重新看向圣马丁说,"您试图用竞争对手报纸的版面来证实,我的立场和您认为我父亲此次回到巴塞罗那要完成的任务是相反的。"

"我试图请您告诉我您知道的真相,不管那是什么。而我,反过来也会对您说我所知道的真相。"

"您所知道的真相。"

"关于您父亲现在在巴塞罗那进行着什么的真相。关于他过去的六年里在伦敦所做事情的真相。关于致使他 1868 年逃离巴塞罗那的原因的真相。"

我想了几秒他说的话。

"如果您知道所有这些,为何还需要我呢?"

圣马丁又喝了一口葡萄酒,然后冲我笑了笑,我明白,这次的笑纯粹是为了表示友好。

"我不需要您。我只想给您一个机会。您和这一切都没有关系。"他补充说,再次指了指我们周围来参加聚会的人。"当无可避免的事真正发生时,您也被拖入深渊、同所有这些社会的寄生虫一起死去是不公平的。"

我差一点儿就脱口而出道:无可避免的事就是波旁家族的某个人迟早会回到西班牙王位上,所有这些我父亲邀请来参加聚会的社会寄生虫都继续在这团熊熊燃烧的大火周围过着猥琐的生活。这些人里包括姓氏可追溯到中世纪的大地主,大腹便便的主教,除了私利没有其他追求的政客和法官,在诈骗和高利贷中摸爬滚打起来的银行家,尤其是道德上无可指摘,财富却来自奴隶贸易、持续几个世纪的殖民统治,以及对工人们的残酷剥削的资本家,让他们的工厂保持二十四小时运转的工人们在他们眼里都是无名氏,可以像煤炭一样被随意丢弃到深不见底的锅里。一直以来便是如此。

"您真是十分友善。"我说,"还有什么别的吗?"

"您父亲把他的大车钩在了一匹死马后头,卡马拉萨先生。不是跛足或精疲力竭的马,而是死马。波旁家族的阴谋注定要失败,所有这些人注定要灭亡。在短短几年内,甚至可能在短短几个月内,对今晚这场晚会的回忆就会像是对罗马帝国时期的纵酒狂欢或中世纪的决斗的回忆一样久远而奇异。阴谋将成过往,幸运的是这野蛮而荒谬的阴谋不会再重复。未来,卡马拉萨先生,社会主义必将获胜。在这场即将到来的革命中,您正站在正确的那边。请不要因错误理解子女的责任而搞错立场。在儿子对父亲的责任之上还有另一种责任,即一个人对他所属社会的责任。您在伦敦时深知这一点,回到巴塞罗那后也切不可以忘记它。"

维克多·圣马丁说完了他的简短演讲，把手中的酒一饮而尽。乐团恰好在此刻演奏完一首曲子，安静等待了几秒钟后接着开始新的一曲。甚至风和雨都仿佛对窗玻璃另一侧发生的事满怀恭敬，暂停了那么一瞬。

波旁家族的阴谋。

未来是社会主义的。

即将到来的革命。

事实上，这些响亮的字眼最近这几年我已经听过上百遍了，它们对冒险和社会公正的承诺常常让我的灵魂升华，让我的想象驰骋。

如今，这些话被那个满头卷发、笑容虚伪的年轻人说出来，仿佛只是货郎试图把瑕疵品卖给老实人时说的鬼话。

"圣马丁先生，没有人比我更希望共和国的强大和社会主义思想在我们这个充斥着权贵和教士的国家蔚然成风。"我说，"但是，也没有人比我更坚信那些往我父亲身上泼的脏水是假的。如果您不停止用伪造的读者来信和匿名的威胁信来骚扰我们，我就不得不亲自介入了。"我停顿了一下，然后用我也不知道是否令人信服的虚夸语气说，"如果您对我在伦敦的过往这么了解，毫无疑问您也能评估我这最后一句话的分量。"

圣马丁终于用绝对严肃的表情融化了他最后一丝笑意。

"我只是请您考虑一下采访的事。"

"我没有什么好考虑的。"

"您知道我住哪儿。不论何时只要您愿意，就请毫不犹豫地拜访我。"他盯着我的眼睛接着说，几周、几个月后，当事态的发展似乎在应验那个奇怪的晚上我所见所闻的一切不祥之事时，我常常会想起这两句话来："我不是想害您，卡马拉萨先生。您和我在一条船上，我们应当朝着同一个方向划桨。"

他向我伸出了手，我出于本能地再次同他握了握手。

"远离我的家人,圣马丁先生。"我说。

但我说出这话时他已经向着出口走了,并没有听见我的话,又或者他懒得回答我,再或者他理解得没错,我那最后一句话与其说是对他讲的,不如说纯粹是为了平息我那因我所听到的内容而无法抑制地不安的良知。

第十三章

我独自站在窗户的中梃[①]边,维克多·圣马丁的话依然在耳边回响,我呆呆地看了一会儿雨滴落到宫殿内院的情景,然后重新融入聚会。我搜寻着高迪和菲奥娜,最后在大厅一个沙发椅和小桌子摆成的单独区域看到他们。他们俩坐在一张长沙发上,显然陷于一场十分热烈的对话。高迪是此刻正拥有话语权的人,他边说边伴有大量的面部微表情和手势,而菲奥娜则微笑着听他说,脸上挂着无限专注的神情,当她面前的对话者不管出于什么原因让她真正感兴趣时,她都非常善于摆出这样的神情。他们俩似乎谁都没有注意到我的离开,虽然我难以相信菲奥娜竟会忽略了维克多·圣马丁在这个礼堂的出现。无论如何,在这个与我的本性截然不同的环境下我也没有别的消遣活动,于是我决定是时候回到他们身边告诉他们刚才发生在我身上的事了。

那件事正是在此刻发生的。

我刚开始朝我的朋友们所在的长沙发方向走去,就听到大厅中央传来酒杯摔碎在陶瓷地面上的声音,四溅的玻璃碎片和数以千滴的红葡萄酒洒了一地。所有来宾的脑袋都转向了巨响发出的地方和直接受到灾难影响的女士,那位约莫六十岁的女士肩上白狐狸皮做的披肩如

[①] 中梃,窗框中起分割作用的竖框或横框。

今星星点点地散布着泛红的斑点。她发出尖厉而拖长的尖叫声，立刻让乐队停止了演奏，各个圈子的人们停止了闲聊，我内心的声音也安静了下来，那个声音在我脑中不停地重复圣马丁诸多谎言里掺杂的让人不舒服的事实。

此刻，两个男人的声音在一片安静中响起。仿佛临时编排的群舞队形一样，一眨眼的工夫在场所有人的站位都发生了变化。我记得我向菲奥娜和高迪的方向前进了几小步，而他们也中断了谈话，从长沙发上伸长了脖子，寻找声音的来源。我还记得我看到了马丁·贝格先生，他本来在一群英国士兵中，这时飞速穿过大厅来到事发地点。我还记得，临时编排的舞蹈队形最终变成了燕尾服和裙撑构成的饱满半月形，半月中央站着我的父亲和那个五分钟前曾吸引过我瞬间注意力的衣衫褴褛的老人，他们俩以一种荒唐的姿势对峙着，面对面，几乎鼻贴鼻，在其他场合下这画面一定会让我不知道是该笑还是该羞愧得脸红。

直到那时我还没能认出那个男人泛红衰老的脸，但我第一次注意到他右手里握着一个红色文件夹。

"如果您不彻底停止对我家人的骚扰，我向上帝发誓我一定会杀了你！"在一片混乱中，这是我听懂父亲说的第一句话。

"难道您认为我怕您吗，卡马拉萨？"老人反驳道，语调和父亲的一样高且一样具有威胁性，"您以为还可以对我做出什么以前没做过的事吗？"

"不要逼我证明给您看我还能做到什么！"

此时，马丁·贝格来到了他们身边，用他魁梧的身材插入他俩之间。

"走开，安德鲁。"他说着把白胖的手放在老人满是油污的外衣胸口，"别逼我们报警。"

安德鲁，我心想。

爱德华·安德鲁。那个艺术品商人。

这个奇怪的下午出现的另一个来自伦敦的不散阴魂。

"警察?"老人哈哈大笑,把文件夹举过头顶。"你们一定很乐意看到这个。您不觉得吗,卡马拉萨?"

接着,我父亲犯了这天晚上的第二个错误。他撞开马丁·贝格,再次和老人对峙起来,一句话没说就在呆若木鸡的在场来宾面前,扇了老人一记响亮的耳光,巴掌声在大厅的每个角落回响。

"森普罗尼奥!"我听到菲奥娜的喊声,她已经开辟出一条路,来到了旁观者围成的半月形中央,高迪陪着她一起。菲奥娜拉住我父亲的手臂,试图平息一场狂怒的爆发,我从没见过我父亲这样。

"我不会再忍受哪怕一次诋毁了!一次都不会了!"

爱德华·安德鲁摸了摸他被打的脸颊,微笑地看着我的父亲,我觉得那是发自内心的满意的笑。

于是我明白了,这个前艺术品商人要的就是这个结果。仅仅是这个。我父亲试图用晚会博取某些人的好感,安德鲁却让这些人亲眼看见此情此景,晚会无疑全毁了,就像老人的人生一样。

"有罪之人唯一的防御,"他说,"就是攻击一个毫无自卫能力的老人。你们所有人都是见证者。"他左右环顾,接受着围观者的目光,他们中的有些人或许曾经是他的客户,但遥远得仿佛已是上辈子的事了。老人又补充道:"这个男人,森普罗尼奥·卡马拉萨,先是用死亡威胁我,然后在肢体上袭击我。这就是你们打算做生意的对象吗?一个暴力而又懦弱的小偷!"

我终于抢在父亲再次扑向安德鲁之前也来到了他身边。

"随他去吧,爸爸。"我低声说,抓住他那只被菲奥娜坚定握着的手臂。"你只是在让事态变得更糟罢了。让他走了算了。"

"让一切就这样收尾吗?"父亲涨红着脸看向我,我明白了,他不是因为现在所处的暴力场面而激愤,而是因为最近这一周以来积攒的种种狂怒和沮丧而激动。"就这样让一个喝醉的老头闯入我的聚会,公开地羞辱我,在所有人面前指责我是骗子,然后仿佛什么事都没有发生一样离开吗?"

"这些人需要知道他们在和谁打交道。"安德鲁说,"就算他们现在不相信我的话,也会相信我打算很快公诸于众的证据。"

马丁·贝格再次用他的大手按住了老头的胸口。

"您所掌握的唯一证据就是您的外表,安德鲁。"马丁·贝格说,"您的外表和您的历史。我们所有人都知道您是何许人也。"

爱德华·安德鲁盯着《插图新闻》的经理,眼中闪着怒火。

"没错,所有人都知道我是谁,直到这个男人闯入我的人生。"他反驳道,"所有人也都知道因为他的错我变成了什么样。如今,大家最终都将知道他是谁。"

我父亲再次猛地试图从菲奥娜和我手中挣脱,他的行为立刻在围观者中引发了满怀期待的窃窃私语声。

"我应该在有机会的时候就把你干掉。现在的场面就是我为当初的怜悯付出的代价。"

"您的怜悯?"老头高举双臂,让我们看到他的全身。"您把这个称作怜悯?"

"您宁愿待在监狱里吗?您宁愿我在法庭上告您试图诈骗吗?这才是我早就应该做的。"

老头摇了摇头,嘲讽地笑了。然后半张着嘴,淌着口水看向我。直到那时他才认出我。

"哈,看看谁也在这里?是年轻的卡马拉萨。"

"走开,安德鲁先生。"我正视着他的目光说,"别把事情弄得更糟了。"

"你是想说,要我别把你父亲的事弄得更糟吧?"这个商人重复了一遍张开双臂的动作,夸张地展示他令人悲伤的身形。"你看到你的作品带来的结果了吗?你晚上一定都睡得很香,对吗?"

在我抵不住诱惑要回答他前,菲奥娜松开了我父亲的手,开始指挥全局。

"安东尼，去叫守卫来。"她命令高迪说，后者一直在她身后饶有兴趣地观察着整个局面。"爸爸，把森普罗尼奥带走。"她用英文补充说。"而至于您，安德鲁，请离开。如果您想搅乱这个晚会，那么您已经成功了。我不认为您还能从这里获得什么别的好处。"

老头调侃地看着菲奥娜。

"您真这么认为，小姐？"

"我对此非常确信，就像您自己一样。"

"那么我听您的。"他再次挥了挥红色文件夹，重复道："这会让您完蛋的，卡马拉萨。这里面的东西将把您毁灭，让我复仇成功。这次不管您的钱财还是您的熟人关系都帮不了您了。全世界都会最终知道您是哪种人。"

这些是他最后的话。高迪恰好在此时带着两名守卫中的一名回到大厅，自从上周的投石事件后，这两人就在宫殿周围巡逻。爱德华·安德鲁看到高迪后，默默地转了一圈，最后看了一眼他的观众——目瞪口呆、瞳孔扩张、迫不及待评价和传播刚才发生的一切的男男女女——便朝大门方向走去，整个事件中他都带有这种虽衣衫褴褛却高傲尊贵的奇怪气场。

菲奥娜是在老人离开后第一个敢于打破沉寂的人。

"我想你们刚才正在弹奏一首施特劳斯的波尔卡舞曲吧。"她对乐队说，"不过我感觉你们的节奏不完全正确。我们再试一次如何？"

就在此刻，那位穿白狐狸皮披肩的女人突然号啕大哭起来，仿佛一个小女孩刚刚失去了她最心爱的玩具，在现场佯装快乐的人面前，她宣布那是她参加过的最不满意的一次晚会。

第十四章

当高迪和我同我的父亲、菲奥娜和马丁·贝格在费尔南多七世街与兰布拉大街的街口告别时,已经快晚上十点了。我们在那里等着他们三人坐上我家的厢式马车,朝格拉西亚区的别墅驶去。当只剩我俩时,我们原路返回《插图新闻》办公室,接着左拐至邻近的比德里奥街,在国王草药店的橱窗前短暂停留,然后来到了皇家广场。

在这个四周都由门廊围住的区域内,气氛的热烈程度比上周六我在这里感受到的差远了。当时那个小型军乐队用他们的进行曲和制服,差点儿激起君主制支持者和共和政体拥护者间的战争。而现在,广场中央的长方形区域完全交给了五六对挽着胳膊、在隐秘的街灯下散步的情侣,一些坐在喷泉矮墙边抽着烟喝着酒的男人,以及一个还不打算结束这一天工作的孤独擦鞋匠。最近几小时都在下雨,令建筑外墙的颜色显得很深,却使石铺路面美丽地泛着光。天气不冷,但风依然从海洋城墙的另一边有力地吹来。

高迪没有问我意见,就挑选了一家在广场门廊下有座位的餐馆,他快速探头进店看了下就在室外的一张桌子边坐下了,并歪歪头示意我也这么做。

"您有许多事要告诉我。"服务员为我们点完餐后刚刚离开,高迪就说,"虽然我明白,您宁愿把它拖到明天。"

我露出了悲伤的微笑。

"您也有一些事情要告诉我。"我说,也不知道是不是为了争取更多时间,"一些更让人愉悦的事。"

"您是指您的朋友吗?"

"我想她是我们的朋友。你们热烈地交谈了很久,比我预想的时间要长。"

"您对我的社交能力这么没有信心吗?"

"当艺术话题牵涉其中时吗?我一点儿信心也没有。"

这次微笑的人是高迪。

"我不否认我有好几次差点儿忍不住说一些话。贝格小姐关于她画家的角色有一些独特的想法。"

"当然,都是您会全然指责的想法。"

"我对艺术的观念没有我们的朋友的那么浪漫,如果您想说的是这个意思的话。不过我也不否认,同她的对话中有些内容让我很感兴趣。"

"现在您不仅仅把她看作专画不幸的画家了?"

高迪假装思考了几秒钟我的提问。

"这么说吧,我认为她是一个有着有趣想法的专画不幸的画家。"高迪拍了拍手结束了这个话题,服务员也几乎同时来到了我们桌边。他端来的托盘上有我们点的两份热巧克力配手指饼,高迪的一杯气泡矿泉水,以及餐厅作为礼物赠送的两个蜂蜜馅蛋卷。"我们从安德鲁先生开始?"

我拿起一块手指饼,轻咬了一端,无可避免地想到了我的母亲和妹妹玛格丽特。父亲在最后一刻决定不让她们参加《插图新闻》的晚会,以防止这天上午《巴塞罗那日报》上刊登的文章会造成某种令人不舒服的混乱局势。玛格丽特一定不愿意得知她下午错过了那么精彩的一幕;我甚至可以想象出当她明天早上听我讲述维克多·圣马丁的出现、爱德华·安德鲁的闯入,以及爸爸卡马拉萨面对这个声名狼藉的老商人的威胁时的反应。而对于母亲来说,虽然父亲对她谈起同安德鲁的相遇时一定会删减一些内容,却也足以让她接下来的几天都把自己关在下午厅里闭门不出。

"这是一段很长的故事。"我指出。

"我们有一整晚的时间。"

"就如您所愿吧。"我微笑说。"您听说过伊丽莎白·西德尔[①]吗?那个拉斐尔前派[②]的模特?"

高迪的脸上立刻浮现出浓厚的兴趣。那个异国情调的人名同爱德华·安德鲁的故事开篇间可能存在的关联完全吸引了他。

"米莱斯画的《奥菲利亚》就是以她为模特。"他点点头说,"一个美得惊人的女子。"

"一个不同寻常的女人。那么您也知道,她除了是给但丁·加百利·罗塞蒂[③]几乎所有大作带来灵感的缪斯女神外,也曾是他的妻子吧。关于她的死您有了解吗?"

高迪微微皱了皱眉。

"我想我读过一些关于她自杀的报道。好像是……鸦片酊?"

[①] 伊丽莎白·西德尔(1829—1862),19世纪英国模特、诗人、画家,与画家、诗人罗塞蒂结婚,为罗塞蒂及其他拉斐尔前派画家担任模特。1862年,久病的西德尔在生下一名死婴后,服用过多鸦片酊而死。

[②] 拉斐尔前派,1848年在英国兴起的美术改革运动中的流派。最初是由三名年轻的英国画家亨特、罗塞蒂和米莱斯发起组织的一个艺术团体,旨在改变当时的艺术潮流,反对那些在米开朗基罗和拉斐尔的时代之后偏向了机械论的风格主义画家。拉斐尔前派的作品基本上以写实的传统风格为主,画风审慎而细致,用色较清新,反对院派的陈规,有的作品呈现忧郁的情调。代表人物有伯恩·琼斯等。拉斐尔前派对后世产生了难以估量的影响,如唯美主义、象征主义、维也纳分离派、新艺术运动和工艺美术运动,等等,甚至20世纪70年代后的一些当代绘画作品亦受其影响。

[③] 但丁·加百利·罗塞蒂(1828—1882),出生于英国维多利亚时期意大利裔的罗塞蒂家族。他受维多利亚风格圣人罗斯金的风格影响,是拉斐尔前派艺术家中后来向唯美倾向转变的领导人物,同时也是绘画史上少有的取得独特成就的画家兼诗人。罗塞蒂远离社会问题,不趋向写实画风,执着于象征诗意的表现手法;其深厚的文学修养、高度的诗的热情以及近乎悲剧性的一生,赋予了作品盎然的诗情、朦胧的画意与浓浓的悲剧情绪。但丁·罗塞蒂的诗意念具体,想象精微,有民谣的显著影响,韵律均匀平稳,有意大利诗歌的音乐节奏感和宗教色彩。诗中富有画意,许多诗有他自绘的插图或为题画而作。

"按照官方说法，那是一次意外事故。西德尔对鸦片酊上瘾，某一次吸食过量，于是在旁人来得及抢救她之前就去世了。不过一直谣传她身后留下了一封遗书，信里把选择自杀怪罪于罗塞蒂。这位画家的风流，以及他有时对待妻子的残忍方式在伦敦是人尽皆知的事。"我停下来喝了一口热巧克力，接着继续我的讲述。"我想您一定很高兴知道，我们全家刚在伦敦定居下来不久，就受邀去了一次皇家美术学会① 举行的招待会，当时诗人斯温伯恩② 也在场。他是，或者说那时曾是罗塞蒂的好朋友，就在西德尔去世的那天下午他还同那对夫妻在市中心的一家餐厅共进午餐。那是 1862 年初的事。当他们走出餐厅告别后，罗塞蒂陪伴妻子回到家中，让她在卧室睡下后接着就出去教授绘画课了。当他晚上回家时，西德尔已经失去意识，在她身旁放着一瓶空了的鸦片酊。好几名医生试图让她恢复知觉，但都无济于事。虽然验尸官宣布那是意外死亡，但和几乎所有人一样，斯温伯恩也认为这是一起自杀事件。在那次皇家美术学会的招待会上，诗人似乎喝多了，于是向所有想听的人冗长而详尽地介绍那天下午发生的事。那时的我几乎不会说英语，而且无论如何，对于十六岁的我来说，是不会想靠近这类男人的，但事后父亲给我解释了斯温伯恩讲述的一些事情。罗塞蒂，似乎真是个风流浪子。"

"几乎所有天才都这样。"

"那我很高兴我不是天才。但愿您也不是。"

高迪笑了。

"请继续。"

---

① 皇家美术学会成立于 1754 年，全名"皇家美术、制造业、商业学会"，致力于为社会面临的挑战寻求解决方案。其成员来自世界八十多个国家，包括查尔斯·狄更斯、亚当·斯密、本杰明·富兰克林、卡尔·马克思、威廉·贺加斯等著名人物。

② 阿尔加侬·查尔斯·斯温伯恩（1837—1909），英国维多利亚时代最后一位重要的诗人。斯温伯恩崇尚希腊文化，又深受法国的雨果和波德莱尔等人作品影响，和英国"拉斐尔前派"的罗塞蒂等艺术家也志趣相投。在艺术手法上，他追求形象的鲜明华丽与大胆新奇、声调的和谐优美与婉转轻柔。斯温伯恩在诗歌艺术上的特色，对于 20 世纪以来的外国诗人产生了深远的影响。

"据斯温伯恩本人说，伊丽莎白·西德尔是个独一无二的女人。她来自一个卑微的家庭，几乎没有念过书，为她打开艺术世界大门的唯一钥匙就是她的美貌。不过在成为拉斐尔前派最偏爱的模特的同时，她自己也是个有天赋的画家，她的内心如此不同寻常，总能把所有靠近她的人深深吸引。因此当罗塞蒂1850年前后与她相识时，立刻被她的脸庞和心灵迷得神魂颠倒。他们共同生活了近十年才结婚，他们有一个孩子，但出生时就死了，西德尔为罗塞蒂一些最棒的作品当模特，而在此期间，据斯温伯恩说，罗塞蒂一直极尽所能地虐待他的缪斯女神。当去世时，西德尔再度怀孕了，她在深深的忧郁中度过了好多年，让所有认识她的人都担心她最后的结局会无比凄婉，事实也正是如此。"

"一个悲伤的故事，是的。"高迪说，"我们继续说1862年的事吧。"

"不管怎样，罗塞蒂对发生的悲剧感到负有责任。他的残忍，或者说他的懒惰，又或者说他作为艺术家的自私本性，加速了这个曾是他的缪斯和十多年人生伴侣的女人的死亡。为了以示弥补，罗塞蒂做了一件事，您或许也听说过：他把没有副本的诗集放在棺木中的尸身旁，一起长埋地下。"

高迪点点头。

"我想我已经知道故事会往哪个方向发展了。"

"我表示怀疑。"

"失而复得的诗集。"

"比这更棒。"

我的朋友再次十分严肃地点点头。

"请继续。"他说。

"我们接着说1869年的事。就在我们全家同斯温伯恩相遇几个月后。罗塞蒂已经克服了他对西德尔之死的忧伤，又或者这位艺术家的内心回到了俗世。不论何种原因，他都为当初的浪漫行为感到后悔，他认为自己的诗不应当在海格特公墓①里同他妻子的尸骨一起腐烂,这样不值得。于是,他向司法部门申请挖出棺木,拿回诗集。"

"巴塞罗那的报纸报道过这件事。"高迪点头说。

"伦敦的报纸借此新闻发了一笔横财。挖掘行动在夜里进行,几乎是秘密的,以免有记者和好事之徒出现在墓地现场。罗塞蒂的好些朋友负责完成挖掘。他们打开灵柩,朝里看了一眼,取出诗集,又再次把棺材埋到坟墓里。诗集回到了罗塞蒂手中,并一直由他自己保管。这一部分没有任何谜团,除了纯心理层面的。哪种人会想拥有一件已经和他过世的妻子一起埋葬了七年的东西呢?"

"一个真正的艺术家",高迪的眼神想说这个。

嘴上却说:"神秘之处不在于诗集。而在于伊丽莎白·西德尔的遗体。"

"您了解在挖掘之后流传的谣言吗?"

"有人把遗体偷了?"

我摇头表示否认。

"恐怕没这么精彩。不过却更美丽。在那之后的日子里,所有报纸信誓旦旦报道的内容和伦敦城大街小巷流传的内容都是当罗塞蒂的朋友们打开棺材时,发现伊丽莎白·西德尔的遗体保持得非常完美。就像那天下午刚刚去世时的样子。又或者鸦片酊的作用让她陷入了深沉的睡眠,仿佛随时都会醒来。而她那著名的红色秀发,在七年里继续生长,已经侵占了棺木的整个空间。当罗塞蒂的朋友们打开棺盖时,他们发现的既不是一具被虫子啃噬的遗体,也不是一副因死亡而腐烂的躯壳,而是一位睡在红发披巾上的美丽女子。您觉得这个故事怎么样?"

"我觉得玛格丽特不是卡马拉萨家族唯一的浪漫主义者。"

---

① 海格特公墓位于伦敦北郊。西半部分建成于1839年,东半部分建成于1854年。马克思及其家人、英国物理学家法拉第、小说家乔治·艾略特都埋葬于此。

我微笑了。

"让我开门见山吧。"我继续说,"现在时光流逝到1870年。报纸早把伊丽莎白·西德尔和但丁·加百利·罗塞蒂遗忘,哪怕在我父亲因生意需要而经常走动的艺术圈也不再评论这段关于挖掘和不腐尸身的历史了。"

"因生意需要?"

"我父亲到伦敦不久后就建了一家拍卖行。直到去年为止,艺术品和古董的买卖都是他主要的生意。他专门经营来自南美洲和欧洲大陆的物件,这两块恰好是英国拍卖行忽略的空白,因此短短数月,父亲就出了名,拥有不少固定客户。毕竟伦敦有许多喜好独特而又家财万贯的人。"

"不管怎么说都是份有风险的事业。"

"您应当猜到了,父亲的这份生意经营得不错。"

"我指的不是经济方面。"高迪说,"就我理解,通过这些拍卖行进行的交易有时不是十分……透明。"

"您是想说走私吧。"

"我丝毫没有指责您父亲的意思。"

"哪怕您有,您说得也没错。这也就是我从来不希望深入了解父亲生意的原因。我想拍卖行的仓库里流通的物件中哪怕仅仅有百分之一来源不明,也足以让我父亲和他最忠诚的客户一起在监狱里度过余生。"

高迪停下了往嘴里送手指饼的动作。

"爱德华·安德鲁是这些客户之一。"他猜测道,"或者,他是向您父亲的拍卖行提供拍卖物件的商人之一。"

"不是前者也不是后者。安德鲁和我父亲在1868年前就在巴塞罗那认识了,但他们从没有合伙做过生意。那时候我父亲从事金融相关行业,对安德鲁试图兜售给城里资产阶级的艺术品毫无兴趣。他们俩一起做的第一笔生意也是最后一笔,确切说来,生意的主角正是伊丽莎白·西德尔。"

"伊丽莎白·西德尔。"高迪的嘴唇默念这个名字。

"爱德华·安德鲁突然有一天出现在伦敦,并向您父亲提供了某样和这个女人有关联的东西。一幅画吗?"

"一张照片。"

"一张伊丽莎白·西德尔的照片。"高迪说,他的眼睛因顿悟而闪着光,"一张伊丽莎白·西德尔完全没有腐烂的遗体的照片。"

"正是如此。"

"罗塞蒂的朋友们带着一台相机去墓地,并记录下了棺材内的奇异景象。现在,一位巴塞罗那商人拥有这张照片,并希望通过森普罗尼奥·卡马拉萨的拍卖行销售出去。"

我微笑着点点头。

"当然,这最后一点是最先让我们对照片真实性起疑的原因。如果图像是真实的,那是如何落入安德鲁这样的人手中的呢?"

"这是个非常合理的问题。"

"无论如何,请您不要被今晚聚会上发生的事所欺骗。爱德华·安德鲁当时是巴塞罗那十分受人尊敬的商人,当我父亲调查他的资质时,一切都完美无瑕。从没有人控告他欺诈,他的账目都很正常,他手中的客户群包括当时巴塞罗那一些主要权贵。但他从没涉足过英国市场。这点自然让照片的来历显得非常可疑。"

"来历是……?"

"基本上是这样的,那天晚上去海格特公墓的罗塞蒂的朋友们中有一位非常年轻的蹩脚诗人,他的名字我已经不记得了,他拍了一系列照片记录下了挖掘西德尔遗体的整个过程。而这些照片中的一张,就是安德鲁手中的那张,先是传到了蹩脚诗人的兄弟手中,后者把它卖给了一位在普里姆政变后流亡伦敦的西班牙政客。这位姓名不为人知的政客是罗塞蒂忠诚的钦慕者,也是位古怪的收藏家,他花了好大一笔钱买下了罗塞蒂亡妻的照片。事实上,他花了如此一笔巨款,以至于几个月后他就不得不重新考虑自己的决定。毕竟伦敦是座昂贵的城市,尤其对一位兜里只有比塞塔①的流亡中的西班牙政客来说。于是他同当时巴塞罗那最有名气的艺术品商人之一的安德鲁联系,请他安排照片的转手。而安德鲁认为我父亲的拍卖行是把这样一件不寻常的物件推向市场的最合适平台。"

"于是您父亲发现照片是假的。"

"事实上是我发现的。"

"伪造得那么假吗?"

我深吸一口气,努力忽略高迪再次无意识的冒犯。

"如果您想问的是,一位对摄影技术十分了解的人是否能够一眼看出照片有哪里不对,那么我的回答是肯定的。"我说,"问题不在于照片的内容,而是构图。那个棺木中的女人可能会被认为是伊丽莎白·西德尔,她的躯体在棺材里僵硬地躺着,半埋在一大绺头发下,依据图像偏灰的色调看,头发很有可能是红色的。但是这个场景的光线与大家口中照片拍摄时的情形并不符合。罗塞蒂的朋友们是先挖掘出了棺材,接着在坟墓脚边打开它,然后立刻又把棺材埋下去的。有一位司法代表全程在场。然而那张照片却明显是在摄影工作室严格控制各项条件的情况下拍出来的。"

"或许他们不是在露天拍的照片。"高迪提出,"或许他们是在墓穴内部拍的。"

"伊丽莎白·西德尔没有被埋在墓穴里。她的归宿就是一个露天的坟墓。无论如何,就算真的有墓穴,也不能解释照片不合理的地方。"

"所以照片无疑是……"高迪正要开始说话。

就在此时发生了一件奇怪的事。

一个大约五十岁、矮矮胖胖、衣着讲究的男人走近我们的桌子,一言不发地在高迪杯子边丢下一卷折叠的钞票。

---

① 比塞塔,西班牙当时的货币,流通时间为1869年西班牙加入拉丁货币同盟至1959年西班牙加入布雷顿森林体系期间。币值相比于英镑小很多。

我的朋友先看了看那叠钱，然后看看那个男人，最后看了看我。他也一言不发地从风衣内侧拿出了某物，飞快地递给了那个男人，后者露出动物般贪婪的神情接过了。一切如此迅速，我差点儿没来得及看清那样小东西。

那应该是一个细口玻璃瓶，两厘米高，甚至可能还不到两厘米，里面充满了绿色的液体。

那个男人紧握着小瓶，像来的时候一样悄悄地从我们的门廊消失。高迪把那卷钱放在风衣的内袋里，快速清了清嗓子，说：

"应该有人来把这个广场的街灯一次性全部换掉。灯光这么暗，让人几乎都不知道在和谁说话了。"他又立刻接着说，"您刚才正要对我解释那张所谓的伊丽莎白·西德尔遗体的照片哪里有问题。"

我决定当作什么都没发生过。

刚才，没有一位外表值得尊敬的先生交给我的朋友一大笔钱，用来交换一小瓶绿色的液体。

一切都是我想象出来的，下午发生的事和对伊丽莎白·西德尔不幸故事的回忆让我有些兴奋，皇家广场门廊下的昏暗或许也让我有些迷糊。

于是，我把注意力重新放在爱德华·安德鲁和那些潜伏在我父亲身边的阴影上来。

"问题在于照亮棺材的光线的单一性，"我接着说，"和光线投射到所谓遗体的脸上的角度。布置那个场景的摄影师把棺材的头部抬高了不少于一拃①，这样相机才能拍到棺材内部的样子，而不必过多地倾到棺材上方。但是，首先他没有预料到这种抬高势必会造成光线照在遗体上的折射角度的变化。其次，他也没注意到，在深夜的旷野中照亮那幅场景的镁光灯投射到棺材上的光线不可能像照片中的那样集中。"

"或许有其他也用于照明的光源。"

---

① 张开的大拇指到中指的距离。

"比在那样一个挖掘现场照理会用到的强得多的光源。"我点头说,"就像在任何一家普通摄影工作室里能找到的光源一样。"

"我明白了。"

"归根结底,照片太过谨慎,光照太过完美,反而不像真的了。摄影师试图呈现出一个完美的赝品,却最终由于做得太好而不真实了。照片本身棒极了,因此它的假也一目了然。"

高迪带着浅浅的笑意点点头。

"真棒,卡马拉萨我的朋友。"他的话让我惊讶,那是我第一次听到他说出类似恭维我的话。"不过我想无论如何,您的父亲也曾试图通过常规手段鉴定照片的真伪吧。它的来历、转手的过程……"

"当然。一切也都证实了我的猜测。只用了几天时间就证实,去海格特公墓的那天晚上没有人带照相机,罗塞蒂的那位蹩脚诗人朋友这辈子都没有碰过相机,他也没有兄弟,那个西班牙政客也不存在。总而言之,看起来在照片到达我父亲办公室之前,唯一接触过它的就是爱德华·安德鲁的双手。"

"于是您父亲揭发了安德鲁,告发他试图欺诈并毁了他的名声。"

"对,事实正如你所说。我父亲的生意全靠声誉,我想这件事让他看到了树立刚正不阿的形象的机会。因此他没有延续安德鲁的骗术,没有在不用对照片真实性负责的条件下将它拍卖——或许在其他许多情形下他就是这么做的——他没有把照片还给安德鲁并拒绝再和他来往,而是以最糟糕的方式公开了真相。"

"通过媒体。"

"那时我父亲刚认识马丁·贝格,当时贝格在伦敦一家叫作《插图警务新闻》的报社工作。贝格追随着另一件事的线索来到我们的拍卖行,父亲利用贝格给自己的生意和人品做了一次效果极佳的免费广告。"

"而确切说来为此买单的,就是爱德华·安德鲁。"

"贝格的日报已经追踪伊丽莎白·西德尔的遗体被挖掘一事一年了,如今报道的方向完全转向了试图伪造她的照片的全过程。顺便说一句,我们的朋友菲奥娜在她的插图里忠实地再现了这张照片。如果我没记错的话,这是她的画第一次上头版。可以说,她事业的腾飞在一定意义上多亏了伊丽莎白·西德尔。"

"一个红发女人借助另一个红发女人。"

"说这话的是第三个红头发的人。"我笑了,"简言之,我父亲让爱德华·安德鲁名誉扫地,同时也利用这次机会塑造了他无可指摘的诚实生意人的形象。安德鲁回到巴塞罗那,发现关于他欺诈的新闻也传到了那里。短短数月,他的生意就破产了,关于他我们知道的最后一条消息是:他卖掉了最后的画,试图在港口的角斗圈当赌博中介,开始新的职业。"

高迪蹙了蹙鼻。

"这真是人生跌落谷底。"高迪说,"从今天下午发生的事来看,我想安德鲁把发生的一切都归咎于了您的父亲。"

"他肯定地说照片是通过绝对干净合法的途径流入他手中的,而且他同伪造一点儿关系也没有。我不怀疑他说的是实话。更确切地说,我相信他也是那个意图造假的第三者的受害人。"

"您从没想过或许那个第三者是您自己的父亲吗?"我的朋友出其不意地问道。

"您说什么?"

"那不是一个坏策略,不是吗?您父亲让人拍了假照片,让它传到安德鲁手中,并设计让安德鲁前来他的拍卖行。接着公开举报照片是假的。从而获得了您刚才提到的免费广告。"

"在这种情况下,我想那位神秘的摄影师就是我了。"

"这样就把谜团优雅地解开了,您不觉得吗?"

"您是认真的吗?"

"当然不是。我不认为您是从事伪造著名遗体照片的摄影师,我也相信您永远不会故意破坏他人的一生。"

"我的父亲呢?"

"我想我正开始逐步认识您,但还不怎么认识您的父亲。"

我摇头表示否认。

"我父亲不会做这种事的。"

"或许不是他直接做的。我是想说,或许是他身边有人在他不知情的情况下做的。"

我朋友口中的"身边"一词很奇怪地让我觉得带有贬义。

"我想现在该是我们开始谈论维克多·圣马丁以及他关于我父亲的理论的时候了。"

"如果您更希望明天再说也无妨。"高迪说,"不过在晚会上我忍不住一直观察您和那个记者谈话时的反应,我想他的话对您影响很深。"

我用手指饼的一头蘸完了杯中剩下的最后一点儿热巧克力。

"我以为菲奥娜吸引了您所有的注意力呢。"我边说边故作镇静地嚼着手指饼。"我看你们在长沙发上十分惬意。"

"我有一心两用的本领,您知道的。"

"几分钟前我刚见识到了这点,是的。"

高迪微笑了。

"如果您觉得谈论这事能帮您把脑子清空,那我就在这里听候差遣。""这事"明显指的是我和圣马丁的对话。"如果您不愿说,我们也可以宣告这漫漫长夜到此结束,明天又将是新的一天。"

我明白,我并不像听起来这样拥有两个选择。我的朋友十分希望听我今晚的第二段讲述,而我也十分希望告诉他。于是我们叫来服务员付了账,离开了皇家广场,维克多·圣马丁像鬼魂般飘浮在我俩中间,或许真的可以说他阴魂不散,因为他对我们所有这些生活在《插图新闻》周围的人来说都是一个威胁,会带来不可预见的后果。

当我们来到达蒙卡达小广场,在海上圣玛利亚教堂后部半圆形凹室的阴暗外墙边,高迪听完了我的叙述,做出了他独特的概括。

"卡马拉萨家族的难关来了。"他说。

他是对的。

第十五章

　　第二天清晨六点不到,我卧室的房门就传来几声柔和的敲门声,把我叫醒了。昨晚我倒床就睡,那时已快黎明。我的梦里全是衣衫褴褛又缺牙的老头、女里女气的年轻人的脸和长着美丽红头发的遗体,搅了我的休息。我心想醒来或许是暂时的解脱,直到我记起在这个不眠夜的另一头等待我的是什么。我在床上翻了个身,用半睁半闭的眼睛看向门槛,逆着走廊上的灯光我看到了一个人的轮廓,花了好几秒才认出那是谁。

　　"早安,贪睡王。"

　　玛格丽特关上身后的门,摸索着向我的床边走来,她光着的脚丫让木地板嘎吱作响。卧室沉浸在完全的黑暗中,哪怕是晴天,也要七点之后天才会慢慢亮起来。包围着我们的是一片完全的寂静,沉睡的街区里有一个沉睡的家,坐落在一座不眠之城的郊区。

　　直到她身体的分量让床稍稍向左侧倾斜,我才知道妹妹达到了她的目的。

　　"现在几点了?"我问。

　　"是你把一切都讲给我听的时候了。"她边说边探头过来,直到大约找到枕头上的我的脸。她在我的右颧骨上亲了一下,又淘气地捏了捏我的下巴。

　　"你不能等到早餐时候吗?"

"你是指你要和爸爸共进的早餐?"

和父亲一起吃早餐。我完全忘记了。

"你怎么知道的?"

"昨晚菲奥娜和我说的。"

我没有在意菲奥娜怎么知道父亲和我约定吃早餐,毕竟,这个英国姑娘对我的事的了解似乎从无边界。

"那她一定也和你说了晚会上发生了什么。"

"她什么都没告诉我。那个坏女人居然说我这样年纪和处境的小姐不应当为成年人的事烦忧。你能相信吗?"

"完全可以。"

玛格丽特再次把手伸向我的脸,观察了片刻,然后揪了揪我的耳朵。

"你总是站在她那边说话。"她说,"你知道你永远不可能和她结婚的,不是吗?"

"而你也知道,你这样年纪和处境的小姐不应该夜里这个时候待在哥哥床里,不是吗?"

"现在不是夜里了。"她反驳道,"而且我不在你的床里头,我在你的床上面。来吧,开始说吧。"

我照做了。我向玛格丽特讲述了昨天晚上发生的所有主要事件,从高迪和我抵达晚会现场开始,到我们同爸爸卡马拉萨及贝格父女俩一同离开为止。讲到我和圣马丁的会面时,我试图不过于强调那个记者对我们父亲的指控,然而就像往常一样,玛格丽特的提问相当犀利,几乎能让我把所有主要内容都告诉她;当我讲到爱德华·安德鲁唱主角的那段场景时,我试图用那个披着白狐狸皮披肩的女人的滑稽样来缓和当时的严肃气氛,虽然已经过去了十小时,但现在回想起来,我依旧觉得这事令人羞愧且难以言说,必定会给我们的家庭带来灾难性的影响。

当然,我的策略没有奏效。当我讲到父亲在巴塞罗那上层社会的代表面前扇了那个声名狼藉的老商人一个耳光并用死亡威胁他时,妹妹发出了一声惊呼,就像身处窘境的贵族小姐没有表达到位的感叹语气。

"玛格丽特·高蒂尔,你不能叫得更好听了。"我向她保证。

"你是说,爸爸打了一位老人?在公开场合?"

"恐怕是这样的。"我点点头,"如果不是贝格父女俩和我插手的话,我不知道还会发生什么。"

玛格丽特思考了一会儿。

"他是戴着手套打他的吗?"

"什么?"

"如果爸爸戴了手套,那就是用手套打了他耳光。那爸爸就是向他发起手枪决斗的挑战。"

我在黑暗中微微一笑。

"我想不是这样的。"

"你确定?"

"相当确定,是的。爸爸没有向任何人发起手枪决斗的挑战。爸爸只是扇了一个可怜的老头一记耳光,因为这老头在爸爸想用晚会取悦的所有人面前让他难堪了。"

"只是。"

"这不是小事,不是。"

玛格丽特沉默了一会儿。

"你说他手里拿着一个红色的文件夹,而且不停地举在头顶挥动?"她终于问道。

"一个红色的文件夹。"我点点头,"我感觉是用丝绒装订的。"

"里面是什么?爸爸这辈子做的所有坏事的证据吗?"

哇,我心想。

"爸爸这辈子做了许多坏事吗?"

"所有人都这么说,不是吗?"

他的城 | 131

玛格丽特十分自然地问，我不知道该把它理解成幼稚还是老成。

"只有维克多·圣马丁和爱德华·安德鲁这么说，而且是暂时的。"我反驳道，"他们一个是寻求劲爆消息好让报纸大卖的记者，另一个是对恰好毁了自己事业的人心怀怨恨的老头。"

"恰好。"玛格丽特仔细听我简要讲述关于伊丽莎白·西德尔的伪造照片的故事后重复道。当1870年末那一切发生时，我妹妹刚满十三岁，满脑子充斥着比那著名遗体的假照片紧迫得多也重要得多的问题。"那如果是你搞错了呢？如果照片是真的呢？"

"照片不是真的。"我向她保证，"除了我的观点外，还有许多证据证明它是伪造的。"

"如果安德鲁在这个文件夹里放着一个不同的证据呢？可以证明照片是真实的证据？"

我突然想起了前一天晚上高迪用打趣的语气说出的可能性，不过无疑他也严肃考虑过这种可能性。

"照片是伪造的。"我重复道，"但是你的朋友东尼认为爸爸可以策划这一切，以便为他的拍卖做广告，顺便树立起他是道德上无可指摘的商人的名声。爸爸可以让人准备这张假照片，让它传到安德鲁手中，接着在安德鲁试图通过他的拍卖行销售出去时公开揭发照片的虚假性，并通过他的朋友贝格父女激起媒体圈的兴趣。"

"真的吗？"

"我本人也可以是照片的摄影师。毕竟，我在揭穿照片时显露了少有的敏锐洞察力。"

玛格丽特思索了一会儿我刚对她说的可能性。

"东尼不应该这么怀疑的。"她说。

"事实上他没有这么想。我是指关于我也参与了这个诡计的那部分。"

"但他的确认为爸爸可以策划这一切。"

"恐怕是的。"

妹妹停顿了几秒,问出了那个我最害怕听到的问题。

"那你怎么想?"

我也花了几秒钟考虑,但恐怕我的回答达不到妹妹的那种完全坦承的程度。

"我认为这是一种优雅且吸引人的可能。"我答道,"在一部小说里有这样的情节很好。但这是现实生活,现实生活里的事通常都简单多了。安德鲁想通过爸爸把一张假照片卖出去,爸爸发现了其中的欺诈,于是做了他应该做的事:揭发欺诈者。有可能安德鲁并不知道照片是假的,有可能他也是第三者的欺诈行为的受害人。但是爸爸,"我不知是为了说服玛格丽特还是说服我自己而重复道,"只是做了他应该做的事。"

妹妹坚定地摇了摇她靠在枕头上的脑袋。

"我觉得东尼说得有道理。爸爸利用安德鲁以成就他值得托付的拍卖商的名声,所以现在安德鲁想要找他报仇。他找到了可以证明爸爸派人伪造了照片的证据,并把它放在那个文件夹里。"玛格丽特把右手伸到被单里,抓住我的左手用力按了按,"东尼是个聪明得让人惊叹的年轻人,对吧?"

于是我无可避免地想起了当我们在皇家广场的门廊下谈论这一切时走近我们的那位先生,那卷扔到我们桌上的钞票,和高迪作为交换给他的那个小瓶子。这是直到玛格丽特进入我的卧室前我梦到的诸多事情之一,可我依然没有想明白。

"我们这么说吧,高迪是个令人惊奇的年轻人。"我答道。

"但愿明天他能和我们一起去里世奥剧场。我们不能为他再弄到一张票吗?"

明晚全家要一起去看古诺作曲的《浮士德》[①]最新一季的演出。那是贝格父女坚持要送给卡马拉萨全家的礼物,上周那些不愉快的事

[①] 根据哥德原著改编的诗剧《浮士德》,由法国作曲家古诺(1818—1893)作曲。

让一家人口中满是苦涩，他们希望以此带去些许甜味。而如今这个约定显得十分不合时宜，甚至有些荒谬，至少我这样认为。

"我不认为马丁·贝格会愿意为门票再多掏哪怕一分钱了。"我说，"当然，这是建立在爸爸经过昨晚的事后仍不取消这个活动的前提下。"

"我们可以给他买票……"玛格丽特停顿了好几秒，然后才接着说，"不过仔细想想，他不来也许更好。"

"仔细想想？"

"菲奥娜也会在场。"

"我明白了。"

"昨晚在聚会上你介绍他们认识了？"

玛格丽特问出这话的语调如此伤心，我立刻被打动了。

"我也没有别的办法。"

"然后呢？"

"然后什么？"

"他们互相有意思吗？"

"晚会后我还没有机会同菲奥娜说话。"我说，"而高迪昨晚太过沉迷于发生的一切，还没有告诉我他的想法。"

"但是？"

我用自由的那只手轻抚了玛格丽特的脸。

"但是高迪是个爱好艺术的人，而菲奥娜……"

"而菲奥娜是个巫婆。"玛格丽特补充完我的话，"一个巫婆，一个厚脸皮的女人。如果你是东尼真正的朋友，你就不会让她接近离东尼周围一百米的范围。"

在这种场合，我体内的绅士气概总会觉得有必要维护菲奥娜的荣誉。

"我认为你对菲奥娜的态度很不公平。"

"这个女人把所有靠近她的男人的生活都毁了。你应该比任何人都清楚这一点。"

我们俩之间形成了不舒服的沉默。我没有假装不知道我妹妹在说什么，也没有试图做出愿意回忆的样子。无论如何那天早上不是合适的时机。在我年幼的妹妹面前更不是。

"或许你应该……"

玛格丽特再次打断我。

"那么这就是红色文件夹里的东西。"她说，用她惯用的方式转换了话题。"爸爸为了获得对自己有利的宣传就眼都不眨一下地毁掉一个人的生活的证据。爸爸是有可能变成背信弃义的人的，你不觉得吗？"

哇，我再次心想。

背信弃义的男人，厚脸皮的女人，以及一心只想报仇也完全有理由如此的可怜的老人。

"亲爱的，我觉得我们必须立刻对你停止法国小说和英国连载小说的供应。"我严肃地说，"从什么时候开始爸爸不再是一个勇敢的男人，而变成了廉价书刊里的卑劣之人？"

玛格丽特松开我的手，在床上翻了个身，重新脸朝上躺着。从百叶窗的缝隙中偷偷照进来的第一抹晨光让我可以隐约看到她紧绷的侧脸、睁大的眼睛和紧咬的牙关。她也明白，这些天是对卡马拉萨家族来说十分重要的日子。

"或许这段时间以来我一直都错了。"她说，"或许你是对的。"

"我从没说过爸爸是个背弃信义的人。"

"你知道我的意思。"

"爸爸是个生意人。对这个生意人的有些想法我觉得有待商榷。但这并不意味着我怀疑他的道德面貌。"

我们俩之间的短暂沉默让我第一次感觉到玛格丽特激动的呼吸。她整个人闻起来有新鲜的薰衣草和产自马绍尔群岛的香皂的气味，又微微有漫漫不眠夜留下的汗味。

当她重新开口说话时，她的语调依然很激动。

"自从我们回到巴塞罗那后发生的所有事情,没有让你生出很多疑问吗?"

"关于爸爸的疑问?"

"万一这个记者圣马丁说的是对的呢?万一爸爸那些生意实际上都是某种烟幕弹呢?万一我们也是某种烟幕弹呢?"

"我们?"

"他的家庭。他的员工。我们所有活在他身边的人。万一我们只不过是表象呢?万一爸爸在背后隐藏了什么我们都没有留意到的东西呢?"

那当然不是一种荒谬的猜测。从很久以前起,我就开始试图把这种想法从脑海中赶走,久到我自己都不记得是多久以前。然而,我不喜欢才十六岁的玛格丽特提出这样的想法。

"这不是你该考虑的。"

"你一直讨厌爸爸。"就在那时她说,那么突然而出人意料,我根本来不及打断她。"直到现在我也一直不明白为什么。我一直都站在爸爸那一边。我原本以为你是嫉妒他。"

"不是这样的。"我终于反驳道,"我从来没有讨厌过爸爸。"

"你一直把他看作一个粗俗而物质的人。一个理想浅薄、想法过时的人。而你是对的。"

"不赞成一个人的想法不代表讨厌他。我不讨厌爸爸。而你说话的方式也不能像正在开始讨厌他一样。"

"你不讨厌爸爸,但你希望自己不是他的儿子。"

这也是全新的说法。

"你从哪里得出这个结论的?"

"我听到过你和菲奥娜说话。不是在这里。在伦敦。很多次。"玛格丽特的声音又变得冷酷起来。"菲奥娜也讨厌爸爸,她一直看不起他。如果不是出于对她爸爸的忠诚,她现在一定在帮着圣马丁写所有那些文章。"

"我不讨厌爸爸。"我再次重复,我没有说谎。"我既不讨厌他,也没有看不起他。菲奥娜也不讨厌他。"

"菲奥娜尝试了无数次把你变成她那类人。在深处其实她做到了。"妹妹说到这里短暂停顿了下,"不管你怎么嘲笑我,我并不是这个家里唯一的理想主义者。你和我很像,加夫。这让我很高兴。"

这次是我主动摸索玛格丽特的手。

"过去的这周对我们来说太复杂了。"我说着把她的手拿到唇边,轻柔地吻了下。"我们都很不安,受到了惊吓。但是一切都会好起来的。一切都会很快回归正轨。"

妹妹向我靠得更近了些,把脑袋枕在我的肩膀上,以此回应我的吻。

她身上混合的味道再次像遥远而美好的回忆把我包围。

"那么东尼说得不对。"她说,"爸爸没有故意毁了这个人的一辈子。"

"当然没有。"

"在这个红色文件夹里也没有什么能证明爸爸为了自己的利益精心设计了这张去世女人的照片。"

"如果爱德华·安德鲁真的掌握了什么对爸爸不利的证据,那么一定庸俗得多。"我向她保证,"比如某次爸爸利用拍卖行把走私的物品带入英国,或者贩卖盗窃来的东西,或者别的类似行为的证据。没有什么爸爸此前没有被怀疑过的事,就像任何一个生意人都会被怀疑的一样。无论如何,爸爸没什么好担心的。"

"你真的这么认为?"

不,我不这么认为。

"当然了。"

"但如果安德鲁手里有你所说的某些证据,可以把它们交给警察,导致对爸爸的司法调查。他也可以控告爸爸昨天打了他耳光,还有那些性命威胁。"

他 的 城 | 137

"爸爸是个有钱人,而且有很多关系。而安德鲁只是个一只脚迈进坟墓的乞丐。即使这些证据存在,爸爸也没有什么好担心的。"我重复道。

玛格丽特从我的肩膀上抬起头,歪向我的脸。她的鼻子和我的鼻子短暂地蹭了一下,我瞬间想起了父亲和安德鲁在费尔南多七世宫殿的礼堂中央面对面、鼻对鼻地对峙的情景。

远处传来卖牛奶人的驴身上罐子发出的熟悉的叮咚声①,间接宣告早晨正式来到了格拉西亚区的别墅。

"这样的话世界真不公平。"玛格丽特说。

她没有再说一句话,而是从床上起来离开了,把我一个人留在卧室里。我忽然有种奇怪的感觉,仿佛刚才陪伴妹妹度过了她人生中重要的一刻。

---

① 在那时的巴塞罗那,卖牛奶的人会在清晨牵着驴走街串巷,驴身上挂着盛有牛奶的罐子。

第十六章

我又躺了五分钟，回味刚才和玛格丽特的对话，以及她的提问和观点所揭露出的我的感受，我对父亲，对父亲的财富、价值体系、生命观和在社交场合失去理智的行为所代表含义的感受。起床后，我先打开了百叶窗，证实今天格拉西亚区的天空阴沉昏暗、布满云雾，就像隔壁巴塞罗那市中心昨天下午的样子。又将是个空气中满是灰尘的泥雨天，我预测道。工业化的新巴塞罗那又将迎来一个伦敦那样的天。

我在开着的窗边穿衣服，感受早晨的清风吹拂我的裸体带来的愉悦，呼吸着花园里逐渐失去活力的果树的香气。一棵橙子树，一棵柠檬树，一棵结满了果子的梨树，构成一幅恰如其分的忧郁秋日图。我系上一条在抽屉里随机摸索出的领带，但出于对父亲不常有的尊敬，我戴上了一对白金袖扣以弥补选择领带上的懒惰，那是妈妈拉维尼亚送给我的二十一岁生日礼物。我关上左右两扇窗玻璃，把睡衣留在未经整理的床铺被单上，去洗手间梳洗，接着穿过空荡荡的走道、楼梯和大厅，最后来到了别墅后院，这里是我每天和玛格丽特共进早餐和晚餐的地方。我坐在木头椅上开始抽烟，心想今早不会在和往常一个时候坐在这儿了，火柴盒的背面依旧写着"塔贝山"几个字，自周六晚起我就一直把它带在衣兜里。抽完了烟，我起身朝花园走去。

老旧的农家小屋仿佛和别墅的其他部分一样睡着了，但在门廊的地上，两张摇椅之间，有一个烟灰缸，里面的烟头我感觉是刚熄灭的，就像我刚扔到柠檬树下的烟头一样。看来这个家的两位住客中有一位也是天亮才睡的。我绕着菲奥娜房间关闭的百叶窗走了几分钟，但她没有从屋里透露出她还醒着的信号，我也没敢敲窗户的木板条。不知更多的是失落还是欣慰，我离开了农家小屋回到别墅主楼，等待主厅的套钟敲响七点半的钟声。

我不打算用父亲和我之间的委婉对话来让你们感到无聊，我们的谈话仅仅持续了短短二十分钟，从开始吃早餐到司法警察突然闯入父亲的办公室为止。我没有向父亲问出合适的问题，每当我的责任感、纯粹的好奇心，或有时候第三者的影响让我对父亲的企业运作或他在公众面前的表现有疑问时，他总是给我相同的答案，这一次父亲也同样没有费心给我一个不同的回答。总之，这二十分钟里我听到的任何东西都不能把先是圣马丁，再是高迪，最后是玛格丽特在我脑中种下的疑虑和不安全部打消，因为父亲表现得就好像虽然我曾经叛逆过，但无论我对他的信任还是我对他所有决定的支持都是毫无疑问的事实，而我也没能汇聚足够多的勇气或意愿来提出三个简单的问题，那三个问题本可以暂时地说清我们俩之间的情况。

卡马拉萨家族回到巴塞罗那这件事，就像他在伦敦和我信誓旦旦说了好多次的一样，纯粹是出于经济原因或利益吗？还是有其他原因？

这个其他原因如果存在的话，同这个垂危的共和国的多处角落正酝酿发酵的所谓波旁王朝的复辟计划有关系吗？同圣马丁在前一天早上的文章里直接将他与之联系的事件有关系吗？

加努达街口的大火，大火之后爆发的针对《插图新闻》和父亲本人的攻击，对情况相当了解的匿名信，以及如今爱德华·安德鲁在沉寂了近四年后的重出江湖，这些都是相互独立的事件，都同这个假设存在的"其他原因"没有关系吗？还是相反地，都符合某个针对森普罗尼奥·卡马拉萨的完美阴谋？

让我羞愧和事后深深后悔的是，那天早上我没有问出这三个根本性问题中的任何一个。在共进早餐的短短二十分钟里，我再次任凭自己被父亲拖进语言的剑术里：许多花饰，许多假装的攻击和反击，没有丝毫真实的流血。自从我懂事以来，森普罗尼奥·卡马拉萨就为把所有父子间的对话变成这类剑术对决而感到满意。在这种情况下，我离问他"维克多·圣马丁的说辞里有多少内容是真实的"最近的时候，就是我向他转达晚会上圣马丁给我提议的时候。

"一次采访。"父亲重复道，看不到明显的惊讶。

"他想让我公开表达我对于你所谓的政治关系的立场。"

"你打算这么做吗？"

"我应该这么做吗？"

"给那个一整周都在公开辱骂你父亲，并把家族生意置于险境的人一次采访你的机会？"

我摇头否认。

"让我重新表述一下我的问题。我所要阐明的立场是针对竞争对手报纸的文章内容的，那些文章里有真实的部分吗？有既不是想象也不是猜测的部分吗？"

父亲的脸依旧保持沉着冷静，像往常一样读不透。

"儿子，我想你现在年纪足够大了，你知道应该站在什么立场，在什么时刻，在谁面前。"

就在此时，房门响起两下敲门声，父亲还没来得及问是谁，门就被打开了，发生的那幕场景很快会变成卡马拉萨家别墅令人不悦的家常便饭：一位司法警官和一位警员打量着我们，神情透露着十分有把握、自负甚至因精通法律而在道德上的高人一等。

我不会展开叙述那两位警察在父亲办公室的五分钟里父亲、我和他们间发生的事。这一段的核心内容可以概括为：爱德华·安德鲁，现年六十四岁，生于巴塞罗那且是巴塞罗那居民，住址为公主街某栋建筑某号，昨天晚上十一点提出了对森普罗尼奥·卡马拉萨的控

他 的 城 | 141

告。后者现年五十九岁，生于巴塞罗那且是巴塞罗那居民。前者控告后者在公开场合好几十名目击者面前攻击、威胁、侮辱他，并不当地滥用了"身体上和社会地位上的优越"，警官相当严肃地说出这最后几个字。控告言之凿凿，要求被控方当天上午前往位于船厂大楼①的中央警察局加以说明，陈述他那个版本的事实，并接受警官的有关问询。负责质询的警官正是现在和我们说话的这位，他考虑到森普罗尼奥·卡马拉萨"较高的社会地位"和"毫无疑问值得尊重的品质"，出于罕见的尊敬，来到被控方家中亲自向他传达这个"摆在他们手中令人不太舒服的案件"，如果我父亲愿意的话，他可以用他的公车谨慎地陪父亲去警察局。

这个嘴里涂了蜜的警官叫作阿韦拉多·拉韦利亚。他是一个矮矮胖胖的人，有着深棕色的发色和肤色，着装小心仔细，仿佛还没有习惯不穿制服——雪白的袖口和领口，完美无瑕的裤线，系得精确到毫米的领带——脸上长满了麻点，整个额头、下巴和左侧脸颊都泛着蓝，汗毛和胡茬很少，仿佛遭到了侵蚀。那天他对我们不合时宜的拜访不是我们第一次见到他，也不会是最后一次，我不需要成为占卜者就能知道这一点。拉韦利亚是上周周中来到我们家的第一位司法界人士，当浸满了杂酚油的羊毛布料在加努达街口建筑的遗骸里被找到时，这绝对引起了法警的好奇心，并让警官们关注到了越来越多把《插图新闻》的负责人和《下午报》办公室的大火联系到一起的谣言。二十四小时后，拉韦利亚成为了告知我父亲《下午报》的老板萨图尼诺·塔罗哈控告父亲在无论实际操作还是智力指导和道德引导方面都应该对那场大火负责的警官；而第二天早晨，当轮到我父亲控告塔罗哈诽谤、威胁和寄送匿名信以及其他许多同样令人不悦的事时，负责处理的警官也是拉韦利亚，那时他已被确立为所有与加努达街口大火

---

① 船厂大楼是位于兰布拉大街靠海段的建筑群，原本为造船厂，19世纪后变作军事用途，是军营、军火库及警察局的所在地。

有直接或间接联系的事务的负责人。

阿韦拉多·拉韦利亚和森普罗尼奥·卡马拉萨的首次会面玛格丽特也在场,她躲在一扇没人费心去关严的门后头,据她说,那次会面是以我们的父亲粗暴地让警官知道了他的一些观点而告终的。包括对共和国新设立的警察机构的观点、对从普里姆那里继承来的西班牙司法体系的观点、对把警察与司法同新政治局势下兴起的掌控巴塞罗那经济大权的人物联结到一起的相互奴役和利益共享关系的观点,以及对拉韦利亚本身的观点。在父亲卡马拉萨看来,拉韦利亚的行事糅合了华丽的恭维和懦弱的突袭,他的处事能力亟待提高。

"您是在告诉我,我被捕了吗,拉韦利亚先生?"在耐心地听警官把爱德华·安德鲁指控的官方通告夹杂在长篇空话中说完后,父亲总结道。

"当然不是,卡马拉萨先生。您怎么会这么想呢?"

父亲露出了微笑,在合适的场合下,这种微笑可以让最勇敢坚定的人流血身亡。

"那么我没有被捕。"他说,"然而,您却要我丢下日程里的待办事宜,陪您去警察局走一遭,就为了对一个偷偷潜入私宅、闯入私人聚会,并意图在一百位潜在的企业合作伙伴面前诬蔑我形象、破坏我声誉的老骗子的胡言乱语做出声明。"

衣着朴素的拉韦利亚警官稍稍踮起了脚后跟,挺起了下巴,我觉得他还收了收肚子,接着他保证说只是法律手续。

"无论如何,安德鲁先生肯定地说您侵犯了他的身体……"

"的确如此。"

"……还说您用死亡威胁他……"

"没错。"

"……这些是很严重的控告,卡马拉萨先生,您有权在警察局驳斥这些指控。"

"我已经告诉您了,这些指控都是真实的。您要逮捕我吗?"

阿韦拉多·拉韦利亚摇头否认，斜眼看了看陪他一起来的警员，那是个和我差不多年纪的年轻人，个子高，帅气，但他的心思似乎不完全在这间办公室里。如果警官是想从他那儿寻求帮助的话，恐怕会失望了。

"我不会逮捕您，卡马拉萨先生。"拉韦利亚说，语调更缓和了些。"但我真的需要您去警局，在那里为我做一份正式声明。然后，如果您愿意的话，您可以对安德鲁先生提出您的控告，例如非法侵入私宅、诽谤，还有……侵入私人聚会。"

我忍不住笑了。幸好不论父亲还是拉韦利亚警官自从会面开始就仿佛完全忘却了我的存在。

"您不是来逮捕我的。"父亲说，"那么这就是礼节性的拜访了。"

"额……"

"如果是这样的话，拉韦利亚先生，把您的名片留给我，时机合适的时候我会去回访您的。"

"额……"他重复道。

"可以吗？"

"事实上，卡马拉萨先生，我们越早结束这件事情就会越简单。如果您现在和我一同去警局，十点这事就可以了结，您就可以处理自己的事了。"

父亲终于把视线从拉韦利亚警官脸上挪开，看向了我。

"我没有被捕，他们却要带我去警局。"

"警官说得有道理，爸爸。"我勇敢地说，"我们越早解决这事，就可以越早回到我们自己的事上来，也可以越早忘掉爱德华·安德鲁。"

父亲的眼睛里闪着怒火。

"这就是我现在的生活。"他说，"被侮辱，被控告，还要在早上八点接待警察的来访。"

"在伦敦我们所有人都过着更平静的生活，没错。"我差点儿脱口而出，但及时克制住了。

"您会让我们先吃完早餐，对吧？"我问向警官。

"当然，当然。卡塔兰警员和我会在我们的马车上等你们。"

父亲摇头反对。

"我有自己的交通工具，谢谢。你们直接离开吧。"

拉韦利亚警官似乎又犹豫了。他还站在原地，用他红润肉实的舌头舔了舔下嘴唇，接着带着无依无靠的眼神看向我，突然让我心生同情。

"半小时内我们就从这里出发去警局。"我向他保证。

他徒劳地等了几秒钟，却没有等来父亲的确认或否认，于是他严肃地点点头立正，仿佛气馁的士兵，接着一言不发地和身着制服的卡塔兰警员一起离开了办公室。

第十七章

当父亲回到房间换衣服时,我回答了玛格丽特一连串的问题,这次门关得紧紧的,她从办公室门外只听出了安德鲁的姓和几句不连贯的句子。接着我来到一层母亲所在的厅,她像每天早晨一样正在玛琳娜的陪伴下吃早餐。当侍女按我的吩咐收拾了空盘子空杯子,留下母亲和我单独坐在朝向花园的大窗户边时,我向母亲解释了目前的状况,因为至今还没有人告诉她昨晚聚会上的情景、安德鲁的指控、随之而来的拉韦利亚警官的拜访、爸爸马上要去位于船厂大楼的警察局一趟,以及能够预见到的各路媒体对父亲为人和生意的加剧的攻击。母亲全神贯注地听我说,像往常一样严肃、苍白和虚弱,但是我觉得她脸上有了新的生动表情,她还说了一句话:"我想是我该亲自干预的时候了。"我必须坦言我听到时差点儿发出不合时宜的笑声,但在那之后不久,我就带着些许不安回想起这句话来。

当我回到别墅主楼门厅时,父亲已经在马丁·贝格、菲奥娜和玛格丽特的陪伴下等我了,玛格丽特拉着他的胳膊,正在教他在正式声明时不应该对拉韦利亚警官说的事。我猜贝格父女已经了解了发生的事,并决定陪父亲和我去警察局。

"我不能去,当然了。"当父亲松开她的胳膊迈步向门口时,玛格丽特悲伤地说。

"警局不是一位小姐该去的地方。"马丁·贝格说,他戴着一顶大圆帽,像一个帅气的科尔多瓦人。

"所以你们带菲奥娜去。"

就像每次发生这种情况时一样,英国姑娘朝我妹妹挤了挤眼然后离开了门厅。我吻了吻玛格丽特的脸颊,向她保证晚餐时会把这一天发生的所有事都告诉她。

"帮我看着妈妈。她刚才和我说了句奇怪的话。"

玛格丽特眉头微蹙。

"你们只需要我做一件事。"她不满地嘟囔着,"就是看着妈妈。"

坐在家庭厢式马车上的旅途又慢又不舒服。格拉西亚大街拥挤的交通让我们的司机被迫不停地减速、更换车道甚至停车以避免和有轨马车、公共马车,或满载着家禽的马车相撞,还经常要避开刚从各省来到巴塞罗那、尚不了解基本交通规则的行人。在兰布拉大街,交通照例变得更糟了。科梅迪亚斯广场附近的拥堵终于耗尽了父亲的耐心,他决定终止马车的旅途。于是,我们四人下了车,步行前往警局。

我父亲的正式声明十分简短单调,除了"是"或"否"这类单字①外就几乎没别的内容了。他不否认爱德华·安德鲁的控告,但是用安德鲁先犯下的罪行为自己的行为辩护:如果他打了老人一记耳光,并对他说出了严重的威胁,那是因为在此之前安德鲁把他的耐心耗尽了,安德鲁不仅闯入他的晚会,在潜在合作伙伴面前侮辱他,还公开指控他犯下了不知什么罪,而且可以想见,这些天一直往信箱寄匿名恐吓信的也是他。如果所有这些不能为一记耳光辩护,那拉韦利亚警官可以立刻逮捕他;如果可以让耳光免罪,警官可以现在就把安德鲁的控告书撕成碎片,并重新起草一封新的,这次把森普罗尼奥·卡马拉萨的名字写在控方下面。

当我们走出警局时,已经快上午十点了,圣马德罗纳门上方的天空开始放晴。我们刚离开的建筑内部漆黑的墙壁和照射着城墙步行道

---

① 在西班牙语中,"是"和"否"分别为"si"和"no",皆为简短的单音节词。

周围的光明形成了鲜明对比，让人有中断忙碌生活、仅仅为活着和自由这个简单事实庆祝一番的冲动。不远处大海的浓郁味道，东边吹来的微风，热闹运转的码头的声响，这些都是港口城市才能赠予生活的小礼物，但人们几乎没有时间在日复一日的忙碌操劳中停下来享受。我还没有来得及向我的同伴们提议去圣莫妮卡修道院附近某家小饭馆的露台点杯牛奶咖啡，父亲和贝格父女就开始沿兰布拉大街向高处走去了，自打我们从拉韦利亚警官的办公室出来他们就被一片厚重的沉默包围着。

"那么，再见。"

菲奥娜是唯一一个停下脚步回头看向我的人。

"你要去学校吗？"

"你有什么更好的提议？"

英国姑娘装作思考了一会儿。

"我想今天我的日程包括圣佩德罗区的一起谋杀近亲案和圣卡塔琳娜区的一位闪电幸存者。如果上午还有时间的话，我还要和警察一起去在拉巴尔区举行的无政府主义者的会议。"

我点点头。又是忙于《插图新闻》工作的一天。

"他被闪电击中还幸存了？"

菲奥娜露出一个美丽的微笑。

"没办法杀死一个加泰罗尼亚人。"她说，"我们今晚见？"

"在你的工作室？"

"除非你现在已经疲于给我拍照了……"

"十点可以吗？"

"这是个非常不正派的时间点。不过没问题。"菲奥娜的微笑还在唇边，她把右手伸到额前，把一绺倔强的头发撩到后面。"你有什么想法吗？"

"今天我让你自己选。"

"那么我会让你意外的。"

我立刻想象了十套、十二套菲奥娜可能穿的服装，今晚她将在她的艺术工作室接待我，准备好投入我们长长的摄影时间。此刻正在格拉西亚区别墅地下室里的我的相机一定对此番安排感到很高兴。

"我知道，你一向能让我惊叹。"我向她保证。

"你要去看你的朋友吗？"

这个突然的问题让我吃了一惊，不过只是微微吃了一惊。

"看高迪？"

"你有别的朋友吗？"

是的，事实上没有。在巴塞罗那我已经没有别的朋友了。

"我们会一起吃午餐，和每天一样。"我说，"你想来吗？"

"我们《插图新闻》的员工不吃午餐，你是知道的。胃里空空如也可以避免我们在犯罪现场吐出来。不过那的确是个诱人的邀请。"

虽然菲奥娜的借口有浓浓的戏谑成分，但她说出"诱人"那个词的语气让我觉得她不是在讽刺，也不仅仅是出于礼貌。我这位来自伦敦的红发朋友想同我来自雷乌斯的红发朋友再次相见。

"我还没机会问你觉得高迪怎么样呢。"我想起几个小时前同玛格丽特的对话——"厚脸皮的菲奥娜和受到威胁的高迪"——于是问道。"不过我想你已经自己告诉我了。"

菲奥娜皱了皱左眉，现在的确是她一贯的讽刺风格。

"如今你也会读心了？像他一样？"

"他解读你的心思了吗？"

菲奥娜的嘴唇出现了甜蜜的弧度。

"我们姑且说他读了某个人的心吧。"她答道。短暂停顿后，她又加上一句："你的朋友是个特别的年轻人。"

"这话从你口中说出来，我就理解成某种恭维了。"

菲奥娜微微把脑袋歪向一侧，表情既可以说是肯定也可以说是否认。

"看到他的时候向他转达我的问候。"她只说了这么一句，犹豫了片刻又补充说,"有件事我想告诉你,但又不能告诉你。"

"如果你想告诉我,你就会告诉我的。"

"我要是能说就好了。但是偏偏不能。"

我凭直觉感到菲奥娜一脸严肃的背后是笑意,更想接着和她玩下去。

"是个秘密。"我大胆猜测。

"是个工作委托。"

"比报道闪电击中了一个加泰罗尼亚人的脑袋还要神秘的委托?"

"神秘多了。而且有趣多了。"菲奥娜戏剧性地停顿了下,"也私人多了。"

更私人。

"和我有关吗?"

"差不多吧。"

"和你有关吗?"

菲奥娜把额前一绺倔强的头发撩到右耳后。

"差不多吧。"

"我明白了。"我点头说,"他们让你报道一则与你我都有关的新闻。"

"不是一则新闻。是一个人。一个与你我都有关的人。"菲奥娜坦率地笑了,"暂时与你的关系比与我的更密切些。"

我思考了一会儿她的话。明白了。

"一位朋友。"

"我们不要提及名字。"菲奥娜答道,"不过没错,一位朋友。"

"他们委托你调查高迪?"

"我刚说了我们不要提到名字……"

我突然想起前天晚上我和高迪到晚会现场后,高迪和父亲间简短的礼节性对话,以及父亲在同我们告别前问他的那个问题:"不过,您和我之前就认识,对吧?"

"是我父亲吗?"我问,"那个委派你调查高迪的人?"

菲奥娜双手伸向天空，做出投降的动作。

"我什么都没和你说。"她说，"不过你父亲今早要我父亲问问我对高迪有哪些了解。如果我不知道什么有意思的东西，就稍微调查一下。看来你的朋友让卡马拉萨先生觉得很熟悉。这点让他感到十分好奇。"

"但他没有来问我我的朋友是谁或是干什么的，反而让你父亲派你去追查。"我说，"这真是棒极了。"

"卡马拉萨先生喜欢用自己的方式做事，这点你是知道的。或者有可能你父亲不想让你觉得不舒服。"

"或许吧。"

"不管怎样，一个像安东尼那样阶级观念如此强烈的年轻人，得知你父亲这样地位的人如此为他担心是不会不高兴的。"

"昨晚你们在沙发椅上谈论的是这个？关于阶级观念？"

菲奥娜朝我神秘地笑了笑。

"还谈了其他事情。"

"其他与我无关的事情。"

"毫无疑问，安东尼昨晚把我们的谈话完整地总结给你听了。"菲奥娜反驳道，"这就是我们女人离开后你们男人做的事，不是吗？边喝酒边谈论我们。"

"高迪是个很有保留的人。而且昨晚你走后，我们喝的只有热巧克力和矿泉水。"

菲奥娜又笑了。

"那是肯定的，你们是这么迷人的一对。"她说。

这时一条流浪狗走近我们身边，嗅了嗅菲奥娜的裙边，然后被我用鞋尖赶走了。一阵手摇风琴的音乐突然从老修道院所在的角落传来，两个差不多六岁的孩子凭空冒了出来，急匆匆地跑向那个可能有表演的地方，差点儿撞上我们。

天空中，一群与工业烟尘同色的鸽子在与兰布拉大街的垂直的平面上形成了巨大圆圈，接着像风中的玫瑰花瓣一样向三十二个方向消散了。

"你和你父亲说了我周六晚上告诉你的事了吗?"我问,把我的视线重新落到菲奥娜脸上,"我在那家店看到的情景,在塔贝山。"

"当然没有。"她答道,一秒都没有犹豫。"你把我当成什么人了?"

"当成记者了?"

"我不是记者,我是插画家。"她纠正我,"而且我不觉得你父亲会对一个建筑系学生如何度过夜晚感兴趣。"

"所以呢?"

菲奥娜耸耸肩。

"你父亲应该是把你朋友和什么人搞混了。"她猜测道,"就是这样而已。自从《下午报》的大火后,你父亲就有些敏感多心,感觉到处都是威胁。"

他这么做是有理由的,我想。但是,高迪怎么会是威胁?

"所以他想知道这个突然和他儿子交往的、十分熟悉的年轻人是谁。"

"也不能全怪你父亲。在他看来,高迪可能是维克多·圣马丁,或《下午报》老板,或其他什么人的帮凶。"

我露出了嘲讽的微笑。

"这就能解释许多事了。"

"在内心深处,你应该感觉被恭维了。你父亲觉得有人会试图通过你来接近他。"

"认为我现在甚至连选择朋友都不会了是恭维吗?"

菲奥娜伸出右手,快速揉了揉我的脸颊。

"啊,亲爱的。"她说,带着不知是温柔还是遗憾看着我,"你难道曾经会过吗?"

我觉得不回答这个问题更好。

"那么,我父亲想知道高迪在接近我的同时隐藏了什么计划,于是想到没有人比你更适合来进行调查。"我概括道。

"你觉得这是个糟糕的策略吗?"

"我觉得没有比这更糟的策略了。证据就是你刚才把一切都告诉我了。"

菲奥娜竖起一根手指放在唇前。

"我什么都没告诉你。"

此刻,一个卖扇子的流动摊贩停在了我们身边,让我们考虑买把扇子,和那些推着满载商品的木车在兰布拉大街来来回回的可怜人卖的东西一样,他的扇子同样不起眼。那是一个身材矮小的老头,衣衫褴褛,岁月和穷困侵蚀着他的身体,他和昨晚挑起一场巨大风暴的爱德华·安德鲁没什么不同,昨夜的狂风掀起的滔天巨浪令我们今天还得继续努力划船。

出于同情,我递给那个男人一些硬币,选了一把最不黯淡的扇子。

"给玛格丽特的。"我解释道,"除非你想要它。"

菲奥娜再次笑了。

"真是送我礼物的好方式。"她说着把戴着手套的手递给我以示告别,"可否知道,在伦敦的这六年对你有什么用?"

"没办法教会一个加泰罗尼亚人举止风度。"

菲奥娜的指尖从我手中溜走,我留在原地看她沿着兰布拉大街向上走,向更高的巴塞罗那走去[①],去同她的父亲以及我的父亲碰面,去完成这份奇怪的、命运摆在她人生路上的工作:专职描绘不幸的画家,偶尔也是侦探。直到她融入兰布拉大街上无所事事、熙熙攘攘的人潮中,从我的视线中彻底消失,像一块红白色的斑点被周围统一的灰色调吞噬时,我才终于决定走出梦境,带着满脑子新的疑问走向海洋交易厅大楼。

---

① 巴塞罗那是海滨城市,地势西高东低,海岸边最低。

第十八章

　　这天上午剩下的时光我都在宫殿广场附近晃悠，因为我既没办法下定决心去学校，也不愿回到格拉西亚区的家，就这样浪费一整天。中午一点时，最早下课的一批同学开始乱哄哄地从海洋交易厅大楼的大门走出来，找寻公共马车，或是去邻近的餐馆填饱他们空空如也的肚子，那时我胡乱晃悠的半径已经扩大到了古老海洋之门的另一侧，达到了我从没探险过的区域。当终于远远望见高迪的身影出现在那群我不知道名字的同学中时，我刚从一次不安分的远足归来，这段旅程始于巴塞罗内塔区渔民们朴素的小棚屋，止于陌生且毫不令人愉快的工业港口装货码头。

　　"您的脸色不好。"我的朋友边和我打招呼边向我伸出手，坚定中带着有气无力。"不如说更像刚被人从公墓里挖出来的。"

　　有人还把伊丽莎白·西德尔的照片记在脑子里，我心想。

　　"我也很高兴看到您，是的。"

　　"一切都好吗？"

　　"您这么问是因为泥巴吗？"我说着把新裤子上染到的污渍指给他看。"现在是时候让您推测一下，我摔在了这座城市哪片区域的水塘里了，对吗？"

　　"您摔到水塘里了？"

　　"差不多吧。我在第三者的帮助下摔到水塘里了，我们可以这么说。"

高迪带着明显的同情和好奇看着我。

"他们抢劫了您多少钱?"

"多得足以让您今天请我吃午餐了。"我说,我并没有撒谎。"一个皮夹、一块手表、一对白金袖扣和一把扇子。但至少我还留着鞋子。"

"但愿他们没有伤害您。"高迪担心地说,从头到脚地打量我。"您刚说一把扇子?"

"这是个很长的故事。"

接下来的一小时里,我们一边在七扇门固定的桌前吃着很不错的山区大米,喝着很糟糕的卡利涅纳[①]葡萄酒,我一边向我的朋友讲述这天早上发生的事,从我和父亲在他办公室的早餐被打断,说到我在码头同两个年纪加起来不会比我大多少、手上的折刀却不容反抗的野蛮孩子的小小经历。我还把同玛格丽特的奇怪对话简要地说给高迪听,给他重复母亲在知道安德鲁提出司法诉讼后说的那句话:"我想是我该亲自干预的时候了",向高迪传达了在我们走出警局时菲奥娜让我转达的问候。但我避免谈及森普罗尼奥·卡马拉萨对他独子的新朋友突然产生的兴趣,也决定不告诉他菲奥娜如何形容昨晚高迪给她留下的印象:一个特别的年轻人。

在所有我分享给高迪的新消息中,他最感兴趣的似乎是负责处理针对父亲日益增多的指控的警官。

"您刚才说阿韦拉多·拉韦利亚?"

"这个名字让您想起什么了吗?"

"一个身材矮小,脸上有麻点的先生?"

"看来您认识他。"

高迪用右手做了一个含糊的手势。

---

① 卡利涅纳,西班牙阿拉贡自治区萨拉戈萨省城市。

"我们没有被正式介绍认识过。"他说,"但他曾来我所在的地方执行过几次公务。"

或许因为整个早上累积的疲惫和紧张,或许因为菲奥娜的消息无意中在我的脑子里种下了一颗怀疑的种子,又或许是高迪今天选择来搭配午餐的酒我不常喝,我感到头很晕,总之结果就是这一次我没能控制住自己,高声说出了在我脑中徘徊了一段时间的念头。

"您总是一次次地让我觉得很神秘,对此您不厌烦吗,高迪先生?"

高迪立刻停下了把盛有米粒和豌豆的叉子送到嘴边的动作。

"您说什么?"

"那些拜访您家、称您为 G 先生的小罪犯。您家门上的三把锁和火烧过的痕迹。那些衣着讲究、半夜接近您、把一卷卷钞票放您桌上的先生。如今,您又和一位司法警官有关系。"

我的朋友把盛满食物的叉子放到盘子上,平静而坦然地笑了。

"您说得对。"他说,"昨天晚上在皇家广场发生的事实在不可原谅。"

"就像您说过的,'不可原谅'这个词太过了。我们就说'不寻常'吧。"

"那就不寻常吧。"高迪让步了,"无论如何,您不该看到那一幕……商品交易。"

"您是想说用一卷不少的钱交换一小瓶绿色的液体吧。"

"有些人不懂得尊重时间和地点。"高迪点点头说,"而当一个人进入了某项生意,就会发现身边都是这类人。"

那么我所看到的是一次交易了。

"鸦片?"我压低声音问,这是我那天晚上躺在床上能想到的关于皇家广场上那一幕的最好解释。

我的朋友面对我的暗示仿佛真心感到惊愕。

"鸦片?"他重复道,几乎是把这个词喷出来的。"您把我当成什么人了?"

"当成会用小瓶液体换来大卷钞票的人?"

高迪又笑了,这次略微带着嘲弄的神情。

"我看出来了,您不是很了解对鸦片上瘾的生活是什么样的。"他说,"我要庆祝这一点。鸦片是人类发明的最容易、最廉价、最愚蠢的摧毁身体和灵魂的方式。如果您想用鸦片糖浆、带香味的鸦片酊,或任何其他时髦的罂粟衍生品来自我麻痹,只消兜里揣着些钱去港口,走进几家有这方面声名的店铺。"

"它们都不像塔贝山么排外吧。"我差点儿脱口而出。

"我知道了。"

"在您醒来的时候,您很有可能发现丢失的不仅仅是一把扇子。"

现在微笑的人换成我了。

如果您知道我对鸦片有多了解,如果您知道我在过去的某段时间内曾不得不常去哪类店铺,您就不会这么说了,我心想。

如果您认识在东伦敦的街巷当寻龙者时的菲奥娜·贝格。

"我也要庆祝您和这种生意没有任何关系。"我说,"其实我有一些相关经验,我也不愿知道您同这种沉迷恶习、常在腐朽堕落的环境里走动的人纠缠在一起。"

高迪微微蹙眉。

"我可否问问……"

"菲奥娜是个有过往的女人。"我只说了这么一句,就用右手的手势把话题岔开了。"那么您所提供的是……"

"我所提供的是种体验,但和那些粗俗之人沉迷其中的、在从某些特定植物中提取出的生物碱里找寻让感觉器官变迟钝或是让心灵变麻痹的体验没有任何关系。"高迪又喝了口葡萄酒,看向我们四周。"您有植物学方面的知识吗,卡马拉萨我的朋友?"

"我恐怕没有。"

"那您就和我们周围的这些先生没有区别。您和他们一样,生活在一个完全虚假的世界里。"

我静静地等了几秒钟,却没有等来任何解释。

"一个完全虚假的世界。"我只能重复道。

"一种虚假的现实,如果您比较喜欢这种说法的话。一种被驯化的、被阉割的现实,一种被束缚在城市提供的狭小见识范围内的事实。卡马拉萨我的朋友,城市是把人类同化的机器。它首先把所有人的梦想和抱负变得相同,最后把人们看待和理解现实的方式变得一致。"

我也抿了一口几乎还是满满一杯的葡萄酒。

一种被阉割的现实。

"真是个有趣而怪诞的想法。"我说,"我本以为城市给人提供的经历和见识绝对比任何小村庄要多得多,哪怕农民掌握再多植物学方面的知识。"

高迪摇头表示不赞成。

"您还记得我们刚认识那天在这张桌边的谈话吗?"

"我记得相当清楚。"

"您还记得您嘲笑我居然相信相机可以拍到离开肉体的灵魂吗?"

"我记得那种想法让我大吃一惊,没错。"

"如果您懂一些植物学知识,就不会这么惊讶了。"

虽然高迪是非常严肃地说出那句话的,可我还是忍不住笑了。

"所以,对植物特性的了解能帮您发明一台能拍到亡灵的相机?"

"像您说的,了解植物的特性能帮我保持内心的清醒。尤其是防止我忘记,这个世上存在的东西远比我们肉眼能看到的多得多。"

我重新变得严肃。

"这就是您分发的玻璃瓶里的东西。"我猜测道,"用于看清现实的药水。"

"这些玻璃瓶里的只是我提供的部分体验。"高迪在思量了几秒我最后那句话后答道,"我的客户都是考究而忧心忡忡的人,他们寻求某种帮他们看清现实的方式。"

忧心忡忡的人。我想到了看守塔贝山两扇紧闭之门的雕像般直立的女孩,想到了那些用环颈雉的白色羽毛装饰腰部的女孩,以及那个在舞台上扭动着身体的裸体女人。或许她们是另一类让人看清现实的工具吧。

"上周五那两个在您门前同您攀谈的年轻人可不像是极为考究的人。"我只说了这么一句。

我的朋友微微蹙眉。

"那两个年轻人不是我的客户。"

我明白了。

"他们是您的员工。"

"他们和我们现在谈论的事没有任何关系。"高迪答道,就此结束了这个话题。我们利用接下来的停顿把盘子里剩下的米饭一扫而空,接着高迪说:"您明天晚上有什么安排吗?"

"明天我有一个家庭约会要赴。我们要去里世奥剧场。"

"那么,周五呢?"

"周五我完全听从您安排。您想带我去……?"我在就要说出那个被禁止的名字前刹住了车。"您想把我变成您的客户之一吗?"

高迪明显地看了一眼我外套胸口上的泥点。

"亲爱的朋友,我认为您还不具备享用我的服务的条件。"他说。

就这样我们结束了关于 G 先生神秘生意的对话。

五小时后,我从高迪强迫我在皇家广场坐上的敞篷马车上下来,并用他不顾我的抗议塞在我衣袋里的硬币付给车夫,此时玛格丽特已经在我家别墅的铁栅栏门口等我了,手里拿着一份《插图新闻》。

"这个女人是不是疯了?"她问我,以此当作是打招呼。

我不需要接过妹妹递给我的报纸就知道她指的是什么。

菲奥娜的两幅画。

一位先生在一圈目瞪口呆的当地权贵眼前打了一位老人耳光,以及这位先生在警察局面对一位矮矮胖胖、脸上洒满墨水点的警官做声明。

"我从学校出来时就看过了。"我说着吻了吻她的脸颊,关上了身后的栅栏门。"忘了它吧。"

"你让我忘了它?"

"这不关菲奥娜的事。这是爸爸的事。"

"爸爸会允许发表这种东西吗?"

"菲奥娜会不经爸爸允许发表这种东西吗?"

玛格丽特安静地看了我一会儿,然后把报纸一折二丢到地上,用她家居鞋的细脚跟奋力踩了好几下。

"但愿我们从没有回到巴塞罗那。"她说,"但愿爸爸从没认识马丁·贝格。"

妹妹说出这最后两句话的声音像极了那天早上她宣告世界是不公平的这一发现时的声音。

我拉过她的手臂,克服了她刚开始微微的反抗,把她拉向我怀里。

"我有许多事要讲给你听。"我说着抱住她,"你一定也有许多事要告诉我。"

玛格丽特只是短暂地接受了我的拥抱,然后就挣脱开了,依然一脸严肃地看着我。

"谢谢你,"她嘟囔着,"现在我也满身是泥了。"

这天晚上,在菲奥娜的工作室,我冲印了十张有菲奥娜的底片,她穿得像是英国树林里的仙女,我也让她给我拍了照片,我穿着临时搭配的从她父亲衣柜里找出的高地地区[①]乡绅服:一套苏格兰格子的

[①] 指苏格兰高地,这里有山峦、湖泊、原野,人烟稀少,历史厚重,被称为欧洲最优美的地区。

粗呢裤子和上衣，一顶帽檐挺立的马鹿猎人帽，肩披一件中号的斗篷。那是一个愉快的夜晚。不管菲奥娜还是我在拍照的缓慢过程中都没有说太多话，我们所谈及的小话题也更像是为了凸显这种场合一如往常的令人愉悦的安静。她没有表现出要向我解释《插图新闻》最新一期上发表的两幅画是什么、怎么样和为什么的意图，我也没有提及高迪在午餐时间向我透露的奇怪内容，虽然这种隐秘的特性，或者说致幻的特性无疑会吸引菲奥娜这位一贯的实验主义者的兴趣。当我们在老旧的农家小屋门口告别时，格拉西亚区的钟楼正好敲完十二点的钟声，而我可以发誓，我们俩之间的气氛也是前所未有的热烈。

"明天将是很重大的一天。"菲奥娜说着在门边吻了吻我的脸颊，"我向你保证。"

而我相信了她。

走回卧室的途中，父亲办公室门缝下的一丝亮光让我再次改变了计划。

"一切都好吗，爸爸？"我轻轻敲了敲门，把它稍稍推开一点儿问道。

他坐在堆满纸张和文件夹的办公桌前，看起来就像被即将到来的封账压得喘不过气的银行职员。

"一切都好。"他答道，甚至都没有看我一眼。

我不相信他。

"我可以问你一个问题吗？"

这次父亲终于从正在审查的一叠纸里抬起了头。

"什么问题？"

"昨天我在聚会上介绍给您的朋友，安东尼·高迪。"我短暂停顿了下，然而全是徒劳，听到那个名字后爸爸卡马拉萨的脸上并没有显露出任何反应。"您说的是真的吗？你们在其他场合也曾经见过？"

父亲没有回答我，而是指了指他书桌对面两张椅子中的一张。那个举动本身已经是件有趣的新鲜事了。于是我关上身后的门,坐在指定的椅子上,等待了好久,但如同我预料的一样,并没有等到父亲的回答。

"跟我讲讲这个年轻人。"相反地,父亲这样说。他打开银质香烟盒,却只拿出一支香烟,那是一种很不错的特里奇诺波利①烟草,并用在书桌中央占据很大空间的石质巨型打火机点燃。

"你想听我告诉你什么?"

"所有你知道的关于他的事。他是谁?是做什么的?和谁一起工作?为谁工作?他常去哪种地方?"

父亲脸上依旧戴着无法解读的、用严肃编织而成的面具。我明白了,他对高迪其人其事的兴趣不仅很坦诚,还很急迫。这种情形突然让我觉得很荒唐,于是差点儿笑了出来。

"你从什么时候开始关心我的友谊了?"

"请按我说的做。"

我从父亲的银质香烟盒里拿出里面仅剩的一支烟,用我在塔贝山拿到的火柴点燃。

"他叫安东尼·高迪。比我大一岁。出生在雷乌斯,是锅匠的儿子,六年前来到巴塞罗那。就在九月的革命,我们逃离之后几天来的。"我说这最后一句话是故意想让父亲觉得不舒服,但我立刻意识到这会诱使人从中解读出更多东西来。"不管怎么说,纯属巧合吧。高迪和他的哥哥来到这座城市求学。他在建筑学院念二年级,我们就是在那里认识的。没什么神秘的。"

"他在课堂外的职业呢?"

"据我所知都是清清白白的。"我觉得有必要撒谎,"高迪唯一的独特之处就是常去招魂术信奉者的圈子和拉巴尔区的剧院。或许你在这些场合和他相遇过,如果灵魂和合唱团也很吸引你的话……"

---

① 印度南部的特里奇诺波利盛产优质香烟。

父亲没有费心回应我的玩笑。

"玛格丽特说你们是《下午报》办公室起火那天早上遇到的。他把正在观看大火的你从脱缰狂奔的马匹的前进道路上拉开。"

"你还向玛格丽特打听我的朋友?"

"那么,是这样吧?"

"是这样。"我证实道,"在我看来这是有利于高迪的一点吧,不是吗?莫非把我从四匹马的铁蹄下解救出来也让他显得可疑?"

父亲缓缓地摇摇头,两侧鼻孔中呼出蓝色的烟云。

"加夫列尔,有时候你的天真真让我担心。"

爸爸卡马拉萨最近六年里用来形容我的词虽然少有夸奖多为批评,但还从没出现过"天真"一词。这句令人意外的话之后是一片安静,我几乎能清晰地听到与办公室好几面墙之隔的别墅主厅的套钟发出的滴答声。

"能请您给我解释一下吗?"我终于开口问道。

父亲在办公桌边稍稍坐起身些,看我的目光里有重大场合才有的凝重。

"你,加夫列尔,是卡马拉萨家族的人。不管你有多不愿意,你就是森普罗尼奥·卡马拉萨的长子。这让你成为各种居心不良之徒的潜在目标。那些觊觎我们财富的人。那些试图影响我们的人。那些寻求进入我们最核心圈的人。而以你现在的年纪,应该能辨别出这些企图了。"父亲依旧紧盯着我的眼睛,边用香烟灼热的那头指了指我。"现在,加夫列尔,你已经不仅仅是一个激起许多人嫉妒与怨恨的姓氏的继承人了,你也是这个链条上最脆弱的一环,一小群心术不正的人正满怀兴趣研究如何弄断你这一环。"

与其说我感到反感,不如说感到好奇,我沉默了一会儿然后大胆地说:

"而高迪就是这些居心不良的人之一。"

"这个年轻人奇迹般地出现在你身边并救了你一命,当时你们面前是熊熊燃烧中的《插图新闻》竞争对手报社所在的大楼。这个年轻人居然是和你同一所学校的学生。在我们周围的一切开始出现裂缝的过程中这个年轻人成为了你亲密的朋友。而当我最终认识他时,这个年轻人的外貌又和最近几周通过各种渠道传到我耳中的描述——对应,不过我暂时还不能透露是什么渠道。"

听到父亲前三句话时我嘴角逐渐浮现的自满笑容在听完第四句后完全凝固了。

"什么描述?"

父亲再次摇摇头。

"保持警惕吧。"他说,"这是我对你唯一的要求。而且不要忘记你是谁。你不是一个普通的建筑系学生,你不需要一个用领带掩盖家庭出身的乡下人做朋友。你是森普罗尼奥·卡马拉萨的长子。总有一天我的事业都会成为你的事业。这让你成为了各色各样的唯利是图者和有不可告人意图的虚假朋友特别垂涎的对象。"

让我羞愧的是,那一刻我唯一能为高迪的清白做出的抗议竟是一种笨拙的挑衅,哪怕今天回想起来依旧让我感到害臊。

"大火那天当高迪把我从马儿前进方向拉开时,菲奥娜也在兰布拉大街。"我是这么对他说的,"你知道得很清楚,她的人生路似乎会继续不断与我的交汇。或许你也应该调查调查她。"

父亲的鼻子又呼出两片蓝烟,有那么一刻仿佛悲伤的黏胶一样挂在他的胡子上。一条上了年纪的受伤的龙,我心想。一条强大的让人害怕的龙。

"这就是你要对我说的全部内容?"

我们的对话不会再继续了。

"高迪不是一个唯利是图的人,也不是带有不可告人意图的虚假朋友。"我依然坚持道,但自己也不完全确信了。"高迪是个很独特的年轻人。而且恕我直言,爸爸,我认为最近这些天发生的事正开始影响你的判断力。"

父亲把香烟按在陶瓷质的烟灰缸里熄灭,看我的眼神里突然充满疲惫。

"晚安,加夫列尔。"他轻声说。

以上就是全部对话。

第十九章

第二天傍晚，当我通过蒙卡达小广场的侧边来到高迪兄弟居住的建筑门口时，看到小混混埃塞基耶尔又坐在门槛上。这次他的出现没有让我感到意外，毕竟，这个头发乱糟糟、指甲黑乎乎的小罪犯似乎是我朋友的一位员工。

我的出现也没有让他感到意外。

"是那个学生。"他边和我打招呼，边站起身，嘲弄地把手伸向实际并不存在的帽檐。接着，他指了指我燕尾服的长尾说："您今天穿得真优雅，不是吗？"

"你怎么样，埃塞基耶尔？"

这话似乎的确让他吃了一惊。

"您记得我的名字？"

"我的记忆力很好。G 先生在楼上吗？"

"不不不。"小男孩皱了皱鼻。"只有那个老伙计在，但他不让上去，所以家里就和没人一样。"

那个老伙计，我推测应该是弗朗切思克·高迪。高迪的哥哥。一个二十三岁的老伙计。

"您不喜欢那个老伙计？"

"谁都不喜欢那个老伙计。如果您要上去，千万要小心。您记得我的兄弟吗？"

"阿图罗?"

"昨天这个老伙计打碎了他两颗牙。他从那上面向阿图罗扔了一本书,刚好打中了他。"

那个弗朗切思克瞄准不错嘛。我心想,但没有说出口。

"哇,真遗憾。运气太糟了。"

埃塞基耶尔稍眯着他又大又水灵的眼睛看着我。

"您和 G 先生……?"

我等了一会儿也没等到他把问题说完整。

"G 先生和我……?"

"您知道的……"

我不想试图描述埃塞基耶尔接下来做的手势。只消说我的耳朵红得像复活节的烛灯就够了。

"我不知道你在说什么。"

"那么您是他的客户?"

"我是 G 先生的一个朋友。我们在一起学习。现在,如果你不介意的话,我要上去和他哥哥说话了。"

埃塞基耶尔露出动物般的笑容,让我无可避免地想起前一天上午在港口抢劫我的两个小流氓的笑。虽然我们对话刚开始时我还对他抱有一丝同情,现在却连最后的残余也烟消云散了。

"记住我跟您说的话。"他边说边向旁边挪了一小步,让我不得不蹭着他沾满油污的衣服进入楼内。

"我会保护好我的牙齿的。"我说,"谢谢。"

我在昏暗中摸索着爬了好多段楼梯,终于来到阁楼。我敲了三下高迪家的门。

毫无回应。

又敲了两下,依然没有回应。

又敲了三下。

"再敲我就开枪了。"

我出于本能地立刻远离了大门。

"高迪先生?"我问,"弗朗切思克?"

"我数到三。"那个声音说,语调既坚决又镇定。

"我不是您兄弟的客户。"我声明道,"我是他在建筑学院的同学。我不是来买任何东西的。"

那个说话声安静了十秒钟。在那扇把我们隔开的、涂有清漆的木门另一边,弗朗切思克可能正手握猎枪,于是我又继续向后退了几步,试图站在射程之外。

终于传来那三道插销被逐个打开的声音,于是我确信,我应对这一情况的方式是对的。

"加夫列尔·卡马拉萨。"那个年轻人出现在门后,他的口气与其说是疑问不如说是肯定。

"很高兴认识您,高迪先生。"

弗朗切思克·高迪看着我对他伸出的手面露为难之色,但还是握住了。一次坚定、用力、没有丝毫动摇的握手。

"我弟弟不在家。"

"您知道他什么时候回来吗?"

"您知道吗?"

我皱了皱眉。

"不知道,您呢?"

"不知道。"

一个难搞的谈话对象,我心想。我得用别的方式再试一下。

"是这样的,我多出一张今晚在里世奥剧场演出的票,我想邀请您弟弟去。他已经成为了我们全家的朋友,如果他能出现在我们的包厢,会让很多人感到高兴的。"

弗朗切思克·高迪从头到脚地打量我,似乎在试图确认我的华服同我刚才给出的解释是否相符。他是一个高大健硕的年轻人,身材对他这个年纪来说显得罕见地魁梧。他头上浓密的红头发仿佛是受到了律师职业特有的不屈精神的鼓舞。

"您确定要找的是我弟弟?"他终于开口道,"安东尼·高迪?"

我友好地笑了笑。

"如果您知道他半小时内就会回来,我可以在这里等他。"我大胆地说,试图用眼睛暗示我说的"这里"不是指"在这个楼梯间"。"演出九点开始。"

"我不认为有这个可能。"

"您弟弟不可能在半小时内回来,还是我不可能在这里等?"

年轻人摇了摇头。

"我不认为有这个可能。"

就在此刻,让我颇感欣慰的是,楼梯上传来了脚步声和一个熟悉的嗓音,这个嗓音用愉快的疑问语气唤出了我的名字。

"卡马拉萨?"

我回过头刚好看到高迪的上半身逐渐从楼梯的阴影里浮现。就像一个正在重生的灵魂,我心想,或是一个从藏身之所出来的间谍,刚才埋伏在某处执行秘密任务。接着我意识到我的想象力开始被最近弥漫身边的古怪氛围传染了。

"高迪,真高兴看到您。我正在跟您哥哥解释……"我看到我朋友右手拿着的东西便停了下来,"我的扇子?"

"埃塞基耶尔向您问好。"他点点头,很自然地递给我。"您正在跟我哥哥解释……"

就像其他许多时候一样,我决定不追问。我把扇子收到衣兜里,看向刚才弗朗切思克·高迪站的地方,却只看到一扇空空的门框。高迪的哥哥消失在了空气中,就像回到了那个世界去的鬼魂。

"我父亲在最后一刻突然有个约会,他不能陪我们去里世奥剧场了。"我再次转身向我的朋友解释道,"菲奥娜想或许您会愿意使用这张票。"

高迪认真地点点头。

"菲奥娜这么想？"

"玛格丽特也支持这个提议。"

"其他的……受邀者呢？"

"我母亲和马丁·贝格。当然还有我。他们对您的参加没有异议，如果您是问这方面的话。"

"那么我很荣幸陪伴你们。"高迪微微欠身致谢，虽然这个动作在那个荒凉昏暗的楼梯间显得极为不合时宜，却让我很高兴。"您想进屋吗？"

"我更愿意在楼下等您。您收拾一下不会耽搁很久，对吗？"

我的朋友似乎对我的回答感到吃惊，但也没有反对。

"请给我十分钟。"他说着就消失在房里了。

当我再次来到建筑大门口时，埃塞基耶尔已经不在那儿了。不过我很快就在海上圣玛利亚教堂的后部凹室边发现了他，只见他一边欢快地对着有百年历史的石块撒尿，一边吹着流行歌曲的调调。我拿着扇子走近他，脸上带着我最勇敢的表情。

"你可以给我解释一下么，埃塞基耶尔？"

年轻人回过头来，却依然保持着从他下腹部涌出的水柱的抛物线。

"您说什么？"

"扇子。"

小混混再次摆出一个爱开玩笑的罪犯常见的微笑。

"您就是那个带着扇子的傻瓜？"他问，同时把手中的东西晃了晃，塞进裤子里。"那两个孩子抢劫的是您？"

我试图在脑海中重现当时的场景。能说出的却只有这一句：

"G先生让你去打听是谁抢劫我的吗？"

"他让我打听谁抢了一位在港口乱晃悠、带着银袖扣的年轻绅士的扇子。"

"是白金的。其他东西在哪儿？"

"您问我有什么用？G先生只让我把扇子要回来。"

"我的钱包呢?我的手表呢?"

"您的皮球呢?拜托,您是被两个十二岁的孩子抢了,学生先生!"

埃塞基耶尔离开了蒙卡达小广场,嘴里哼的旋律就是刚才他用深色尿液按几何学原理装饰教堂后部凹室外墙时哼的调调。接着我转过身,看到高迪兄弟住的阁楼的气窗发出橘黄色的光芒,一轮接近满月的月亮从屋顶后探出来,一排银鸥从小露台下突出的屋檐看着我。于是我来到建筑大门口,坐在台阶上等高迪下来。

十五分钟后,我们正向里世奥剧场走时,我的朋友突然抓住我的胳膊,强迫我在与公主街的交叉口停下脚步。直到他用下巴指引我的目光看向那个街区最东端的建筑时,我才明白发生了什么。建筑前有三个熟悉的身影。

一只三条腿的狗,脖子上系有手帕,一条因折断过而弯曲的长尾巴在它下半身失控地摇晃着。

一个长着大胡子的老头,头戴一顶蓝色三角帽,背着一个几乎和他人一样大的袋子。

另一个老头更矮更瘦,同样留着大胡子、乱糟糟的头发,正在通往那幢建筑的入口楼梯最高一级同前者说话。

"安德鲁。"我轻声说。

"爱德华·安德鲁和犬牙。"高迪点点头,"有趣的组合。"

就在那时我认出来了,正是在那个大门口,一周前高迪和我看到那个戴三角帽的乞丐一点儿一点儿地咬一块奶酪。

我带着些许悲伤地想,这个身败名裂的老商人安德鲁新的社交圈,就是在整个里维拉区都很有名的没牙的乞丐和他同样有名的三足狗。

"我们走近去同他说说话?"我问。

"和安德鲁说话?"

他的城 | 171

"或许我可以……"

我的话还没说完,只见爱德华·安德鲁把手伸到外套口袋里,拿出一件从远处无法辨识的物体,把它交给犬牙,接着立刻转身消失在建筑里。

高迪松开我的胳膊,开始全速跑向那个乞丐,犬牙已离开大门,向圣海梅广场走去,背上依旧背着他的大包袱。

"一切怎么样,犬牙?"我也来到他身边,听到高迪这样问他,"这周生意好吗?"

那个乞丐看了高迪一眼,露出不高兴的脸色。

"我没啥好抱怨的。"他答道,却没有停下脚步。

"我想您朋友的这周就复杂多了吧。先是在很多人面前被打耳光,再是被控告到法警那里。"

犬牙把头转向左侧,吐了一口痰,差点儿直接落到我的裤腿上。

"我不知道您在和我说什么,G 先生。"

"安德鲁先生没有和您说吗?"高迪响亮地问道,语气中满是失望。"看来,归根到底你们也不是关系那么好的朋友。"

"我不知道您在和我说什么。"那个乞丐重复道。

"那么,晚安。"

高迪于是在公主街行车道中央停下了脚步,我也照做了。犬牙和他的狗继续向前走了两个街区,接着在路口转弯,消失在我们的视线中。

当时是晚上八点二十分。

"您期待从他那儿知道什么?"我问。

"没什么。您又期待从安德鲁那里知道什么?"

我摇摇头。

"也没什么。"

高迪带着稍许沮丧的微笑点了点头。

"那么我们最好加快步伐。"他说着继续启程朝西走,"我们不能让您全家等我们。"

我们到达兰布拉大街时,刚好和母亲、妹妹和贝格父女在里世奥剧场门口相遇,大家按照严格的礼仪互相打了招呼,一起进入礼堂,融入那些夜复一夜来到这座著名剧院的资产阶级组成的有序人流中。

就在进入里世奥剧场的过程中,高迪犯了他今晚第一个错误。让在场所有人意外,但至少让其中一人高兴的是,我的朋友把他的左臂递给了我的母亲,就这样同等程度地怠慢了我们团体中的两位小姐。在高迪同玛格丽特和菲奥娜在兰布拉大街的人行道上交谈的短短三分钟里,我妹妹的脸时而焕发光彩时而罩上阴影。现在她不得不面临一个意外事件,那就是决定以下哪种方式更令她感到羞辱——是挽着她亲哥哥的手臂进入我们的包厢,还是挽着那个五十岁出头、大腹便便的英国人,后者白胖的脸蛋和每晚这个时候一样,因为喝了至少两品脱啤酒而泛着红光。

"很遗憾您的丈夫不能陪你们看演出,卡马拉萨夫人。"当他们挽起胳膊向主楼梯走去时,我听到我的朋友这样对我母亲说。"我希望没什么严重的事。"

"只是工作晚餐而已。"母亲答道,"我丈夫是个很忙的人。"

"一个大企业家的生活一定需要很多牺牲。"高迪礼貌地笑了笑,"他夫人的生活也是如此。"

母亲严肃地点点头。

"我估计您对发生的一切都有了解。"母亲说。

"您的儿子让我保持消息灵通,是的。而且昨晚我有幸受邀参加了报社的晚会。"

"那就没什么别的要说的了。"母亲把左手放到胸前,心不在焉地让她项链上的珍珠叮当作响。"您喜欢法国歌剧吗,高迪先生?"

就在那时,菲奥娜已经帮玛格丽特解决了她对于礼节的摇摆不定,她挽起我的右臂,宣告今晚我将是她的伴侣。于是我妹妹只能把

他的城 | 173

自己交给马丁·贝格的胳膊。就这样,我们三对不太寻常的伴侣向我们的包厢走去,母亲和高迪愉快地谈论着意大利歌剧和法国歌剧的主要区别;菲奥娜和我用不高不低的声音交换着这一天的新闻,或者更确切地说是没有新闻:媒体里没有一篇关于晚会事件的文章,邮箱里没有一封匿名信,也没有任何维克多·圣马丁假托的读者来信;妹妹和贝格先生这一对则陷入沉默之中,可怜的玛格丽特紧咬着牙一言不发。

我们刚到包厢几分钟,大厅的灯光就暗了下来,导座员开始要求在场的观众安静。我记得我就是在那时向菲奥娜讲述了高迪和我在公主街看到的那一幕,即爱德华·安德鲁同犬牙——我在加努达街口大火那天上午看到的乞丐——之间的对话,我也记得菲奥娜心不在焉地听着我的讲述,等我说完后灯光已完全暗了下来,她要我那天晚上把所有与父亲、安德鲁、报社,以及任何与我们正要欣赏的表演无关的东西都忘掉。

演出九点准时开始,直到十一点多才结束。

这期间任何人都没有离开过包厢。

幕间休息时,我们中也没有人离开其余人的视线超过连续三分钟。

当我们走出剧场再次呼吸到兰布拉大街的新鲜空气时,母亲的手表已指向十一点半。她的眼睛微肿且泛红,表明对她来说这个夜晚已画上句点。

"但我还不想回家。"当玛格丽特发觉马丁·贝格提起她的右手向停在里世奥剧场周围的许多马车的方向走去时,她抗议道。

"我也不想这么快就结束这个夜晚。"菲奥娜表示赞同,"我们去皇家广场喝一杯热巧克力如何?今晚的夜色如此美丽,在床上度过就太浪费了……"

母亲没有被热巧克力的提议所诱惑。她用右手拉上了皮外套的领子,带着不知道她在说什么的表情看向菲奥娜。

"真是个漫长的夜晚。"她说,"我很累了。玛格丽特也该回去了。现在不是年轻小姐应该在外头的时候了。"

"妈妈!"

"今晚很愉快,玛格丽特。"

妹妹皱了皱眉毛和鼻子,但没吭声。

"今晚很愉快。"高迪也这么说。在从包厢向外走时他又把手臂递给了母亲,一直到路边才抽回手臂。"再次感谢邀请,你们都非常友善。"

"是贝格先生的好意。"母亲说着满意地点点头,"是他邀请我们所有人的。"

马丁·贝格也严肃地点点头。他脸颊上那两品脱啤酒带来的红润已经消失,现在又变回了英国人惯常的苍白。

"是我女儿的主意。"他解释说。

"不管怎样,谢谢了。"

"不用谢。"菲奥娜笑了,"不过,高迪,我想我没法拒绝热巧克力。"

高迪可爱地皱了皱右眉毛。

"啊。"

"因此,鉴于拉维尼亚女士和玛格丽特要回去了,而我父亲一定会像绅士一样护送她们到家,您觉得您和加夫列尔也像绅士一样陪我去皇家广场如何?我知道你们本来就是绅士。"

高迪的眉头依旧皱着,他先看看我,接着又看看马丁·贝格,后者已经在和那位不太殷勤的车夫商量从这里到格拉西亚区的别墅要多少路费了。

"菲奥娜已经是成年人了,虽然她看着不像。"玛格丽特说,眼中闪着不知是愤怒、蔑视还是沮丧的目光。"她快三十岁了。不需要她父亲的允许就可以在外头熬夜。"

高迪那被几缕红头发遮住的耳朵尖立刻红了起来。菲奥娜依旧面带笑容,冲我妹妹挤挤眼,妹妹则完全不理她。母亲的嘴角露出不愉快的表情,不过她什么都没说。就在那时我想起了衣服口袋里的礼物。

"给你的。"我说着把扇子递给玛格丽特,"明天再给你讲这把扇子经历了多少危险才到的你手里。"

妹妹接过扇子,脸上依然是恼怒的小女孩的表情。她在手腕上敲了一下打开扇子,扇了几下,又把它合上,噘起的嘴唇微微放松了些,踮起脚尖快速地吻了我的脸颊。

"谢谢。"她说,"我们走吧,妈妈?"

她没同高迪或菲奥娜告别,就立刻转过身钻进了马丁·贝格刚刚谈好价钱的车里。

"请原谅她。"母亲边道歉边把右手伸向高迪,"我女儿的性格实在令人难以忍受。"

"我觉得她是位迷人的小姐。"我的朋友优雅地吻了吻母亲的手,对她报以最好看的微笑。"今晚能有您相伴真是我的荣幸,拉维尼亚女士。"

两位女士在车上坐好后,马丁·贝格嘴里叼着支烟走近我们,伸出了手。高迪和我轮流同他握手,接着他也上了车,车沿着兰布拉大街往加泰罗尼亚广场方向驶去了。

"棒极了。"这时菲奥娜说,"夜晚开始了。"

她说得没错。

第二十章

我就不赘述那个晚上后来发生的事了。只消概括如下即可：菲奥娜、高迪和我先去皇家广场的门廊下喝了说好的热巧克力配手指饼，接着去了圣马德罗纳门附近的小咖啡店，凌晨三点多时我们动身去了最后一站——拉巴尔区的梦境剧院——看歌舞杂耍演出。是菲奥娜提议去那家剧院的，不过我们在池座坐定后，我感觉高迪对那里并不陌生。当我们再次回到兰布拉大街的开阔区域时，波盖利亚市场前的广场开始因干活人的来来往往而变得喧闹起来。我们在那里拦下了一辆敞篷马车，菲奥娜和我分别用脸颊上的一个吻和热情的握手同高迪告别。那个吻让我们三人都吃了一惊，不过当时已快黎明，在梦境剧场我们又灌下那么多的酒，这两个原因似乎可以充分解释这个行为。当马儿开始前进后，我的朋友站在兰布拉大街中央走道上挥动右手，面带愉快的笑容同我们告别。

菲奥娜立刻向我证实，原来她也注意到了我们当晚最后一项活动——歌舞杂耍表演时——那些以高迪为焦点投来的频繁目光和掩饰得很糟糕的窃窃私语。

"你的朋友是位名人。"我们刚到格拉西亚大道时她就说，"你注意到了吗？"

直到那时我才决定说出从我们一走进剧院起就在我脑中徘徊的种种怀疑。这些荒谬的怀疑中，有一条是我在正常情况下绝对不会抱有的，但在前一天晚上同父亲的谈话后，我似乎没有办法忽略。

"你是故意挑选那家的吗？"

"剧院？"菲奥娜摇头否认，"几周前的上午我拜访过那里，为了画一幅插画。"

"一桩案件？"

"差不多吧。一个姑娘从舞台中央的高台跳了出去，摔到地上后颈撞断了。"

我有印象，是的。我记得菲奥娜画了一个微笑的女孩，她柔软地飘浮在空气中，双臂张开，身体弯曲呈 U 字形，在她身后菲奥娜还勾勒了几十个目瞪口呆的观众。在我草草翻阅的配有插图的众多不幸新闻里，这条算是我读得最细的。

"她跳起来是想飞？"我问道。

"看起来她是想这么做。"菲奥娜露出略带邪恶的微笑，"但结果不像她想象的那样。"

用来看清现实的药水，我心想。

一次失败的试验。

客户列表里少了一个名字。

又或许那仅仅是巧合。或许，我的想象力本就已经被最近这些天发生的事和父亲在我心中种下的对高迪其人怀疑的种子刺激了，而菲奥娜和高迪那天晚上最后的聊天话题——招魂术的仪式、有奇怪特性的草药、去没有知觉的另一个世界的探访——又把我的想象世界打开了一丝缺口。

"高迪和你，你们俩有许多相同之处。"我说。

菲奥娜花了几秒钟，试图推测我这句话的意思。

"我也是个名人吗？"

"除此之外还有许多别的共同点。"

菲奥娜把她的右手在我的左膝放了一会儿，然后收回她的外衣下。

"我想我们这样议论他人有点儿没教养。"她说着挤出一个忧伤的表情。"你感到很孤独吗?"

"就像平常一样孤独。"我答道,但又立刻觉察到那句话听起来更像是玛格丽特会说的,而不像我,于是加了一句:"不过观察你们俩是件有意思的事。听两个成年人像十岁的孩子一样高声畅谈幻想总是很有趣的。"

菲奥娜又笑了。

"安东尼的想法很有意思。"她说,"单纯,但是有意思。"

我的理解是,或者说我希望理解成,菲奥娜所指的高迪的许多想法中包括我们在梦境剧院的那段对话,当时高迪重新提及了他正在设计的、可以拍摄到死者,或离开躯体的灵魂,或招魂术信奉者称在召唤神灵附体的仪式上能接触到的来自阴间的影像的相机。这将是一个长期的项目,高迪相信至少要等一年才能收获成果,但他在菲奥娜面前维护这个项目的理论和实践基础时的那番热情,就和他两天前的下午向我展示海上圣玛利亚教堂的力学结构理论时一样,只不过后者真的是合理且有根有据的理论。菲奥娜专心地听高迪发表关于镜头、鬼魂和人眼不可识别的色彩光谱的长篇大论,就像她之前听高迪论述他坚定的艺术信念、难以理解的宗教直觉,或周期性地去卡梅罗山坡①远足采摘回的一些草药给他带来的幻觉时一样专心。关于高迪的宗教直觉,用菲奥娜自己的话说,"高迪离神秘主义者只差相信上帝以及不信世间欢愉这两样了";当时在梦境剧院里我们仨的桌边,高迪手拿葡萄酒表示他喜欢这个定义,但他的笑容却没什么说服力。不管菲奥娜相不相信拍到鬼魂的可能性,不管这算不算菲奥娜眼中高迪的单纯想法之一,有一件事是显而易见的:这个英国姑娘真的对我刚刚带入我们生活中的红发青年很感兴趣。

"我想最终你会喜欢完成我父亲的委托的。"我说,同时想起了

---

① 位于巴塞罗那东北部的小山丘。

当高迪和她交换各自掌握的神秘莫测的植物学知识时菲奥娜脸上的表情。

"你父亲的委任?"

"调查高迪。"

菲奥娜喉咙口发出一声奇怪的声音。

"不管我父亲还是你父亲都没有再提这件事。"她说,"或许卡马拉萨先生自己已经确信,安东尼只不过是一个在选择朋友方面品位颇具争议的年轻人。又或者与你们昨晚的谈话有关。"

我不自觉地皱了皱眉。

"你知道昨晚我和父亲聊了高迪?"

"有时候你忘记了我什么都知道。"

我笑了。

"有道理。有时候我只是把你当作一个美丽的女人。"

菲奥娜优雅地点头致意,回应我笨拙的恭维。

"不过你说得没错。"她说,"我不介意稍微调查一下安东尼。或许他没有那些你父亲认为他怀有的危险企图,但他的确是个有意思的人。"

我们安静了一会儿,马车又快速穿过一个无人的交叉路口。路口有建筑的弧形外墙、街灯和新种的树木,城市郊区的新扩展区熟悉的风景在我们两旁飞驰,就像极好的 3D 西洋景。

"我可以问你件事吗?"

菲奥娜把头靠在我的肩上。

"当然。"她轻声说。

"当高迪开始谈论他为招魂术信奉者工作时,你没有告诉他你曾经同这类人打过交道,我对此有些吃惊。你在给我写的最初几封信里提过这件事。巴塞罗那招魂术推广协会。"

"你的记忆力也很好。"

"或许吧,又或许因为我把你的信读了一遍又一遍,比我敢向你承认的遍数多得多。"

菲奥娜发出的声音像一只心满意足的猫在打呼噜。

"我不想让我们的朋友失望。"她说。

"让他失望？"

"这么说吧，我对于这些招魂术信奉者的看法一般。"

"我明白了。"

"不过这不影响我觉得安东尼的想法很迷人。"

"迷人且单纯。"我说。

"迷人且单纯的想法是最好的主意，不是吗？。"

"那么，你不相信他的项目可以成功。"我说，我也不知道自己是感到宽慰还是惊讶。"我是指他制造出拍摄鬼魂的照相机。"

"恰恰相反。我坚信，如果高迪真的对此有兴趣，他是有能力拍到鬼魂的。虽然或许他所拍到的灵魂不是他协会里的朋友们所找寻的那些。"

我思考了一会儿这句话。

"我应该听得懂这话吗？"

"你是摄影师，不是吗？"

我是摄影师，没错。我决定把这个话题暂时搁置。

"他给过你什么吗？"

"什么？"

"某种喝的东西？"

菲奥娜从我的肩上抬起头，皱着眉看我。

"我看起来像醉了吗？"

我摇头否认。那么他没有给过她装着绿色液体的小玻璃瓶。

"高迪有他自己的夜间生意。"我说，我也不知道为什么这么说。或许为了向菲奥娜证实，高迪除了偶尔用不理智和不可信的话来调情外，实际上是个有趣的人。不过，这些调情倒让菲奥娜觉得十分吸引人。"或许这个梦境剧院是他做生意的地点之一。因此他同一位如你这般相貌的女士共同出现才会引发这么多关注。"

菲奥娜仿佛很好奇,但她什么也没问。只说了一句:

"我的相貌。"

"这又是一句恭维。"

她紧锁的眉头不见了。

"我跟你说了,今天会是很重要的一天。"她总结道。

当时是凌晨三点半。几小时后,当拉维利亚警官开展调查时,马车司机将证实我和菲奥娜陈述的事实:几点在哪里接的我们,当时我们衣服的状态,我们对话的语气。这个男人不会忘记在格拉西亚区一座别墅大门前下车后同他道晚安的女人的肩膀和头发。

"那么,晚安。"

我们俩在花园台阶边就要分头走的前一秒,菲奥娜也快速而温柔地吻了吻我的面颊,就像在兰布拉大街上对高迪做的那样。她继续沿着通往农家小屋的小径走,我看着她快速消失在植物的阴影里,接着绕过别墅主楼走向边门。

家里任何一扇窗都没有透出亮光。

我父亲办公室的门也紧闭着,透过门缝看不到一丝光线。

母亲卧室的门也关着。

父亲的卧室开着门,但空无一人。床铺十分整齐,百叶窗依然是开着的,床头柜上有一杯没喝过的水。房间里看不到一丝杂乱的痕迹。我没有进去,只消在门口探身朝里张望,就足以知道那天晚上森普罗尼奥·卡马拉萨没有回家睡觉。

我妹妹的卧室也开着门,且空无一人。她的床却是乱糟糟的。

我自己的床也是如此。

"你好。"玛格丽特和我打招呼,在我羊毛床罩的对角线方向上缩成一团。

当把油灯放在床头柜上时,我证实了通过她的声音得出的推测。

"你刚才在哭吗?"

玛格丽特把手背放在她又干又肿的颧骨旁擦拭。

"一点点。"她说着迅速噘起嘴,结束了这个话题。"你们过得愉快吗?"

我坐在她身旁的床沿。

"我们过得不坏。"

"东尼生我的气吗?"

我摇摇头。

"他对妈妈说你是个迷人的小姐。"

玛格丽特微微支起上身,伸展了原本蜷缩在胸前的腿。

"真的吗?"

"明天你自己问妈妈。"

"不必了。"她说,又补充了一句,"你闻起来一身酒气。"

"我们喝了一点儿。"

"菲奥娜也是吗?"

"就一点儿。"

玛格丽特完全坐起来,靠在我的枕头上。

"厚颜无耻。"她说。

我们俩都笑了。

"至少,这次她什么也没抽。"

"因为她不想让东尼突然看清她是哪种女人。不过他会逐渐发现的。"

我从床上起身,走到占据了房间东墙很大面积的衣柜前。我们陷入了一阵安静,我在衣柜正中那扇门镜前解开礼服的纽扣,而玛格丽特此时坐在我的枕头上,全神贯注地看着我。

"爸爸没有回来睡觉。"我终于说。

"另一个厚颜无耻的人。"

"你已经知道了吗?"

"当我们到家时,我去他的书房想跟他说晚安的。"她说,"我看到他不在，就去了他的房间。而且自从我在这里开始就没听到任何人上楼，直到你回来。"

"妈妈说什么了吗？"

"我不愿意问。我们一到家她就上床睡觉了，半小时后已经像幸运儿一样在打呼了。贝格先生原本想留下来同她说会儿话再回家，但妈妈说她很累了。"镜中的玛格丽特皱了皱眉，露出我很熟悉的表情。"你觉得他们俩之间……"

"很有可能。"

"真的？"

"当然，明天我就把你所有的法国小说都烧掉。"

玛格丽特哈哈大笑。接着又是短暂的沉默。

在我右手边，一丝微弱的光在开着的百叶窗的另一侧闪过，似乎就在花园里的树冠之上，接着立刻消失在玻璃反射的黑暗里。

我脱去了礼服，现在轮到背心和领带了。

"你是打算一直待到最后吗？"我问。

妹妹边笑边站起身。

"我很喜欢那把扇子。"她说着在我脸颊上亲了一下，十分钟前菲奥娜吻的也是这半边。"但是下次的礼物请努力让它别带着鱼腥味。"

这就是我这一晚的最后一幕。五分钟后，我床头柜上的油灯熄灭了，我也进入了梦乡，不过这个梦才持续了三个半小时我就不得不放它走，因为另一个女性身体坐在我床边，温柔地把我往意识的这一侧拉。

"警察来家里了。"我听到菲奥娜说，"他们找你父亲。爱德华·安德鲁被杀了。"

我依然记得当她说出那几句话时氤氲在我卧室里的香水味。

第二十一章

再次来到兰布拉大街时还不到早上九点，我在费尔南多七世街街口从家庭马车上下来，陪菲奥娜一直走到《插图新闻》办公室所在的宫殿门口。我们约定二十分钟后在公主街碰头，接着便匆匆告别，没有任何仪式。面对新一轮事件，菲奥娜看起来和我一样被压得喘不过气来。在回答那两个来到格拉西亚区找爸爸卡马拉萨的警察的问题时，她的声音不同寻常地颤抖着，有好几次都想不出在她的脑海中翻腾的英语单词在西班牙语里怎么说，而不得不请求我为她翻译。睡眠缺乏让她眼睛肿胀，嘴唇干裂，脸颊的皮肤明显失去了光泽，她平常的美丽白净变成了身体不好之人才有的毫无魅力的苍白。当我离开报社向里维拉区走时，我心想，这是很长时间以来菲奥娜第一次看起来像她的真实年龄二十九岁，在她状态好时，任何一个仰慕者都会不小心把她错当作二十二或二十三岁。

我来到蒙卡达小广场时，高迪恰好从他住所的大门出来。

"哇，卡马拉萨我的朋友，真早啊。"他笑眯眯地同我打招呼。"我没想着今天会在学校看到您，更别提……"我满脸的严肃让我的朋友中断了他的话，"发生了什么事？"

跑向公主街的路上，我三言两语地向他解释了目前的情况。在公主街那里，如果一切顺利的话，菲奥娜应该已经打动了看守 26 号大门的警员的心。为了画《插图新闻》的插画，我们的朋友长久以来都要同犯罪现场的看守们打交道。这些警员基本都是年轻人，被派去执行看守紧锁的大门这项无聊任务，因此他们很乐意被一个红发英国姑娘的出现迷得神魂颠倒。于是菲奥娜在这个群体里十分受欢迎，如果她的估计准确的话，今天这一点应当能帮助高迪和我畅通无阻地进入这座大楼，爱德华·安德鲁失去生气的躯体就躺在这座楼里。

"谁发现的尸体？"高迪在听我简要说明了事件后问我。

"警官的解释没有涉及很多细节。我想是安德鲁的女房东吧。"

"一家招待所？"

我点点头。

"早上六点时，女主人经过他的房间所在的走道，看到门虚掩着觉得很奇怪，于是走上前去看。这是当警官问我话时另一个警察告诉菲奥娜的。"

"阿韦拉多·拉韦利亚。"

"不。我想拉韦利亚负责调查尸体和邻居们。"

高迪含糊地轻声说了句什么，我没有听懂，接着他抓着我的胳膊把我拉到了一个特别狭窄难闻的陋巷口。

"我们抄近路。"他说，"如果拉韦利亚还在那座楼里工作的话，我们就不用想着进去这档事儿了。"

我也是这么想的。

"我们就相信菲奥娜的魅力吧。"

高迪严肃地点点头。

"您来找我，她吃惊吗？"

"当然。"我答道，完全没有撒谎，"我来找您，您吃惊吗？"

高迪一秒也没有犹豫地说："我很高兴。"

我的朋友说出这句话的语调让我隐约感到是出自他少有的热情。或许正因如此，我感到有必要用玩笑话来缓和一下气氛。

"我们要开始彻底地利用您大名鼎鼎的观察和推理天赋，不是吗？"

高迪再次点点头。

"那么，我希望不会让您失望。"他说，脸上依旧严肃。

公主街26号所在的街区周围已经围满了几十个好奇的群众。那座建筑自然就是前一天晚上高迪和我看到爱德华·安德鲁和犬牙以及他那只三条腿的狗站着说话的地方。才过去十二小时，却感觉这是发生在上辈子或者另一个不同的世界的事了。当时那条昏暗宁静的街道和里维拉区其他主要街道并没有任何不同，现在却变得好似法国大街，充满了骚动、喧嚣和兴奋的脸庞。

在楼门口，警察们用自己的身体围成弧形，防止好奇的围观者打破规矩，弧形里菲奥娜正和一个年轻人说话，他的脸引人注目地长，他的架势我感觉并不十分讨人喜欢。当菲奥娜看到我们出现在制服围成的屏障外时，便冲我们的方向挥挥手，把那个年轻人的注意力引到我们身上。

警察们围成的圆弧又过了几分钟才打开让我们通过。

"阿弗里雷斯警官非常友善，他允许我们进入受害者的房间。"菲奥娜在仅仅使用我们的教名①把我们介绍给她身边的警官后，说道："警官一向非常照顾我们。"

"你们有五分钟。"年轻人说着让到一边，以便我们进入大楼。"如果时间到了你们还没有下来的话，我就派人逮捕你们三个。"

"我觉得很公平。"菲奥娜肯定地说，"米拉耶斯警员在房间等我们，对吧？"

阿弗里雷斯警官点了点头，像马一样长的脸上依然戴着职业化的严肃面具。

"五分钟。"他又重复了一遍。

公主街26号的公共空间就像任何同类的招待所一样，又脏通风又差，但是通往四楼的那六段楼梯和许多交错的走道却都有很好的照明。菲奥娜带领着我们往安德鲁的房间走去，带着那种已经对大楼很

---

① 即只报了我和高迪的名字，没有提到姓氏。

他的城 | 187

熟悉的人所特有的自信。我想,这就是曾经去过不少和现在这个犯罪现场差别不大的地方的优势吧。她的左手心不在焉地在楼梯破旧不堪的扶手上、在每个走道内侧墙壁的中央木条上、在我们行进路上经过的许多扇紧闭的门的把手上滑动,右手则拿着她的画图本和削尖的铅笔。

"这实在是太不寻常了。"我低声说,终于在爬上距目的地倒数第二段楼梯时来到她身边,"这个警官知道我是谁吗?"

"警官知道安东尼和你在《插图新闻》报社为我工作,而且你们是和我一起来报道这桩谋杀新闻的。这并不全是假的。"

我思索了一会儿她的话。

"什么不全是假的?我们为你工作?还是我们是和你一起来报道新闻的?"

菲奥娜没有回答我,而是利用爬楼的最后几步向我们简要说明了等我们到来时从阿弗里雷斯警官那里套出的少量信息。安德鲁失去生机的尸体确实是由招待所的女主人发现的,她是个六十岁左右的老处女,且自以为和她所有的租客保持着相当完美而专业的关系——疏远。她还说她不了解被杀害的安德鲁的任何习惯、人际关系或生活方式。她唯一知道的是他在同一个房间住了三年,每月都准时支付租金,几乎不同大楼里的其他住户接触,这三个罕见的特质令他成为一位受人尊重的租客。前一天晚上,她看到他在十点左右上楼,然后就没有他的消息了;十二点整时,她像往常一样在睡前巡视了一遍大楼所有的走道,证实所有房门都是关着的,包括安德鲁的。半夜既没有听到尖叫,也没有听到奔跑或是喧闹,四层的任何租客都没有听到死者房间传来声音,没有被死者房里的任何声音吵醒美梦,也没有报告有陌生人出现在楼里。在她早上六点整进行第一轮巡视时,她再次经过安德鲁的房间,却发现门是虚掩着的。她一探头进去就发现了尸体,于是立刻打电话报警。这就是全部信息。

"一桩隐秘的谋杀。"我轻声说。

"或者是一群对惊恐司空见惯的邻居。"菲奥娜答道,"在这样一种地方,即使安德鲁尖叫着有人要杀他,我也十分怀疑有人会费心哪怕在床上翻个身。"

"我不觉得这是个如此充满恶意的招待所……"

"相信我,你不会喜欢在这里度过哪怕一个晚上。"

我没有问菲奥娜她对于这种招待所生活条件的知识源自哪里。我明白,这个吃苦耐劳的记者正在我这个养尊处优的小资产阶级分子面前划清领地。

当我们爬到最后一段楼梯的最高处,就要迈上四层楼的走道时,菲奥娜停下脚步,把她的画图本和铅笔递给我,开始摸索着整理她的头发,留下高迪和我同样惊愕地看着她。

"警官只给了我们五分钟……"鉴于菲奥娜把她的马尾简单整理好后,又开始摆弄她蓝色麦斯林纱质上衣的领口部分,我的朋友终于提示道。

"这也是我工作的一部分,亲爱的。"她说这话时表情完全没有变化。"在这片男人的生意场里,这是女人必须承担的重负。"

高迪严肃地点点头。

"我明白了。"

"我想您不明白。"

菲奥娜在整理好她的大领口后对高迪报以微笑,这让我想到了约五小时前在我们回家途中她用于形容我朋友的那个词:单纯。

"米拉耶斯警员是个难搞的家伙?"我问。

"米拉耶斯警员是个男人。"她简单地答道,"不过今天我情愿他不要费心监视我们在房间里的举动。或许在我画那个老头的尸体时,高迪和你会想稍微翻动一下他的抽屉。"

菲奥娜说出那句话的自然而然让我不禁蹙了蹙鼻。

"我不认为有必要这么做。"我说,"如果拉韦利亚出现呢?"

"如果拉韦利亚出现,我们离开就好了。"

"就这么简单?"我没想过还有这种应对之策,"那如果他以干涉

他 的 城

调查，或混进犯罪现场，或乱翻死者抽屉的罪名逮捕我们呢？"

菲奥娜从我手中接过画图本和铅笔，再次看了眼高迪，他正瞪着他蓝色的大眼睛交替地看看菲奥娜，再看看我。

"如果逮捕我们，我就有更多的素材给今天下午的报纸画插图了。"她说，"准备好了吗？"

高迪和我一致点点头，他是出于信服，我则是无奈投降。

"准备好了。"

"从现在开始到我们回到街上为止，我不想再听到你们说话。从此刻起，在这里说话的只有我。"

菲奥娜接着带路，我们沿着贯穿四楼的之字形过道，来到爱德华·安德鲁的房门前。只有一个中年警察站在门前守卫，他抽着一支明显很劣质的香烟，低声哼唱着很像列戈颂[1]的曲子。当他看到我们出现在走道最后一个拐弯处时，他的脸先是黯淡起来，接着又立刻焕发光彩。

"菲奥娜小姐。"他念出我们朋友的名字时用了很亲昵的语调，我几乎当即被激怒了。

"这么快又见到您真高兴，米拉耶斯警员。"菲奥娜微笑着把手伸给警察让他吻了一下。"虽然又是在一个不太讨人喜欢的场合……"

"这是我的工作，小姐。"

"也是我的工作，警员，也是我的。"

那个男人浓密的胡子下面露出开怀的笑容。

"或许某一天我们可以在更合适的情况下见面。"他大胆地说，语气中满是与他这被岁月和环境打磨过的男人面貌毫不相符的讨好。

"希望如此，米拉耶斯警员。"菲奥娜终于从警察的手指间抽回了她的右手，并用它指了指我们对面紧闭的门，"这里头有什么？"

"一桩谋杀，小姐。一个可怜的老头被刺中了心脏。非常令人不

---

[1] 西班牙共和国国歌。安东尼奥·马查度作词，奥斯卡·伊斯普拉谱曲。

悦的画面。您真的想进去吗?"

"这是我的工作。"菲奥娜重复道,"您知道的,在《插图新闻》我们珍视展现原貌的绘画方式。"

"既然如此……"

米拉耶斯警员打开了门,并露出要在我们之前进入房间的征兆。

"您不用陪我们了,警员先生。"菲奥娜用特别随意的语调说,"这两位先生得和我一起进去,我想里头恐怕没有多余的空间了。"

"好吧,我不知道……"

"只是一小会儿,警员先生。你知道我有多快的……在画画方面。"

菲奥娜在说出最后一个词之前的小小停顿让米拉耶斯警员露出了猥琐的微笑,也让高迪的耳根瞬间羞红了。而我,不知是幸运还是不幸,已经熟知我们这位朋友的专业策略,知道她能很容易地刺激任何介于她以及她的目的间的男人的内心,于是我只是友善地笑笑,不特别针对任何人。

"我可是冒着被我的上级严厉责备的风险,菲奥娜小姐。"

"这是为了一件好事,米拉耶斯警员。我向您保证只是三分钟。"

警察一脸庄重地点点头。

"但是请什么都别碰。"他说着第一次看向高迪和我。"在犯罪调查现场哪怕挪动一粒灰尘,也是一项比你们想象中重得多的罪。"

我们俩严肃地点点头,表示我们连灰尘都不会碰。菲奥娜向警员表示感谢,以威尼斯人的礼仪微微欠了欠身,我们刚进入房间,她就立刻关上了身后的门。

"都是你们的了。"她说着打开她的画图本,握着她的铅笔做出攻击的姿态。

第二十二章

　　爱德华·安德鲁度过他人生最后三年时光的房间小而阴沉，就像他那种处境的人会住的小窝的样子。面积不足十平方米，既没有窗户也没有任何换气设备，只有门所在墙上的气壁灯适度地照明着，缺少任何带有个人气息的元素，完全不能反映居住者的性格、爱好或不同寻常的过往。房里仅有的家具是一张小桌子、一张椅子、一个裸木质衣箱和一张儿童床大小的、铺设简单的床铺。衣箱的盖子打开着，里面只有一堆脏衣服，就跟安德鲁死时穿着的衣服一样脏。桌上满是放了好久、已不同程度变硬的食物残渣，一些没什么用也不值得关注的琐碎物品——一把梳子、一把折刀、几枚硬币，没什么其他的了——以及一些纸张，但我和高迪粗浅地审视了一遍后都觉得它与我们当前的处境完全不相关。椅子上有一些衣服，以及收在柳条编的小筐里的硬币。房间地上散落着五六本书、两份报纸和一堆空瓶子。报纸不是《插图新闻》。瓶子也不是葡萄酒瓶或烧酒瓶。在房间的一个角落，带有潮湿造成的斑点的墙边有一个半开的黑色布料做的小包袱，奇怪的是里面有好多形状相同的铜片，都是长方体，且十分光洁，闪闪发光，我完全没有在意它们可能有什么意义，我的朋友却似乎对它们兴趣浓厚。房间里有各种气味的混合——墙壁的潮湿味道，放久的食物的味道，没洗干净的衣服的味道，盖满视线每个角落的尘土的味道——总之令人作呕。一个人只要待在房里就很容易想吐，即使还没有看到床上的尸体。

爱德华·安德鲁的尸体仰卧着,呈笔直状,脑袋稍稍向左歪斜,双臂沿着躯干展开。他的衣服穿得完好,似乎就是闯入费尔南多七世宫殿的晚会那天穿的衣服。他的眼睛睁着,嘴巴张开,胸部中央露出镀银的匕首把柄。血完全浸湿了他身下带褶皱的毯子和床单,并从薄薄的床垫渗透过去,在地面铺的花砖上形成一摊不小的血渍。尸体上或是房间其他地方都看不到明显的搏斗痕迹,除非是这个房间的凌乱掩盖住这些痕迹。安德鲁在被谋杀时没有反抗,或者说反抗得非常不情愿,以至于如果没有插在胸口的匕首,他看起来就像自然死亡。

"您不想念这个房间里的某样东西吗?"这时高迪悄悄问我,把看到安德鲁毫无生机的躯体后陷入短暂惊愕状态的我拉回来。

我看了看我的朋友,又看了看菲奥娜,她正待在床前不停地在画图本上描绘。

"整洁?"我问,"干净?"

"一个红色文件夹。"

我也想到这一点了,没错。

"或许警察到房间后就把它拿走了。"我猜测道。

"又或者,您的父亲昨晚杀了安德鲁之后把它带走了。"

比起惊讶我感到更多的是好奇,我皱着眉头看着高迪。

"您是认真的吗?"

"归根结底,这个文件夹里的内容似乎是这个男人被匕首刺中胸口的唯一原因,不是吗?杀了他却把文件夹留在这里是不像您父亲那样的绅士会犯的愚蠢错误。"

我点点头。

"您不是认真的。"

"但警察当真就是这么想的。"我的朋友答道,一边把身子歪到安德鲁尸体上方,把脸贴近到离匕首的镀银把柄只有几厘米的地方,"而且他们有充分的理由这么想。如果文件夹或是其中的内容消失了,

他 的 城 | 193

您父亲就陷入困境了。"

"我父亲已经陷入困境了,不管文件夹在不在。"我说,"至于说文件夹中的内容,如果现在文件夹真的已经在警察手里,谁知道有没有内容会消失呢?"

"非常正确。"高迪抬起头,两眼放光地看着我,"您不觉得这个做工很不寻常吗?"

我也躬身到他身旁,才明白他指的是匕首把柄上的花纹,刚才我和他说话时他就在仔细观察这个。

一只猛禽的爪子被锁在一个小小的地球上,地球表面刻有浅浮雕,是两块大陆的部分轮廓,大陆间还有一个我不认识的徽章。

"我不认识这把匕首,如果您是在问我这个的话。"

高迪摇摇头。

"我们从一开始就把话说清楚吧。"他说着拉着我的胳膊把我拉离床边,"我不认为是您父亲干的。"

"我很高兴听到您这么说。"

"我不认为您父亲会蠢到在昨晚把这个人杀掉,要知道,四十八小时前他刚在五十位证人面前威胁过要取这个人的性命。"

这话让我不那么高兴。

"当然,更别提想象我父亲杀人有多荒唐了,不管在任何情况下……"

"我不了解您父亲的道德水准。"高迪答道,"不过从他事业上的成功可以推测出他是个聪明人。任何一个聪明人都不会这么做。"高迪说着用右手指了指整个房间。

我点点头。我也这么认为。至于我父亲的道德水准和想象他杀人有多荒谬,我一边跟着高迪再次来到装满铜片的包袱所在的墙角一边心想,或许不继续追问我的真实信念为好。

"无论如何,恐怕警察不会像您那样理智地判断我父亲的聪明程度。"我说,"您也相信……?"

我还没来得及说完，菲奥娜就接了过去。

"我不觉得警方会怀疑杀他的人是为了抢他的珠宝。"她说，视线却没从纸上离开。"不过我也相信你父亲和此事毫无关系。"

"谢谢。"

"我也注意到了把柄上的徽章。"

高迪瞬间把视线从他正在审视的长方体铜片上移开。

"您认出它了吗？"他问。

"这是我第一次看到它。您认出什么来了吗？"

高迪摇摇头。

"但我觉得很熟悉。"他说，"恐怕我没有您那种过目不忘的记忆力。"

菲奥娜依旧紧盯着她的画图本，但朝高迪露出了美丽的微笑。

"有好的记忆力可不总是好事。"她答道，"有时候更可取的是……"

菲奥娜没有机会说完她的话。因为就在此刻，房门突然被粗暴地打开了，门槛处出现了阿韦拉多·拉韦利亚，以及他那张长满麻点的脸和一米五的矮小身材，往常甜似蜜的表情如今换成了难以抑制的愤怒。

他今天上午穿的衣服让他的肚子像插在安德鲁胸口的匕首把柄上的地球一样圆。

"我可以知道你们在这里做什么吗？"

菲奥娜镇静地放下她的画图本和铅笔，摆出她最棒的耍蛇者般的笑容，与此同时高迪利用暂时的混乱偷偷地把手中的铜片放到了风衣口袋里，这着实让我大吃一惊。

"阿弗里雷斯警官很友善地给了我们五分钟，警官先生。现在还没超过三分钟呢。"

"阿弗里雷斯警官是个白痴！"这个矮小的警察眼中燃烧的怒火明显是这个意思。

他的城 | 195

"阿弗里雷斯警官没有被准确地告知这位先生的身份。"他嘴上却这么说,既没有看我也没有用手指指我,却明显指的是我。

"阿弗里雷斯警官被恰当地告知了加夫列尔……"

"您是想说卡马拉萨先生吧。"

"……在这里是为了配合《插图新闻》的报道。这就是他正在做的事。"

阿韦拉多·拉韦利亚根本懒得和菲奥娜争吵。

"请立刻离开房间。"他说,再度提高了音量,并像锡兵一样立正。"你们正非法闯入一个犯罪现场,这是项重罪。如果我愿意的话,我现在就可以逮捕你们三个。如果我发现您非法待在这里的过程中触摸了任何东西,"他补充说,现在终于看向我,眼神里满是霸道的激动,"我一定会毫不犹豫地把您和您父亲关到一起,眼皮也不会眨一下。"

那最后一句话中明显的隐含意味让我正要为自己的无辜抗辩的话凝固在舌尖。

"您是说卡马拉萨先生已经被捕了吗?"高迪看我不问,于是问道。

拉韦利亚警官的目光依然盯着我。

"我很快就会抓到他的。"他说,"我想,您依然不知道您父亲在哪儿吧?"

我顿感宽慰,话也回到了嘴边。

"那么,你们依然没有找到他。"

"如果您看到他,请让他知道继续让事态发展下去对他不会有任何好处。相反,唯一的结果只是让事态变得更糟而已。您,作为一个犯罪方面的专家,"他此时看向菲奥娜,"应该对此很清楚。"

菲奥娜稍稍欠了欠身。

"您是在恭维我,拉韦利亚警官。"

矮小的警官大声喘息,换作任何其他场合我都会觉得很可爱。

"那不是我的本意，小姐。"他说，同时看着我们仨离开房间。接着他关上门，站在低垂着头的米拉耶斯警员身旁，第一次观察高迪的脸。"我们认识吗？"

被质问的人半秒钟都没有犹豫。

"我不这么认为。"他答道，同时伸出右手。"安东尼·高迪。"

警官同我的朋友握了握手，表情仿佛在说这是同他目前的势力和地位极不相称的举动。

"您同这两位的关系是……？"

"正如菲奥娜刚才告诉您的，我也给《插图新闻》工作。"

"噢。您愿意接受我的一条建议吗？"

我一边观察拉韦利亚警官高傲的脖子和脸上满意的神情，一边心想，这个警察今天体现出的狂妄傲慢和他周三来格拉西亚区别墅时装出的谦恭媚态截然不同，这种变化只能归于两种可能的原因，而无论哪种对我父亲的利益来说都绝不是好事。

"当然。"高迪答道。

"您看着像一位绅士。别和罪犯为伍。"

菲奥娜听到这儿拉起了我的胳膊，我不知道她是为了阻止我不太可能采取的冲动反应，还是更确切地说，为了避免她有扇那个令人忍无可忍的矮个子警察巴掌的冲动。她的指甲深深地嵌入我的前臂，就像叉子的齿插到一块煮熟的肉上，但她的嘴角却没有停止微笑。

"这真是出自警察之口的奇怪忠告。"高迪带着让人捉摸不透的表情说。

阿韦拉多·拉韦利亚微笑了。

"你们知道怎么出去。在你们离开大楼前阿弗里雷斯警官会对你们进行小小的搜查，我相信你们可以理解的。"

菲奥娜、高迪和我还没来得及想到要抗议那个新的侮辱，他就进入安德鲁的房间并关上了门。

直到那时米拉耶斯警员才把视线从鞋尖抬起来。

"所以您是森普罗尼奥·卡马拉萨的儿子。"他说，充满鄙夷地看着我。"菲奥娜小姐，我认为之前您忘记了告诉我这个小细节。"

菲奥娜试图挤出悔恨的表情，但不算太成功。

"很抱歉不得不向您隐藏某些信息，米拉耶斯警员。"

那个男人严肃地点点头。

"这是您的工作。"他说着再次立正。对话到此结束。

于是，我们离开了四层的走道，沉默地向下走了两段楼梯，沉浸在各自的思绪中。就我而言，占据我大脑的是阿韦拉多·拉韦利亚态度上的深刻变化所隐藏的含义。警察如今已这么肯定是我父亲杀了爱德华·安德鲁，以至于像拉韦利亚这样的警官都敢脱去他温顺的伪装，并且以那种方式露出他虎狼般的利爪，还是在可以让他出现在当地发行量最大的晚报头版的人面前？警察如今对卡马拉萨家族或他们身边的人可能实施的报复这么不在意吗？我们的姓氏这么快就要被写进巴塞罗那犯罪史了吗？

"恐怕您甚至还没有机会画您的草图。"我们正穿过二层的走道向最后一段楼梯走去时高迪说，这是在阿弗里雷斯警官进行搜查前的最后一段路。

"我有足够多的时间了。"菲奥娜肯定地说，"事实上，我在犯罪现场勾勒轮廓仅仅是为了在看守警员面前装装样子。"

高迪浅笑着点点头。

"您过目不忘的记忆力。"

"说到记忆力，亲爱的高迪。"我插嘴道，"我想您还记得您之前藏在衣袋里的那块东西吧。"

我的朋友在这最后一段楼梯的最高一级台阶处停下脚步，并示意菲奥娜和我也停下来。

"我正要谈及此事。"他说着从风衣内侧口袋里掏出长方体的铜片。"您介意帮我一个忙吗，菲奥娜？"

菲奥娜无须多问，仿佛我朋友刚才的小偷小摸在她看来是再正常不过的举动,她接过高迪递给她的东西,转过身去,就这样让它消失在了她的衣服里。

"准备好了吗?"

就这样,五分钟后,高迪、菲奥娜和我穿过守卫着公主街26号大门的制服警员们围成的半圆,朝《插图新闻》办公室走去,这下我们真的成了罪犯。

第二十三章

　　大约早上十点，我们把菲奥娜和她的铅笔、画纸一起留在她位于费尔南多七世街的办公室里，接着回到里维拉区，继续高迪所能设想出的最古怪的日程。在宫殿二层的走道上同马丁·贝格的短暂会面向我们证实了两位警员驻守在宫殿门口的隐含意味：他们依然没有找到父亲的踪迹。这就是我们从贝格那里得到的所有信息。《插图新闻》的经理在早上这个时候唯一关心的就是让报纸的内容在付印前准备好，就像任何其他日子一样。从下午一点开始，爱德华·安德鲁被残忍杀害和我父亲难以解释的失踪对他来说将成为紧急的个人问题，因为这或许会影响到他的工作、未来甚至自由，不过直到此刻为止，它们不过是一则头条新闻的主要配料而已，必须抢在竞争对手有机会抓住这条新闻前动用所有可能的手段，确保新闻能覆盖多数读者。

　　"阅读今天的晚报对您来说一定不好受。"高迪说，那时我们正离开阿维尼翁街拐上一条狭窄的、散发着猫尿味的小巷，"您父亲将会变成一个名人。"

　　"我准备好面对最坏的情形了。"

　　"最坏的情形将来自您家中。"

　　"对于这点我也准备好了。"

　　我的朋友嘟囔了一声，暗示他毫不相信我所谓的准备好了。

"告诉我昨天下午发生的事。"他说。

"昨天下午?"

"您父亲在里世奥剧场的包厢有一张座位,但最后是我坐了这个位子。您母亲对我说,您父亲最后一刻突然有约,有个工作晚餐要赴,或者类似的什么事。是这样吗?"

"他就是这么说的,没错。他晚上六点到家,像往常一样和母亲在她的房间待了一会儿。六点半的时候他上楼到他卧室,准备开始换衣服,就在那时玛琳娜拿来一个给他的信封……"

"玛琳娜?"高迪打断我问。

"家里的侍女之一。就是您来拜访那天下午为我们备茶的女孩。"

高迪点点头。

"请继续。"

"玛格丽特和我在露台上玩牌,我们正要上楼为看演出换衣服时,玛琳娜带着一封刚送到的给父亲的信出现了,并把它交给玛格丽特。我妹妹喜欢分发给家里人的信件。"

"只是分发?"

"我怀疑除了分发她还干了点儿别的。"我微笑了,此刻我才明白高迪的用意。"您说得有道理,或许玛格丽特在把它交给父亲之前瞄了一眼内容。"

"我们午餐的时候问她。"高迪说,他以这种方式第一次表示要在卡马拉萨家吃午餐。"无论如何,您妹妹把它送上楼给您的父亲,然后他决定唐突地取消和家人一起看剧的安排。"

"五分钟后他下楼,并告知了母亲。是母亲转告我的。她给出的解释就跟她对您说的一样:父亲突然有一个和工作相关的晚餐不得不去。"

"和《插图新闻》相关的吗?"

"谁知道呢……"

"您父亲除了报纸外,还有别的生意在运作。"高迪说,他的语调丝毫没有疑问语气。

"在我理解是这样的。不过您也知道，我对他的生意几乎毫不了解。不管这点让您觉得多意外。"

"工作晚餐在他的日程安排里常见吗？"

"我们在这里的三周内，"我说，这里的"我们"指母亲、妹妹和我，"他大概有三次或四次没在家和我们一起用晚餐。至少有一次，当我十二点睡觉时他还没有回家。不过他从没有整晚在外面的情况。"

"当你们出发去里世奥剧院时，他已经离开家了吗？"

我摇头表示否认。

"妹妹和我在离开前上楼去他的书房同他告别了。他当时正在书桌前审读一些文件。他已经换好了衣服，似乎也准备好出门了。"

"优雅的衣服？"

"我父亲从来不穿不优雅的衣服。不过不是隆重的服装，如果您想问这个的话。我们俩比他更精心打扮。"

"那个女仆，玛琳娜，注意到他是几点离开了吗？"

"我们是快七点半时坐上家庭马车的。据她估计，父亲过了大约二十分钟也离开了。"

"如果你们乘坐了家庭马车，那么……？"

"我父亲是个善走的人。"我抢先答道，"而且我们家门口的街上从不缺可以租的车。"

高迪在几条没有铺路的陋巷交叉口停下了脚步，短暂犹豫后选择了最肮脏破烂的那条巷子。这次我也没有抗议。

"您父亲比你们早了好几个月到的巴塞罗那，对吧？"高迪问。

"他七月初到的。"我点点头，"而我们，您是知道的，10月1日才到。"

"有先有后的原因是……？"

"他需要待在巴塞罗那监督报社投入运营前的最后进程。我想原计划是我们全家都七月初来的。但梅菲尔区房子的转租过程比预想的要复杂,而且拍卖行的关闭和银行账户转移到巴塞罗那的过程中也遇到了一些问题。"

高迪点点头。

"所以你们必须留在伦敦。"

他说这话的方式明显反映出我讲的故事并不能让他信服。

"您是在暗示我父亲想要在和家人团聚前在巴塞罗那独处三个月?"

高迪没有回答我,而是提出了另一个问题:

"那么,拍卖行一直运作到今年年中吗?"

"最后一次拍卖是3月31日举行的。我会记得是因为最后的竞价是我主持的。"

"您?"

"出于对父亲的尊敬。那不是我第一次这么做。我不掺和那些家族生意并不意味着我不会偶尔帮个忙。"

"据我所知,拍卖行的关停不是因为经济原因。在那之前您父亲就已经启动创立《插图新闻》的程序了。"

"贝格父女俩是去年十月来到巴塞罗那的。"我点点头,"而且关于报社的计划在那时就十分成熟了。我认为我父亲在1872年年底就已经决定建立报社了。"

"伊丽莎白·西德尔的假照片事件发生两年后。"

我摇摇头。

"我看不到这两件事之间有什么联系。"

"我不是说它们有联系。我只是尝试把所有事件按时间顺序梳理一下。你们是1868年9月去的伦敦,就在革命胜利没几天后,接着您父亲成立了拍卖行……大约在1869年年初?"

我试图回忆那段艰难的过往,还是青少年的我移居到语言不通的另一座城市的最初几个月。

"正式开业是在1869年的初夏,不过早在开业前很久,我们的社交生活就围绕着艺术品界和古董界展开了。我不敢保证，但我觉得父亲到伦敦时已经很清楚自己要做什么。"

高迪听到我的最后一句话似乎很吃惊。

"那么，并不像我们认识的第一天您所说的，当时是仓促的逃跑？"

"的确是仓促的逃跑。"我答道，"但我并不觉得发生的一切让父亲惊慌失措。"

"您是说革命。"

"他更倾向于称之为普里姆政变。"我停顿了一会儿，以便用手遮住鼻子，因为我们正经过路中央一个散发着腐烂气味的坑。"无论如何，有人知道我们要到伦敦去。第一晚我们睡在靠近维多利亚车站的一家酒店里，第二晚我们就搬到了位于梅菲尔区的家，在那里一直住到了上个月。那座房子从第一天起就完美地配备好了所有设施。"

高迪严肃地点点头。

"有人在伦敦等你们。或许是某个合作伙伴？"

"或许吧。我对我父亲的合作伙伴一无所知。"我不得不再次承认这一点。

"但是毫无疑问，在拍卖行他有合作伙伴。"高迪说，"一位刚从异国他乡来到伦敦的企业家是不可能凭一己之力做成您向我描述的那么大规模的生意的。启动这个事业所需的初始资本和必要的联系人无疑让您的父亲必须寻求第三方的支持。"高迪稍稍停顿了下，"跟我说说他的社交生活。"

"非常热闹。尤其是西班牙人和南美洲人。大部分都同拍卖行有关。或许是供货商，或许是中间商，或许是收藏家，也有一些艺术家。其中有一些人出现频率比其他人更高。不过自从回到巴塞罗那，我还没有见过他们中任何一个。"

"关于他之前的合作伙伴，您有什么可以告诉我的？"

我想高迪指的是父亲在1868年9月之前的合作伙伴吧。我想了一会儿。

"我们离开巴塞罗那时我刚满十六岁。现在我几乎对父亲的生意一无所知,可想而知那时候了。"

"您父亲去伦敦定居前是从事什么的?"

"金融事务。"我答道,"我想他做股票投机生意。他在好几家殖民地公司有收益。尤其是在古巴的公司。"

高迪没有提出更多问题。

我们继续沉默地在难以描述的破落小巷组成的越来越错综复杂的网络里走了几分钟,还要避开路上冒失的孩子和饥饿的狗,避开排泄物的水坑,我们就像磁铁一样吸引着社会最底层居民的目光,我的朋友似乎对这个阶层相当熟悉。当我们终于停下脚步时,我们正站在一座半废墟状态的建筑快散架的大门前。

"或许您想在外面等我。"高迪通过铰链已坏的木门的缝隙探身进去,明显皱了皱眉。"我们要寻找的地方不会太让人愉快。"

我也靠近了大门,把头伸进又黑又难闻的门厅里,相比之下,爱德华·安德鲁死去的招待所简直升级成了东方宫殿。

"我明白我们是来找犬牙的。"我说着把头缩了回来。

"这是他常待的几个老窝之一。"高迪点点头说,"这是我所知道的三个中的一个。"

"既然如此,我和您一起上去。"

高迪似乎对我的回答感到很满意。

"感谢您这么做。"他说着开始脱下山羊羔皮的手套,并且用简单的眼神邀请我也做同样的事。"不过我们不是要上到某个地方。而是要下去。"

看来所谓"老窝"是字面意思。

"一个地下室?"

"一个炭窖。"高迪没有请我协助,他抓住门的最左端,把它费力地朝大楼内部推。我仿佛听到了腐烂的木头同铰链摩擦发出的嘎吱声，混合着被陋巷黯淡的光线惊吓的老鼠逃离门厅时发出的尖叫声。

"准备好了吗？"

楼里的房间比大楼乱糟糟的外表看起来还要岌岌可危。地上都是瓦砾，墙上长出了常春藤，天花板上沾满了黑色的油污，还有家禽那么大的昆虫在我们脚边游荡，这完全是玛格丽特看的小说里吉卜赛人或痨病病人集中的巴黎老城区，而不是工业化的巴塞罗那新城。通往地下室的金属旋梯每走一步都让人觉得要垮塌，在通往炭窑的最低一级台阶处，我们差点儿就踩到一个抱着死狗睡觉的老头的脑袋。

这个老头不是犬牙，我就着高迪在老头脸旁点燃的火柴的光亮观察了一下。或许那条狗没有死，只是睡着了。

地下室的那股气味实在令人作呕，我的胃只忍受了三秒钟就不行了。

"您可以在外面等我。"在我刚对着最近的一面墙吐完之后高迪说。

"我没事。"我轻声说。

我们就着火柴的光穿过了古老炭窑里几个相连的小室，但没有看到犬牙甚至其他任何人的踪迹。散落各处的毯子和衣服包裹表明不下十个人在这里过夜，但他们现在都在外头谋生，或者偷窃，或者乞讨，或者在街头或码头干些见不得光的小生意。同狗一起睡在楼梯口的老头也不能告诉我们任何关于戴着蓝色三角帽乞丐的下落，因为不管高迪尝试了什么方法都不能叫醒他。

"他抽了鸦片。"高迪终于放弃尝试了。"无论如何，我怀疑他也没什么有意思的信息可以提供给我们。我们出去吧？"

"请吧。"

当我们回到建筑的门厅，三个眼睛凹陷、脸色蜡黄的孩子正聚集在铰链已坏的门的另一侧。其中两个一看到我们从嘎吱作响的旋梯阴影里冒出来，就往两条反方向的陋巷跑走了，但是第三个孩子站着没动，紧紧地盯着我们。

"你好。"高迪说着把手伸向口袋,再掏出来时掌心朝上摊开,上头有一枚硬币。

"你好。"那个孩子说,看着硬币的表情就像一只猫盯着一只摔断翅膀的鸽子。

"你认不认识一个老头,他没有牙齿,带着一只三条腿的狗?"

孩子点了点头,视线依旧没从我朋友的手心挪开。

"犬牙。"

"犬牙。"我朋友微笑地点点头。"你今天看到他了吗?"

孩子摇头表示否定。

"但是我昨天晚上看到他了。"

"在这里吗?"

"在这里。"孩子说着用手指指了指高迪和我刚穿过的大门口。"他们进去了,关上了门,然后就没有动静了。"

"他们?他和谁一起?"

"他和狗。"

"这是……?"

"昨晚。"

问一个那样的孩子具体时间是件很荒谬的事,他无疑不会数钟声,也不会把钟声同时间流逝那么抽象的概念联系起来。高迪也是这么想的。

"晚饭前?"

"晚饭后。"

"晚饭后很久吗?"

孩子做出努力回忆的样子。

"晚饭后一会儿。"

高迪点点头,把硬币递给孩子,揉了揉他的头发。

"你叫什么名字?"

"哈维。"孩子答道,微笑地看着那枚现在在他手中的硬币。"谢

他的城 | 207

谢先生。"

"你帮了我们很大的忙,哈维。"

孩子做出了类似敬军礼的动作,沿着陋巷跑走了,他那黄铜色的没穿裤子的小腿激动地颤动着。可怜的孩子,我心想。长大以后他注定也是可怜的人。

"那么现在呢?"我问,看着高迪再次把手套戴上,他因为完成了自己提议的任务而露出不慌不忙的架势。

"现在我们可以离开这里了。"

"现在您对找到犬牙不感兴趣了?"

高迪耸了耸肩。

"我想和他谈谈,没错。"他点点头,"不过我们已经知道了想知道的东西。"

"那就是……"

"那就是犬牙昨晚来到炭窑睡觉了,就在我们看到他同安德鲁在招待所门口告别后,而他现在不在这里。"

"我不觉得我们可以如此肯定。"我反对说,"我是指关于犬牙昨晚回炭窑睡觉这件事。那个孩子对时间的概念并不很具体,而且无论如何,哪怕这一切同我们亲眼所见的那一幕吻合,我们怎么知道他后来没有再出来并回到公主街呢?"我短暂停顿了下,"至于犬牙现在不在炭窑这个事实,我不知道能给我们的调查带来什么帮助。"

高迪微笑了,他喜欢"我们的调查"那个词。

"如果犬牙和安德鲁的死有某种关联的话,"他答道,"他要么会躲在他的巢穴里未来几天都不再露面,要么昨晚就会收拾行李,赶在人们发现谋杀案之前离开这座城市。像他那样的人没有其他选择。"

"您怎么知道他没有逃离这座城市呢?"

"一个流浪汉绝不会不拿上东西就逃走。他的毯子,他的衣服,他的瓶子,所有的都还在炭窑里。"高迪摇摇头说,"犬牙还在城里,他不觉得有必要躲起来。"

"您之前说过,您还知道他另外两处藏身之所。"

"但都没有这里安全。事实上,所谓安全,我指的是这里最令人作呕。如果他想躲避警察,一定会藏在这下面。"

"如果您知道这个藏身之所,警察也会知道。"

高迪轻蔑地蹙了蹙右眉。

"现在是您在侮辱我。"

"那真是一个令人高兴的新鲜事。"我笑了,"我刚才忘记自己是在和G先生说话了。犬牙也是您的员工,就像埃塞基耶尔一样对吧?"

我朋友没有费心回答我,而是说:

"无论如何,不管您还是我都不认为犬牙和这起案件有任何牵连。我们真正想从他口中听到的是,他和爱德华·安德鲁保持着怎样的关系,以及那个老头最近几个月过着怎样的生活,不过现在这些都没有在如此艰难的时刻去陪伴您的家人来得紧急。"

我没有掩饰听到这话的惊讶之情。

"那么,我们现在去格拉西亚区?"

"如果您觉得没问题的话。"

"我觉得棒极了。我不得不承认,我的胃对于可以换个环境表示十分感激。"

高迪又笑了。

"巴塞罗那的这片区域的确不适合胃很敏感的人。"他表示赞同,并把一只手搭在我的背上,领着我来到陋巷的街口。"拉韦利亚警官无疑在您家别墅周围部署了不少他的人,等着您的父亲迟早出现。我们在格拉西亚区即使不能比在费尔南多七世宫殿获得更多的消息,也能知道同样多的消息。而您的母亲和妹妹一定很希望有您在身边。"

我对高迪的话再同意不过了。

第二十四章

高迪和我沿着把我们引导到犬牙老窝的中世纪陋巷组成的错综复杂的迷宫折返,回到兰布拉大街上。我们一到那儿,便应我朋友要求,拦下了一辆由看起来很健硕的佩尔切隆马①拉的敞篷马车,启程回格拉西亚区。最开始令人舒服的宁静刚到与阿拉贡街的交叉路口就被打破了,因为高迪决定继续我们在地下室探险前恰好进行到一半的询问。

"那么,您父亲的拍卖行在1869年初夏开业,但是您父亲自从前一年秋天到达伦敦后就在为这桩生意做准备。"他说着,把自兰布拉大街就点上的香烟烟头丢到格拉西亚大道上。"在1870年底,发生了安德鲁试图通过您父亲把假照片卖出去的事件,也是在那时,您父亲利用同贝格父女建立的友谊,公开检举了这个自己被当作靶子的骗局。鉴于所涉照片的特殊性,这则消息变成了一桩大丑闻,在把爱德华·安德鲁的名声毁于一旦的同时,也塑造了森普罗尼奥·卡马拉萨的名誉。"高迪停顿了一下,"安德鲁是何时从地图上消失的?"

我再次努力回忆。

"我想这段历史没有延续到1871年1月之后。当我父亲决定不诉诸司法检举时,安德鲁立刻启程回巴塞罗那,在那之后我们再也没有

---

① 佩尔切隆种马是法国的一种良种挽马。

他的消息了。"

"这一点很有趣。"高迪指出,"您的父亲通过媒体举报安德鲁,却没有向法院做同样的事。符合逻辑的行为似乎是恰好相反的,您不觉得吗?"

我选择不回答这个问题。

"您依旧认为我父亲一手策划了一切。"

"我认为,安德鲁如果真的是受害者,不知道试图转手的照片是伪造的,那他就有理由怀疑可能是您父亲使照片落入他手中,并引导他前来您父亲的拍卖行的。不管他的怀疑是真是假,至少他复仇的愿望就解释得通了。"

我思索了半分钟才开口。

"我要提醒您的是,在那之后我们再也没有安德鲁的消息,直到周二的晚会。他的复仇之心沉睡了将近四年。"

高迪若有所思地点点头。

"没错。"他说,"是的。"

"此外,说我父亲利用了他同贝格父女的友谊,从而在他们工作的报社把这条新闻爆出来也是不准确的。我父亲和马丁·贝格几个月之前才认识,而且两人间的关系完全不算是友谊。"

"即便如此,您父亲选择了由他来公开检举。"

"他是父亲当时认识的唯一的记者。"

高迪的表情表示他并不相信这点。

"一家拍卖行的老板会不认识城里其他任何记者?"

"您让一切听起来仿佛某种朋友间的协议一样。"我抗议道,"我给你的报纸一段精彩的故事,你要帮我为我的个人利益做广告。据我所知,他们的友谊是那次事件后才加深的。"

我不喜欢我们对话的走向,但我觉得有责任应答。

"我们也是在那时候认识菲奥娜的。"我说,"正如我周二和您解释过的,她为所有和照片事件有关的新闻画插图。有一天下午她来家

他 的 城 | 211

里就着照片画图,这也成了她第一幅上了头版的插画。那次她和我成为了朋友。"

"只是朋友?"

这个问题让我感到惊讶,高迪问出这个问题时的自然而然更让我讶异。

"我当时刚满十八岁。菲奥娜二十五岁。我不觉得我对她有超越纯洁友谊的吸引力。"

高迪似乎凭直觉就明白了我刚才的话背后的真相。

"无论如何,菲奥娜小姐的个性的确对您很有吸引力。"

我微笑了。

"在那个时候,菲奥娜的个性对任何一个有一点儿热血的人都会很有吸引力。"我说,"至于我,还要考虑到我本身的艺术天赋,十八岁这个年纪自然会有的浪漫情怀,以及我作为一个出身良好家庭的巴塞罗那人、直到那时都只认识和我属于同一社会阶层的女性的原因,虽然我也不愿意,但事实就是如此。在我看来,菲奥娜站在我这个阶层的女性旁边,就像是穿着裙子的外星人。"我说着再次笑了。"仅凭她对香烟、对不含薄荷醇的饮料和其他一些更不合适年轻女性的物质的热爱,她就成为了任何有一点儿想象力的年轻人关注的对象。更别提她对画画的热爱、各种有意思的想法、毫无顾忌的幽默感和没必要否认的美貌。那红色的头发,那灰色的眼睛,那光洁无瑕的肌肤,那苗条完美的身材。亲爱的高迪,在这一点上您和我是一致的吧,菲奥娜是个极具吸引力的女人。"

我的朋友严肃地点点头。

"我可以理解一个十八岁的年轻人会为她神魂颠倒。"他说。

我懒得假装这不是事实。

"您也被她迷住了。"我说,"没有哪个拥有艺术才能的年轻人可以抵抗一位与众不同的女性的魅力。这就是你们俩现在依然所处的状态,一个是拥有艺术才能的年轻人,一个是与众不同的女人。所以您要小心咯。"高迪用一个难以解读的表情回应我略带嘲弄的微笑。"不过，还要考虑到的是，"我接着说，"那段时间菲奥娜正在经历一种，怎么说呢……她生命中特别不安生的一个阶段。"

"不安生。"高迪重复了一遍。

"社会主义者的群体。工人的协会。信奉招魂术者、新异教徒或信奉任何新颖的外来宗教的人组成的小圈子。相信革命迫在眉睫的艺术家和学者的茶话会。只要有超过三人聚在一起交流奇怪且危险的念头，或是和大多数人的想法不同的念头——而且越不一样越好——不管他们讨论的是关于政治决策还是关于追寻灵魂的话题，菲奥娜都会毫不犹豫地把脑袋探过去。在那段期间她经常去各式各样的场合，在每个场合她都是名人，因为她热情、有领导天赋，恐怕还因为她特别容易引发争端、树立敌人。这一点我本人可以作证。"

"您陪她去这些活动吗？"

"有时候吧。"我答道，"尤其在我们认识之初。那时我自己也被社会主义理论所吸引，于是菲奥娜好几次邀请我和她一起去参加社会主义阵营的几个团体在大英博物馆附近共同举办的聚会。其中至少有两次活动以很糟糕的方式收了场。"

"因为菲奥娜小姐的错？"

"那些革命者通常都缺少幽默感。"我点点头，"那些宗教狂热分子也是。不管他们所维护的想法和所追求的宗旨有多高尚，所借助的方法永远是相同的那几样：盲目的服从、不允许批判精神的存在，以及将事实不断简化到可以嵌入他们思想的模子。不是赞成我就是反对我，不是我的朋友就是我的敌人。菲奥娜没法让自己嵌入这种思维框架，但她常去的组织最后总会采取这种做法，因此她在任何团体都待不了太久。"

高迪深表赞同地点点头。

"一个自由思想家。"

"当我认识她时，菲奥娜是一个妇女运动团体的小头目之一，她们下午就在牛津街①的人行道上分发讽刺传单、高喊煽动性的口号。不需要在报社工作的上午，菲奥娜就奔走在港口的各个街区，宣扬阶级斗争的思想，号召港口区贫穷的工人们成立组织。晚上她还参加招魂术信奉者的会议，会议总在某个名声不佳的寡居伯爵夫人家中举行。几个月后当我们俩的关系更牢固时，菲奥娜已经和这三个小团体都决裂了，并且混入了一个以白教堂②为据点的俄国民粹主义分子的秘密会议。1871年底时，这些民粹主义者在一列通往伦敦金融中心的地铁上安放了爆炸装置，造成十五人死亡。事件发生时菲奥娜也已经脱离他们好几个月了，但警察依旧把她和这个团体的其他成员一起逮捕了，并把她关在苏格兰场③的一间牢房里好几天，让她回答各种关于是否为袭击提供智力支持的问题。没几周后，警察在新门监狱的墙边将团体的几个头目处决了。"

"哇！"高迪蓝色的大眼睛里写满了惊讶。

"她没有被怎么样吗？"

"没有什么不可挽回的结果。最后，警察和法官仅仅把她看作被一群想法打破陈规的俄国人的异国魅力吸引而坠入迷途的年轻女孩。连着好几天，菲奥娜都是伦敦所有小报最爱的人物：可怜而单纯的英国姑娘被魔鬼般的外国人欺骗。《插图刑侦新闻》，也就是菲奥娜和她父亲工作的日报，甚至把她的画像放在头版。顺便提一句，那幅画对我们的朋友一点儿也不公平。接着，一切都被遗忘，菲奥娜也继续她的生活。"

高迪沉默了一小会儿，我想他是在把听到的新信息嵌进他对菲奥娜已经形成的看法里。

---

① 从罗马时代直到17世纪，牛津街主要是作为从伦敦西城外到牛津地区的道路而存在的。18世纪末期，大片建筑物以及南部高斯弯那、北部波特曼的兴建使得牛津街初具现在的规模。一流的购物中心在20世纪开始起步，同时也伴随着一些小店铺的开业。现为英国首要的购物街。
② 东伦敦塔村区的一个区域，该区人口的种族颇为复杂。
③ 苏格兰场，伦敦警察厅的代称。

"那么昨天您指的就是这个,当您说菲奥娜小姐是个有过往的人时。"他终于开口。

我点点头。

"此外,当然还有关于寻龙那一段。"

"龙?"

"她是这么叫的。寻龙。她服用那些可以让她达到某种意识境界的物质,这让她得以进行那些她感觉自己注定要完成的艺术作品。杜松子酒、苦艾酒、鸦片、鸦片酊、百分之十的可卡因溶液……菲奥娜都尝试过了,她说这叫以科学精神和纯实践的目的尝试。"

"真是有趣。"

当然了,我心想。

毕竟,正在和我对话的是一个在拉巴尔区心脏地带的隐蔽剧场里暗中贩卖带颜色汤液的人。

"我向您保证我可不觉得有趣。"我说着露出不愉快的表情。"据她说,不论她是因喝了太多酒、吸了太多毒品,还是注射了那些每天摧毁伦敦城几十万人生活的物质而感到发蒙、神志不清,甚至失去意识,都是为了艺术创作。但我所看到的只是一个脑袋迷糊的美丽女人在以不知道什么荒谬的理由慢性自杀。"

高迪晃了晃头,摆出奇怪的姿势。

"所有我们不认同的想法都让我们觉得荒谬。"他指出。

"相比之下,还是有一些想法比另一些更荒谬。"

"相信一种信念并不荒谬。在艺术里寻求真相也不荒谬。如果为了求得这个真相,我们能看到的唯一渠道就是通过虚假的天堂,那我们应该毫不犹豫地去做,而且不应该对此感到羞愧。"

虚假的天堂。

用来看清现实的药水。

"那么,您也追寻您自己的龙吧。"我说,"这就是您隐秘的植物学知识的目的。"

他 的 城 | 215

我的朋友沉默了一小会儿才回答。

"我们所有艺术家都追寻自己的龙。但是每个人都有自己的方式。"短暂停顿后他又说,"毫无疑问,菲奥娜小姐也试图把您引导进生命的这一方面。"

我摇摇头。

"不得不说,并没有什么好结果。鸦片和可卡因就像乌托邦式的社会主义或是民粹恐怖主义一样,带来的快感对我没什么吸引力。"

"请讲给我听听。"

"没有很多好讲的。"我说,"我陪着菲奥娜去过东伦敦好几个她常去的这类地方,都是肮脏下流、令人生厌之地,充满了我此生见过最堕落之人的样本。我喝过一些菲奥娜喝的液体,抽过一些菲奥娜抽的东西,甚至也注射过一些她注射的物质,但我所获得的结果,哪怕在最好的情形下,也只不过是失去对自己身体机能的控制和陷入深度的、流口水的发作性睡眠。既没有看到任何景象,也没有获得任何启示,什么都没有。只有呕吐和神志不清,以及第二天早晨糟糕的头疼。"

"加夫列尔·卡马拉萨没有寻到他的龙。"

我微笑。

"无论如何,没有什么正当理由可以为我出现在那种破房子里开脱。几次失败的尝试后,菲奥娜终于认输了,她不再邀请我一起去东伦敦冒险。自那时起的几个月,虽然她仍然常去那些地方,却会小心翼翼地让她这部分生活离我远远的。"

"那么菲奥娜小姐已经放弃找寻了吗?"

"不管她在找什么,我想她已经找到了。"我又笑了,"至少她现在的作品里有许多的龙。"

高迪严肃地点点头,仿佛我刚才的最后一句话真有些道理似的。接着他立刻用标志性的手势把菲奥娜从我们的对话中抹去,重新把注意力集中到我父亲身上。

"那天晚上我的理解是您父亲和马丁·贝格是因为另一件也和拍卖行有关的事而相识的。"

"贝格当时在跟踪一条关于艺术品市场的新闻。"我点点头。"为了写他的文章,他采访了与这个生意有关的所有人,从艺术家到中间商,从拍卖行老板到收藏家。并没有什么见不得人的。菲奥娜的父亲来拜访过拍卖行几次,从那时起父亲和他就保持着偶尔联系的关系,直到安德鲁的事件发生。接着,在菲奥娜的联络下,两个家庭的关系变密切了,因此当我父亲决定在巴塞罗那建立他自己的追求轰动效应的报纸时,便很自然地决定依靠已为《插图刑侦新闻》工作了好几年的贝格父女的经验和实践知识,《插图新闻》就是模仿的这份报纸。"

"那么这个想法是您父亲的,不是贝格父女的。"

"如果您了解我父亲,就不会这么问我了。我父亲不接受别人的想法。"

"除非在抄袭他们时。"高迪轻声说。

"如果马丁·贝格先生提出类似创办《插图新闻》这样的点子,我父亲一定会立刻拒绝的。他的骄傲让他不可以被第三者引导着哪怕挪动一根手指。"

"有很多种方式来提出一个点子。"

"也有很多种方式拒绝它。而我的父亲懂得所有拒绝的方式。"

我的朋友似乎感到很满意。

"您别介意,卡马拉萨我的朋友。"他沉默了几分钟后说,那时我们的马车已经驶上了格拉西亚区的马约尔街。"如果您的父亲不立刻出现,并带着一个可以解释他在离家这么久的时间里做了什么且让人信服的故事的话,类似的问题将会是您从此刻起不得不回答的问题中最友善的。"

高迪说得没错。我知道。但无论如何,我不喜欢听到他说这类的话。

他的城 | 217

"我们假设回到巴塞罗那并建立报社不是我父亲的主意,而是马丁·贝格的。"

"假设如此。"我的朋友点点头,"事情会有所不同吗?"

"这正是我要问您的问题。"

"那么我回答您,不会。在我看来,事情不会有所不同。"高迪做了一个修辞性的停顿,明显为了强调紧接着的"但是"。"但是,却可以看出马丁·贝格对森普罗尼奥·卡马拉萨的奇特影响。说它奇特,是基于您自己刚才对父亲的描绘的。"

"这种影响可以追溯到安德鲁的照片事件。"

"或许更早。"

"那就是追溯到贝格1870年初写的关于艺术品市场的文章。"

"我们假设当马丁·贝格为他的文章做调查时,发现了与您父亲的生意相关的某样东西。"高迪提示说,"这样东西让他可以对您父亲行使某种权力。我们假设就在同一年年底,贝格先生决定利用这种权力在职场获得大的发展,他借助自己工作的追求轰动效应的日报和他身为插画家的女儿的画笔,爆出了独家新闻。我们再假设,又过了几年后,马丁·贝格觉得在一个基础牢固的报社做一名高级职员已经不能满足他,他想领导自己的报社。一个全新的报社,一个为他量身打造的报社,一个由他构思的报社,不过要由那个从1870年被他发现某个秘密起就不得不让着他的人出资。"

现在我不得不笑了。

"您是想说,除了语言和地理位置上的微小差别外,一份为马丁·贝格量身定做的报纸。"我答道,"一份建立在离他的城市好几百公里外的地方并且以一种他当时几乎不认识的文字写成的报纸。"

高迪也笑了。

"这的确是个还没有解释清楚的地方。"他承认道。

"无论如何,即使这一切都是真的,马丁·贝格真的从四年前起就是一个操纵着我父亲的讹诈者,我还是没能弄明白过去和现在的事之间有什么关系。我父亲迫于马丁·贝格在新闻界的野心而来到巴塞罗那与爱德华·安德鲁的谋杀案之间到底有什么联系？"

我说这最后一句话时，我们的马车按着我朋友无声的指挥，在离家庭别墅的铁栅栏门十几米远的地方停下了。

两个警察在守卫着那座门，仿佛随时准备好一旦有风吹草动就投入战斗的士兵。

"我不能断定有联系。"高迪答道，递给车夫几枚硬币后他十分轻盈地跳下车。"我也不觉得我们的假设是真的。我只是说，如果真的是这样就更有趣了。"

这话我倒是不能反驳。

第二十五章

当我父亲终于出现在格拉西亚区的别墅门口时,已是下午两点多,他全身都是尘土,面色难看,似乎没有准备好一个马马虎虎令人信服的故事来解释他消失的这十八小时的行踪。他穿着前一天晚上玛格丽特和我出发去里世奥剧院前在书房与他告别时穿的衣服,但他的裤子、衬衫和皮鞋现在都被泥土和湿气弄脏了,高档的织物散发出一种整晚待在露天或是整天干苦力的体力劳动者才有的味道。这两样——不论在野外过夜还是从事体力劳动——都不像是我父亲的习惯,但是看他沉默地回到家中,这两种假设是我暂时唯一能想到的对他目前状态的解释。

母亲、妹妹、高迪和我刚从餐桌旁站起身,就看到父亲出现在连接别墅门厅和主厅的走廊上。我们刚在主厅用了一顿快速且气氛阴郁的午餐,即使高迪和玛格丽特共同努力也效果不佳,他们试图用对话让午餐的气氛活跃些,却没能缓解母亲拉维尼亚的悲伤和我的忧郁。刚到家不久我的忧郁就表现出来,我一直都沉浸在失礼的沉默中,这对我来说很不寻常。当玛琳娜把甜点盘子撤走时,她用浓重的乡村口音问我们是否需要别的什么,此时距上次有人开口说话已经好几分钟了。我们不需要别的了,谢谢。母亲从椅子上站起来,高迪和我立刻照做,玛格丽特赶紧把嘴里的最后一盎司热巧克力咽下去,然后也站起身来。就在此时,传来一阵军人般的脚步声,沿着走廊越来越近,我们四人的脑袋立刻转向主厅门口。

只见父亲在拉韦利亚警官和卡塔兰警员的护送下走了进来，脸上带着固执的茫然，在接下来的几小时里他都是这副表情。在他后面是菲奥娜、马丁·贝格和第三个警察，那是一个穿着制服的年轻人，眼睛很小，颧骨深陷，下巴隆起，我觉得那天早上在围成一圈看守公主街26号大门的警察中见过这张脸。阿韦拉多·拉韦利亚右手搭在父亲的背上走来，我想如果换作五小时前，我会觉得他那副表情是礼貌且殷勤的，如果不用可笑来形容的话，而现在我觉得那完全是在宣示所有权。他的表情在说，森普罗尼奥·卡马拉萨是阿韦拉多·拉韦利亚的财产。现在轻柔地引导我父亲沿着自己家别墅的走廊前进的手几小时后也会毫不犹豫地把父亲送进牢房。警官脸上满意的微笑只透露着一条信息：森普罗尼奥·卡马拉萨的未来掌握在他手里，那个非常矮胖、脸上长满麻点的人，那个因完成了一项令人愉快的任务而满意地看着母亲、妹妹和我的人。

"他在这儿。"他说着松开了放在我父亲背上的手，就像给狗松开项圈一样。

玛格丽特是第一个做出反应的人。

"爸爸！"她边叫边赶紧跑去拥抱他，在他的右脸颊亲了一下，亲吻声整个主厅都听得到。

母亲也跑向他，但她的态度有节制多了。她没有拥抱他，更没有亲他的面颊，她只是一脸严肃、呼吸紊乱地站在他面前，轻声唤出了他的名字：

"森普罗尼奥。"

父亲心不在焉地松开玛格丽特的拥抱，同样严肃地看着我们的母亲。

"拉维尼亚。"他说，接着转身对警官说，"我想和我的妻子单独说话。"

拉韦利亚摇了摇头。

"恐怕这是不可能的。"他答道。

父亲的表情没有变化。

"我要求单独和我妻子说话。"

"您要求？"警官笑着问。"卡马拉萨先生，您目前的处境恐怕不允许您向任何人提出任何要求。"

让我惊讶的是，此刻高迪向前走了一步，用坚定的声音和坚决的目光对拉韦利亚说：

"警官先生，这个人仅仅是请求您在他跟您去警局前，给他几分钟单独和他的妻子相处。"高迪说，"我不认为这要求有什么过分的。"

拉韦利亚警官皱着眉看着我的朋友。

"您说什么？"

"让卡马拉萨先生同拉维尼亚女士说话吧。您的调查不会因此受到任何损害，而且能显示出您是个绅士，一个完美的人。"

阿韦拉多·拉韦利亚与高迪对视了五秒钟，然后答道：

"您的名字是……？"

"高迪。安东尼·高迪。"

"您记得今天早上我给您的忠告吗，高迪先生？"

高迪表情严肃地点点头。

"您看起来像个绅士。别和罪犯混在一起。"

那话我也记得。

"我记得很清楚。"

"那么听我一句劝吧。"

此时我父亲向前迈了一步，他的动作立刻引起了陪着拉韦利亚的两名警员的反应。卡塔兰警员粗暴地把我妹妹从他前进的道路上推开，立刻站到了我父亲左侧来，另一个原本在贝格父女俩身边的警员毫不掩饰地把右手放到了腰间别着的手枪上，低声说着什么我没有听清的话。

玛格丽特因为被那样猛地一推而发出的呻吟声和父亲的话重合

了，那是我们所有人那天下午听到父亲说的最后几句话。

"只要五分钟。就是我换个衣服的时间。然后我就完全听凭于您了。"

"您现在就完全听凭于我。"警官的眼神仿佛这样说。

"卡塔兰警员会在您房门口守卫。"他嘴上却这样含糊地说，并交替看了看我父亲和高迪。"您把现在穿着的衣服交给他。如果想玩什么花招的话……"

阿韦拉多·拉韦利亚没有把话说完，或者他决定用声音的转折来结尾。父亲点点头，看向他的妻子、他的女儿，接着看向我。

"加夫列尔。"

这是他说的最后一句话。

我走到父亲跟前，由于不知道该做什么，便向他伸出了右手。

"爸爸。"

我们严肃地握了握手，没有过多热情，就像两个在不怎么有趣的社交场合刚被介绍认识的人，这就是我和父亲间的全部交流。在那样的场合下我想不出什么合适的话，他仿佛也不指望我会做出比这发自本能的、笨拙的、礼节性的反应更好的回应。

"五分钟。"拉韦利亚警官又强调了一遍。

父亲在卡塔兰警员的陪同下离开了大厅，拉韦利亚警官犹豫了一小会儿，似乎在衡量留下和我们待在一起并把未来等待着我们的审讯提前到现在是否合适，最终决定跟着他们上楼。另一名警员就站在走廊中央，远远地看着我们，那神情似乎是在试图辨别目前主厅中的五个人哪个更具有潜在的对抗性。他腰间露出的手枪让人不敢把目光投向他，或是朝他的方向做出剧烈的动作。

"那现在呢？"玛格丽特问，她边继续揉搓着卡塔兰警员推她的那个胳膊，边看向把我们的父母吞噬了的空荡荡的门框。

"现在必须坚强。"我说，我感到自己作为玛格丽特的哥哥以及卡马拉萨小家族的临时首领必须要这么说。哪怕是这么愚蠢的一句话。

他 的 城 | 223

"他伤到你了吗?"

玛格丽特回头看向我,轻轻拥抱了我。

"一点儿。"她点点头。接着看向贝格父女,问出了高迪和我无疑也正想问他们的问题:"发生了什么事?"

回答的是菲奥娜。

"下午一点时,有个信使来到我父亲的办公室,对他说卡马拉萨先生在佩特里特索尔街的一家咖啡馆等他。"她压低了声音解释说,"我们去那里找到了你们的父亲,那时他就是这副样子了。他知道警察在搜捕他,也知道报社办公室被监视着,但他不想在找到拉维尼亚女士前就自投罗网。于是我们租了一辆马车直接来到这里,但在门口和警官相遇了。"

"他逮捕父亲了吗?还是只是请父亲和他去趟警局做个声明?"

是我提出的这个问题。菲奥娜用一个眼神回答了我。

"很抱歉。"她说。

"卡马拉萨先生对你们解释了什么吗?"这时高迪问,他绕过马丁·贝格魁梧的身躯来到了菲奥娜的左边。"他告诉你们昨晚他在哪儿了吗?"

菲奥娜摇摇头,表示否定。

"他只说了他和安德鲁的死没有任何关系。没有做别的解释。他问我们的问题比我们问他的多。"

高迪点点头。

"那么他知道发生什么了。"

"全世界的人都知道发生什么了。这座城里没人讨论其他事。"

再过不到一小时将更是如此,我心想,等《插图新闻》最快的印成品开始陆续抵达街头卖报的小摊上。

"有新消息吗?"我问。

"警察什么信息也不肯透露。"菲奥娜答道,把声音压得更低了,同时瞟了一眼驻守在走廊上的警员。我想在他眼中,我们应该就像一小伙共犯,正在讨论在拉韦利亚警官实施逮捕前帮我父亲从别墅逃走的最好方法。但愿他不是一个轻易扣动扳机的人。"谋杀似乎发生在晚上十一点至凌晨一点间。因为当警方的鉴证医生七点前到现场时,尸体的温度表明受害者已经死亡六至八小时了。我们的人采访了招待所的女主人和昨晚睡在四楼的好几个租客,似乎没有人看到或听到任何奇怪的动静。十一点时安德鲁还是活着的,因为一个住在离他三扇门远的年轻人大约这时候经过他的房间,并且听到老人正在自言自语。"

高迪和我同时皱了皱眉。

"自言自语?"

"他似乎有这个习惯。安德鲁从不在房间接待来访,而年轻人昨晚也没有听到别人的说话声,所以认为他在自言自语。当然,也可能是在和凶手说话。"

"然后呢?"

"然后就没别的了。没人看到陌生人在楼里转悠,没人听到任何喊叫或是打斗声,直到早上六点前甚至没人怀疑晚上发生了异常的事。五点时,另一位四层的租客曾经看到过安德鲁的房间门是虚掩的,但他不像女房东,没有在意这一事实,也没有想到把头伸进去看。"菲奥娜停顿了下,她的脸变得更阴郁了。"但还有一件事。"

"还有一件事。"玛格丽特重复道。

"那个文件夹。"高迪大胆猜测。

菲奥娜郑重地点点头。

"如果我们的信息来源准确的话,文件夹在警察这天早上到达前从安德鲁的房间消失了。"

"您的信息来源是准确的,贝格小姐。"

我们五人齐刷刷地回头,看到拉韦利亚警官站在我们背后,嘴角挂着满意的笑容。

从主厅大窗户照进来的光亮仿佛在他球形的身材上方形成了与他

他 的 城 | 225

极不相称的赐福光晕。

"那么文件夹失踪了。"高迪说。

"只是暂时失踪。"

"你们已经找到它了。"

"没错。"

我的朋友等了好几秒也没有等到一个解释,当然,警官是不会费力告诉我们的。

"那关于文件夹没什么事吧?"最终我问道。

"您不会想知道的,卡马拉萨先生。您也不会想知道,贝格先生。"拉韦利亚说着第一次看向菲奥娜的父亲。"真遗憾,您的报纸还没有收到这条消息就结束了编辑工作。"

马丁·贝格只是严肃地看着警官。

"他们没有在我父亲手里发现文件夹。"玛格丽特此时插嘴道,"对吧,菲奥娜?"

菲奥娜摇摇头。

"卡马拉萨先生在和我们在咖啡店碰面时,没有拿着任何文件夹。"她说,"我父亲和我可以发誓。"

"你们不必这么做,贝格小姐。文件夹不在卡马拉萨先生手中。文件夹在卡马拉萨先生的办公室里。"

大厅陷入一片沉寂。

妹妹用力抓住我的胳膊,看我的眼神就像当她还是小女孩时,一看到发生了灾难就希望我用某种方式帮她解决问题。

我看向高迪。

"在他位于报社的办公室吗?"我的朋友问。

"在他这个家的办公室。我的人今早搜查时在他书桌的一个抽屉里找到的。"

"这实在太荒谬了。"我说,"我父亲昨晚没有在家过夜。"

"或许他没在这过夜。但他的确可以在家待足够长的时间,藏好文件夹再启程逃亡。"

"这样做没有任何道理。"高迪抗议道,"为什么把文件夹藏在一个你们一定会搜查的地方?为什么不在离开安德鲁房间后就把它销毁,或者今天早上逃跑时带上它,并藏在一个更安全的地方?"

拉韦利亚警官依旧保持着他的笑容。

"您是在让我为一个杀人犯的行为寻找合理的解释吗?"

就在那一刻,我妹妹松开我的胳膊,做了一件那天早上在安德鲁的房间不论菲奥娜还是我都想做却没勇气做的事。只见她三两步走到警官面前,伸出她整个右臂,动作优美得像个有经验的网球运动员,在所有人都来不及想到阻止她以前,在那张被麻点侵蚀的、微笑的脸上扇了一记响亮的耳光。

"您是个充满怨恨又可悲的小矮人。"她只来得及说这么多就被一把小弩炮大小的手枪瞄准了。

高迪是第一个在新情势下做出反应的人。

"没事,没事。"他试图介入玛格丽特和那个紧握武器的警员之间。"放下枪吧,这位绅士。您也不想伤害这位年轻姑娘吧,她刚才一定受到了精神上的冲击。"

"我刚才没有受到冲击。"妹妹抗议道,交替看了看高迪和在高迪的努力下依然指着她脑袋的枪口,"这个先生称爸爸是杀人犯,我就打了他一耳光。"

"我觉得这很公平。"菲奥娜说。

拉韦利亚警官摸了摸他被打的那侧脸颊,我觉得他的手在轻微颤抖。

"没事。"他对警员说,"把枪收起来吧。至于您,卡马拉萨小姐,接受我一个忠告。"

拉韦利亚警官的忠告。我做好了最坏的准备。

"我不需要您的任何忠告。"玛格丽特答道。

"无论如何我还是要告诉您。就把它当作我的一份礼物吧。"警官不再摸下巴了，用微眯的眼睛看着我妹妹说："不要再做这样的事。在任何情况下都不要。下次我不会再容忍了。"

我不知道玛格丽特是否理解了这最后一句话的含义。无论如何，为了防范她难以控制的坏脾气再度爆发，我环住她的腰，把她拉到我身旁。

"看来您对您自己十分有信心，拉韦利亚警官。"我说。

他甚至都没有看我。

"您的报纸还错失了一条消息，贝格先生。"他再次冲着菲奥娜的父亲说，接着转向玛格丽特。"今天早上，当我的人和我在检查爱德华·安德鲁的房间时，我们很惊讶地在里面找到了一样物品，我们觉得它一定是出现错地方了。一个银质的香烟盒。鉴于它的价值，绝不会是一个乞丐能拥有的。香烟盒盖上还刻了两个首字母。一个 S，一个 C[①]。您母亲在不知道它来自哪里的情况下毫不犹豫地认出了它。或许您对此也有一个合理的解释。"

最后一句话他是对高迪说的。

我的朋友一秒都没迟疑地答道：

"当然。有人把香烟盒放在犯罪现场，目的是嫁祸卡马拉萨先生。"

拉韦利亚警官重新露出臭鼬般的微笑。

"毫无疑问也是那个把文件夹放在他办公桌里的人干的。"他说。

"毫无疑问是的。"高迪说。

警官假装不太相信地点点头。

"那看来，杀人犯是个有条理的人。"

"相反，您所设想的是个非常没有条理的杀人犯。他不仅把自己的香烟盒忘在被害者的房间，而且把构成作案动机的那样物品放在警察最先会搜查的地方。您如此看低卡马拉萨先生吗，拉韦利亚

---

① S 和 C 是森普罗尼奥·卡马拉萨姓和名分别的首字母。

警官？"

不管那个矮人本来打算如何回答我的朋友，他都被此时走进大厅的我父母和卡塔兰警员打断了。

"随时听您安排，警官。"那个警察说着抬了抬一个帆布包，里面无疑是父亲刚换下的脏衣服。"没有什么状况。"

"好极了。"警官说。他再次回过头看着我们所有人，补充道："先生们，我们下次再找机会继续这场谈话。他们在警局等着卡马拉萨先生和我呢。"

第二十六章

警察们带着父亲走向停在别墅门前等候他们的警车,那是一辆四匹马拉的厢式马车,它的外表和任何当地小贵族的私人马车没有一丁点儿区别,但它的内部环境却比在码头可以租到的最像要散架的敞篷马车还要不宜人。母亲急急忙忙让妹妹去找我们自己的车夫,此时高迪拉起我的胳膊,要我立刻带他去找玛琳娜。有人被拉韦利亚警官的说话方式和修辞传染了,我心想。不过考虑到时间紧迫,高迪这么做的理由也应该是善意的,于是我没有抗议他突然的缺乏教养。我们连忙从边门离开主厅,来到通往地下室的隐蔽的楼梯平台,到了地下室后又穿过了好几个服务用的房间,终于在碗碟洗涤间找到了女仆。

房间靠南面墙壁有三个水槽,玛琳娜正在最大的水槽边,站在一张坦率地说不太稳固的木质椅子上。这个农村姑娘的魁梧身材弯成了近似九十度,她的下半身紧贴着砌成洗碗槽的天然石块,上半身倾斜在倒有洗洁精的水槽上方,我们刚才那顿午餐的残渣和刚用过的餐具在水槽里漂浮着,就像一份令人作呕的汤里的肉块。碟子、杯子、砂锅、平底锅、刀叉和大盘子在她身旁堆得老高,也处在一种不牢靠的平衡状态,就像她自己在凳子上的状态。两大桶浑水在她脚边冒着蒸汽,在它们旁边的地上还有一口黑乎乎的锅,里头盛着不少洗洁精和一点儿捣碎的细茎针茅。

当她看到我们迈着军人般的步伐来到她的领地,并且面容严肃时,可怜的女孩猛烈地颤抖了一下,差点儿一头栽进那令人作呕的液体里。

"很抱歉打扰您,玛琳娜。"高迪说,他的语调只比刚才和我说话时稍稍缓和了一点点。"您能允许我问您一个问题吗?"

借助我立刻递给她的胳膊,女孩从凳子上下来,动作显得男性化,一点儿也不优雅。在地上站稳后,她像是等待被两个体型比她庞大的动物吞噬的小动物一般看着高迪和我。

"没事的,玛琳娜。"我说着朝她微笑,试图让她镇静下来,"请回答我的朋友。"

女仆点了点头,飞速瞥了一眼高迪。

"当然,先生。"她说。

"是关于你昨天下午交给卡马拉萨小姐的那封信。"高迪说,"一封写给卡马拉萨先生的信。你还记得它吗?"

"当然,先生。"

"我想知道的是,它是否是由平常的邮递员送来的。"

玛琳娜一刻也没有犹豫。

"不,先生。"

"送信来的是邮递员吗?那是一封和其他信一样普通的信吗?是像寄到这个家的其他信件一样寄到的吗?"

这次玛琳娜花了几秒钟去领会那位红头发、蓝眼睛、表情无法探知的先生刚才向她提出的三个相互关联的问题。

从她裸露的胳膊滴下的水开始在她的脚边形成许多小水塘,碗碟洗涤间粗糙的水泥地上开始出现脏水摊。

"不,先生。"她终于答道。

高迪斜眼看了我一眼,明显感到十分满意。

"你可以向我描述一下送信来的那个男人吗,玛琳娜?"

"不,先生。"

高迪的表情立刻变了。

"这是为什么呢，玛琳娜？"

"因为送信来的人不是男人。"

我的朋友和我又对视了一下。

"不是男人把信送来的？"我问①。

"当时不是。"高迪抢在玛琳娜之前答道，"是一个女人送来的。"

女仆肯定地点点头。

"你可以给我们描述下这个女人吗，玛琳娜？"我问。

"我想她不必描述了。"高迪再次抢着说，"的确不需要了吧，玛琳娜？"

直到那时我才明白。

"我母亲把那封信给你的？"

高迪不耐烦地吁了口气，突然转身朝房间出口走去。

"不，先生。"玛琳娜边摇头边说。

"信是菲奥娜给她的。"高迪说，此时他已经站在房门口了，"谢谢你，玛琳娜。你帮了我们很大的忙。"

女仆露出一个宽慰的微笑，并稍稍欠了欠身，但只有我看见了。

"真是浪费时间。"当我在连接地下室和一层的楼梯上赶上我朋友时，我轻声说。

"能发现新东西从来都不是浪费时间。"

我一点儿也不喜欢那个回答。

"那么，有什么奥秘吗？"

高迪没来得及回答我。我们一到达别墅主门厅时就遇见了我妹妹，她正四处找寻我们，脸上的神情仿佛正经历着她此生最糟糕也最有趣的一个下午。

---

① 西班牙语中，人和男人是同一个单词，"我"理解成信不是由人送来的，所以惊讶地问了一句。

"你们到哪里去了？"她边问边拉起我的手把我往花园拖。"他们刚给爸爸戴上了手铐！"

我想我一定是听错了。

"他们刚怎么了？"

"在马车里。他们把他铐在了门把手上。就好像爸爸是罪犯！就好像他们觉得爸爸可能在去警察局的路上跳车逃跑！"

"更确切地说，就好像为了羞辱他似的。"我咕哝道，在内心咒骂着拉韦利亚。"您怎么看？"

高迪郑重地点点头。

"我认为拉韦利亚警官希望以胜利者的姿态到达警局。他们出发了吗？"

玛格丽特摇头否认。

"他们在检查一匹马的马蹄铁，或者类似的吧。我们的车已经准备好了。菲奥娜和贝格先生会留在家里。"

这第三层信息显然吸引了高迪的注意力。

"那我们必须立刻和菲奥娜谈一谈。"他对我说，"谢谢，玛格丽特。"

我妹妹蹙了蹙鼻，每当除她之外的人提起菲奥娜的名字却不是在责难她时她都会有这样的表现，不过她没有忘记礼貌地微微点头，轻声说了句："不客气。"不过这句话也太晚了，高迪已经在穿过花园的小径上拐了个弯，消失在我们的视线中了。

"菲奥娜又怎么了？"

"是她把信交给玛琳娜的。那封你交给爸爸的信，让他立刻决定取消去里世奥剧场的信。你知道这事吗？"我的问题毫无必要，因为玛格丽特的脸清楚地显示她对此一无所知。

"她也参与了阴谋。"她肯定地说，"这个巫婆写了一封假信给爸爸，害爸爸现在被铐在一辆警车里，而且就快要被送进监狱了。他们肯定会把他送上断头台的。"

他 的 城 | 233

我忍不住笑了。

"西班牙没有断头台。而且没有人要把爸爸送进监狱。菲奥娜也没有参与任何阴谋。"

我妹妹的头摇了三次,拒绝我试图对她的安慰。

"你真是单纯。"她对我抛出这么一句。

"为什么这么说?"

"因为所有的事。"

玛格丽特没有再解释什么,她跑着去离我二十米远的铁栅栏门边和妈妈拉维尼亚会合,妈妈正同我们的车夫和站在驾驶座旁的女仆负责人伊格莱西亚斯女士说话。我远远地观察了他们一会儿,然后把视线转移到依旧停在稍远处的警车。它似乎马上就要出发:马都被套上了笼头,车夫已在驾驶座上坐定,手中拿着缰绳和长鞭,车厢厚重的帘幔被放下了,看不到拉韦利亚警官、卡塔兰警员和另外一个带着手枪、面目可憎的警察的踪迹。他们应该已经投入用那辆糟糕的马车护送我那被铐上手铐的父亲去警局这一不光彩的任务了,我心想。

"不是一个官方的邮递员。"当我来到他们身边时菲奥娜正对高迪说,"信没有贴邮票。也不是一个普通的送信员。"

"一个普通的送信员?"我的朋友问。

"我是想说,不是这种通过投递私人信件来换取小费的孩子。我当时正在花园里走着,一个男人探身进铁栅栏,递给我一个信封,并请我把它交给森普罗尼奥·卡马拉萨。那是一个成年人,衣着讲究,非常有教养。既不是邮递员,也不是职业送信员,他也不像那些匿名信的作者,递给我的信封也不像上周寄来的那些,因此我没有多问就接了过来。你知道的,你父亲从私人信使手中接收没有贴邮票的信早已不是第一次了。"菲奥娜对着我补充说,"当我进入别墅主楼时,我遇到了玛琳娜,于是把信封交给她,就像我们处理所有信件一样。这就是全部过程。"

那么,没什么奥秘。我边吻菲奥娜的手边心想,然后上了我们的家庭马车，几分钟后我再次低声说出了这句话，那时我们的两匹马已经开始朝南奔跑，跟随着拉着警车的四匹马。

"那么，没什么奥秘。"

高迪没有表示赞同，而是等着妹妹终于从母亲上车后就放在她手里的女用手提包上抬起头。玛格丽特一接过包就决定要对里头的内容窥探一番，她的表情先是偷偷的，接着逐渐不抱幻想。直到玛格丽特结束了她的检查并终于抬起视线，高迪才开始对她说话，语气礼貌得稍有些做作，就像他今天来到别墅后同卡马拉萨家的两位女士一直采用的口气一样。

"我可以问您一个问题吗，玛格丽特？"

我妹妹垂头丧气的脸立刻焕发了光彩。

"当然，东尼。"

"昨天您交给您父亲的信封，让卡马拉萨先生取消陪你们去里世奥剧场的计划的那封……"

"菲奥娜交给玛琳娜的那个信封。"玛格丽特打断他说。

"是菲奥娜在花园时一位先生探身进铁栅栏交给她的。"我澄清道，"她刚给我们解释了。"

"好好好，一位先生。"

"无论如何，玛格丽特，您有没有可能在把信封交给您父亲之前看到了里面的内容？"

我妹妹立刻抹去了当她说出"先生"一词时脸上泛起的笑意。

"您是在暗示我打开了一封不是给我的信吗？"她问，同时斜眼看了看我们的母亲。

"我只是在想，信封交到您手中时会不会已经打开了，或者纸张薄得字可以透过来，再或者……"

高迪善意地让省略号飘浮在空气中，以便我妹妹选择她认为最合适的可能。

在思考了几秒钟后，玛格丽特倾向于高迪提供的第二种选择。

"现在您说起来，没错，是有可能信封的纸张非常薄。"她承认道，再次用眼角看了看她的左侧，确认我们的母亲依旧沉浸在似乎从她一上车就突然袭来的困倦中。她的手臂在胸前交叉，额头靠在车窗玻璃上，眼神失焦在与马车行进方向相反的不断变换的风景中。她并拢的膝关节几乎蹭着我的关节，并拢的双脚从优雅的绿色麦斯林纱裙的彩色滚边下露出来，突然它让我觉得与我们目前的处境极不适宜。

当然，仔细想想，目前的处境下什么才是合适的穿着？

"您有没有可能看到了信封里写着什么？"

"我想我是看到了一些……"

"玛格丽特，拜托。"

妹妹瞪了我一眼。

"我想里面写着一个地点和四个数字。"她把声音放低说，"地点是一个教堂。"

"哪个教堂？"

"圣玛利亚教堂。"

高迪和我交换了下惊讶的眼神。

"海上圣玛利亚教堂？"

玛格丽特耸耸肩。

"只写了圣玛利亚。"她说。

"那数字呢？"

"四个零。"她毫不犹豫地答道。

"四个零？"

"晚上十二点。"高迪说着点点头，我想那应该是满意的表情。"一种标记时间的有趣方法。"

"而且在这个时间把人约在教堂也很有意思。"我补充说，"还有什么吗？"

玛格丽特摇头否认。

"这是唯一透过来的字。"她说，"不过我相当确定，信封里的纸上没有写别的东西。"

高迪笑得极为讨人喜欢。

"非常感谢，玛格丽特。"

妹妹脸上立刻泛起了她熟练掌握的羞红。

"很乐意帮忙。"她说着对高迪和我垂下睫毛，像沙福兹贝里大街①最好的女演员一样，接着她恢复了肌肤通常的颜色，回头转向母亲问道："爸爸真的没有告诉你昨晚他在哪里过夜的？"

妈妈拉维尼亚的头微微地左右晃了下，几乎觉察不到，只有几绺黑发和金色的耳环抖动了下，她的目光依然没有从窗口挪开。一双栗色的小眼睛泛着悲伤，就像死去的珍珠，迷失在巴塞罗那新扩展区横平竖直的街道里，又或者迷失在车窗玻璃上她自己的倒影里。

她丈夫的香烟盒在犯罪现场被发现。

安德鲁的红色文件夹被藏在他办公室的抽屉里。

他整个晚上和整个早上难以解释的失踪。

有许多事要思考。

"那你们谈了些什么？"

玛格丽特等了十秒钟，却没有等来答案，于是重新带着阴郁的表情看着我。我向她伸出右手，轻柔地握住她的一只手。

"一切都会好起来的。"我说，"一切都会被澄清的，这是迟早的事。真相总会水落石出。"

妹妹点点头，却不是很信服的样子。

"你真是单纯。"

"您哥哥说得对，玛格丽特。"这时高迪插入道，学着我的动作握住了妹妹的另一只手。"真相总会水落石出。这是迟早的事。"

这么多年来的第一次，让玛格丽特的脸颊立刻泛起绯红的原因是完全下意识的。

---

① 被认为是西伦敦剧院区的心脏，沿途分布着若干家著名剧院。

"那您也很单纯。"她说,"不过谢谢。"

高迪再次笑了。

"相信司法并不意味着单纯,玛格丽特。如果我们证明您父亲与爱德华·安德鲁的死一点儿关系也没有,司法会放他自由,你们正在经历的这场噩梦也会迎来终点。"

高迪自信的语调让我惊讶,但更让我惊讶的是他这话深处隐藏的推断。

"如果我们证明它?"我问。

"拉韦利亚警官似乎对他自己那个版本的事实非常满意。虽然让人非常心痛,但我们不得不承认他不是完全没有道理。"高迪补充说,表情里有一丝不快。"我们的朋友掌握了一个动机、两个证据和一个嫌疑人,而且这个嫌疑人似乎没法交代清楚罪行发生的那几个小时里他的下落。更不用提他曾在《插图新闻》举行的晚会上,在五十多位目击证人面前对安德鲁进行攻击和死亡威胁。拉韦利亚警官凭着目前已经掌握的信息,足以结束这起案件,把卡马拉萨先生送到监狱,等待一个直觉告诉我恐怕不利于您父亲的审判结果。"高迪说到这儿停顿了一下。"我们只有一件事可以做,来避免这凄楚的场景变为现实。"

玛格丽特用力地点点头。

"证明爸爸的清白。"

"我们必须查明杀害爱德华·安德鲁的真正凶手的身份。"高迪说,"除非您父亲可以立即提供证明他昨晚不可能在公主街的不在场证明,但恐怕这不太可能发生。"他无谓地寻找我母亲的视线,同时补充道,"我能想到的让拉韦利亚警官相信您父亲是无辜的唯一办法就是把真凶呈现在他眼前。"

我悲伤地笑了。

"到头来,您的推理天分似乎会对我们有点儿用。"

"我们从哪里入手?"玛格丽特问。

高迪把身体微微倾向妹妹座位的方向。

"这宗谋杀案有两个受害者：被杀害的人——爱德华·安德鲁，以及被错认为凶手的无辜者——森普罗尼奥·卡马拉萨。凶手在把匕首插进安德鲁胸膛的那一刻，就知道他正在毁灭的是两条人命。关键在于弄明白这两条人命中哪个才是他真正想毁灭的。"

"谁是真正的受害者，谁仅仅扮演了工具的角色。"

高迪满意地看了我一眼。

"在我看来，只有两种方式可以解释所发生的事：或者有人想杀爱德华·安德鲁，并把您的父亲当作替罪羊，当作为他自己脱罪的盾牌，所以故意布下一系列线索，确保警方会立刻逮捕森普罗尼奥·卡马拉萨，阻止对案件的任何真正调查；又或者有人想要您父亲的命，并把安德鲁的死当作实现目的的手段。"

"如果是第二种可能，为什么不直接杀了他呢？"

"加夫说得没错。如果凶手真正想伤害的人是爸爸，明明可以用更简单的方式要了他的命，为什么要策划这么复杂的一切？"

高迪耸耸肩。

"有很多种方式可以毁了一个人却无须杀了他。"他说，"或许凶手只是想毁了您父亲的名声。或破坏他的经济利益。或……"我的朋友似乎没有想到第三种可能性。"无论如何，这是一种我们必须考虑的可能性。"

"您提出的另一种可能和这种同样奇怪。"我说，"为什么会有人想杀死安德鲁这样恶魔般的老头？谁会从他的死中受益？"

"这就是我们要调查的。毕竟，我们依然不知道安德鲁最近这些年在巴塞罗那过着怎样的生活。我们不知道他常常混迹于哪类人中，也不了解他可能参与了哪种小勾当。我们甚至不知道他是如何每月按时支付房租给公主街的招待所的。"

马车在拐过加泰罗尼亚广场的最后一个弯后减慢了速度，又在驶上兰布拉大街的靠边车道后重新加速。在相反方向的车道上，一辆满载着身着军装的年轻人的公共马车停在了《下午报》办公室的遗址前，立刻引起了从造船大楼向内陆方向街道的交通瘫痪。我记得就在那时，母亲终于把视线从窗户上收回，说出了那段旅程中我们听到她说的唯一一句话：

"请你们住嘴。"

直到马车停在海洋城墙边以前都没有人再张口说话。

第二十七章

当我们终于走出警局时,太阳已经开始落山,挂在巴塞罗那城多座建筑的屋檐上。再过几分钟就到晚上八点了,船厂大楼的军营和军火库上方的天空呈现出过热灰烬般奇怪的颜色。当时不在下雨,不过既然下午下了好几场雨,过不了太久就会再下吧。一连串自然形成的让人不舒服的小泥塘让我们的步伐变得笨拙,我们正走向圣马德罗纳古城门,因为我们的家庭马车和车夫在大门的内墙边等我们。没过多久我们立刻发现,还有一个记者在等我们,他只是在接下来的几天里将试探我们胆量的《插图新闻》竞争对手报社诸多记者中的第一位。

"打扰了,卡马拉萨夫人……"

那个男孩在我母亲很不礼貌地撵他走之前只来得及问出一个问题,但让人奇怪的是,它与爱德华·安德鲁耸人听闻的谋杀无关,也与森普罗尼奥·卡马拉萨的被捕无关,而是关于圣胡安步行道上某幢豪宅主人的身份的。今天上午十二点左右,也就是父亲向警方自投罗网几小时以前,他似乎被人看到从那里出来。

"关于这个你知道什么吗?"等那位被母亲出人意料的反应赶走的记者垂头丧气、拿着空空如也的笔记本远离我们的马车后,我问母亲。

母亲没有回答我,而是一只手拉起玛格丽特的胳膊,另一只手举起来招呼了停在圣马德罗纳古城门对面的众多敞篷马车中的一辆。

"您不介意陪我女儿回家,对吧,安东尼?"她话中的肯定语气多过疑问语气,用的是和刚才打发走那个记者时一样权威的语调。

面对我母亲突然的要求,高迪成功地抑制住了惊讶之情。

"那将是我的荣幸。"他说,左手依然拿着两份他下午溜出警局买的报纸,从某种程度上说,在拉韦利亚警官把我们叫进他的办公室并通知我们父亲接下来的命运前的好几个小时,这些报纸让漫长的等待变得有趣些。而父亲的命运,当然就是待在警局这座海边阴郁王国的地下牢房。

"也是我的荣幸。"玛格丽特说,明显在高兴与不高兴间挣扎,高兴的是可以与高迪在一辆马车里独处半小时之久,不高兴的自然是惊讶地看到自己被排除在接下来母亲和我将要做的事之外。"你们要做什么?"

这次我母亲也没有费心回答。

"您身上带钱了,对吧,安东尼?"母亲边问边出人意料地粗暴地把玛格丽特往车里推。"您不用在家里等我们,贝格父女会照顾玛格丽特的。"

就这样,当高迪和妹妹坐上马车朝格拉西亚区驶去时,妈妈拉维尼亚和我坐着家庭马车继续沿着与城墙步行道平行的方向走。我们把宫殿广场和将军花园树木茂密的侧影抛在身后,拐上了一条围绕着老城堡①的大街。这个费利佩五世在上世纪初下令建造的彰显军事恐怖的纪念性建筑,在1868年普里姆政变后被新的地方政府下令拆毁,如今六年过去了,这里依然是一片满目疮痍的废墟,只有乞丐和罪犯才敢常常来此。

---

① 老城堡是位于巴塞罗那一角的军事堡垒,邻近高迪居住的里维拉区。18世纪初至1868年间有军事用途,后被下令拆除。本文故事发生的1874年时处于半废墟状态。如今那里建起了一座公园,保留了老城堡的名字。

"我们要去圣胡安步行道。"当马车沿着城堡大街行到尽头,左后方是萨拉戈萨火车站时,我终于察觉到了我们的目的地,与其说是惊讶,我感到更多的是不悦。"你现在要解释给我听了吗?"

母亲拿起放在座位上的披肩,再次披在肩上。

"你不用下车。"她说,"只要等我两分钟。"

这是我们在接下来的一小时内进行的四次拜访的第一站。每一站的目的地都是豪宅或小宫殿,光看外表就知道明显都是富裕之家,都坐落在城市新建的资产阶级聚集的街道上——加泰罗尼亚区的兰布拉大街、阿拉贡大街、圣胡安步行道——而且每次我的角色都是待在马车里等母亲去建筑里办完她的事回来。她没有向我解释那些拜访的意义,我也决定不要去问她,一向温和甚至胆小的森普罗尼奥·卡马拉萨夫人那天下午像变了个人似的,从说话语调,到行事作风,甚至包括脸上的表情都不同了,我选择不用那些她显然不想回答的问题去碰运气。

拜访的最后一站是在格拉西亚大道的上半段,接近同对角线街的交叉路口。母亲这次走进的是一幢真正的豪宅,风格与其说是巴塞罗那式不如说更偏巴黎式,事实上,连五分钟后陪同母亲走回马车的男人的相貌也很有意思地像极了法国人。

"出来一会儿,加夫列尔。"

我没有吭声地听从了。我从马车上下来,握了握母亲的同伴向我伸出的手,听他介绍了他的姓氏和职业,但没有听清,并在他承诺父亲不出一周就能再度获得自由时严肃地点点头。

那位先生的姓氏是阿拉德伦。他五十五岁上下,高个子,身材结实,相貌英俊,有一头令人羡慕的浓密银发,还有一直长到下巴的平顺柔软的灰色胡子。

"那么您将是他的律师吗?"

"当然,除非您有异议。"那位先生答道,露出一个浅浅的微笑,不同于他的脸和他的姓,这微笑让我隐隐觉得熟悉。

"加夫列尔和我一样,为能获得您的服务感到十分高兴,阿拉德伦先生。"

那位先生恬静地点点头。

"我不会让你们失望的。"他肯定地说,"今晚您就安心睡觉吧,拉维尼亚女士。明天,一切都会比今天好多了。"

"我对此很确信,阿拉德伦先生。"母亲也微微点点头。

"可否请教,您最先采取的动作会是什么,阿拉德伦先生?"

律师和母亲同样严肃地看着我。

"请让我先研究一下这个案件,然后做一份相关地点的布局图。"他答道,"当然,我会时时刻刻把任何我认为有必要采取的行动告知你们的。"

"如果有用得上我的地方,请一定告诉我。"

"我会这么做的,卡马拉萨先生。"

这就是全部对话了。再一次握手,再一次吻我母亲戴着手套的手,再一次坐进马车里。

"爸爸的一个朋友?"当我们重新启程后我问。

"家族的一个朋友。"

"我从没听说过他。"

"我应该对此感到奇怪吗?"

我严肃地看着母亲。

"你想说什么?"

"你认识你父亲的几个朋友?你认识他的几个合作伙伴?你对他的生意了解多少?"母亲说到这里停顿了一下,"关于他的生活你知道什么?"

我们俩都太清楚这四个问题的答案了。我不由自主地想起了我和父亲之间最后一次称得上是对话的交谈:那是两晚前,我们因为他对高迪身份和意图的荒谬怀疑而争论了一番。我想起了银质香烟盒及特里奇诺波利牌香烟。想起了从他鼻孔里飘出的蓝色血液般的烟。想起了我在森普罗尼奥·卡马拉萨面前试图表现得像个男人却依然笨拙得令人羞愧。

"或许是我该开始修补所有这些欠缺的时候了。"

"或许是的。"她说。然后她立刻补充了两句话,在接下来的几周里我时常会想起它们:直到今日,你对你父亲来说一直是令他接连失望的源泉。这可能是你最后一次通过为他做点儿什么来救赎你自己的机会。

这些话带来的沉默像大理石般坚固,又像冰块般冰冷。我感到背上压着千斤重负,也许永远也没有办法摆脱。

"那你得给我改正的机会。"我终于答道。

"在那之前,你要向我证明你已不再是你父亲和我认识的那个被教坏的孩子。"

又是一阵沉默。

格拉西亚区马约尔街昏暗的人行道毫不留情地显示我们正离家庭别墅越来越近。

那个女人,我心想,和我认识的妈妈拉维尼亚不一样。

"你还好吗,妈妈?"

母亲把肩上的披肩裹得更紧了些,拿起她放在座位底下的女包,做好下车的准备后,向我概述了我们所处的境地。

"你父亲被关在一间令人作呕的牢房。很可能周一他们要把他带到阿马利亚监狱,关到一个更恶心的牢房里。警方控告他犯下了他并没有参与的谋杀,所有证据都对他不利。你现在是一家之主,但他的事务都掌握在我手里。"我母亲冷淡地看了我一眼,同时把右手伸向车门把手,"我从没感觉这么好过。"

毫无疑问她说这最后一句话时带有讽刺色彩,但我却没有觉察到。

当我们进入家门时已是晚上十点。玛琳娜在门厅等我们,接过我们的大衣，问我们想什么时候在哪里用餐，并简要地告知我们家里下午发生的小新闻。她还交给我们一小沓拜访卡片和没贴邮票的信，母亲看都没看就命令把它们丢到厨房的炉火上烧掉。她将像往常一样在下午厅里吃晚餐，我会在带顶小院吃，我们俩的晚餐现在都可以上了。这些是我们二人今晚在对方面前说的最后几句话。当我们在主厅楼梯下分开前，我吻了吻母亲的脸颊，我几乎可以感觉到我的气息刚接触她的皮肤时就被冰冻住了。

　　大厅桌上放着高迪这天下午在警察局门前买的两份报纸。一份是《插图新闻》，我父亲将在很长一段时间里无法监督它的运作了；另一份是《下午报》，就在今天，这份报纸在沉寂了十二天后毫无预兆地再度印刷出版了。我机械地拿起报纸，在去往院子的路上又扫了一眼《插图新闻》的头版，"公主街之谜"五个大字和菲奥娜的插图占据了整版，这或许是菲奥娜此生创作出的细节最丰富、最写实的作品之一。

　　爱德华·安德鲁的尸体躺在未经整理的床铺上。

　　一把匕首插在他的胸口。

　　床垫下有血水形成的黑色水塘。

　　那个名誉尽毁的老商人在生命最后阶段穷困潦倒的生活的每处细节——桌上的食物残渣、衣箱里的脏衣服、为数不多却散落了一地的私人物品——都被菲奥娜的笔尖详尽地记录在纸上。

　　在带顶小院的桌边，玛格丽特和菲奥娜正边下国际象棋边兴致勃勃地谈论着什么我听不懂的东西。

　　"哇。"我说，就当是打招呼，"这是我第一次看到你们玩棋。"

　　"这是我第一次看到你们在一起有说有笑的。"这当然才是我真正想说的。她们俩也立刻听明白了。

　　"我们也很惊讶，没错。"菲奥娜朝我微笑。"玛格丽特向我解释了在警察局发生的事，我也向她解释了那个先生昨天让我把信交给你们父亲的经过，接着我们就开始下棋了。"

"我们在等你的同时得做点儿什么,不是吗?"我妹妹说着随意地把她的一枚棋子在棋盘上挪动了下,宣布道:"将军。你可以讲给我们听了吗?"

我在离玛格丽特最近的椅子上坐下,松开了领带结,然后开口回答。

"几乎没有什么好讲的。"

"你们在外面待了很久。一定做了什么事。"

我向玛格丽特和菲奥娜解释了从我们在圣马德罗纳门前告别直到我回到格拉西亚区之间的两小时里发生的事:先是对圣胡安步行道上一座豪宅的拜访,据船厂大楼边等着我们的记者说,有人看到我们的父亲被捕前两小时从那里出来;接着对加泰罗尼亚区兰布拉大街和阿拉贡大街上两处华丽宅子的拜访;母亲在一站站的拜访间始终保持的若有所思的浓重沉默,以及最后我和阿拉德伦律师简短的对话,他对所有事件会在不到一周内全部得以妥善解决的信心。但我没有提到我同妈妈拉维尼亚关于令人心痛的事实的对话,也没有提到她在下车前说的最后那句尤为奇怪的话:"我从没感觉这么好过。"不过我的确略有提及自从父亲跟着警察走的那一刻起她态度的明显转变。

"那么,我们依然不知道爸爸在拉韦利亚警官允许他们单独相处的五分钟里对她说了什么,也不知道妈妈拜访这三处是为了做什么。"玛格丽特总结道,"作为侦探你真是一点儿价值都没有。"

"我看高迪把他侦探般的傲慢和自负传染给你了。"我笑了,"马车之旅如何?"

妹妹的脸上立刻泛起了光芒。

"棒极了。我这辈子最棒的一段旅途。"

我不想细问。

"那么我为你感到高兴。"

"东尼是个非常特别的男人。如果有人可以把爸爸从牢里弄出来,那就一定是他,而不是这个妈妈介绍给你的长胡子老人。"玛格丽特

他 的 城 | 247

回头看向菲奥娜,微微向左歪了歪她的头。"对吧,菲奥娜?"

菲奥娜亲切地笑了。

"但愿是真的。"

"但爸爸还不在监狱里呢。"我感到有必要澄清,"我们别这么早判决他。目前他只是在警局的牢房里。"

"随你怎么说吧。"玛格丽特的眼神流露出这个意思。

"东尼关于这个案子有许多想法。都是很有意思的想法。对吧,菲奥娜?"

菲奥娜再次笑了。

"你才是和他同乘一架马车的人,亲爱的。我只有机会在他正要离开前和他在花园打个招呼。"

"的确。"玛格丽特露出对此情形深表遗憾的表情。"这让我想起……"

妹妹说着把右手伸进她衣服深处,掏出一张一折四的纸。

"高迪的字条?"

"他说很抱歉不能够等你。东尼是个很忙的年轻人。对吧,菲奥娜?"

玛琳娜此刻端着盛有我晚餐的托盘出现了,于是菲奥娜不用再次露出微笑。

"抱歉,玛琳娜。"她说着急忙把国际象棋的棋子装进乌木质的小盒子里,并把棋盘往我放报纸的那个角落推了推。"母亲不和你一起用晚餐吗?"

我边摇头边把高迪的字条装进口袋,还没来得及打开看。

"她回到她的下午厅了。"

"那么,如果你们不介意的话,我要去和她聊一会儿。"

于是,菲奥娜跟着玛琳娜进了屋子,后者已经在桌上摆好了我的食物和餐具,以及我们晚餐习惯喝的一大罐凉柠檬水。我在我往常的位子上坐下,并邀请玛格丽特坐在菲奥娜刚让出的位子上。

妹妹的眉头再度滑稽地皱了起来。

"这个巫婆和妈妈有什么好说的？"

我笑了。

"我刚开始相信你们突然的友谊……"

"菲奥娜很聪明。她认识许多人。关于我们所怀疑的事她也了解许多。"

我想，这些就是她从刚才的询问中得出的三条结论。

"她知道越多事情，对我们就越有利。对爸爸也越有利。"

"你这么认为？"

"菲奥娜是站在我们这边的。"我答道，咬了第一口配蘑菇酱的猪肉。"虽然我对你钦慕的东尼抱有应有的尊重，但我还是相信菲奥娜的人脉在把爸爸救出监狱这件事上比高迪所能做出的任何推理对我们来说更有用。"

"爸爸不在监狱里。"玛格丽特立刻纠正我，"你自己说的。而且东尼也有他自己的人脉。"

"你对他的人脉又了解多少呢？"

"比你了解得多。在坐马车回来的路上东尼跟我讲了许多事。"

这次我也不想问。

"他留给我的字条说什么？"

"我怎么会知道？"

"这次纸上的字没有透出来吗？"

玛格丽特蹙了蹙鼻。

"真是好笑。"她说，"不过如果不是因为我的好奇心，现在你们还不知道爸爸昨晚在哪儿呢。"

她的好奇心。我又笑了。

"我们依然不知道爸爸昨晚在哪里。"我答道，"不过你是对的，知道有人约他半夜十二点在一家教堂见面足以让我们觉得里面有古怪，也足以让我们怀疑那就是所发生一切的关键之一。你的好奇心让

他 的 城 | 249

你对着光看了一眼那封信，这真是我们的运气。"

玛格丽特也笑了。

"东尼认为信是一个陷阱。有人希望谋杀发生时爸爸和我们不在一起。安德鲁是大约晚上十二点被杀的。你也这么认为吗？"

我思考了一会儿。

"如果是一个陷阱，为什么爸爸不对拉韦利亚警官说呢？"

"或许爸爸以为有人约他去赴一次浪漫的约会。或许爸爸有一个情人，昨晚他去这个教堂是因为他以为会在那里见到她。而现在他感到羞耻，所以不愿意承认。"

"我不认为对爸爸这样的男人来说，羞耻会让他甘心被关在牢里。"

"他不想伤害妈妈。"玛格丽特立刻答道，明显对这个想法感到兴奋。"所以妈妈才会表现得这么奇怪，因为她怀疑实际发生了什么。而且即使爸爸告诉警方为什么半夜去那个教堂，而不是陪伴全家去里世奥剧场，如果他的情人没来赴约，他依然没有不在场证明。换言之，对他来说承认事实一点儿也不值得。"

"这是一段不错的故事，嗯。"

"也就是说，你不相信这是真的。"

我喝了一口柠檬水，耸了耸肩。

"我相信这有可能。"我承认，"最近这几个小时一切都变得这么奇怪，我甚至觉得爸爸这样的男人有情人也是可能的。"

玛格丽特的眼睛又睁大了一些。

"如果是因为她我们才回到巴塞罗那的呢？如果爸爸建立报社只是为了待在她身边？不会很浪漫吗？"

是很浪漫，没错。

"如果菲奥娜就是爸爸的情人呢？"

玛格丽特露出大惊失色的表情。

"菲奥娜？菲奥娜和爸爸？"

"虽然，仔细想想，为了和菲奥娜睡觉，爸爸不必回到巴塞罗那。我们必须找到一个更佳的候选人。"

玛格丽特再次皱了皱眉。

"你不是认真的。"

"既然要想一些难以置信的解释的话……"

"爸爸在保护他的情人，所以不想告诉警方他昨晚在哪里，这有什么难以置信的？"

"他在保护的不是妈妈吗？"

"也是啦。"

我们俩沉默了一阵。玛格丽特继续思索着她沸腾的想象为她提供的各种理论，目光迷失在院子地面。我吃完了晚餐，愈发温柔地观察她沉思中的侧脸。

几小时前在船厂大楼的警察局，当我们在一间又暗又不通风的办公室等待拉韦利亚警官屈尊告诉我们父亲的命运时，玛格丽特也是同样的神态，没过多久她就对在场的所有人宣布，她刚得出结论，那是她这辈子最最糟糕的一天，比别的日子都糟得多。

"你在想什么？"

玛格丽特过了一会儿才把视线从地上抬起来。

"我在想东尼是对的。"她说，目光炽烈地看着我。"如果我们不找出谁是杀害安德鲁的真凶，并把证据交给拉韦利亚警官，他是不会费心找他的。这个矮胖子坚信自己已经把罪犯关在铁窗后了。"

妹妹说的不乏道理，我心想。

"或许妈妈介绍给我的那个律师……"

"律师一点儿用都没有。"玛格丽特打断我，"如果你多看点儿小说就知道这一点了。律师都是没用的废物。"

"一个住在阿拉德伦家那种房子里的律师不可能是没用的。明天我指给你看。"

妹妹的头左右摇了摇。

他的城 | 251

"明天你有事。东尼九点整在他家等你。"

"是吗?"

"你们要去港口调查安德鲁生命最后阶段的动态。东尼认为那个老头在那里从事着些什么。"

我把手伸进衣袋,抽出了高迪写给我的字条。

"还有什么我应该知道的吗?"

"今天晚上你们本来有约,不过他理解你更愿意把它向后推迟。"

直到那时我才记起,高迪本来承诺今天向我展示 G 先生的用来看清现实的神秘药水这部分生意。

"又是很透明的纸。"

"如果东尼把纸条给我,却没有装在信封里,说明他内心深处希望我读它。"玛格丽特突然皱了皱眉,"你觉得他是想通过这种方式告诉我,希望我陪你们去码头吗?"

"不,我不这么觉得。"

玛琳娜此时出现在院门口,问我是否可以收拾桌子。她因睡意而泛红的眼睛和紧闭的嘴唇都明确表示她不打算接受"不"作为回答。我抓起最后一小块面包,喝了最后一口柠檬水,接着从桌边站起来。

"你们俩今晚本来有什么计划?"玛格丽特边问边也站起身。

"没有什么可以同一位小姐分享的内容。"

"好吧。"

"现在,如果你同意的话,我想到我们睡觉的时候了。"我说着用手臂搂住她的腰,领着她向屋子里走去。"我们今天都度过了漫长的一天。"

玛格丽特没有抗议。

"菲奥娜对此一无所知。"她用食指指了指丢在桌上的《下午报》,说了这么一句。"至少她是这么说的。"

菲奥娜也不知道《下午报》会刚好在今天重新出版,我理解了。

"她已经读过圣马丁的文章了吗?"

"她说那就是垃圾,这家伙写的一切都是垃圾,还说明天会着手调查是谁告诉了他所有这一切的。"

我点点头。

所有这一切。

"妈妈对我说我这一生都在让爸爸失望。"我脱口而出,自己也不知道为什么。"说我是个被教坏的孩子。还说这是我在父亲面前弥补过错的最后一次机会。"

听到这话,走上第一级台阶的玛格丽特停下脚步,踮起脚,在我的额头留下一个温热的吻。

"那你知道你应该做什么了。"她说。

没有更多的解释,她又继续往楼上走了。

第二十八章

当我的门上响起敲门声时,我已经脱了鞋,只穿着长袖衬衫了。敲门声干脆且只有一声,和玛格丽特习惯性的指关节的连敲以宣告她要偶尔到我卧室来访不同,也和玛琳娜每天早上七点羞涩的敲击以叫醒我不同。我担心有坏消息传来,于是重新扣上皮带的卡扣和衬衫最上面两颗纽扣,并带着稍稍畏缩的心情打开了门。

门外站着的是菲奥娜。

一个面带微笑、身着优雅白裙、看着十分有精神的菲奥娜,仿佛十五个小时以前警察没有把因流连于城里的剧院几乎一夜没睡的她从床上拖起来。

"我给你拿来了一杯牛奶。"她说着抬起了右手给我看,的确有一杯发白的液体。"你觉得不合适吗?"

"我觉得意外。"

"我刚才去和你母亲在下午厅说了会儿话,再去院子里时你们已经不在了。玛琳娜告诉我你没喝睡前牛奶就回房睡觉了。我觉得这样不好。"

"从什么时候开始我睡觉前会喝一杯牛奶?"

"你不这么做吗?"菲奥娜的微笑又舒展了些。"我想我已经不像以前那样了解你夜间的习惯了……"

我也笑了,接过菲奥娜递给我的牛奶,侧到一边,让她进入了我的卧室。

"无论如何，谢谢。"

"我的荣幸。"菲奥娜站在房间中央，转了三百六十度，最后用食指指了指房里唯一的沙发椅。"我可以坐下吗？"

"请吧。"

菲奥娜微微收起她简洁服饰的裙摆，在沙发椅里坐下。我边看她边心想，除去今天早上她在我房里告诉我安德鲁被杀的那短短几秒钟，这是她第一次踏进我的房间。现在她手拿着一杯牛奶，在十一点的钟声敲过后，来到已经脱去正装的我的房间，这真是出奇地合适：给最荒谬的一天画上荒谬的结尾。

迟疑了片刻，我放弃了坐在菲奥娜所在的沙发椅扶手上的想法，去坐到了我的床沿。

"事实上，我不是来给你送牛奶的。"菲奥娜说着微微把身体向我倾斜。

"我猜到了。"

"我来看看你怎么样。"

我感激地点点头。

"我的确有过更好的日子。"我承认道，"你也如此。"

"同你这一天相比，我的今天就像是假期。"

"我想是的。"我承认，"不过在这么短的时间里发生了这么多如此奇怪的事，我还没时间想明白我们目前的处境到底是怎样的。"

"你父亲杀了一个人。所有证据都指向他，而警方对此深信不疑。就凭他们目前掌握的证据，足以让你父亲的后半生都在牢里度过。谁知道甚至会不会处决他。"

这就是我们目前的处境。

"我有过更好的日子。"我重复道，试图挤出一个微笑，我想应该看起来像一个脸上颜料掉色的略带悲伤的小丑的表情吧。

"抱歉我这么说，但是这一次，忽略事实对你一点儿帮助也没有。

不管对你还是你母亲都没好处，对你父亲就更无益了。"

我严肃地点点头。

"这一次。"菲奥娜刚才是这么说的。

"我知道。我没有想忽略事实，或是掩饰它。我只是试图理解它。而如今，"我坦言，"我想我什么都不明白了。"

菲奥娜把一只手放到额前，用小指把一绺刚才落到右眼前的红色头发拨到后面。

"我们直到现在才有机会说话。"她说，突然深沉地看着我。"我是指没有你妹妹或者你的朋友在中间。我只想让你知道我会帮助你。"

"我为此感激你。"

"我说真的。我会帮助你。"

很愚蠢的是，我没有问菲奥娜这话是什么意思。她会在哪方面帮我，怎么帮我，或是为什么帮我。我仅仅是再次点点头说道：

"高迪认为，避免我父亲被关进监狱的唯一办法就是找到杀害安德鲁的真凶，并把他交给拉韦利亚警官。"

菲奥娜露出浅笑，看起来也是那么悲伤和勉强。

"似乎很简单，对吧？"

"似乎极其困难。"我说，"不过我也看不到其他避免警方在周二前结案的办法。我想他们已经告诉你了吧，周一我们所有人都会被传讯去警局。包括你和你父亲，家里的侍女们，甚至还有车夫和照管庭院的园丁。"菲奥娜点点头，表示她已经知道了。"拉韦利亚想记录下我们所有人的供词，以完成调查。我们谁都说不出也不知道说什么可以让他对已经知道的信息心生怀疑。一旦手续完成，唯一要做的就是把我父亲送进阿马利亚监狱，把这个案件交给他所供职的司法体系，等待某个法官批准他的报告。当审判终于到来时，我父亲已经在监狱里待了几个月了，没有人会怀疑他是被诬陷的。到那时父亲只有两种可能的结局：绞刑或无期徒刑。"

菲奥娜点点头。

又一绺头发落到她的右眼前，缠住了她的睫毛。

她再次用小指把头发放到耳后，我现在看清了，她的指甲涂成了厚重的黑色。

"我很想告诉你，你弄错了。"她说，"但是只要拉韦利亚警官负责这个案子，这就是等待着你父亲的未来。"

"除非我们找到了真正的凶手。我们，或是母亲今天下午介绍给我的律师，或是……"

我没能把话说完。我不知道该怎么说。

此时菲奥娜从沙发椅中站起来，走到我身边坐下。

"或许不必找出凶手。"她提醒道，接过我依然拿在手里的那杯牛奶，喝了一口，"或许有一个更简单的方式可以让你父亲重获自由。"

"这个方式是……"

"等待你父亲的朋友们取得胜利，到时拉韦利亚警官就会成为历史，共和国的其他警察也一样，警察所服务的司法体系也一样。"

那话如此出人意料，我不知道该作何反应。

"你不是认真的。"

"我是很认真的。"菲奥娜肯定地说，"事实上，如果我是你的父亲，这将是我现在唯一敢抓住的希望。而且不要告诉我你从没这么想过。"

"我向你保证没有。你难道认为……？"

"我难道认为这个所谓的维克多·圣马丁在今天的《下午报》里发表的文章中关于你父亲的内容是真的？他在周二的文章里所说的也是真的？加努达街口的火灾后寄到家里和报社办公室来的一些匿名信都清楚地知道自己在说什么？"菲奥娜把牛奶杯放在床头柜上，把我的手握在她的双手间，盯着我的眼睛说："都是真的。你本来就知道。"

我摇摇头表示否认。我本来不知道。

我不愿知道。

我不知道。

"我父亲是个君主制的代理人。"我开始列举,"《插图新闻》不过是为他回到巴塞罗那所做的掩饰。自从1868年普里姆政变逃离西班牙后,他所有的生意都是为了资助波旁王朝的复辟计划,如今各种传言都表示这个计划就快要实现了。安德鲁死了,因为他掌握了这方面的证据。"我再次摇摇头。"你真的相信这些吗?"

菲奥娜的面部表情、眼神里的悲伤,她的手在我手上的温热触感,都毫无疑问地表明,她真的相信。

"哪怕你再单纯,加夫列尔,你也不可能真的认为你父亲关闭了伦敦的带来百万利润的拍卖行,带着全家回到巴塞罗那,只为成为一家追求轰动效应的报纸的老板。要知道即使是这份报纸卖得最好的时候,销售额也不够付办公室租金的一半。这座城市里都是虔诚的信徒和文盲,你认为一家像《插图新闻》这样的报纸是值得你父亲这样的企业家关注的吗?"

又是这个词:单纯。

或许我真的是单纯。

"若是这样,我想你父亲和你也是君主制的代理人了。"我说,"你们也在为共和国的灭亡和波旁家族的某一位重回西班牙王位而努力。你们俩来巴塞罗那是出于和我父亲一样的目的。"

菲奥娜松开我的手,抱住了自己的肚子,体态既像个小女孩,又像个怀孕的女人,既让我心软又让我反感。

"我不知道为什么我爸爸会来巴塞罗那。"她答道,声音细若游丝。"我来这里是为了他。我父亲是我仅有的全部了。"

我们沉默了一会儿。

这个几年前常去伦敦的社会主义者的集会、工人的协会,甚至去东伦敦民粹主义者聚会的女人,如今纯粹出于子女对父亲的爱,以某种方式参与了旨在推翻西班牙共和国的阴谋。

这个想法如此荒谬,哪怕想想它都让我觉得下流。这是对回忆中真实的菲奥娜的背叛。

"你完全变了个人。"我呢喃道。

"你想说什么?"

"你在为一位国王的加冕工作。而几年前你为推翻它、为它的灭亡而努力。"

菲奥娜用痛苦的表情看着我。

"你一点儿都不了解我,加夫列尔。"她说,"现在不了。而且你也没资格评判我。"

她说得没错。这两点都是。

我已经完全不了解菲奥娜了,而且我从来都没资格评判她。

"很抱歉。我不是这意思……"我低下头,"对不起。"

"没关系。"

我们再度陷入了沉默。

为了找点事做,不让自己觉得手足无措,我拿起床头柜上的杯子,喝了一口尝起来像掺了蜂蜜的混合物。

牛奶表面的乳脂薄膜粘在我的上颚上,就像一层死皮,令人作呕。

"那个先生昨天托你交给我父亲的信。"我终于说,"那个让他取消陪我们去里世奥剧场计划的字条。也和他作为……的工作有关吗?"

我找不到合适的词来形容父亲回到巴塞罗那要完成的所谓的任务。他是支持君主制的阴谋家?反共和国的政变者?或者用菲奥娜刚才提到的匿名信之一里用到的词:法国魔鬼事业的帮凶?

"至少我是这么认为的。"菲奥娜证实道,"这不是你父亲第一次收到这种字条了。由外表十分值得尊重的绅士亲手通过花园栅栏传递的信件。所以我完全没有在意,只是把信封交给了玛琳娜。"

"你看了它的内容了吗?"

"当然没有。我不看别人的信的。"

"玛格丽特看了。有人约我父亲半夜去圣玛利亚教堂。这让你想到什么了吗?"

菲奥娜思考了一会儿。

"海上的圣玛利亚?"

"或许吧。"我说,"或许不是。无论如何,为什么这个时间约他在这个地方见?如果他真的赴约了,为什么不把事实告诉拉韦利亚警官?约定见面的时间正是谋杀发生的时刻。他的不在场证明将是完美的。"

菲奥娜摇摇头。

"如果这个会面同他的政治事务有关,你父亲就不能在拉韦利亚面前提及。警官属于你父亲想要推翻的系统。你们这个国家就是这样运作的。"菲奥娜说着露出了明显的鄙夷神情。"当执政的政权垮台时,所有的制度都会随之崩塌。将会有新的司法体系、新的军队、新的警察。如果你父亲告诉拉韦利亚,昨晚安德鲁在公主街的房间被杀时,他在一个教堂密谋如何推翻共和国,迎接新国王的到来,他的命运只会立刻加速。"

"你是想说……"

"明天他就会进监狱,后天就会受审,一个星期后就该上断头台了。"

菲奥娜说出最后那几个字时的自然让我颤抖了一下。

"但是拉韦利亚已经听说了关于我父亲的谣言了。"我反驳道,心里其实一点儿底都没有。"他也读报纸的。毫无疑问,他所掌握的信息比圣马丁这样的记者多得多。如果他相信关于父亲的传闻是真的,他不会在意父亲是否承认就会把他定罪。"

菲奥娜再次摇摇头。

"记者们知道而警方不知道的事多得让你吃惊。无论如何,你父亲如此聪明,绝不会给拉韦利亚一个他这种人愿意以性命交换的机会的,那就是证明他对共和国的忠贞不贰。"

我终于开始明白了。

"那么，我父亲宁肯以杀死一个老乞丐的罪名被起诉，而不是叛国罪。"我概括道，"如果指控他谋杀，审判可能延期到他的朋友们掌控权力后，那他就会因之前提供的服务而被释放。如果指控他叛国，可能在共和国垮台之前就会把他处决了。是这样吗？"

菲奥娜再次拿起我的手。

"这是我的理解。"她点点头，"如果现在你父母脑中是这么盘算的，我不觉得是个坏策略。"

我用指肚抚摸菲奥娜左手手背的皮肤。洁白、温热、柔嫩的皮肤。

"那么，你不认为是我父亲杀了安德鲁。"

"当然不。"

"但是维克多·圣马丁却这么认为。而你看起来是相信圣马丁知道自己在说什么的。"

"我相信圣马丁在关于你父亲回到巴塞罗那后保持的危险关系方面知道自己在说什么。"菲奥娜答道，"相信我，要做到这一点，他不需要成为这座城市里消息最灵通的记者。"

"你想说什么？"

菲奥娜松开我的手，用她的手紧张地抚过自己的头发、前额和脸颊，这动作往往表明她的疲倦或不耐烦。几道肉色的擦痕让她脸上的肌肤有了血色，但很快又消散在一贯的白皙里。

"就以你刚才和你母亲的一路拜访来说吧。"她说，"你们停留的这些豪宅。圣胡安步行道上那幢据说有人看到你父亲今早从那里出来的房子。任何一个对这座城市稍稍熟悉的人都知道住在这些地方的人是谁，以及从事什么工作。"

"我明白了。"

"接着我们说这个律师，拉蒙·阿拉德伦。共和国垮台、波旁皇帝加冕宴请的这一天，他将是被邀请来与皇帝同桌的第一位荣誉嘉

他 的 城 | 261

宾。"菲奥娜又露出了蔑视的神情，和之前提到西班牙人生活中传统的报复心理时一样。"你不记得他了吗？"

"我应该记得吗？"

"我们在伦敦认识他的。他在你们位于梅菲尔的家至少吃过三次午餐。你不可能忘记他了。"

我终于明白了，因此在那个律师和我们打招呼时，他的笑容让我依稀觉得有些熟悉。但是，我的确不记得他。

"我的记忆力不像你的那么好。"我说，"那么，他也刚从伦敦回来吗？"

菲奥娜摇摇头表示否认。

"据我所知，阿拉德伦从来没有在伦敦住过。但他却是在伊丽莎白·西德尔的假照片事件发生时为你父亲出谋划策的律师。是他建议你父亲不把安德鲁告上法庭的。毫无疑问，他这么做是为了避免招致官方的调查，从而发现拍卖行的真正性质。你应该记得他的。"她重复道。

我本可以回答说，那时候我满脑子都是其他事和其他人。

但我却说："看我理解得对不对。为了试图把我父亲救出监狱，我母亲聘请这位律师提供服务，而他正是参与了这起谋杀案的起源事件的律师，四年后的如今，在另一座城市，这桩事件结束了爱德华·安德鲁的性命，并让我父亲身陷囹圄。这位律师还和我父亲一样，是著名的波旁王朝复辟的拥护者。"

"我不认为你母亲雇用了阿拉德伦为她服务。"菲奥娜答道，"我想更确切地说，她接受了他的服务。如果目前的处境还有什么好的地方，那就是你父亲不是一个人在牢房里战斗。许多人正通过这样或那样的方式，为他的释放而努力。"

通过这样或那样的方式。

我从床上坐起来，在房间中央漫无目的地走了几步，试图领会所有这些。

"你对玛格丽特说所有维克多·圣马丁文章里写的都是垃圾。"

"不论是由我,还是这个记者来告诉玛格丽特关于她家族的真相都不合适。这是你母亲和你的职责。"

"那么,你的确认为他关于安德鲁之死的理论是错的?"我坚持地问,"那个老头不是因为了解我父亲参与的事而死?他的死和我父亲的密谋没有直接关系?"

菲奥娜轻轻咬了咬下嘴唇,然后才回答我。

"加夫列尔,我认为你父亲不可能杀了安德鲁。就像你的朋友对警官说的,森普罗尼奥·卡马拉萨如果犯下了这些拉韦利亚认为他犯下的错误,那他就是历史上最糟糕的杀人犯。先是把银质香烟盒忘在犯罪现场,再把偷来的文件夹藏在自己的办公桌里。"

我点点头。

"但是凶手的确可能因为他知道得太多而杀了他。"我说。

"是可能的。"

"但如果那样,为什么要试图嫁祸我父亲呢?"

菲奥娜再次抱住了腹部。

"我不知道。"她说,"我唯一知道的都和你一样。今天早上安德鲁的文件夹出现在你父亲的书桌里,而他不可能是昨晚放在那里的。因此,要么他在谋杀发生前偷了出来,要么……"

菲奥娜没有把话说完。没有那个必要了。

"要么某个能进入家里的人在老人死后把文件夹放在了那里。"

"这两种可能性让我觉得同样地不舒服和不可思议。但是我想不到第三种。你呢?"

我没有回答。没有必要了。

我走近床头柜,又喝了一口温牛奶,重新坐到菲奥娜旁边。

"你和我母亲说的就是这个吗?"

菲奥娜点点头。

"但是在那之前,我请求她告诉我,你父亲在拉韦利亚警官允许他们在出发去警局前单独相处的五分钟里说了什么。"

"她告诉你了吗?"

"她说不关我的事。于是我问了关于你们俩回家吃晚饭前进行的这些拜访。"

"也不关你的事。"

"没错。"

"于是你把你的怀疑说给她听。"

"不是所有的怀疑。几乎所有的。"

"然后呢?"

菲奥娜优美地蹙了蹙鼻。

"你可以想象到了。"

我没有问更多的问题。我们俩在床沿又坐了一会儿,菲奥娜的视线迷失在她黑靴子的鞋尖上,我的视线则定格在菲奥娜黑色的指甲在我衣柜镜门上的映像,我们俩都若有所思地沉默着。

直到我忍不住打出第一个呵欠,菲奥娜才站起身,说要去睡觉了。

"今天真是漫长的一天。"她说,"明天也会如此。"

"明天的日程很紧凑吗?"我边问边陪她走到门口,为她开门。

"明天上午,我要试着调查关于维克多·圣马丁的一些事。我还要看看我在警察系统里的联系人能否告诉我安德鲁的文件夹里到底有什么东西。这暂时是我帮助你父亲的方式。至于下午,"她说着终于露出一个美丽的微笑,"我和你的朋友约好了吃下午点心。"

"和高迪?"

"今天下午,利用玛格丽特失踪的那一小会儿,我带他去了我的工作室,给他看了我的一些画。所以他邀请我明天去他的阁楼,看他正在建造中的海上圣玛利亚教堂的模型。"

"真的吗?"

"他向我提议时就像是在给予我一份莫大的殊荣。"她点点头,

"他还向我保证了好几次,我们会面的全程他哥哥都会在。"菲奥娜又笑了,"这让我觉得平静多了。"

"我不觉得高迪曾经邀请过许多女人去见识他的模型。事实上,也没有邀请过很多男人去观赏。我认为你和我是他最先邀请的客人。"

"那真是殊荣了。你不介意,对吧?"

"你要去高迪家这件事?"

"我们还会一起吃下午点心。希望只有我们俩。"

现在换作我笑了。

"我很怀疑他哥哥也会加入你们的这项活动。"我说,"凭我对他的稍许了解,我觉得弗朗切斯克·高迪不是个喜欢和别人共进下午点心的人。"

菲奥娜的眉毛可爱地皱了皱。

"那么,你不介意。"

"当然不。我应该介意吗?"

"当然不。"

菲奥娜跨过我房间的门槛,在走廊中央停了下来,对我伸出了双臂。

我们的拥抱持久而用力。两个曾经希望,或曾经是,或从来不敢比友谊更进一步的朋友之间的拥抱。

"很抱歉之前对你说的话。"我呼吸着她的头发和皮肤散发出的花和奇怪的草混合而成的甜香说,"关于你完全变了个人。真的很抱歉。"

菲奥娜亲昵地用头蹭了蹭我的脖子。

"我也很抱歉发生了所有这些事。"她轻声说。

接着,她温柔地松开了拥抱,在我的脸颊留下一个吻,在衣裙的丝绸和嘎吱作响的木地板的声响中消失在走廊的尽头。

第二十九章

当格拉西亚区的钟楼敲响十二点的钟声后许久,我终于明白这晚我是睡不着了。我厌倦了在床单里翻来覆去,于是起床,重新穿上不到一小时前刚脱下的衣服,抓起我那套钥匙和钱包,在黑暗中走出了卧室。

家里女仆的负责人——尽职的伊格莱西亚斯女士已经熄灭了所有的灯,关闭了所有的窗户,并给通往室外的三扇门上了保险,这是她每晚的习惯。这之后她才会上楼去她和玛琳娜、厨师马斯德乌女士共用的房间休息。我听到她在走廊巡视的脚步声,那时是十一点十五,菲奥娜刚从我房间离开没几分钟,而我的脑海里全是疑问,心里充满疑惑,我记得伊格莱西亚斯早衰的步履让我不由得问自己,三十年后我们所有人都会在哪里。菲奥娜。玛格丽特。我的父母。高迪。我自己。在那难以想象的三十年后的1904年,我们中还有几个人活着?我们中谁会第一个死去?到那时我们的步伐也会笨拙而缓慢地拖拉着,就像此刻这个正沿着走廊关灯、检查窗户是否关闭的女人一样吗?

我沿着同一条走廊巡视着:我看到母亲和妹妹的卧室门紧闭着,门缝里没有露出任何光线,父亲的卧室中也没有光亮,那扇开着的门似乎在徒劳地等待常客的到来。透过百叶窗的缝隙照进来的稀疏光线描绘出了一张床、一个衣柜和一个摆有油灯和一杯水的床头柜的侧影，这幅温馨而伤感的场景让我不由自主地想象在一间共用的牢房里，父亲试图入睡却做不到，只能反复思量使他陷入此等境地的一系列荒谬事件。那些他所拥抱的事业。那些他所隐藏的秘密。那些，用菲奥娜的话说，父亲自从选择了这种充满谎言与欺骗的生活就决定要经历的陷阱。

我在黑暗中走进卫生间，摸索着在马桶里撒尿。我还摸索着在依旧盛满了温水的水槽里梳洗一下，在一块粗糙得像农民皮肤的毛巾上把手擦干，感觉精神振奋了些，便重新回到走廊上。

下到一层后，我走近父亲的办公室，确认它被上了锁。我想是警察在搜查后把它查封了吧，这又是一项这些法律的守卫者颇为满意但其实毫无用处的防范。在伊格莱西亚斯女士工作的小房间里，保管着这把钥匙的复制版，和家里所有其他钥匙在一起。好奇心差点儿就让我下楼去找钥匙，但我终于打消了念头。毕竟，那间办公室所有可能有用的东西——父亲写的各种纸、他的记录、发票和私人信件——现在大概都在阿韦拉多·拉韦利亚手中。

我打开通往带顶小院的门，走进夜晚清新而潮湿的空气里，我往花园里走了很深，深到足以看清连老旧的农家小屋里也没有的灯光。有那么一瞬，我有冲动敲击菲奥娜卧室的窗户、邀请她加入我正准备启程的小探险。想到旧日时光，我可能真的这么做了。想到那些我们深夜在白教堂区和沙德韦尔区①的陋巷里的冒险，那些菲奥娜在杜松子酒的蒸汽里和罂粟难闻的烟雾里寻龙的日子，那时的我只是在她身旁，惊叹于一个像她这样美丽、聪明、不俗的女人怎会夜复一夜地以这样粗鄙的方式摧残着她的身体和头脑。

考虑到一小时前我们刚在我的卧室进行了那番谈话，我决定不这么做。我只是继续在那儿看了一会儿农家小屋阴暗的轮廓，心里幻想着菲奥娜与塔贝山那位奇怪的舞女相遇的场景，那个有着天使般的面

---

① 东伦敦的一个区域。

容和畸形身体的女孩,她那些令人赏心悦目的动作从上周六晚上起就常常在我的记忆里重现,接着我转过身,打算朝着花园最主要的小径走去。

就在那时我听到了说话声。

声音来自农家小屋,或许就在我现在所站的窗户对应的房间里,毫无疑问就是菲奥娜和马丁·贝格的声音。我没有办法听懂他们俩说出的任何一个词,但是争吵的激烈程度却无疑让我的心头一颤。我从没有听过贝格父女俩争执,当然也从没有听过他们俩中的任何人以这样一种方式高喊,哪怕是在工作中时常会爆发怒气的马丁·贝格,他的暴怒往往以比现在的高喊更微妙、更真实也更可怕的方式表现出来。

我朝窗户又走近了几步,试图听清那对父女在说什么,但却没有成功。菲奥娜的喊叫既尖厉又坚决,而马丁·贝格的既沙哑又犹豫,而且几乎是不连贯的,那是一个没法把内心熊熊燃烧的怒火转化成语言表达出来的醉汉的高喊。粗鄙的考克尼方言让他们的话都扭曲了,仿佛在激烈的争论中,这两个英国人都自然而然地到退回了他们在圣玛丽·勒·波教堂周围的街巷中生活的岁月里。不管他们在说什么,两个人似乎都不在意是否听得清对方的论述,他们的声音持续地互相打断、互相重叠着,最终形成了一个不和谐且难以理解的声音。

几分钟后,争吵停止了,就像它的开始一样突然。

我在原地即菲奥娜卧室关着的窗户外又站了一会儿,接着离开了那里,在心中问自己刚才究竟发生了什么活见鬼的事。

寒冷的、时有时无的毛毛细雨伴着我一路来到了拉巴尔区。街上没有多少人,一些挽着手的情侣,几群快活的年轻人,偶尔还能看见某个醉汉。那几十个每晚在兰布拉大街的人行道上来来往往地推销历史悠久的"交易"的妓女在这个周五的晚上似乎都退避到了邻近的妓院里,或是寻到了附近区域内许多私宅的庇护,在那里匆忙地进行着她们的交易。

医院街上，一个乞丐正跪在地上对着一面中世纪的墙呕吐，上周六晚被我用呕吐物弄脏了的正是这面墙。

"塔贝山"，36号门口挂着的小木牌上依旧写着这几个字。

还是那个蛇头形状的门铃。

还是那个面目可憎、整体色调偏深的老女人——黑色的眼睛，红色的嘴唇，看似易碎的浅灰色皮肤——从胡桃木制的肮脏的门中间探出身来。

"晚上好。"

"我来找G先生。"

女人看起来没有认出我。

"真的吗？"她问，带着明显的不屑看着我。

我从钱包里取出一张钞票，在她浓妆艳抹的小眼睛前晃了晃。

"我们别再浪费时间了。"

女人一把抓过钞票，把它塞到胸口的衣服里，我就不描述她的领口有多袒露了。木门关上了几秒钟，接着重新打开，被氧化的部分发出的声音居然听起来很诱人。老女人消失了，现在站在门口的是一个面带微笑的年轻女孩，她用左手为我指路。

和上次一样狭窄昏暗的走道。一样的红色天鹅绒帘幔。一样甜美的微笑，这次来自另一个穿着毫不端庄的女孩唇边。

在剧场舞台上，上次来时让我为之深深震撼的表演已经开始了。那个面容清奇，身形，怎么说呢，动人的女人正全身心地投入在那场融合了表情、目光和轻微跳跃的奇怪表演中，沐浴在不断变换颜色的灯光下——从绿色到蓝色，从蓝色到黄色，从黄色到红色或橙色，接着再次变绿、变蓝——这次还有看不到的钢琴为她伴奏，音符柔美而舒缓，给她用畸形四肢做出的微弱得几乎感觉不到的动作打拍子。她身上已脱去了上周六我离开时她穿着的最后一件衣服，现在她那令人难以置信的裸体闪闪发光，就像一具来自大海深处的废墟中的失而复得的雕像：美丽、虚弱、无辜，没有一丝性感，却让世世代代的男性在她面前只能变作充满欲望而无能为力的观众。她有弯曲的骨骼、白皙的肉体、冒着火的眼睛，既像一个谦卑的小孩，又像店名中的塔贝山那样古老。一个来自时间深处的生灵，从罗马帝国时代尘土飞扬的巴塞罗那[①]，从以橄榄枝和剑为标志的神话时代[②]走来。我第一次在想，或许这个店名的选择不是无根无据或单纯的。罗马人在塔贝山这座小山丘上建造了一座直到两千年后的今天依然承载着我们的城市，在山的中心，在我们的脚下，在我们街道和房屋的地基间，依然存在着被一种文明仁慈遗忘的战利品，现在没有什么能把我们和这种文明联系起来，但是那个舞女仪式般的动作似乎在以某种方式召唤这种文明，她表现着深渊、墓地、地下墓穴、祭台和给死去的可怕神灵献祭的庙宇。十二个独坐的男人分别从各自的桌边观察着那个舞女，每个人手中都拿着一支烟或一杯酒，后背都紧绷得像是吉他琴弦，他们身上没有任何两千年前不可能存在的东西。

这些男人中有一个是高迪。

我在第二个半裸的女孩指定给我的座位坐下，随便点了她念出的所有酒中最贵的一种。她微笑，并近乎呢喃地轻声问，这次我会不会在没有见识到塔贝山的热情前就离开。我不记得我是如何回答她的。这天晚上大厅墙壁上的植物花边让我觉得稍具威胁性，就像从一场我们永远不愿再梦到的噩梦或是永远无法忘却的前世里复活的图案。我从桌上的小盒里拿出一支烟，深吸了几口，感到肺被打开了，心也被加热了。我赶快喝完女孩刚给我端来的酒，又点了一杯并迅速喝光，直到那时我才感到自己有力气松开领结并站起身来。

看守着幕布右侧门的雕像般直立的女孩朝我微微点头，动了动嘴

[①] 公元前 15 年至公元前 10 年，奥古斯都大帝统治的罗马帝国在现巴塞罗那地区建立殖民城市，命名为 Barcino，最初的建筑奥古斯通神庙就建在塔贝山（现属巴塞罗那哥特区）。

[②] 橄榄枝和剑是罗马时代的象征。

唇，在我看来似乎又像微笑，又像在暗示门的另一侧等待着我的即刻的欢愉。我也微微点点头，一言不发地跟着她进去了。我站在昏暗狭小的房间里，在微香的蜡烛晃动的光亮里，我看到一个深色皮肤的女孩，身材娇小，发育良好，从体格看像是农村人，容貌讨人喜欢。她应该还没到二十岁，甚至或许还没满十八岁。就我所听到的两三声而言，她的嗓音很尖，像歌手一般，但应该是适度训练过的，那是一个农村女孩来到城市后试图摆脱过往的声音。她的双手拥有女人们在性爱方面生来就有的最高智慧。她的手指在我的三件套的衣服间自信地游移。她的指甲能让男性的肉体镇定、坚挺，获得安慰。她机械地在瞠目结舌又快乐的观众面前施展着祖先传下的戏法。我至今都记得她眼中模糊的蜜色，她齿间湿润的光泽，她肌肤如同沾了水的植物的气味。记得她老式的发型，那发型能让人回忆起在老加泰罗尼亚庄园的庇护下全家人一起度过的夜晚。记得她在一切结束后重新穿上令她化作女神的单薄衣衫，并动了动嘴唇，打断了我为刚才发生的一切的笨拙致谢，并邀请我离开房间。

在我的桌上，第三杯满到杯沿的酒和没拆封的新香烟盒在等着我。舞台上，畸形的舞女继续她那永不结束的舞蹈动作。腰间别着环颈雉羽毛的服务员现在在为一位坐在离高迪几步远的桌边的秃头胖男人服务。

我点燃了香烟，小口小口地饮着杯中的液体，品味着酒精对我兴奋的机体逐步产生的作用。我欣赏了几分钟舞女在舞台彩色灯光下催眠般的动作变幻，把她的动作同自上周六晚起就印刻在我记忆中的动作相比较，还同那个农村小姑娘刚在我身上施展的动作相比较。我回头看向位于大厅入口处幕布的右侧门，看到她正望向前方的舞台，带着某种我无法弄懂的表情。那一刻我重新站起身。

"我不了解您的价格，G先生。"我轻声说，几乎把全身的重量都压在高迪桌上。

我的朋友把视线从画满女性身体的画图本上抬起来，冷漠无情地看着我。即使他因看到我以那种方式出现而感到吃惊,脸上也没有表露出任何痕迹。

他也在追寻他的龙,我心想,就像今晚所有经过他的桌子并同他握手的男人一样。又或许那种面无表情也即是塔贝山这样一个异教徒的奇怪庙宇的司仪们所戴的职业面具。

"第一份是免费的。"他轻声说着拿起桌子边缘排成一行的有色小玻璃瓶中的一个,相当自然地递给我。

"我不想占您的便宜……"

"您自己全权负责。"我的朋友打断我说,"如果您看到的东西不能让您满意,就立刻离开这个地方。"

我拿着玻璃瓶回到我的座位,尽管我不愿承认,但我的胃感到非常不安。

我自己全权负责。

当我拔出玻璃瓶上的软木塞时,我记得舞台上的女人已经开始笨拙地玩弄她阴阜上金色的细毛了,并且似乎只在对我一个人微笑。

第三十章

　　我希望自己现在能够给你们讲述我在喝了高迪玻璃瓶中的液体后看到的所有神奇的东西，体验到的所有感觉，人生第一次获得的上天的启示。比如说，我感到大厅突然换上了浓郁的色彩，或是所有事物的轮廓和形状在突然一瞬间变得清晰，或是照亮舞台的灯光变得更为强烈，舞台上的女人的动作也终于有了意义，这位几乎不动的舞女的极为独特的形体特征——仿佛六岁女孩的腿，畸形的躯干和胳膊，天使般美丽的面容——不再仅仅是类似于恶趣味或是马戏团的剥削的结果，而是在我喝的药水的作用下，变成了一套复杂的齿轮传动装置的中心部件，这套装置旨在加速唤醒观赏她无节奏的舞蹈动作的我们所有人的直觉，或是我们对真相的觉悟。一种神秘而古老的仪式。一种向潘神祈愿的舞蹈。一种向埋藏在巴塞罗那千百年历史的土地下的所有神灵的祈求。我希望自己能够告诉你们G先生的绿色液体在我的大脑里引发的一连串令人头晕目眩的心理活动，带来的全新直觉，在指引了我前半生的信仰上投射下的新光芒。告诉你们我在塔贝山的两个小时里充满惊异与奇观的神志不清的状态。告诉你们我那终于从感官的限制中解放出来、终于第一次直面现实的大脑中形成了多么美丽的视觉现象。我最想做的就是能够具体到细节地描述给你们听每一个不可能的人，每一种令人惊叹的生物，每一幅想象中的风景，药水起作用的两小时里它们在我眼前——呈现，像极了菲奥娜在她的油画布

他 的 城 | 273

上描绘的风景和生物，又像极了若干年后高迪用石块、陶瓷和铁块搭建的你们都熟知的建筑。我就像在观看一台神奇的幻灯机为我的私人表演，又仿佛身处西洋景片匣内部，又好似处在世界上最奇异的分光镜的投影里。

真是棒极了，没有更让我喜欢的了。

但这通通都是谎言。

"还好吗？"

这时是凌晨三点。大约五分钟前表演终于结束了，厅里最后留下的男人也都各自回家，或者接着赶赴这一区的其他剧院或其他任何可以度过这样一个晚上的地方。高迪胳膊下夹着他的画图本，我则双手插在大衣口袋里，脑袋被环境上的双重改变——室外的空气和将我们吞噬的黑暗——搞得糊里糊涂。高迪和我刚在塔贝山门口相遇了。这里的一切都褪去了所有魔法的痕迹——服务员们穿着她们日常的衣服，令人昏昏欲睡、备感无聊；那个眼睛浓妆艳抹的老女人跪在地板上擦着大厅黏糊糊的地板；那个神秘的舞女此刻仅仅是羞涩的畸形女子；而那两个雕像般站立的女孩换了衣服后，就像两个刚从波盖利亚市场冒出来的女孩——剧院变回了或许是它本来面目的样子：一个比菲奥娜曾拖着我去的东伦敦鸦片吸食场所或杜松子酒娱乐场所更干净、更具资产阶级气息、艺术性和戏剧性的版本，那是我们刚认识的最初几个月，当时她在追寻她想象中的龙，而我在追求她的爱。

我不想向我的朋友撒谎。

"抱歉让您失望了。"

高迪的眼睛在照亮医院街那段路的唯一一盏路灯下闪闪发光。

"您没有让我失望。"他说，"我本就对您没有更多期待。"接着立刻加了句，"别误会我。"

"我不知道如何才能不误会您。"

"我想说的是，卡马拉萨我的朋友，我不相信您可以从这种经历里获得任何积极的结果。如果您今天早上对我解释的您对传统致幻剂缺乏回应是真的话，那么我那绿茶的合成物也很难对这个软帽下的资产阶级少爷的大脑产生作用。"

我忽略了他话的最后一部分，试图回忆两小时前喝的那口液体的味道，却没能成功。

"绿茶？这就是你卖给你客户的东西？"

"我说的是'我那绿茶的合成物'。您一定明白，这里的关键词是'合成物'。"

"那您就是往里加了一些糖和几滴牛奶。"

我的朋友露出微笑。

"冒昧地问一下，今晚您喝了几杯？"

"大概？"我试图回忆腰间挂着环颈雉羽毛的女孩来到我桌边的次数。"多到足够让我忍受着看了一个可怜的畸形女人如何在十几个服用了麻醉剂的男人面前展示她裸露的四肢整整两个小时。"

高迪立刻收住了他脸上的笑容。

"您真的这么想？一个可怜的畸形女人？"

不，我不是这么想的。

"事实上，我认为她是我最近一年中认识的最独特的女人。"我坦白说，"我可以问您她叫什么名字吗？"

"在塔贝山，她叫塞西莉亚。"

"在塔贝山之外呢？"

"在塔贝山之外，塞西莉亚不存在。"

我没有多说，接受了这一回答。

"那么塞西莉亚是您生意的一部分。"

高迪挽起了我的胳膊，此时我们正走到老圣克鲁斯医院旁。一排乞丐斜靠在墙上睡觉，在那片沉默的昏暗中，他们就像断头台边堆叠的尸体。

"塞西莉亚是个老朋友。"他压低声音说，仿佛是出于对这些可

他 的 城 | 275

怜的熟睡者的尊敬。"是的,您可以说她在这个项目里同我合作。您把她视为不同一般的女人并没有错,哪怕您这么想的原因是完全错误的。"

"我可否问您,你们是如何认识的?"

"那是一段很长的故事。或许我会在其他场合告诉您。"

我再次不加抗议地接受了。没有人会同还未脱下 G 先生面具的高迪争论。

"那么,塔贝山是您的吗?"

"我的?"高迪带着明显的嘲讽意味吁了口气,"您觉得我是那种会经营剧院的人吗?"

我耸了耸肩。

"直到三分钟前,我都不觉得您是会用绿茶做的液体交易的那种人。"

我的朋友喜欢我的回答。

"您说您到底喝了多少杯?"

"我这么问您,因为您真的像是剧场的老板,坐在第一排的桌边,桌上摆着一排绿色的小玻璃瓶,就像是专卖舶来品的商店橱窗。"

"塔贝山的老板是塞西莉亚。在这家店里,我只是个临时合作伙伴。"

"你们是个不错的搭配。"我短暂停顿了下。有那么一瞬我差点儿向高迪坦白在那个由谦卑的雕像般站立的女孩守护的小房间里发生的事,并且想问他,他同塞西莉亚的小公司是否也触及这方面的生意。不过最终我选择问另一个不那么让人不舒服的问题。"我必须问您……"

"回答是否定的。"

"我的问题是您的药水是否真的有用。"现在轮到我微笑了,"您以为我要问您和塞西莉亚是否……"

"那就是您本来要问的问题。"高迪生硬地打断我说。

我带着些许惊讶看着我的朋友。

"我注意到您今晚有些攻击性。"我说,"我缺乏……对您药水的接受能力这点让您如此失望吗?"

"您没让我失望,我刚才已经说过了。我对您本就没有别的期待。"他重复道,"但您暗示我是个骗子,这让我很不快。"

"我没有暗示任何此类内容。"

"您刚问我,我的合成物是否真的起作用。这就同问我是不是骗子一样。"

我摇头否认。

"暗示是一种非常有力的武器。一个奇怪的女人,一种催眠的舞蹈,加上合适的灯光……更别提那些穿着暴露的女孩慷慨提供的一杯杯烈酒。您所提供的感受是真实的,我只是在想,这些玻璃瓶里的液体是否也是真实的。"

"荒谬之谈。就用您爱用的词,我的'生意'可不仅限于这家剧院。"

"还延伸到了昨晚我们和菲奥娜一起去的那家剧院。"我也不知道自己为什么那么说。"梦之剧院。几周前那里的一个女孩因为从舞台最高处纵身一跃而死。"

高迪生硬地停下脚步。

"我和这件事完全没有关系。"他突然紧盯着我说,"我的合成物不会让人产生幻觉。而是恰恰相反。"

恰恰相反。

让人看清现实的药水。

"我不是指控您。"我赶紧澄清,"菲奥娜提到说,她曾经在那家剧院为《插图新闻》报道过那起事故,而且不管是她还是我都在演出期间注意到女侍者们和部分观众在观察您。这就是全部。"我看着高迪的眼睛,"我不想惹您不快。"

高迪嘟哝了一句并点点头,算是接受了我的道歉。

"我工作地方的女演员或女侍者都没有尝过我的合成物。"高迪说

他 的 城 | 277

着再次挽起我的手臂，重新启程向东边的兰布拉大街走去。"事实上，没有任何一个女人尝过。我只把它提供给符合特定年龄和社会条件的先生们，并且我们之间建立了共识，他们不能和第三者分享我的化合物。不管是什么原因让这个可怜的女孩从舞台最高处跳下，都与我的活动或是我发明的合成物的特性无关。"高迪剧烈地摇头，以示否认。"但就像菲奥娜小姐和您昨晚感受到的一样，似乎并不是所有人都相信这一点。"

我点点头。

"那么，女人们不配尝试您的发明吗？"我问。

"这不是配或不配的问题。很简单，只因女人们由于其本身的特性，没有能力进入我的合成物所提供的这种思想上的完全清醒状态。这种暂时性的敏锐状态，就像是把我们的感官摆在我们与现实世界间的帘幔卷了起来，但女人们是无法进入这种状态的。她们是纯感官的地球生物，她们只会抓住她们的眼睛和手所能触及的狭隘的此地和此刻。"

哇，我心想。

这番为他的奇怪偏见辩驳的话真是振聋发聩。

菲奥娜不会喜欢听到这话的。玛格丽特也不会喜欢。

"明天我会尽量不和菲奥娜分享您的这些想法。"我说，"我们的朋友可能会用您不喜欢的方式向您证明您的想法是错误的。"

高迪微微一笑。

"通过叼着鸦片烟斗，注射吗啡或是抽古柯烟来产生幻觉和我说的完全没有关系。"他说，"用菲奥娜小姐的词来说，我不通过我的合成物'寻龙'。当然，我也不会指责那些用身边可获得的手段寻龙的人。"他又补充了一句，"最好在天空中寻龙，而不是被限制在贴近地面的范围内生活。"

更振聋发聩的话。

"我必须重复一遍刚才的话。明天吃下午点心时您不要和菲奥娜提任何这些观点。"

我的朋友微微斜了斜头。

"您知道菲奥娜和我……"

"晚餐后我们进行了一段有趣的谈话。"我点点头,"明天我解释给您听。现在我太累了,什么都回忆不起来了。您在纸条上提议我们去港口转转,现在依然有效吧?"

"当然有效,除非您更情愿休息。"

"如果我能睡着,现在就不会在这儿了。对了,菲奥娜的画您感觉怎么样?"

高迪思考了一会儿。

"我觉得有趣。"他终于说道。

"这就是全部评价?"

"有趣且独特。"

"那么您是想说,作为只会抓住狭隘的此地和此刻的女人画出的作品,它们还是不错的。"

兰布拉街口的灯光照亮了高迪脸上的笑容。

"我可否问您,您是如何知道上哪儿找我的?"他边问边在街角停下了脚步。

我沉默了一会儿,接着决定回答他。

"我必须向您坦白一件事。这不是我第一次踏进塔贝山了。"

高迪又笑了。

"那我也必须向您坦白一件事。我早已经知道了。"

"您看到我了?"我惊讶地问。

"您的出现让那些女孩注意到了。在打烊时,她们描述了一位从大厅角落观察着塞西莉亚和我的衣着讲究的神秘年轻人,无疑就是您了。"

"衣着讲究的神秘年轻人?她们是这么说的?"

"或许女孩们用的不是确切的这几个词。"高迪的嘴唇露出稍带嘲弄的表情。"无论如何，我必须承认，当我得知我的新朋友会像平庸之人般暗中窥视我的一举一动时还是大吃了一惊……"

高迪没有把话说完。而是立刻用力把左手搭在我的右前臂上，用下巴指给我看刚在兰布拉大街的靠边人行道上同我们擦肩而过的狗。

那是一条脖子上系着手帕的三条腿的狗。

"犬牙。"我轻声说。

我们又花了好几秒才找到那个乞丐。他坐在中央走道的一张长凳上，背对着我们，身边有许多大包裹和瓶子，在我看来他的头以一种非常不自然的角度仰起，冲着巴塞罗那漆黑的夜空。有那么一瞬，我害怕又发生了一起不幸事件，我担心犬牙也变成了一具衣衫褴褛、无法解释的尸体，变成了那个在二十四小时前刚结束爱德华·安德鲁性命的神秘杀手的第二个受害者。

"晚上好，犬牙。"

听到高迪的声音，乞丐把仰望天空的视线挪到我们俩身上，那表情似乎是在犹豫先对我们中的谁吐唾沫。

"G先生。"他轻声说，"先生。"

我把手放到帽檐，非常正经地同犬牙打了招呼，仿佛是在和一个与我同等，甚至高我一等的人打招呼，而不是同一个喝醉酒的、双脚站在自己呕吐物中的乞丐打招呼。那是一摊棕色的液态呕吐物，是葡萄酒、朗姆酒和杜松子酒的混合物，那股腐烂的气味传到我们鼻尖，令人作呕。

"我们今天早上在找您呢。"高迪说着站到犬牙正面，用权威的目光盯着他。"我们去了佩斯街的炭窑。您藏到哪里去了？"

"就在那里。"

"就在那里。"高迪重复了一遍，"您躲起来了吗？"

"可能。"

"躲警察吗？"

"可能。"

"您害怕他们因为您朋友的谋杀案逮捕您?"

直到那时犬牙脸上才仿佛脱去了厚重的面具,写满错愕。

"您在说什么,G 先生?"

"安德鲁。您的朋友,犬牙。昨晚我们看到您和他在他住的招待所门口说话,就在公主街上,您还记得吗?您快速离开了那里,三个小时后安德鲁就死了。"

乞丐剧烈地摇摇头,他的三角帽帽尖也跟着晃动起来,挂在胸前的小佩带也发出了银铃般的声音。

"安德鲁不是我的朋友。我也没有杀他。"

"好吧。"高迪表示让步,"安德鲁不是您的朋友。但您拜访他,并且和他有来往。"

"来往?"

"在安德鲁的房间有一个装满铜片的袋子。"

犬牙耸耸肩。

"那么您知道了。"

"我不和安德鲁合作。安德鲁是您的朋友,犬牙。而您的确与我合作。因此……"

乞丐在听到高迪最后一个词时脸上露出的惊讶表情大约和我听到高迪前三句话后的吃惊程度差不多。

"因此?"

"因此,认为安德鲁帮助您获得材料,接着您再把它们卖给我并不是没有依据的。"

就在这时犬牙的狗以可怜的姿势小跑着来到我们身边,发出几声犬吠,接着立刻把它的三条腿全部踏进了主人的呕吐物里。

"我什么都不知道。"乞丐说,"去问他的朋友吧。"

高迪斜眼瞄了我一下,明显感到很满意。我们终于获得了一点儿信息。

"那么,安德鲁有别的朋友了。"

乞丐再次摇头表示否认。

"也是你们的朋友。那个娘娘腔的男人。"

高迪和我同样惊愕地对视了一眼。

"那个朋友是谁,我们可以知道吗?"我问。

"你们知道的,不是吗?"

"我向您保证我们不知道。"我答道,"谁对您说……"

高迪用右手做出不耐烦的手势,打断了我的提问。

"请为我们描述下那位先生。"他说着更靠近了犬牙坐的长凳,这样就完全处在醉汉难闻呕吐物的正上方了。

"嘿,G先生,我不想卷入麻烦里。我不知道这与什么有关,也不关心。"

"帮我这个忙,犬牙。"高迪用缓和些的语调请求他。"我想这是您欠我的。"

乞丐的表情瞬间冷酷了起来。

"我不欠您任何东西,G先生。"他用骄傲的声音说,"我不欠任何人任何东西。给一个人带来尊严的是他的工作,而我比你们任何人都更有尊严。"他边说,边用右手划了很宽的范围,我想他想包括的不仅仅是高迪和我,还有我们身边的这座城市的所有居民。"不管是您还是任何人都从没有送我任何东西。"

高迪严肃地点点头。

"您说得没错,犬牙。请原谅我,您不欠我任何东西,反倒是我,应当感激您这么久以来值得信赖的合作。我想请您帮个忙。把这个男人描述给我们听吧。"

乞丐微微放松了他紧绷的下巴。

"一个年轻人。瘦瘦的。白得像死人一样。头发又黑又长,就像个女人。他整个人都像女人。"犬牙露出鄙视的表情。"就是那种在码头晃悠、寻找脑子坏掉的水手的娘娘腔。"

高迪和我再度对视。

"为什么您认为这个男人是我们的朋友?"

"安德鲁这么对我说的。"

"他还对您说什么了?"

犬牙摇摇头,闭上眼张开嘴打了个呵欠,就像是非洲狮的咆哮。那张黑色的没牙的嘴深处钻出的气味让我不由得后退了一步。

"嘿,G先生,现在不是说死人坏话的时候。"他说,"我们为什么不改天再说?"

三条腿的狗此时来到高迪身边,摇晃着它那因断过所以弯曲的长尾巴。我的朋友心不在焉地用戴着手套的手抚摸狗的脊背,眼睛却依然盯着犬牙。

"谢谢,犬牙。"几秒钟后他终于说,"您说的对我们非常有用。我们下回继续聊。"

老头带着满意的神情点点头,依旧坐在长凳上,却向高迪伸出右手。有那么一瞬我以为他是邀请高迪握手告别。直到我看到高迪把手伸进衣袋我才明白老头这个手势的意图。

我们留下老头在兰布拉大街的中央走道上数着他的硬币,安静地向上坡的车道走去。

"维克多·圣马丁。"我终于说。

"看来是他。"

"明天我们去他家。"我说,"不管您想在港口做什么,我想都没有同我们的新朋友谈一谈来得紧要。"

高迪抬起手,刚好来得及叫停第一辆从和平之门驶来的马车。

"早上十点在阿维尼翁大街三号门口。"他说。

这就是全部了。十秒钟后,我已经在敞篷马车的座位上坐好,而高迪已经消失在通往里维拉区深处的某条近道中。

他 的 城 | 283

第三十一章

第二天天刚亮，光芒四射的太阳就照亮了警局所在的船厂大楼哥特式的屋顶。周五天空中的云雾已让位给一个更明净、更蔚蓝、没有烟尘的天空，这种典型的地中海晴空我在刚到伦敦的最初几个月是如此想念，而在我回到巴塞罗那后，上帝，或者说运气，或者说掌管这种事的那个人偏偏一直不愿赠予我这样的天空，直到这天上午。我得承认，七点刚过陪母亲离开格拉西亚区的别墅后突然看到高远的蓝天中洒满光芒，有那么一瞬我以为G先生的绿茶制品或许终于开始在"这个藏在软帽下的资产阶级公子的脑袋"里起作用了，但接下来的旅程立刻让我意识到这个想法有多荒谬。

毕竟，前一天晚上高迪连篇累牍地对我描述的思想状态——思想上的完全清醒，暂时性的敏锐，像是我们的感官放在我们和现实世界之间的帘幔被卷了起来的感觉——都不包括那些平庸之至的、让人不舒服的、无疑相当世俗的元素，例如我母亲在去警局的全程所保持的那份浓重的沉默，又如她紧绷着下颌的样子，再如每当我尝试缓和车内气氛时她作为回应抛向我的写满了无声指责的目光。

我们终于到了目的地，在这栋建筑的牢房里，被当作杀人犯的我父亲度过了第一个晚上。直到这时母亲才终于开口，却是对我们的车夫说的，她的语气就像女王，自前一天下午起她就能自如地运用这种语气了。母亲忽略了我递给她的胳膊，庄重地从右侧车门下了车，她走近驾驶座，命令车夫下午一点回来接她。

"我想我们不等你吃午餐了吧①。"她对我说，回头看向我，眼睛因为强烈的阳光微眯着。

"我和你一起进去，如果你不介意的话。"我答道，并指了指庞然大物般的警察局，"我想看看爸爸。"

"我不认为有这种可能。我们只有十分钟的探视时间。"

我明白了，森普罗尼奥·卡马拉萨不打算把这十分钟浪费在他唯一的儿子身上。

"那我想见拉韦利亚警官。"我说。

"拉韦利亚警官周一会见我们所有人。尽量记住这个约定。"

我严肃地点点头。我记得。

"无论如何，我想今天就和他谈谈。"我坚持道。

"可以知道为什么吗？"

"我想问问他对维克多·圣马丁有哪些了解。"

母亲没有表现出听过那个名字的迹象。她听到后的唯一动作是把随身带的小包换了个手，并稍稍偏向一边方便家庭马车沿着兰布拉大街离开，马蹄铁在石铺路面上发出有节奏的敲击声。

"维克多·圣马丁？"母亲问。

"那个从《下午报》办公室起火的第二天起就在巴塞罗那所有报纸上抨击爸爸的记者。"我说，"他还在周二的《巴塞罗那日报》上发表了一篇文章，称爸爸是波旁家族的代理人，回到巴塞罗那来的使命就是为推翻共和国服务。昨天下午他还发表了另一篇文章，坚称是爸爸杀了安德鲁，目的是阻止某个和这件特殊事件相关的秘密曝光，具体什么秘密他没有明说。"

我边说母亲边开始朝警察局依然紧闭的大门走去。我也跟着照做。

---

① 西班牙人一般在下午一点至三点之间吃午餐。

他的城 | 285

"你期望拉韦利亚警官对这位先生产生什么兴趣呢?"

"他对爸爸的敌意难道不让你觉得有意思吗?"

"圣马丁先生不是第一个试图以你父亲为代价拓宽自己职业道路的记者。"她答道,"在伦敦就已经发生过这种事了。这不是什么值得让卡马拉萨家族的人惊讶的事。"

我第一次听说的大新闻。

"我不知道在伦敦发生了什么,但我知道维克多·圣马丁似乎掌握了关于爸爸的太多信息。还有关于我们家庭的。还有关于我本人的。"

我母亲露出了最近二十四小时中的第一个微笑。

"这个年轻人到底知道些关于你的什么事呢?"

"你怎么知道圣马丁是个年轻人?"这个疑问我只敢在大脑中提出。

"上周五他来家里找过我,并交给玛格丽特一张拜访卡。"我解释道,"这周二他出现在了《插图新闻》的晚会上,却没有收到任何人的邀请,就像安德鲁一样。他去那里是为了特意和我谈话。他提议我接受他的采访,并借机同这些所谓爸爸来巴塞罗那要完成的政治任务划清界限。就他对我说的那些事来看,他似乎对我在伦敦常去的地方相当了解,那时是我和菲奥娜……"我没有把话说完。"事实就是,他把我当作了坚定的共和主义者、反君主制者,不知道是不是还视我为社会主义者。"

母亲又笑了。笑容和刚才的一样,勉强而锐利。

"你说,他把你当作?"

我决定忽略那个问题。

"而且昨晚我们得知,圣马丁在安德鲁死前不久同他有来往。"

母亲突然停下脚步。

"把这部分解释给我听。"

我照做了。我对母亲谈到了犬牙,谈到了他可能同安德鲁保持的关系，谈到了高迪和我在去里世奥剧院的路上看到的一幕，并以稍文雅些的方式对她重复了昨晚乞丐对那个经常和老商人安德鲁在一起的年轻人的描述，最后，我对母亲表示，我确信这番描述的每个特征都符合那个讨厌的记者女性化的奇怪长相。

"圣马丁和安德鲁认识。圣马丁恨爸爸。现在安德鲁死了，而爸爸在监狱里。你不觉得拉韦利亚警官可能对调查圣马丁感兴趣吗？"

母亲没有回答。她所做的只是重新迈步向警察局，并问我：

"你昨晚在兰布拉大街做什么？"

"我没法入睡。高迪原本邀请我昨晚和他一起去拉巴尔区的一家剧院看表演的，我想那或许是个把大脑清理一番的好办法。"

"高迪。"

母亲念出我朋友姓氏的方式让我很不喜欢。这种方式令我感到熟悉而心痛。

"你对高迪也有意见吗？"

母亲没有回答我，却提了一个出人意料的新问题。

"昨晚菲奥娜和你一起待在你的卧室里，是真的吗？"

这个问题当然让我大吃一惊。

"谁告诉你的？"

"看来是真的。"

一定是玛格丽特，我心想。或者玛琳娜。或者伊格莱西亚斯女士，她在二层走廊开始睡前巡视时可能看到菲奥娜和我在我的卧室门口拥抱告别。

"从你说话的口气看，事实并不像你想的那样。"我说，感觉自己特别愚蠢。"当她同你在下午厅结束谈话后，菲奥娜来向我表达她的支持，以及她对这起案件的一些想法。"

"她对案件的想法。"母亲重复道。

"我想你都知道了。"

母亲的头晃了晃，这个动作可以被解读为任何意思：确认、否认，或纯粹无动于衷。

"我不允许这个女人再踏进你的卧室一次。"这就是她说的全部内容，"我们的家依然是一个正派体面的地方。"

"在权贵和教士的新时代即将来临之际，我们卡马拉萨家族必须保持良好形象。"我差点儿脱口而出。

我沉默了五秒钟，母亲可以按她喜欢的方式随意解读它。随后我问："你会见到拉蒙·阿拉德伦吗？"

"他九点过来。"她点点头，"阿拉德伦先生是个准时的人。"

"我不怀疑。他能见到爸爸？"

"他是他的律师。"

"而且也会同拉韦利亚警官谈话。"

"我们就是为此请他的。阿拉德伦先生，"母亲说出他的姓氏时略带喉音，"是西班牙最好的律师之一。"

"菲奥娜说我们在伦敦时他已经帮过我们一次。具体说来就是安德鲁伪造照片的那次事件。"

母亲没有回答我，而是停在第一个来到我们身边的卖报小贩跟前，买了当天上午发行的三份主要日报各一份。

我也做了同样的事。

"阿拉德伦先生是位伟大的律师。"她终于说，"那时能有他在我们身边是我们的运气，这次我们能请到他也是运气好。"

"但是，你觉得他有用吗？"我边问边在衣袋里搜寻足够支付六份报纸钱的硬币。"阿拉德伦先生能说服警官那些针对爸爸的证据有多荒谬吗？"

"我们就是为此聘请他的。"母亲重复道。

小贩把报纸递给我们，重新回到城墙边，他的口袋里多了些钱，摆放商品的木板暂时轻了些。

此时两只巨大的白色海鸥俯冲下来，落在铺路方石间为数不多的水坑边，喝了一会儿水又重新飞回海上，整个过程安静、完美、动人、不真实，就像海鸥回港口码头时飞越的湛蓝明亮的天空一样不真实。

"你们别等我吃午餐了。"我说，"替我给爸爸一个拥抱。"

母亲保证会带到我的拥抱。

距我和高迪在阿维尼翁街的约会还有近两小时，于是我找了老圣莫妮卡修道院旁一家营业中的咖啡馆，坐在露台上的桌边，点了一顿丰盛的早餐——吐司面包配橄榄油、一小份凉菜、一杯甜葡萄酒和一小盘橄榄——接着浏览起当天的报纸来。

那些谈论安德鲁的死、我父亲的被捕以及似乎已在整座城市公开流传的有关父亲的活动及联络人的谣言的文章几乎都不能引起我的兴趣。毕竟在读了圣马丁在最新一期《下午报》上发表的文章后，任何关于我父亲或卡马拉萨家族的新闻都已不能引发我微弱的不安。可以这么说，牌局已经开始了，但我不应插手。相反，我更感兴趣的是这三份报纸里关于政治形势和军事信息的页面，直到今早以前我都把那些页面愉快地略过了，如今听了菲奥娜的披露后，那些页面却让我觉得是最值得关注的。随着日子一天天过去，这将成为我的习惯：打开报纸的政治和军事版面，日复一日地跟踪所有这些新闻的进展，看是否暗示着这个就要分崩离析的共和国将遭遇政变或军事动乱。

南部的暴动流产了。

阿斯图里亚斯和坎塔布里亚[①]的游行被镇压了。

卡洛斯分子[②]在巴斯克地区发动了袭击。

拥护共和政体的极端分子、被激发起热情的右翼分子、不满于姗姗来迟的工业革命无法阻挡的进程的工人们，以及越来越多因蔓延全国、不见缓和的贫困而产生的无政府主义独立小帮派进行了炸弹、滑

---

① 西班牙自治大区的名字，均位于北部。
② 指支持国王卡洛斯一世的人。

膛枪和手枪袭击。

首都马德里政府和议会多数派的连续更迭,就像在体制这块虽然多次修补但还是绽了线的布料上打下的救急补丁。

还有未来的阿方索十二世的声明,这位还是青少年的波旁家族新任继承人自从被流放巴黎以来,就否认参与过倒数第二起在穆尔西亚和哈恩①的部队将军试图发动的叛乱,这支军队从来没有相信过普里姆,没有相信过萨伏依王朝的阿马德奥亲王②,当然更没有相信过紧接着气喘吁吁地到来的共和国。

所有的新闻似乎都在暗示,政体真的将在不久后发生变化,共和国会衰落,君主制会复辟,一个新的法国魔鬼将不可阻挡地坐上西班牙的王位。

这些新闻在其他任何时刻都会让我对我们这个国家——这个火药和熏香同在,三角帽和号角皆有,断断续续的国王和满足的臣民共存的国家——感到恶心、气馁和厌倦,但是在安德鲁死后的这几周里,鉴于我父亲被关押在阿马利亚监狱的牢房里,而他取得"合法"自由的前景变得一天比一天更遥远更渺茫,我开始对这些新闻感兴趣,似乎它们是能救赎父亲和我整个家族的唯一途径。归根结底,或许菲奥娜是对的。或许看到我父亲重获自由的唯一方式就是"他的那伙人"取得对国家的掌控。如果菲奥娜对我说的都是真的,那不论是找到杀害安德鲁的真凶,还是为我父亲找到不在场证明,或是说服拉韦利亚警官那些被蓄意操纵指向父亲的证据荒谬之极,都不足以把森普罗尼奥·卡马拉萨救出牢房。如果我们想让父亲重获自由,或许我们只能祈祷一个新的波旁家族继承人坐上西班牙的王位。

那天早上我一边在兰布拉大街尽头一个阳光充裕的露台吃早餐,

---

① 穆尔西亚,西班牙东南部省份,属于穆尔西亚自治区。哈恩,西班牙南部省份,属于安达卢西亚自治区。
② 萨伏依家族来自意大利北部。萨伏依王朝王子阿马德奥一世于1870年被西班牙议会选为国王,次年加冕,1873年后逊位。

手边摊开着三份报纸,一边开始模糊意识到了一个全新的事实。

那便是,在如今这个卡马拉萨家族生存的新世界,所有可怕的坏消息——军事叛变的连续征兆、社会性和政治性犯罪,西班牙历史上首次民主试验的崩溃——实际上都是好消息。

当我来到阿维尼翁街时,距约定的十点还有二十分钟。有那么一瞬,我考虑过折返一小段路去《插图新闻》办公室询问菲奥娜是否愿意陪高迪和我一起去维克多·圣马丁家,虽然这个时间她几乎不可能在办公室。最终我没这么做,而是再往前走过了几扇门,进了家没有客人的奶制品小店,向照看吧台的小女孩点了一杯牛奶咖啡,在正对着三号楼大门的窗边坐下了。

小女孩一头金发,年龄不会超过十二岁。她的牙齿歪歪斜斜的,微笑的时候就像完全无序的洁白珍珠母顶针的样本。然而,她端给我的咖啡却是我回到巴塞罗那后尝过最好喝的咖啡之一。

"小美女,你叫什么名字?"我喝了第一口后问她。

小女孩没有回答我,而是再次微笑然后消失在——我说的是字面意义的消失——大理石制的吧台矮柜下面。

"她对您来说太小了,学生先生。"那时一个熟悉的声音在我身后说道。

埃塞基耶尔。

"天啊!"我说着转身看向店门口,证实那个小混混果然站在门边,嘴角挂着早熟的笑容。他头戴一顶看起来脏得难以形容的灯芯绒帽,右眼又黑又肿,看起来就像往常一样很高兴遇到我。"我们不停地相遇,你和我。"

"真是巧,对吧?"埃塞基耶尔走近我的桌子,向我伸出左手,似乎相当确信我不会拒绝他提出的不同寻常的握手。"您真是个糟糕的探子,您知道吗?"

"我是个探子?"

埃塞基耶尔透过窗户指了指圣马丁住的建筑大门。

"如果那个人在家，那几千个小时前他就看到您了。"他说，"如果他有弩炮的话，早就可以把您杀了。"

男孩说着开始演哑剧，他伸出双臂指向我，然后数到三，打飞了我的脑袋，嘴巴配合地发出响亮的爆炸声，口水在我的桌子、报纸和大衣胸前喷得到处都是。

"那么是 G 先生派你来的。"我大胆猜测。

"当然。我看起来像是来一个这么公子气的地方喝牛奶的人吗？"埃塞基耶尔回头看向吧台，用他那只健康的眼睛朝金发歪牙的小女孩挤挤眼，她刚从各种杯子坛子后面探出脑袋，好奇地观察着我们俩。"不过您是对的，这姑娘的确漂亮。"

"我不知道你是怎么想我的，但是……"

"好了，好了。"男孩用鼻尖轻蔑地指了指我的牛奶咖啡。"好喝吗？"

"不算差。我可否问你发生了什么？"

埃塞基耶尔蹙了蹙鼻。

"这个？"他问，指了指自己发黑的眼睛。"您的朋友。"

我忍不住笑了。

"G 先生给你的眼睛来了一拳？"

"您是傻子吧。G 先生怎么会打我一拳？"埃塞基耶尔露出鄙夷的神情，"并且弄坏他自己的手套？"

"所以呢？"

"昨晚他派我去干了个小活。"

"结果不是很好。"

"结果非常好。"男孩耸耸肩。"不过对我来说不好。虽然另一个人的下场更惨。"他补充说，笑容又回到了嘴角。

"我可否问你……？"

"不，您不可以。G 先生十分钟后在老头的仓库门口等我们。所以赶紧喝完这杯难喝的东西,付钱给小女孩,然后上路。"

我摇了摇头。

"G先生和我约好十点在这扇大门前见的。我们有件重要的事要做。"

"我刚才和您说了什么?那家伙不在家。G先生九点时在门口敲了超过十分钟的门,而且我刚去他房间溜达了一圈,是空的。"

"你刚才溜达了一圈……?"

我没能把问题问完,因为埃塞基耶尔正向我展示他的撬锁工具,这无疑帮他畅通无阻地进入了圣马丁的家。

"没什么有意思的。"他说,"那家伙一定比您还无聊。他只有书和纸。"

"哪种纸?"

"我怎么知道?纸。上面写有东西。还有图画。"

我得承认,有那么一瞬,我想请埃塞基耶尔带我和他一起去检查这些纸。但接着我想,卡马拉萨家族有一个成员被禁锢在铁窗之后已经足够了。

"你经常做这种事?"我问,"强行破门,偷偷溜进别人家里?"

"只有当别人以正确的方式请求我这么做的时候。您感兴趣吗?"

"不,谢谢。不过如果将来我需要一个罪犯的帮助,我一定会想到你。"我对他保证。接着再次透过窗户看了眼圣马丁住的楼空无一人的大门,我问:"那么你要陪我去G先生等我的地方吗?"

"得有人看着您,不是吗?鉴于上次您单独在码头走动时遇到的事……"

埃塞基耶尔这次的微笑除了带有嘲讽意味外,还相当冒犯人。送给玛格丽特的那把扇子的鱼腥味仿佛再次萦绕在我的鼻尖,既让人作呕又令人羞愧。

"这次我会更小心的。"我说。

"真的?"

埃塞基耶尔对我伸出左手，给我看他戴在中指上的金戒指。

那是我的戒指。

我的祖父第一代森普罗尼奥·卡马拉萨临死前留给我的唯一遗产，那时是 1868 年中期，没几个月后我们全家就开始了流亡，而那个小混混无疑是利用他刚到奶制品店时非要同我握手的短暂机会偷走的。

"所以你不仅会偷偷溜进别人的家，"我说着暴力地抓住埃塞基耶尔的手腕，取回了我的戒指，"你还是个身手敏捷的小偷。"

"我有这座城市最敏捷的身手。"男孩骄傲地夸耀，把他的手指在我面前极快地挪动。"如果您愿意，我可以在您还没来得及眨眼前就偷走您衬衫上所有的纽扣。想要我展示给您看看吗？"

我用手掌推开埃塞基耶尔摆在我面前的脏兮兮的双手，摇了摇头。

"我的纽扣在现在的位置上挺好的，谢谢。"我说，"那么这是让你有幸为 G 先生工作的另一项技能？他也利用你去偷不谨慎的人的东西？"

埃塞基耶尔没有丢掉他脸上的笑容和职业人士的骄傲。

"为了偷一些东西，还有其他许多事。"

"我明白了。这座城市最敏捷的身手。"我重新把戒指戴在左手的无名指上，喝了一口牛奶咖啡，试图对一会儿将要去做的事形成概念。"G 先生在老头的仓库门口等我，你刚才是这么说的？"

"我是这么说的。"

"哪个老头？"

"还有哪个老头？当然是 G 先生的父亲。"

G 先生的父亲。

当然。

"G 先生的父亲在港口有一个仓库？"我问，就像问的是其他任何事情一样平淡。

埃塞基耶尔不相信地摇摇头。

"您现在才知道吗？"他问，瞪大了左眼看着我。"G 先生的父亲住在港口的一个仓库里。你们算哪种朋友啊？"

有时候我也会问自己这个问题。

"G 先生是个有所保留的人。"我轻声说。

"或许，您是个口风不紧的人。所以他什么也不告诉你。"

我思考了一会儿这种可能性。

"可能吧。"

"可能吧。"埃塞基耶尔重复了一遍，学着我的语音语调，然后立刻把沾满泥点的灯芯绒帽子戴在头发乱糟糟的脑袋上并击了下掌，掌声在空旷的店铺四壁间回响，仿佛真的是弩炮开了一枪。"我们到底走不走？"

于是，我从桌边站起身，走到吧台旁，把还没喝完的咖啡的钱付给小女孩，并且加了一点儿小费弥补造成的不便，然后拿起外套和软帽，最后看了一眼她洁白歪斜的牙齿露出的甜美微笑。

第三十二章

　　当埃塞基耶尔和我重新来到奶制品店门口时,一场小小的木偶戏表演正把阿维尼翁街和费尔南多七世街的交叉口弄得很热闹。十或十二个小孩已经在耍木偶的人身边围成了一个紧凑的圈子,那是一个胖胖的有大胡子的老人,他让两个涂上了鲜亮颜色的木偶表演着翻跟斗的杂技、可爱的捶胸顿足和有礼貌的小舞蹈。另一位老人在他身边转着一架手摇风琴的摇把,一曲有名的马戏团音乐欢快的音符流淌而出,让我羞愧的是,我听着听着就陷入了对塞西莉亚——塔贝山那个独特畸形的舞女——的回忆中。在摇风琴的老人脚边睡着一条狗,它的脖颈上也系着一块红手帕,就像犬牙的狗一样,只不过它的四条腿是健全的。在狗旁边蹲着一个不超过三岁的小孩,手里拿着一个翻过来朝上的帽子。

　　埃塞基耶尔睁大了眼睛微笑地看了几分钟表演,就像围在操控木偶的老人身旁的孩子一样。然后命令我说:"给他点儿什么,学生。"

　　我走近表演的小小收费者,让几枚硬币落在他的帽子里。

　　那个孩子用他大而空洞的眼睛看着我,没有露出一丝笑意。

　　"抱歉打断你的娱乐。"我回到站在奶制品店门口的埃塞基耶尔身边,对他说,"但是 G 先生等我们呢。"

　　男孩最后看了一眼那两个跳舞的木偶,终于收起了脸上的微笑。

　　"走吧,别再消遣我了。"他轻声说,再次把他内心深处那个十四五岁的少年隐藏起来,换上了目空一切、沉溺恶习的年轻人这副面具。

埃塞基耶尔没有像最正常的路线那样,先回到兰布拉大街,再沿着它一路向海边,穿过和平门然后抵达港口,而是先向海边走了一段,然后借口抄近路向右一拐,朝老城区的心脏走去。我们接着进入了一系列漫长的陋巷,它们不同程度地昏暗、肮脏和难闻,我明白,他把它们纳入我们的路线没有其他目的,只因为他觉得让我看到他痴迷于小孩喜欢的木偶表演等同于在我面前暴露了弱点,所以现在他想用眼前的景象,用这些居住在被遗弃的四壁间饱受痛苦的人让我感到害怕。脏兮兮光着脚的孩子、瘫痪的男人、表情苦涩面庞被残酷的贫穷磨砺的女人和早衰的老头老太,他们在鸟窝、洞开的腐烂巢穴和没有石铺的路面间过着悲惨的生活。而现在随着我们的经过,他们用空洞而呆滞的眼睛看着我的衣服和鞋子,就像那个为耍木偶的老人拿帽子的孩子的眼睛。

"有必要这样绕圈吗?"当我们终于来到明亮的宫殿广场时我问埃塞基耶尔。

"G先生的用意。他也觉得您需要多磨炼一下。"

小混混开始穿过海洋交易厅大楼和西弗雷之家的拱廊间十米宽的大街,对两个方向川流不息的车流毫不在意。我也学着他,不过多了些谨慎。

"你喜欢木偶戏,这没什么好羞愧的,你知道吗?当我还是你这么大的时候,我也很喜欢。"

埃塞基耶尔看向我的肩膀上方,露出了微笑。

"一只瓢虫。"他近乎温柔地说。

我们在沉默中来到了城墙的东南端,从古老的海洋之门穿过城墙,来到了最靠前的巴塞罗内塔区的渔民们的小破房子。几十个渔民在岸上清理和缝补他们的渔网,他们简陋的小船系在古老的玛茵斯岛的浅沙滩上。他们夜间的捕捞无疑已经卖给了波盖利亚市场的小贩,或这座城市小饭馆和餐厅的厨师。埃塞基耶尔走近三个正在一张看着极度脆弱且发黑的渔网上劳作的老人，对他们说了不知什么，逗得他们哈哈大笑，接着回到我身边，一个字没说就拐向了右侧，带着同样的坚定带领我朝西边的码头走去。

不论是依旧在天空中绽放光芒的秋日艳阳，还是从地中海深处吹来的清新微风，都不能改善哪怕一丁点儿这个工业码头的样貌和气味。那里所有的一切都以一种骄傲而好斗的方式展现着自身的丑陋、肮脏和没落：码头那些腐烂的木头，许多废弃的仓库近乎要被压弯的墙壁，船体、装卸用的大吊车和金属集装箱的表面出现的氧化腐蚀，就是那些集装箱把数百万个如同此刻聚集在我们周围的男人和女人生产出的产品从一个国家运到另一个国家，从一个钱袋转移到另一个。负责拉车的母骡粪便的气味和负责用各种商品把车填到最满的码头工人的汗水和污垢的气味相混合，两者又都淹没在各种燃料的气味里，这些燃料为巴塞罗那港这个巨型机械心脏的持续搏动提供养料。

"如果我把您一个人留在这里，您能在G先生来之前不让自己被偷光吗？"

埃塞基耶尔说着已经在一个快倒塌的仓库门前停下脚步，仓库位于一个疑似废弃船厂的建筑群正中央。

"这就是G先生父亲的仓库？"我问，不敢相信地看着那个颤抖着的、像纸牌屋一样不稳定的结构。

"很好看，对吧？老头在里面，不过如果我是你，我不会打扰他。您可以随便看，但什么都不要碰。如果碰了什么，您就死定了。"

男孩说出这最后一句话的语调和脸上的严肃神情向我暗示他不是在开玩笑。

"你不是说G先生会在这儿等我吗？"

"老大很忙的。"埃塞基耶尔说着把两个手指放在帽子上，快速朝我吐了吐粉色的舌尖。"帮我一个忙，学生先生。告诉老大，巢穴里没有任何有意思的东西。"

"没有任何有意思的东西？"

"他会明白的。也告诉他我要去看拳击手。如果有什么，我会去找他的。"

我还没来得及抗议或问出任何问题，小混混就转身小跑离开了，留下我站在那荒芜的仓库半开半闭的门口。据他说这个仓库属于安东尼·高迪的父亲，真是荒谬。

我不知道要做什么，于是在原地站了好几分钟，等我的朋友出现并向我解释正在发生什么。为什么他没有遵守我们的约定一起去敲维克多·圣马丁的门。他的一个员工偷偷潜入别人家里并炫耀犯罪技巧究竟是要做什么。为什么我们现在会在码头。在那个废墟中的仓库里居住和工作的到底是什么人。两分钟过去了，我越来越对高迪感到生气，我认为他该死的对秘密和小谜团的爱好再次构成了对我的缺乏尊重，于是我决定推开身后的门，亲自调查那部分谜团。

我的眼睛花了好几秒才习惯仓库内部的昏暗。照亮那个宽敞的中央库房的唯一光亮来自盖在窗户上的厚木板和天花板上的诸多缝隙。多重气味的混合仿佛让环境更沉重了，几乎让人透不过气来。有些气味我相当熟悉——腐烂的木头、正被腐蚀的金属、长久浸润在墙壁和水泥地里的湿气——还有一些对我来说完全陌生的气味。然而，不管是库房的昏暗还是空气中的恶臭都没能吸引我的注意长达半分钟。当我眨个不停的眼睛不再在仓库脆弱的天花板和盲拱形状的大窗户间徘徊，而是低垂到地面时，其他的一切立刻都不复存在了，只剩下覆盖地面的奇特装置。

这个装置简单地说就是一个微缩的城市模型。一座巨型城市的微缩版，其中最高的建筑离地大约两拃，最宽的大街几乎容不下人的一只脚，城市的边界几乎和容纳它的仓库相贴合。一座由铜、玻璃和石块砌成的闪闪发光的城市。其中的主要参照物——教堂的塔楼和穹顶，圆形的花园和广场，方块状的岛屿，把不符合时代潮流的城墙内填得满满的院落和斜坡——都无疑影射着仓库墙壁外头的那座城市，但同时又不能完全对应到模型所指的实际建筑。就像一曲著名的但旋律不完全符合习惯版本的乐章一样，那个奇特的城市模型里让人眼熟的区块，也不能拼到一起构成我们这些现实世界的居民所认识的巴塞罗那。

那天上午我第一次看到的令人眼花缭乱的微缩城市无疑就是巴塞罗那，不可能不是巴塞罗那，但又不完全是巴塞罗那。

事实上，就像一首经过了各种删减和添加、时长和节奏都有所改变的熟悉旋律，那些改动几乎感知不到，又不可能被忽略。这是一座被拆成一块一块又严格按照梦中的逻辑重新搭建的城市。

"高迪先生？"

那个老人正跪在一座由玻璃和铜制成的建筑前，几百个或几千个这样的建筑构成了整个模型。他的外貌和这奇特的装置一样让人惊异：凌乱的白发，白胡子，破旧的脏衣服，眼神中闪着圣人、天才和疯子才特有的强烈而疏远的光芒。他大概有八十岁了，也有可能是六十或者一百二十岁，他干瘦弯曲的身形和面部皮肤的皱纹传递出这种不受时间影响的感觉。他右手拿着一把尖头发红的小锤子，左手似乎在测量两块铜片间的距离有几寸[①]，我从远处没法贸然猜测铜片的形状和用途。一个小火盆在他的脚边燃烧，还有三个点燃的火盆分布在仓库长宽方向的尽头，散发出的烟雾让这幅映入我眼帘的意料之外的场景更暗了——那几乎容纳不下的闪闪发光的模型，来自天花板裂缝的光与影的游戏，聚精会神地沉浸在我看不懂的工作中的老人。幻想中的巴塞罗那独有的烟雾，我自言自语说。这独特的烟雾属于一座只存在于个人幻觉中的城市，我在走进仓库的那一刻完全没想到会见到它。

"高迪先生？"

[①] 西班牙寸，1寸合23毫米，1/12英尺。

这次老人也没有从牢牢抓住他注意力的铜片上抬起头。

"他听不到您。"这时一个声音在我背后说,"科梅利亚先生不在这里。"

我回过身,看到了安东尼·高迪熟悉的面庞,他正从最靠近仓库入口的模型顶端观察我。

"您是说……?"

"当艺术在召唤他时,世界对他来说就消失了。"高迪用右手做了个手势,"我们别打扰他了。"

我再次看了一眼全神贯注在工作中的老人,视线最后一次扫过那个用玻璃、石块和铜片做成的穹顶、屋檐和街道构成的惊人风景,然后听从了我朋友的话。

出了仓库,太阳仍在空中发出绚丽的光芒,高迪脱去了右手戴的山羊羔皮制的白手套,把手伸向我。这番仪式就和我们成为朋友的第一个上午一样,那是我们第二次见面,在海洋交易厅大楼新古典主义风格的楼梯下,当时不论他还是我都没想到不远的未来会给我们预备下这些奇怪的探险。

"科梅利亚先生,您刚才说?"当我的眼睛再次适应了光线的变化后,这是我问的第一个问题。

"奥里奥尔·科梅利亚。"高迪点点头,在与我坚定地握手后再次戴上了手套。"这个名字您觉得熟悉吗?"

"当然不。但是别人告诉我这个仓库属于 G 先生的父亲。"

高迪笑了。

"算是我给的小小特许。"说着拉起我的胳膊,开始朝废弃的老船厂外走去。"您清楚的,这些码头不一定是安全的环境。这里有各类扒手、乞丐和唯利是图的人在活动,他们中的一些对人命也毫不尊重。把科梅利亚先生变成 G 先生的父亲是我能找到的给这位老人某些……保护的最好方式。"

"那么，G先生是个懂得在这种环境里赢得尊重的人。"我说。

"在这种环境里，卡马拉萨朋友，唯一能赢得尊重的就是钱。"他答道，"我是说，不能被一次偷光或被用刀尖威胁着抢走的钱。"

那时我终于明白了。

G先生的生意。塔贝山。在安德鲁房间的那些铜片。昨晚他同犬牙的谈话。

用于看清现实的药水。

"G先生散钱真是慷慨。"我说，"不过散的是靠交易绿茶做的药水赚来的钱。"

"真幽默。"

"我的理解是，您用钱给这位我还没来得及打招呼的奇怪的先生提供数量巨大的铜片、磨光的石块和玻璃。"

高迪用有趣的表情看着我。

"现在您让我惊讶了，卡马拉萨朋友。"

"我说错了吗？"

"您全说对了。因此让我惊讶。"

我也笑了。

"哪怕科梅利亚先生用的材料再细小，仓库里也一定聚集了近一吨重的铜、玻璃和石头。"我大胆地说，"我不太了解玻璃和这种质量的石块的价格，但哪怕是我也知道如今铜是非常昂贵而稀少的材料。在当下的动荡年代，军队把它当金子一样囤积。而军队剩下的碎屑，各家工业企业争夺得厉害。我说错了吗？"

"完全没错。玻璃和石块也不便宜，但铜绝对算是奢侈品。"

"您是怎么得到的？"

我的朋友耸了耸肩。

"您知道的。这里弄些，那里弄些。"

我明白了。

"我最好别问。"

"我的供应商们知道从哪里找到它。这就是我们所需知道的全部。我付给他们不错的价格,他们得以维持生计,而科梅利亚先生可以继续他的项目。所有人都很高兴。"

我差点儿回答他:"所有人都很高兴,除了这些无疑是偷来的铜原本的合法拥有者。"

实际却说的是:"例如犬牙这样的供应商。再如爱德华·安德鲁。"

高迪摇摇头。

"我从没直接和安德鲁合作过。"他肯定地说,"他应该是为我的某个供应商工作。毫无疑问就是给犬牙工作,虽然他昨晚否认了。"

"所以在他房间发现那些铜片时你很感兴趣。所以您偷了一块。您想识别它。"

高迪把右手塞进他风衣的内侧,掏出从犯罪现场拿走的小铜片。

"我不得不说,至今毫无收获。它没有任何特殊之处。不过我也不认为它毫不重要。"

我点点头。

"如果安德鲁给 G 先生做间接供应商这份小零活和他的死有所关联,那尸体被发现时铜片就不会在那儿了。"

"这么想似乎合乎逻辑。"高迪表示赞同,"无论如何,在我们昨晚同犬牙的对话后,我相信我欠您一个解释。所以我请埃塞基耶尔把您带到科梅利亚先生的仓库来。"

"那么我感谢您对我的尊重。现在您只需解释给我听,科梅利亚先生是谁,建在那里的巨大模型到底是什么鬼,还有您为什么为了帮助他不惜把自己变成这样的大罪犯。"

高迪再次把铜片收到风衣内袋里,带着满意的表情看着我。

"我不会说得这么严重。"

"亲爱的朋友,您所做的是触犯了所有法律的犯罪行为。您支付丰厚的报酬换取偷来的材料。您的供应商偷这些材料的唯一目的就是

他的城 | 303

让您付钱给他们。你同时是引诱犯罪者和直接受益人。拉韦利亚警官会很高兴了解您这一面的生活，您不觉得吗？"

"拉韦利亚警官现在有更值得思考的事。"

于是我想起来了。

"您知道拉韦利亚这个名字。"我说，"当我第一次同您谈到他时，您说他曾去您做生意的地盘执行过几次公务。而当我们在安德鲁的房间遇到他时，拉韦利亚看您的样子仿佛对您的脸感到眼熟。"

"可能我们曾经同处于某个场合，没错。"高迪点点头，"但从没有面对面。您不用为我担心。"

"如果您这么说的话……"

"至于奥里奥尔·科梅利亚，您只需知道他是我来到巴塞罗那后认识的第一个人就够了。我哥哥和我刚搬到蒙卡达小广场的阁楼那天下午，我们俩在海上圣玛利亚教堂的祭坛边撞上了，字面上的那种撞上。我那时十六岁，而他已经超过七十岁了；他当时是个狂热的天主教徒，而我正开始疏离我父母先辈们的信仰；他过着严格的禁欲主义生活，而我是被这座大城市的各种诱惑迷得晕头转向的年轻人；但对建筑的共同爱好和对不甚常规的建筑风格的相同倾向把我们俩连结在了一起。科梅利亚先生是个退了休、已被行业遗忘好些年的建筑师。虽然他来自巴塞罗那最富裕的家庭之一，但他就在您刚去的仓库里靠着他人的施舍过活，而且已经开始建设这个他自认为会是此生最后一个作品的模型。您对埃斯特韦·科梅利亚手套店不会感到陌生吧。"高迪说着用下巴尖示意我的手。

的确，我不感到陌生。那家手套店坐落在费尔南多七世街与阿维尼翁街的交叉口，隔壁就是维克多·圣马丁所住的建筑。它是全城最有名的手套店。

"奥里奥尔·科梅利亚与埃斯特韦·科梅利亚有亲缘关系吗？"

我的朋友点点头表示肯定。

"虽然我要说，这两人的天赋真是天差地别。这真是科梅利亚先生的幸运。"

这真是贫穷的老建筑家的幸运,我这样理解。

"而当您刚遇到科梅利亚先生时他在进行的此生最后一个项目就是我们刚才看到的。"我大胆猜测,"一个巴塞罗那的模型。"

"一个重建的巴塞罗那。一种对巴塞罗那的自由且个性化的再想象。"高迪用右手做了个手势,意为今后我们会有机会讲述这其中的细节。"无论如何,我那时就对自己发誓,总有一天要帮助科梅利亚先生完成他的项目。"

"而这就是您找到的方式。"我接道,"为他提供他的家庭拒绝给他的资金。这不是个坏主意。"

"虽然您并不认同。"

"我没有资格认同或不认同任何人的行为。您的目的是高尚的,因此就我这方面而言,没什么好反对的。这让我想起来……"我微笑起来,"您的朋友埃塞基耶尔请我给您转达两条信息。"

"我正要跟您问起他。我让他留下来陪您一起直到我来的。"

"他说他要去看拳击手。还说在巢穴里没有任何有意思的东西。这就是他的两条信息。"

高迪严肃地点点头,此时我们正穿过一座临时搭建的不太稳固的木桥,它衔接了旧码头两块有落差的地面。

"您是否记得您对我说过,爱德华·安德鲁在名声被毁不能做商人后,曾试图依靠在港口违法打架圈中当打赌中间人为生?"他问我,"我于是想在这些地方调查一番也无妨。看看安德鲁在生命的末期是否同港口这片小世界有接触,或者有没有人能给我们讲一些关于他生意的有趣消息。"高迪耸耸肩,"我不觉得我们会找到任何有意思的东西,但还是要试一下。"

"那巢穴呢?"

"当然是维克多·圣马丁的家。"

当然。

"又一桩罪。"我说,"鼓动一个孩子偷偷潜入别人的家,并乱翻一个公民的东西,不管我们多么不喜欢他,他都有隐私权。"

"我看您今天早上相当胆小,卡马拉萨我的朋友。"

"或许父亲已经被关在铁窗之后的事实让我对这类法律细节更敏感了,高迪我的朋友。"

我的朋友面容严肃地点点头。

"抱歉。"他说,"我没有忘记您父亲的处境。"

"我知道。我也感激您正在做的事。只是我不想看到您或是我有一只眼睛被打肿了,就像埃塞基耶尔的一样。"

高迪停下步伐,那时我才认出我们正站在和平之门的外侧墙面下。我们终于离开了港口,我心想。真是好消息。

"他跟您解释发生的事了吗?"

"他跟我说是您的错。"

我的朋友笑了。

"他说得没错。"他承认道,"您记得插在安德鲁胸口的匕首吗?"

"我怎么可能忘记?"

"那您记得刀柄上的徽章吗?"

"您说觉得曾经在其他场合见过它,但您不记得什么时候在哪里了。"

高迪用右手食指的指尖敲了两下太阳穴。

"多亏了您,我终于记起来了。"他说,"多亏了您和菲奥娜小姐。您记得您对我说的关于我们的朋友曾经同一伙最终袭击了伦敦地铁的俄国民粹主义者的关系吗?"

"我记得,是的。"

"几年前的一天晚上,警察进入了拉巴尔区的一家剧院——那时我经常去那里——逮捕了一小伙民粹主义者,他们似乎开始把这个地点当作秘密聚会的场所。那天晚上我也在剧院,我得向您承认,为了说服警察我衣服口袋里的那些小玻璃瓶里的液体纯粹是个人药用,我算是遇到了大麻烦。"高迪说着露出一个淘气的微笑,"当一名被捕的所谓民粹主义者从我身旁走过时,我看到他的马甲上别着一枚徽章。"

"匕首上的徽章。"

"我发誓它们一模一样。"

"那么杀死爱德华·安德鲁的是个民粹主义者?"我不相信地问,"哪个社会创新分子能从杀害这个可怜的老头中获得什么好处?"

高迪滑稽地皱了皱眉。

"社会创新分子?"

"请正确地理解我:我不是维护那些无政府主义者的方法,也不赞同他们的思想。不管恐怖主义还是社会的无序都同样地不吸引我,您是知道的。我只是不明白为什么一个像安德鲁那样的人会变成一桩政治犯罪的受害者。"

"您忘记了安德鲁之死是一桩有两个受害者的案件。"

我思考了一会儿。

"我也不明白那些无政府主义者针对我父亲能有什么好处。"我终于说,"我提醒您,最近父亲的诽谤者们指控他的正是利用他的报纸鼓舞各种民粹主义和旨在破坏社会秩序的思想。"

"依靠印刷品中的过分内容和配有插图的追求轰动效应的新闻在下层人民中培养恶趣味,是不同于加入试图摧毁一切社会秩序的人那一边的。"高迪答道,"幸运的是,我相当怀疑有真正的无政府主义者把您父亲视作支持他们事业的人。更别提在我们的朋友维克多·圣马丁最近散播了关于他的如此多谣言的情况下。"

我渐渐开始明白我朋友的推理将指向何方了。

"一个无政府主义者天然的敌人是国王,因为他梦想着推翻国家的所有秩序。"我说,"如果我的父亲在为这个国王的到来而努力的话……"

我不需要说完这段推理。

"或许这是一个荒唐的想法。"高迪说,"但我们试着看看这将把

他 的 城 | 307

我们引向何方也不会有任何损失。"

"至多就是我们都被打肿了眼睛。"

高迪笑了。

"这个男孩指尖是够敏捷，但是舌尖就不够了。"他说，"或许这次我把任务交给他的决定也不是很正确。"

"我想任务就是在拉巴尔区低调谨慎地打探些问题吧。"

我的朋友点点头。

"埃塞基耶尔有很多优点，但低调谨慎绝不是其中之一。"

"或许您今天下午亲自问菲奥娜一些问题会更有用。"

"问菲奥娜？"

"最近这些天，她要为几篇关于警察在拉巴尔区对无政府主义者的秘密集会进行撒网行动的文章画插画。警察及其有组织的敌人的丰功伟绩是《插图新闻》偏爱的主题之一。她知道该敲哪扇门以获取信息。"

高迪的目光有那么一会儿迷失在港口的忙碌与繁荣中，他那蓝色的大眼睛盯着装货码头停泊着的船只桅杆最高处的某个点。海鸥喧闹地盘旋在码头浑浊的水面上，一些鸽子也学着它们在陆地上低飞，上午的第一丝云彩也害羞地从西边飘来。高迪的嘴唇紧张地动了好几次，但一点儿声音都没有发出。终于他把手伸进衣袋拿出香烟盒和火柴，点燃一支烟，视线依旧看着天空，边把两样东西递给我边轻声说：

"我想是时候离开这里了。"

我当然对此毫无异议。

第三十三章

二十分钟后,菲奥娜在她《插图新闻》的办公室里接待了我们,明显既高兴又好奇。当我们进去时她没有从书桌前站起来,只是从画纸、打开的本子、她父亲领导的报纸的过刊叠成的厚纸堆上方把手递给我们,并用点头回应我们的吻。接着她邀请我们坐在书桌对面的椅子上,询问我们意外来访的原因。

"真有意思。"在听完高迪给她概括地解释了把我们引向她办公室的原因后,她说,"您是今天第三个同我谈起无政府主义者的人。"

高迪和我侧目对视了一下。

"那前两个人是……"

"维克多·圣马丁和我的父亲。"

哇,我心想。

"你找到维克多·圣马丁了?"

"事实上,是他找到了我。"菲奥娜微笑答道,"当我九点前到达费尔南多七世街的街角时,他正在那里等我。他邀我合作一桩生意。"

"一桩生意?"

"他希望我们共同写一篇关于森普罗尼奥·卡马拉萨的文章。我的内部消息,他掌握的信息,我的插图配上他的钢笔。注定会成功。"

"您怎么回应他的?"

菲奥娜夸张地皱着眉看着我。

他的城 | 309

"你觉得呢？"

"那无政府主义者呢？"

在把我们隔开的宽大写字台的另一侧，菲奥娜把身子倾向高迪。

"他说，现在卡马拉萨先生的朋友们试图把安德鲁的死归罪给无政府主义者。他说由于没有其他防御方法，他们会毫不犹豫地寻找替罪羊。"

高迪严肃地点点头。

"但为什么偏偏是无政府主义者呢？"

"他没说。我想他大概读了我们这几天在报上发表的新闻。警察最近光顾了好几次拉巴尔区的聚集了许多快要饿死的可怜虫的地方。我想他就是随口一说。"

"快要饿死的可怜虫"，这种表达方式让我惊讶。

"那么你对他们并不是很了解。"我带着些许谨慎说。我依然记得昨晚当我暗示菲奥娜现在的政治想法似乎与我们在伦敦时改变了很多时她的反应。"我以为你会觉得……有趣。"

"无政府主义者？"菲奥娜露出轻蔑的表情，"我在巴塞罗那认识的为数不多的无政府主义者都是些爱幻想的可怜虫。高尚的情怀，模糊的想法，没有一丝现实感。亲爱的，在你们这个国家，无政府主义获胜的可能性和真正的共和国一样渺茫。"

"你们看到我们现在的处境了。"她皱起的眉毛仿佛在这样说。

现在的处境就是等待一个新的波旁家族继承人的到来。

"你父亲呢？"我问。

"这就是有趣的部分。半小时前，我父亲把我叫去他的办公室，对我宣布从周二起我们要开始发表一系列关于无政府主义者活动的深度文章。这将是我们下一轮'对公众意识的宣传'，用你父亲曾经的话来说。用你父亲的话来说。"菲奥娜立即改口。

高迪露出一声好奇的嘟囔。

"真巧。"

"对吧？"菲奥娜说着把手中的铅笔放到桌上——直到我们进来前她都在用这支笔作画——紧紧盯着高迪问道，"这一切是什么意思？"

我的朋友摇摇头。

"我不知道。但我也觉得很有趣。"

大家的思考让办公室陷入了漫长的沉默。菲奥娜的话让人得出的结论很明显：圣马丁是对的，我父亲的朋友们试图把杀害安德鲁的元凶指向无政府主义者，而《插图新闻》将会是他们用于向公众传播这种想法的首要工具。这一结论既让人不舒服，又给人带来希望。至少我是这么认为的。

不管拉韦利亚警官和他的法警同事们有多憎恨我父亲和他所代表的势力，他们更仇恨的是无政府主义者，因为这些人，不论爱不爱幻想，都渴望建立一个没有政府、没有社会阶层也没有治安力量的社会。而且，如果最近几期《插图新闻》发表的文章没有撒谎的话，他们已经用叛乱和社会冲突的谣言在沉睡的尚属资产阶级的巴塞罗那搅动风云好多年了。

思考了几分钟后，我终于决定提起从昨晚起就让我感到不安的话题。

"你和你父亲一切都好吗？"

菲奥娜吃惊地看着我。

"为什么这么问？"

"昨晚，我无意间听到你们争吵。"

菲奥娜的脸色立刻阴沉下来。

"你听到了什么？"

"只是喊叫。我什么都没听懂。但我之前从没听过你们吵架。所以我想你们是不是……"

"你说你是无意之中听到我们的。"菲奥娜打断我，"我看你们卡马拉萨家的人都有一个严重的毛病，那就是不尊重隐私。玛格丽特偷

他的城 | 311

看给你父亲的信,你监视我父亲和我……"

"我没有在监视你们。"我抗议道,再次对菲奥娜的反应感到惊讶。"我无法入睡,所以走到花园去,我想或许你也还没睡下。接着我听到喊叫声,于是离开了。"

菲奥娜点点头,面容依然十分严肃。

"我也不习惯同我父亲争吵。你知道的。"她试图报以微笑,但笑容凝固成迷茫的表情。"请原谅。"

"是我请你原谅。我不想让你不舒服的。"

"那只是一个私人的争吵。没什么重要的。今天一切都已经好了。"

我们再度陷入沉默。在我们房门的另一侧,位于宫殿底层的印刷机预热齿轮的声音有那么一刻盖过了在走道上来回奔走、相互争论的记者、秘书和主编们的说话声。透过办公室开着的窗户,隐约传来这座沸腾的城市令人熟悉的噪声:流动小贩的叫卖声,马的嘶鸣和马蹄击打石铺路面的声音,以及一辆朝圣海梅广场驶去的公共马车的提示铃声。

这次是高迪打破我们因思考而陷入的沉默。

"或许您想和我们一起吃午餐。"他说着看向菲奥娜,所有的五官都努力想展现一个无可指摘的绅士表情,几乎让我笑出声来。"您认识七扇门吗?"

"我感谢您的邀请,不过在《插图新闻》我们不吃午餐。加夫列尔可以证明。"

"公司的规定。"我开玩笑道。

"但是我不打算错过下午点心。"菲奥娜微笑地对我朋友说,这次的笑容相当自然。"我很期待您给我展示海上圣玛利亚教堂的著名模型。"

高迪礼貌地点点头。

"那将是我的荣幸。"他说,接着立刻看向我,"卡马拉萨我的朋友，恐怕我们得走了。"

我们三人从各自的椅子上站起身，走到办公室门边，在那里以吻手礼告别。菲奥娜握了握我的手，我明白她这是对我俩之间不到十二小时内发生的第二次争论表达无声的和解。当轮到高迪的嘴唇轻吻她手背的皮肤时，她脸上的表情突然把我带回到了1870年的12月。

"您考虑过我的提议了吗，安东尼？"她问。

高迪的两颊立刻红起来。

"我考虑过了，是的。"他轻声说。

"所以呢？"

"我还没……还没做出决定。"

菲奥娜的笑容更灿烂了。

"不着急。"她说，"那么下午见。午餐愉快。"最后一句话是对我说的。

当我们离开《插图新闻》办公室所在的宫殿，再次回到街道上时，高迪的两颊依旧染着浓郁的红色，就像被高顶礼帽盖住的头发一样红。

"我最好别问，对吧？"

我的朋友没有回答我。

这天上午余下的时光我们都在拉巴尔区的小巷里漫无目的地散步，我利用这个时间给高迪讲了菲奥娜昨晚提出的理论——或者更确切地说，她所确信的事——既关于我父亲过去的活动，也关于他目前的司法处境，还关于我们对他的未来应当怀有的希望。我也对他提到了我母亲自从丈夫被捕后立刻展现出的奇怪态度，对阿拉德伦先生可疑的聘用，以及我们对这座城市其他三处高档住宅的拜访——其中位于圣胡安步行道上的那家正是我父亲在回家前几小时拜访过的——最后我还和他分享了我自己对所有这些事意味着什么的感受。

高迪非常专注地听我说，只提出了一些有助于让我的讲述更清楚，或请求我提供更多相关细节的问题，有几次，他还要我试着复述菲奥娜、我的母亲或阿拉德伦在同我的对话中说过的原话。

"怎么样？"我终于结束了我的讲述，然后问道。

我的朋友毫不犹豫地开口了。

"菲奥娜小姐的所有想法我觉得都是正确的。"他断言道，并把手短暂地放在我的手肘上，就这样在拉巴尔区北部众多纺织作坊中的一家墙边停下了我们的脚步。"您的父亲的确是波旁家族的代理人，在过去的六年中，他用伦敦拍卖行的收益资助着君主制复辟的计划，而现在他回到巴塞罗那是受到了新的任务委托。您和我暂时不清楚这个任务的实质，但您的母亲无疑了解，菲奥娜小姐和她的父亲贝格先生很有可能也是知道的。您的母亲收到命令，不能在警方面前透露丈夫的身份和职责，并把各项事务交给了其他还没有暴露的代理人去处理，例如在安德鲁假照片一案中已经为你们服务过的阿拉德伦律师。他们所期待的无疑是共和国的立刻覆灭和新国王的到来能让您父亲从监狱出来，甚至维护他的荣誉和清白。"高迪列举完了他赞同菲奥娜的内容，用明显因激动而闪着光的眼睛看着我。"但是菲奥娜小姐的理论有一点没有考虑进去。"

"哪一点？"

"杀死安德鲁的原因。嫁祸给您父亲的原因。为什么杀死一个声名狼藉的老商人并嫁祸给您的父亲？有什么目的？"一辆运货车此时驶进了我们所在的小巷，让高迪不得不临时中断他的演讲。"我们假设所有这些都是真的。假设菲奥娜通过她的地位和她的人脉，获得了关于您父亲的真实信息，以及昨晚她同您分享的不是一个忧心忡忡的女人的推测，而是她觉得您值得知道的信息。在这种情况下，无论如何，您的父亲都只不过是一盘人数众多的象棋游戏里的一枚棋子。为复辟这盘大棋效劳的小卒。"我的朋友顿了顿，才接着说，"那么，用伪造的证据把他送进牢里，甚至送上断头台，有什么用呢？为什么偏偏是他？"

我不知道如何回答，高迪也不期待我能给出答案。

此时，一群又说又喊的工人从隔壁一家工厂里走出来，让我们沉默了数秒。我接着提了一个新的问题：

"那么这些现在似乎从犯罪现场浮出水面的无政府主义者，他们在这个理论里扮演什么角色？"

这次是高迪不知如何回答了。于是我把回答的责任交给了我自己：

"或许，由于缺少一个可以推翻的国王，这些菲奥娜提到的爱幻想的可怜虫就满足于消灭一个卑微的走卒了。"

我的朋友再次用闪着光的湿润的眼睛看着我，不过这次同样什么都没说。

同高迪在七扇门我们惯常待的角落共进了一顿愉快的午餐，并闲谈了一会儿后，我陪着我的朋友走到蒙卡达小广场，并在他住的大楼门口与他告别。接着我再次回到宫殿广场，拦下了最先经过我身边的那辆马车。最近这四十八小时积累的疲惫和倦意终于开始向我的身体和精神施威，像往常一样走回格拉西亚区的别墅现在让我觉得无法忍受。于是我告诉车夫目的地的地址，在马车敞篷式的座位上安顿好，闭上了眼睛，希望在到达家庭别墅前不用再睁开。

下午余下的时间我都在家里。我在卧室看了一会儿书，同玛格丽特和玛琳娜在带顶小院吃了下午点心，去了三次下午厅但都沮丧而回——那三次我母亲都正同他人会面，而他们似乎对与我商谈他们的事毫无兴趣——大约七点时，我厌倦了隐身人的感觉，便把自己关在摄影工作室里，直到晚饭前都在尝试一些刚从伦敦寄回的越洋包裹里的新鲜玩意儿。

九点整时，玛琳娜敲我的门，告诉我晚餐已在主餐厅备好了。

五分钟后，当我来到我自己座位时，母亲、玛格丽特和拉蒙·阿拉德伦都已在桌边就座。

"卡马拉萨先生。"律师与我打招呼，他站起身，向我伸出手，就像前一天下午我们握手时一样坚定。"我很高兴再次见到您。"

"我也一样，阿拉德伦先生。"

借用谁说过的一句话，这就是我和他对话的高潮。晚上余下的时间里，阿拉德伦先生聊的都是不重要的事，母亲一言不发地沉默着，我和玛格丽特因倦意而呵欠连天，这三者融合在一起，消解了我们俩任何用不合时宜的问题破坏这顿马斯德乌女士准备的完美晚餐的意图。

"很高兴见到您，卡马拉萨先生。"律师在十点整时在别墅门口的人行道上与我告别，"最近的某天您和我得聊一聊。"

"或许就明天？"

他露出一个无可指摘的和蔼微笑。

"最近的某天。"他边重复边把脚放到私人马车的马镫上，"从现在起我会常来这里，您不必担心。"

于是我看着他朝他不远的豪宅驶去，除了把手插在裤袋里对着月亮打个呵欠也没别的好做的。

十分钟后，玛格丽特在我的卧室门口等我。

"把一切都讲给我听。"她命令我，同时把我们身后的门关上，用手把我拖到床边。

"他什么都没和我说。他只说最近的某天我们得谈谈。"

"不是那个律师。是菲奥娜。"

"菲奥娜？"

"玛琳娜说她昨晚和你一起在这里，在我睡了之后。还说你们不停地说话。"

这个玛琳娜，我心想。卡马拉萨家的屋子里另一个不尊重他人隐私的人。

"她是把耳朵贴在门上了吧。"

"你别把她扯进来。"玛格丽特严肃地说，"她是我唯一的朋友。"

"无论如何，没什么好说的。"

"我已经不是一个小女孩了，加夫。我有权力知道。"

玛格丽特是对的。不管正发生着什么，她都有权知道。我看到自己被母亲排除在她和父亲的秘密之外时所感受到的沮丧，无疑就和现在玛格丽特看到我知道一些她不知道的信息所感受到的一样。于是我坚定地握住她的手，既没有选择性地说一些话，也没有漏掉任何细节，把几个小时前告诉高迪的话又一五一十地对她说了。

当我说完时，妹妹似乎尤为轻松。

"那么，只要他的朋友们获胜，爸爸就可以离开监狱了。这是个好消息，不是吗？"

我在拥抱她的那一刻全明白了，于是我回答是的。我明白她是对的，玛格丽特刚同现实签下了第一个成年人的协定，这的确是个好消息。

大约凌晨三点时我醒了过来，感到膀胱很胀，太阳穴因疼痛而跳动。我走进浴室，在黑暗中在马桶里小便，把脸沉进水槽里几乎冰冷的水中，接着回到卧室，把窗户半开，想呼吸些新鲜空气。就在那时，我看到花园树木的树冠上像有幽灵般闪着微弱的光芒。

我想那是菲奥娜像往常一样在老旧农家小屋的门廊上同失眠做斗争，于是难以抗拒诱惑的我穿上一身衣服，走出去想探究她单独和高迪度过的第一个下午有何结果。我在黑暗中走到大厅，从带顶小院的门出去，沿着连接别墅主楼和贝格父女的房子的、铺了细砖的小路穿过野生般的花园。

从我卧室的窗外引起我注意力的光亮的的确确就来自农家小屋的门廊。

就像我第一次悄悄去塔贝山的那晚一样，菲奥娜斜躺在门廊上的一把摇椅里。她的眼睛紧闭着，右手食指和中指间夹着的香烟快要烧完了。飘浮在她身边的烟味我绝不会弄错，她的脸上还挂着绝不会错的一抹微笑。她的头发散开着，比以往任何时候都要红，散落在她的肩头和胸前，并无法阻挡地从摇椅侧面溢出去，真是美极了，就像传说中填满了死去的伊丽莎白·西德尔的整个棺木的神奇头发一样。

第二把摇椅更靠近通向门廊的两级台阶，上面坐着的人是高迪。

我的朋友眼睛半睁半闭着，脸色苍白得像一具尸体，嘴唇的形态我就不描述了。他的手指没有夹着烟，但他衣服散发出的味道和摇椅右侧堆成小山的烟灰无疑可以说明刚才发生了什么。

"卡马拉萨我的朋友。"高迪用细若游丝的声音同我打招呼，我迟疑了几秒，接着跪到他身旁，把手放到他惨白的、挂着冰凉汗珠的额头上。然后，他费力地把嘴唇的表情换成了一个笨拙的微笑，但没有成功。"我想我刚才也寻到了我的龙。"他说。

第三十四章

　　直到周一下午很晚的时候我才重新有高迪的消息。我在警局终于把义务尽完后，就去位于蒙卡达小广场旁的他家阁楼找他。我的朋友周日一整天的安静引起了我的注意，我最初把这种安静解读为高迪有所保留，或许还有些羞愧，但随着周日的过去，这种安静在我心中留下了模模糊糊些许不祥的意味。而且高迪没有前赴周五与我妹妹的约定，在我的家人和我被迫从周一大清早就开始忍受警察专横对待的这期间，他一刻也没有靠近过警局来陪伴我们，这一事实更引起我的注意。因为上述种种，即将同我朋友的会面非但没有让我感到高兴，反倒让我觉得不安，自从我们认识以来，这是我第一次感到去见高迪与其说是令人愉快的经历和探险，不如说是我们的友谊逼迫我履行的让人不舒服的责任。

　　现在想来，或许这就是那天下午，命运奇怪地出现在我身边并冲我挤眼睛的原因，然而不管高迪还是我都直到两个月以后——直到我现在正试图讲述的故事有了仓促的结局——才明白其中的意味，原来十一月初的这天下午发生的某件事有着令人意想不到的重要性。

　　启程去找高迪前，这一天的行程就像预料中的一样漫长和令人不舒服。卡马拉萨家族的整个圈子——我的母亲、妹妹和我，马丁·贝格和菲奥娜·贝格，家里的五位服务人员，以及其出现让我略微惊讶的阿拉德伦先生——上午九点整时就像周五下午接到的指示一样，出现在了警察局，但一直等到中午十二点，拉韦利亚警官才要求我们去他的办公室，总是每次一人，间隔的时间完全不规律，顺序也很神秘，不论我多努力，也没能在卡塔兰警员每次在我们等候室门口探头喊出的名字顺序中找出任何规律。下午两点整时，一个穿着乡下人服装的男人进入我们的房间，带来了两大罐水和满满一袋夹心面包，胁迫我们补充体力以便继续接受问询。那时马斯德乌女士和伊格莱西亚斯女士——家中的厨师和女仆负责人——已经回答完了警官为她们准备的所有问题，但车夫还在我身边等着轮到他，明显受到了惊吓的玛琳娜也在等，格拉西亚区的居民、年事已高、负责每天上午照顾我们家花园的卡沃内利先生也在等，他被叫来警局接受询问本身也是个值得深究的谜。玛格丽特在一点前就答完了拉韦利亚的提问，然而让她失望至极的是，四小时后，不论母亲还是我都没从不舒服的椅子上起身。马丁·贝格倒是被阿韦拉多·拉韦利亚叫去的第一个证人——阿拉德伦先生用这个词形容我们那天上午的司法处境：服务于警方调查的证人——他十二点半就获得离开的许可，可以去监督当天那期《插图新闻》最后的编辑工作，而他的女儿却是等候厅里倒数第二个从卡塔兰警员口中听到自己名字的人。那时已接近下午六点，我母亲和妹妹终于在玛琳娜、车夫和拉蒙·阿拉德伦先生的陪伴下启程回家了。我不明白为什么，但律师先生似乎觉得不论菲奥娜还是我都已经不需要他的法律援助了。

这就是为什么我们会在那个已经待了接近十小时、令人窒息的等候厅里单独相处了十分钟的原因。

"我们来赌谁会最后一个被叫去吧？"菲奥娜带着有气无力的微笑问我，那时我的母亲已经结束了询问，进来拿上包并带着妹妹和律师离开了。"比如佩特里特索尔街的一顿下午点心？"

除去那天一大早在登上家庭马车时我们打的简单的招呼，那是菲奥娜自周六我们在她位于费尔南多七世宫殿的办公室门口告别后，第一次同我说话。整个周日我都没有她的消息，就和高迪一样，菲奥娜似乎也在那晚我们在农家小院门廊上的奇怪见面后就消失不见了,在警局漫长的一整天里,不论她还是我都没有表现出直接对话的意图。

"你们英国人,和你们对打赌的热衷。"我边回答边从坐了一天的椅子上站起身,坐到离她更近的另一张椅子上。

她再次朝我微笑,这次轻松多了。

"无论如何,这个赌就这么说定了。我赌你是最后一个人。"

"你这么认为吗?"

"亲爱的,对警官来说,如果说今天他用我们做了个大蛋糕,那你就是那颗樱桃。他最想让你的大脑变得疲惫和脆弱。"

我没有装作没想过这种可能性的样子。

"就赌下午点心吧。"我说,"就今天下午?"

菲奥娜摇摇头。

"今天下午我唯一想做的就是回家,洗个热水澡,然后连续睡上十二个小时。"

我忍不住问她:

"你很缺乏睡眠吗?"

"似乎我们所有人都缺吧。"她在椅子上直起身,头稍稍歪向左侧地看着我。"最近不管是你还是我都没有得到很多睡眠,不是吗?"

我明白,那句话的意思是邀请我把无疑占据着我们俩内心的那个话题一次性说明白。

"那我可以问你前天晚上发生的事吗?"

"你可以。"菲奥娜毫不犹豫地答道,"但我恐怕没什么有意思的内容讲给你听。"

"高迪那晚和你在一起。这就很有意思。"

菲奥娜摇摇头。

"安东尼那晚在我的书房,在我的摇椅上,在我的厕所里。但我没把他塞上我的床,如果你想说的是这个意思的话。"

这不是我想说的意思。

不完全是。

不管怎样不是以那种直白而生硬的方式。

"我没有在想任何类似的事。"我严肃地保证,"哪怕真的是这样……"

"哪怕真的是这样,安东尼和我在我的被单里做了什么也不关你的事。"菲奥娜打断我说,"但你不用担心。即便我不是贵妇,高迪也是位绅士。"

菲奥娜说出这些话时特别轻松,既没有攻击性,也没有明显的挑衅意味。

菲奥娜不是一位贵妇,高迪是一位绅士。两句简单的评价,无他。

"我应当替你的单纯抗议吗?"

"如果你也是绅士的话,你就会这么做……"

"那我就不麻烦了。你刚才说在你的书房里,在你的摇椅上,在你的厕所里?"

菲奥娜露出一个嘲弄的微笑,让她的脸庞至少年轻了四岁。

"看来你朋友的胃不习惯我的……合成物。"

我也笑了。

"你的烟比他的绿茶难消化。"我大胆猜测。由于有脚步声穿过走廊来到等候室开着的门口,于是我压低了声音说:"他让你尝了吗?"

在有铁栅栏的大窗户外,傍晚已悄然而至,在那半明半暗的状态中,我看到菲奥娜的眼睛神秘地闪着光。

"他让你尝了吗?"她没有回答却问道。

我想已经没什么好隐瞒的了,于是简短地对菲奥娜讲了我周五晚上在塔贝山的经历。包括那是我第二次偷偷摸摸来到那家店,我是如何靠近高迪桌边的,他难喝的饮料并没给我造成什么效果,那个畸形的舞女依旧让我着迷,以及我的朋友似乎很珍视同她的友谊。我仅仅略过了去卑微的农村女孩的隐秘小房间的事。

"我的大脑似乎不是被设计来享受那种经历的。"我总结道,"但我向你坦白,我特别想再次看到那个女人跳舞。"

菲奥娜忽略了我最后一句话,思维还停留在倒数第二句上。

"或许你还没有找到合适的激发物。"她说着朝我靠近了些,"显然,并不是你朋友的合成物。"

我选择不去问她她的产品对我是不是合适的激发物。我记得高迪大惊失色的面孔,他挂着冷汗的惨白的额头,他湿润的没有光泽的眼睛,就像东伦敦的烟馆里任何一个吸食鸦片的瘾君子的眼睛。这些回忆自周日凌晨起就不断地骚扰我的梦境,让我睡不安稳。出于我的本性,出于我们过往的共同经历教会我的谨慎,也出于菲奥娜本人的冷漠,我已经懂得抵制跟着她抽大烟的诱惑,但我不确定高迪是否也有能力做到。

"那么,那天下午很有趣吧。"我说,试图把我们的对话转向更平静的话题。

菲奥娜毫不犹豫地点点头。

"非常有趣。我和安东尼下午五点整在圣玛利亚门口碰面,我跟着他上到阁楼,认识了他的哥哥。那个弗朗切斯克是个非常特别的年轻人。"菲奥娜面对我的强烈赞同微笑了。"安东尼首先给我展示了从他们的阳台能看到的棒极了的景致,在接下来的半小时里,他给我讲解了正在建造的模型的所有细节,并给我看了他的一些相关画作。他这个由六七个点撑起整个建筑重量的理论真迷人,你不觉得吗?"

"毫无疑问,的确相当迷人。"我表示赞成,"不管是不是对的,都是值得钦佩的理论。"

"不管是不是对的?你觉得不对?"

我耸了耸肩。

"高迪在建筑方面比我懂得多得多,他也有一些比我更不寻常的想法。我没有资格去评判他关于海上圣玛利亚教堂结构的理论,不管这些理论让我觉得多么大胆、多么不可能。"

他 的 城 | 323

菲奥娜似乎思索了一会儿我的话，然后才接着讲述她和高迪共度的那个下午。

"当他给我展示完模型和平面图后，我们把弗朗切斯克留在阁楼，下楼到邻近的一家奶制品店吃下午点心。随后我们在将军花园散了一会儿步，登上了老城堡的旷地，那里他把我带到据他说可以找到颠茄根的地方，他著名的绿茶合成物里就混有这东西。我们在你们常去的七扇门餐厅进了晚餐，喝了一会儿酒，接着他同意带我去塔贝山。在那里我一个人在角落的桌边度过了两小时，看着你的朋友塞西莉亚跳舞，数着高迪一共往衣兜里塞了多少钱。"菲奥娜再次笑了，"我还尝了一瓶他玻璃瓶里的液体。接着我们回到家里，在我的工作室待了一会儿，最后，我邀请他和我一起去门廊，点上一支我的烟。你似乎就是那时候来的，并搞砸了一切。"

菲奥娜滔滔不绝地讲述的这最后一段里有那么多离奇的事，我都不知道该对哪一件感到最为惊讶了。高迪带菲奥娜去老城堡的废墟里采摘颠茄根，完全忽视了他自己那些振聋发聩的、关于女性的纯土属性和无法掀开帘幔看到近在咫尺的现实的理论，还给她喝他的药水。接着，更让人讶异的是，高迪同意陪菲奥娜来到我们的别墅，并在即将黎明、马丁·贝格在不远处睡觉的情况下和她一起分享两样私密的东西：艺术和药品。

面对所有那些出乎意料的消息，我选择问菲奥娜一个我能想到的最不危险的问题。

"你觉得塞西莉亚怎么样？"

就在此时，就在菲奥娜有机会回答我之前，卡塔兰警员的脑袋从等候室的门口探出来，并对我们宣布拉韦利亚警官要求贝格小姐去他的办公室。

我就不赘述那天下午我和拉韦利亚警官的对话来让你们感到无聊了，或者说是我在他办公室的半小时里接受的问询，或者说是我以森普罗尼奥·卡马拉萨的儿子和爱德华·安德鲁凶杀案间接证人的双重身份所做的正式声明——也许这才是最正确的形容方式——他的女秘书用笔专注地记录，他则用敏锐的耳朵仔细聆听。在我们长达半小时的会面里，拉韦利亚警官对我的态度似乎更像他最初几次来到格拉西亚区别墅时保持的态度：殷勤谦恭，盛装打扮，正式得令人不舒服，而不像我们周五几次相见时他所表现出的侵犯性的凌驾感，那一天我们先是在安德鲁的小房间相遇，几小时后他又在我们家中逮捕了父亲，最后我们所有人都去了警局。无论如何，这一次，我不会把那个脸上长麻子的矮个子男人的油滑混淆成奉承，或是对我处境的任何尊敬，更别提是友善。阿韦拉多·拉韦利亚依然掌控着我父亲的命运，他不仅清楚这点，更享受这点。他改换新策略的唯一目的是争取到我对他事业的支持，而他的事业不是别的，正是结束手中这个能给他带来颇多益处的案件，并把我的父亲尽早送上阿马里亚监狱的断头台。

"和您交谈我感到很荣幸，卡马拉萨先生。"警官同我告别，在办公室门口与我握手。"能同您这么理智的年轻人交换想法真令人高兴。我相信这不会是我们最后一次对话。"

"我也相信。"我答道。握手的一刻我感到那个小矮人皮肤的冰凉传到了我的手上。

当我回到等候厅时，菲奥娜已经不在那里了。我的外套，我吃了一半的夹肉面包，以及我让车夫在离开前去买来的报纸依然放在刚才的位置。在它们旁边还有一张小字条，那字迹毫无疑问是菲奥娜的。纸上只有三个词语：家、洗澡、床。我微笑着把纸条塞进外套内袋里，接着拿起报纸和面包，与卡塔兰警员告别，最后终于走出了警局。

那时是晚上七点。太阳斜挂在半空中，天空再次被抹上雾气和烟尘。工业化时代的天空，我心想。又脏又忙碌的天空。绝对现代化的天空。

我沿着城墙步行道来到了皇家广场，经过了海洋交易市场紧闭的

他 的 城 | 325

大门,把手伸进了天才的加泰罗尼亚人喷泉中,或许是为了洗去同阿韦拉多·拉韦利亚警官和他那满是制服和威胁的世界的接触吧。接着我穿过两三条小街,来到海上的圣母玛利亚教堂的门廊下,打算绕过教堂去蒙卡达小广场。

就在那时我看到他了。

维克多·圣马丁。

《下午报》的记者。不断骚扰我父亲和我全家的人。曾试图获得我和菲奥娜的支持从而以森普罗尼奥·卡马拉萨为代价获取自身职业发展的雄心勃勃的记者。

当我到达面对着海上圣玛利亚教堂正面的广场时,圣马丁正要走进教堂。我只看到了他的背影,但他头发的长度和整体的仪态让他的身份不存在任何疑问。我一秒也没有多加思索,便避开了那些闲逛的人群、六七个流动小贩和许多给广场平添生机的孩子,也来到了教堂的大门。我在最后一刻遮住自己的脸走了进去,呼吸也由于即将到来的碰面而变得急促,最近这些天已经积累了不少激动情绪,而这场碰面注定会再增加一分。

此刻的教堂被笼罩在一片昏暗中,不论透过彩色玻璃窗和圆花窗照进来的傍晚黯淡的霞光,还是侧面小礼拜堂里点燃的数量不多的蜡烛的光亮,都不足以把墙与墙之间厚重的阴影溶解,因此我花了一会儿才找到那个记者。维克多·圣马丁正站在教堂内部构成八边形的八根细柱中的一根旁,离主祭坛很近,距那台竖置的巨大巴洛克式管风琴只有几步远。他的身体面向那一排嵌入北侧墙壁的小礼拜堂,似乎在全神贯注地审视着经过他头顶的复杂拱顶网络的某个细节。我的脚步声没有让他分神,直到我说出他的名字他才垂下视线,终于落在我的脸上。

"加夫列尔·卡马拉萨。"他轻声说,他的语调相对于我们所处的环境很合适,相对于从那一刻起我们俩要面对的不自在也很合适。

"您看到我高兴吗,圣马丁先生?"

我都不用看，就可以猜出那个记者女性化的嘴唇上会自动露出微笑。虽然如此，很显然我在那个教堂的出现让他吃了一惊。既吃惊又不安。我在那里对维克多·圣马丁来说不是个好消息，这一点让我很高兴。

"如果我说'不'那就是在说谎，卡马拉萨先生。"他说道，向我伸出戴着手套的手，当然，我并不打算同他握手。

"我不认为撒谎对您来说是个问题，圣马丁先生。"

在微笑地犹豫了五秒钟后，圣马丁放下了伸出的手，插进了裤袋里。

"您度过了漫长的一天。"他说，"中央警察局不是个宜人的地方，我懂。"

我上下打量着那个年轻人，试图把他的脸和身形的模糊细节同我七天前见到的相貌特征做比对，那天我在费尔南多七世宫殿的礼堂里和他进行了简短对话，他的脸让我非常反感。像女人一样卷曲的长发。黑色的大眼睛。细长的鼻子。没有血色的、女性化的薄嘴唇。这些部分构成了一张无疑很吸引人的脸，然而这脸却让我感到恶心。

"那种在码头晃悠、寻找脑子坏掉的水手的娘娘腔之一。"犬牙是这么形容的。

这真是对他的脸、外貌和举止既生动又属实的定义。这个年轻人此刻从拥有数百年历史的教堂的阴影里看着我。

"您没弄错，圣马丁先生。"我说，"警察局的确不是一个宜人的地方。我希望您本人永远也不必体验。"

"我恐怕已经体验过不止一次了，卡马拉萨先生。"圣马丁立刻答道，"这是我的工作，您知道的。"

"我知道。您的工作。"我沉默了一小会儿，接着说，"我没想到您是个虔诚的人。"

记者用相当随意的表情看向我们的四周。

"我们这么说吧，我是艺术爱好者。"他答道。看到我沉默了好几秒，于是他补充道："我的提议依然算数，卡马拉萨先生。"

"您的提议？"

"在《插图新闻》晚会上我向您提出的采访。"

我严肃地点点头。

"您能这么说真是好心。我以为您已经决定用菲奥娜·贝格替代我了。"

那个名字立刻引起了维克多·圣马丁的奇怪反应。他的脸，我可以发誓，虽然被包围在昏暗中，但变得更惨白了些，他的身体也因为明显的不舒服而颤抖。

"没有人能替代您，卡马拉萨先生。"他快速答道，但语调比他以往和我对话时都要不确定。"哪怕是贝格小姐。"

"您能这么说真是好心。"我重复道。

"我们约定一场见面吧？明天您有时间吗？"

我一秒钟也没有考虑。

"下午六点在您家。阿维尼翁街三号，二层三号门。"

他这次也没有犹豫。

"那么约好了。"他说，"真的感谢您。现在如果您不介意的话，我得回报社办公室了，他们在等我。"

突然的告别让我略微有些吃惊，但也让我轻松。维克多·圣马丁再次把他的右手伸向我，我再次拒绝握手。他朝我微微欠身，用被我拒绝的手摩擦了下我们身边的立柱，开始朝教堂大门走去。

直到两个月后我才再次见到他，而且只有几秒钟的时间，但那时一切都不重要了。

第三十五章

五分钟后,我已经同高迪在蒙卡达小广场边的阁楼阳台上了,我们一起抽着烟,喝着上好的安达卢西亚葡萄酒,我刚把同圣马丁的不期而遇讲给他听,这次意外碰面的唯一好处是转移了部分我一想到快要见到高迪就感到的逐渐增加的不安。在我们面前铺陈展开的是里维拉区的建筑屋顶簇拥在硕大的海上圣玛利亚教堂周围的美丽景象,教堂的两座八角形塔楼直插入此刻热灰烬色的天空。一团低矮、潮湿、明亮的雾气吸收了最早点亮的汽灯的光芒,在我们头顶上方几米的地方散射开来,我不禁觉得这种给场景上色的方式就像菲奥娜和高迪在她的工作室里共同欣赏的油画中的不协调风景一样,就在周日凌晨他们首次启程共同追寻隐喻的龙之前几分钟。

高迪一言不发地听我讲述同圣马丁的相遇,边喝几小口酒,深吸几口烟,视线一直集中在背倚着海上圣玛利亚教堂半圆形凹室的众多水果蔬菜摊中的一个上。

直到我讲述完,他的目光才落回我身上。

"明天我同您一块儿赴约,如果您不介意的话。"

"我正想请您同去。"

"或许这样我们能避免您再次表现得像个彻底的傻子。"

我严肃地点点头。

"这两天我非常怀念您的友善,亲爱的高迪……"

我的朋友没有费心辩解。

"请再次给我描述下圣马丁听到您提起菲奥娜小姐时的反应。"他只说了这一句。

我照做了。

"但或许仅仅是我的一种印象。"我总结道,"那里头十分昏暗……"

高迪右手一挥,生硬地打断了我的话,他的烟头爆出了红色的火星,在我们之间画出了一道蓝色烟雾的美丽弧线,立刻又消散在雾气中。

"而您没有继续追问他周六同我们朋友的对话,相反地,却让话题就这么过去了。"

"我们的朋友",我在心里重复了一遍。菲奥娜现在已经是我们的共同财产了。

"我是在强势提出去他家拜访后才让话题过去的。就在明天。"

"就您刚才对我的描述,会面是他向您提出的。那无政府主义者呢?"

"无政府主义者怎么了?"

"您没有问他昨天出于什么目的在同菲奥娜小姐的对话中提到无政府主义者?"

我吸了一口烟,缓慢地吐向空中。

"明天我们问他这个。"

"明天我们问他这个。"高迪重复道,"我们还要问他怎么知道您一整天都是在警察局度过的。圣马丁先生是个消息很灵通的人,您不觉得吗?"

我耸耸肩。

"这是他的工作,不是吗?"

高迪没有回答。而是赶紧喝完了杯中剩下的最后一口葡萄酒,若有所思地抚摸着柔软的左侧鬓角。

"那您的这一天很漫长咯?"他终于问道。

"在警察局待了十个小时。"我概括道,"其中九个半小时都在等候室里无事可做,只能读读报,看看身边无聊的面庞,望望云朵在窗户的铁条后飘过。另外半个小时和我们的朋友拉韦利亚玩猫鼠游戏。"

"有什么有趣的部分吗,你们的……谈话?"

"没什么意料之外的内容。今天他很友好,像以往一样纠缠不清的。他似乎想把我变成他的盟友。"

"您是链条上最薄弱的一环。"高迪指出,这话和五天前的晚上我父亲说的一模一样,那是我们在他办公室的最后一次谈话,当时我们争吵的话题刚好是我父亲觉得他在高迪身上看到了阴险的意图,并怀疑我们的友谊不是偶然或彼此友善的结果。这番巧合让我不禁心头一颤。"您的父母不愿意说的,您的妹妹说不出的,警官都期待从您嘴里挖出来。"

"那他完全打错算盘了。他问的问题我没有办法回答他。我想告诉他的事他不感兴趣。例如,您关于杀死安德鲁的匕首上的徽章的观察。"

"您对他说了我之前在哪里看到过吗?"

"我宽泛地说了说,没有深入细节。但是警官对此一点儿也不感兴趣。无政府主义者镶嵌不进他对于事实的解读中。对他来说,我父亲杀害安德鲁,是为了避免安德鲁把文件夹里的内容公诸于众,就这么简单。他甚至不在乎父亲的政治背景。他没有问我任何这方面的问题。"

"警官不想冒险发现任何让人怀疑他的漂亮理论的东西,那是各种事实已拱手呈现给他的理论。"高迪说,"凭借着现在所掌握的证据,他足以结案了,任何新发现都只可能带来麻烦。"高迪说到这儿短暂停顿了下,他抽完最后一口烟,把烟蒂丢到街上,接着说:"您终于发现那个著名的文件夹里的内容了吗?"

很不幸的是,我发现了。

他的城 | 331

"是我父亲至少三次利用他的拍卖行销售偷来的物品的证据。"

"证据?"

"据警官说,是无可辩驳的证据。这就是他问询的主要目的:让我承认这三桩罪行。"

"当然,您没有这么做。"

"我怎么可能这么做?"

"但是,您觉得这些证据是真的吗?您的父亲有可能通过拍卖行销售偷来的东西吗?"

"亲爱的高迪……"

我无须多言。就我所知,伟大的森普罗尼奥·卡马拉萨能够用他的生意做出这些天逐渐浮出水面的每件事:资助流亡中的波旁家族的事业,交易偷来的艺术品,任何事。我的朋友也明白了我的意思。

"很抱歉今天早上没能去警局。"他说,"我原本很想在这样令人不快的一天对您的母亲和妹妹展现我的支持。"

我谨慎地点点头。

"我原本也很希望有您陪我们一起。"我说,但忍不住补充道,"既然您没有履行周五同玛格丽特的约定,我相信您一定有一个好理由。"

高迪的脸蒙上一丝阴影。

"真的很抱歉。"他轻声说,"您看到妹妹时请向她转达我的歉意。"短暂停顿后,他问:"她怎么样?"

"很担心。也在成熟中。"我的微笑中带着些许骄傲。"玛格丽特表现得比我几天前想象中的女孩坚强多了。"

高迪用他蓝色的大眼睛盯着我。

"环境强迫我们找到我们自己。"我记得他是这么说的。"只有当我们接触现实时,才会发现我们到底是谁。"

我明白,他这话是终于邀请我来面对悬在我俩之间的那件事。我没有放过机会。

"这是前天晚上发生在您身上的事？您在那张摇椅上找到了您自己？"

就在那时，在我的朋友还没来得及变换脸上的表情时，一个熟悉的声音从小广场深处高喊着我们的名字，发布着仓促的命令，毁了我的朋友和我正要开始分享的私密时刻。

"G先生！学生！下来，快点儿！现在！G先生！"

我们不需要把身体探出围住阳台的矮墙，就能知道呼喊我们的声音来源是哪里。

埃塞基耶尔正迈上海上圣母玛利亚教堂后部半圆形凹室旁的大门的最后一级台阶。他光着脑袋，右手在空中疯狂地朝我们挥动着他的灯芯绒帽子，就像一个在货船甲板上同陆地告别的水手，或者说更像一个产生幻觉的疯子，在同从空中降临他身边的幻象打招呼。虽然他离我们有一段距离，但他脸上有多红润，眼神中闪烁的光芒有多激动，以及他赶来通报给我们的消息有多紧急，一切都是显而易见的。

有事发生了。是大事。我们应当知道的事。

"准备好面对最糟的情况吧。"高迪对我说，他又换上了往常对自己有百分之百把握的表情，用手给我指出回到室内的路。

第三十六章

　　犬牙的尸体躺在法里格拉巷一座废弃建筑的大门口，那是一条极窄的小巷，入口处有拱门，两旁共六座废墟中的房屋，巷尾是一座高墙，被一代又一代狗和乞丐的小便侵蚀，小巷离蒙卡达小广场只有几分钟的路程。唯一一盏油灯的光亮隐约照出那个可怜的老头身上皮肉伤的规模。胸口、脖颈、手上和脸上都有刀伤。又深又弯的刀口。被打裂的嘴唇。重伤的鼻子。一摊又浓又黑的血泊上漂浮着他的尸体和他的物品。他最后一个表情——疼痛、暴怒和对即将到来的死亡的恐惧——让乞丐的脸变形得如此厉害，以至于如果不是戴在他头上的蓝色三角帽和现场的第二具尸体，或许会让人弄不清死者的身份。

　　三条腿的狗在同一幢建筑内缩成了一团。它也漂在自己的血泊上，那是一摊更少量、更集中的血，就像这个被屠宰的动物一贯的卑微本性。利落的一刀切断了它的脖子，让它的脑袋几乎完全和身体其他部分脱离，第二处切口干净利落地把它原本弯曲的尾巴截断了。狗身体上没有其他明显的伤口。或许这个杀害了犬牙的野蛮凶手觉得没必要在乞丐悲伤的同伴面前逞凶，又或许他已经通过切断狗的尾巴并把它扔到离尸体几米远这个荒唐的细节来表现了他的残暴。

　　无论如何，狗死了。犬牙也死了。而埃塞基耶尔觉得那是最近这些天最大的新闻。

　　"谁会做出这样的事，G先生？"他一遍又一遍地问，脸上突然换上了惊恐和不可思议的表情。"谁会杀死一条可怜的无辜的狗?"

那时看守着犬牙尸体的唯一的警察是一个身着制服、佩戴手枪的男孩,脸上写满了高傲,他十分不屑地用嘟囔和单音节词回答了我们的问题,这多亏了高迪和我在进入小巷时就在合适的时机抛出若干他上级警官的名字。原来,邻近街道的一位居民不到二十分钟前发现了尸体。没有人看到或听到什么,或者说没有人走上前提供任何信息。另两位警员和法医已经在前来收取尸体和接管现场的路上了。无论如何,没有任何谜团:不过是乞丐间的争端,就像在我们这座被上帝之手放弃的城市的里维拉区、拉巴尔区和老城区的贫穷地段每周都要发生的几十起案子一样。这些社会渣滓会毫不犹豫地像动物般互相残杀,只为抢走对方的四枚硬币和白天偷来的两瓶葡萄酒,那个男孩说出这些话时的语调仿佛吐了一口响亮的浓痰。

"现在,如果你们不介意的话,请离开这里吧。这儿不是好奇的看客该待的地方。"

警察说出最后几个词时是看向我的,于是我坚定地答道:

"我们需要和您的某位上级说话。关于这起凶杀案我们有一些信息,一定会让他感兴趣的。"

"真的?"男孩的微笑变得更令人不快了。"那么您的职责就是把信息告诉我。我洗耳恭听。"

我看了看高迪,他与我对视的眼神中满是不表态和无所谓。我明白了,我们对谁讲我们的故事并不重要,不管是对这个傲慢的士官级新手,还是对拉韦利亚警官本人。不论哪种情况,警方对犬牙之死的解读都不会同我们刚才从这个配枪警察口中听到的版本有什么大的不同。

"这个男人,犬牙,可能是周四晚上发生在公主街的谋杀案的证人。"不管怎样我还是决定告诉他,"或者他可能掌握有重要相关信息。犬牙生前是爱德华·安德鲁的朋友,那个在自己住的招待所房间里被人用刀杀死的人。您知道我说的是哪起案子吗?"

"我很清楚。"

"谋杀案发生前几小时,我们看到犬牙在安德鲁招待所的门口同他说话。周五犬牙对我们说安德鲁和第三个人有接触,而不到半小时前,我们还在这附近看到了那第三个人。"

"哇,真是巧。"

我再次看了眼高迪,他晃了下头,表示"随它去吧"。

"他的名字是维克多·圣马丁。拉韦利亚警官会知道我说的是谁的。请一定告诉他。"

"维克多·圣马丁。"警察重复道,"您说您叫……"

就在我要说出我的名字前,埃塞基耶尔走上前一步,做出了一件至今仍让我惊叹的事:只见他迅速取下帽子,把它扔向警察,一言不发地打了他三下耳光。

"你真是个傻瓜,一个倒霉的可怜虫。"埃塞基耶尔结束他的突然袭击后,用陈述一件极为客观的事的语调说,"但愿有一天你也轮到这样的事,像这条可怜的狗一样被杀。"

早在年轻警察终于可以重新掌控自己的行为,并开始在腰间拔枪前,埃塞基耶尔已经在警戒线周围聚集的几十个旁观者发出的阵阵喝彩、大笑和鼓掌声中消失在了法里格拉巷的拱门下。

五分钟后,我和高迪重新回到了蒙卡达小广场,是我首先打破的沉默,自从埃塞基耶尔的意外行动突兀地终止了我们同警察的谈话后,我俩就没有说过话。

"这件事以某种方式改变了现状吗?"我问,"我是说犬牙的死。"

我的朋友在他住所大楼敞开的门前停下脚步,从衣袋里掏出香烟盒和一盒火柴。

"一个死于争端的乞丐。"他说,"这就是官方的解读,您不用怀疑。"

"但维克多·圣马丁……"

高迪用紧张的神情打断了我反驳的意图。

"如果关于这起案子拉韦利亚警官会对某个名字感兴趣的话,毫无疑问是加夫列尔·卡马拉萨的名字。"他说,"为什么您要把名字告诉这个警员?"

"您想说什么?"

"我们目前最不想的就是让警方掌握更多不利于您家庭的凶杀案信息,您不觉得吗?您的父亲在周四至周五的夜里用一把匕首杀死了爱德华·安德鲁,而四天后您出现在一个可能掌握关于安德鲁之死的信息的也死于刀伤的人的命案现场,并且表现得很奇怪。"

"今天唯一表现得很奇怪的人是您的朋友。"我抗议道,"扇警察耳光到底是因为什么?"

"您还没有明白吗?埃塞基耶尔唯一想做的就是阻止您把名字告诉那个警察。"

"这个小混混想保护我?"

"卡马拉萨朋友,这个小混混是您自从回到巴塞罗那后认识的最高尚、最勇敢的年轻人。请别被他的外表、他的词汇和他一些小罪犯的习惯欺骗。埃塞基耶尔是值得每个人尊重的年轻人。"

高迪说出这些话时的庄重让我惊讶,但只是略微有些惊讶:在他对这个被他选作助手的卑微男孩的维护中,我毫不费力地看到了这个未来会成为建筑师的锅匠儿子内心的骄傲,这种骄傲他已经不止一次在我面前展现出来了。

"那么,我深陷麻烦了吗?"

高迪摇头否认。

"我不觉得。拉韦利亚警官不会费心调查犬牙之死。但如果我们去找他,告诉他我们对圣马丁的怀疑,并试图把他对安德鲁之死的简单解释弄复杂的话……"

"他不用半秒钟就会把案情反转,把我变成谋杀犬牙的嫌疑犯。"我补充完高迪的话。

"我是这么想的。您如果稍加思考也会这么想。"

在点燃一支烟后,高迪把香烟盒和火柴再次收了起来,没有习惯性地把它们递给我。我明白,这个动作隐晦地暗示今晚到此为止了。

"您认为圣马丁杀了犬牙吗?"

"这应该是我问您的问题。"我的朋友立刻答道。"您是在谋杀发生后不多久同他说过话的人。圣马丁看起来像刚杀了人的样子吗?"

我想了几秒钟。

"他看着很紧张。不仅仅是在我提到菲奥娜名字的时候,与我相遇这件事也让他不安。"

"这不能说明任何东西。不管这位先生有多冷酷,在一座没什么人的昏暗教堂里意外遇上他公开诋毁的男人的儿子,这本身也是个足以解释他的紧张的理由。或许他以为您要攻击他呢。"

"或许我就该这么做。"我轻声说,"我们不该现在就去他家,把谜团解开吗?"

高迪摇摇头。

"我再对您重复一遍:不管您的父亲还是您现在都不适合卷进麻烦里。"我的朋友停顿了下,把烟深吸进肺里,接着露出一个微笑,"而且,如果我没弄错的话,我们的朋友埃塞基耶尔现在正忙着去拜访一趟圣马丁先生呢。"

"您是说……?"

"埃塞基耶尔对犬牙有很深的感情。无论如何,那老头是个好人。"

"我倒是觉得他对狗的死比对主人的死感到更伤心。"

"亲爱的卡马拉萨,您拥有和豪猪一样的观察能力和解读人类行为的能力。"

我没有抗议。

"不管怎样,明天我们去阿维尼翁街的拜访还是作数的。"

高迪坚定地点点头,同时把手伸给我握手告别。就在那时他

问我:

"您现在在面对如同我们刚才看到的场景时,不会立刻想起菲奥娜小姐笔下的景象吗?"

是的,他是对的,我也有这种感觉,但我没有回答他,而是用双手握住了高迪的手,紧紧盯着他的眼睛说:

"请小心,我的朋友。"我指出,"别被菲奥娜迷住了。享受她的陪伴,如果愿意的话和她分享您的观点和想法,但永远别忘记现实是什么。"

高迪严肃地点点头。

"晚安。"他轻声说,同时把几乎没抽的烟丢在蒙卡达小广场的石铺路面上。

这就是全部。

我在宫殿广场拦下一辆马车,刚把一只脚放在马镫上时,一个略微熟悉的声音在我身后喊我的姓。

"卡马拉萨先生!"

弗朗切斯克·高迪从广场侧边向我跑来,右手高举,乱糟糟的红头发在没戴帽子的头顶显得很好笑。在室外的开阔空间,明显向我全速前进的未来律师宽大的胸膛比我在狭小的阁楼从半开的门缝里逆着光看到的更让人印象深刻。我边把脚从马镫上挪开,边心想,如果高迪的哥哥在二十三岁时体型就这样庞大且大腹便便,那等他四十岁后就没有容得下他的主席台或是审判椅了。

"请稍等一分钟。"我对车夫说,接着伸出右手,等待弗朗切斯克·高迪跑完我们之间相距的最后十米。"高迪先生!真意外啊!"

他终于停在了我面前,跑得满脸通红,额上汗如雨下。他同我的握手仍像安德鲁被杀那晚一样坚定有力,当时给我留下了极佳的印象,但是现在潮湿得像一条刚从贝索斯河里钓上来的鲤鱼。

"给我一秒钟。"他轻声说,并费力地呼吸着,同时从衣袋里掏出一块不甚体面的手帕擦拭额头。

"发生什么事了吗?"

弗朗切斯克·高迪放下手帕,用和他弟弟一样又蓝又深邃的目光看着我。

"这正是我希望您告诉我的,卡马拉萨先生。"

我友善地笑了笑。

"我该从何说起呢?"

"您的奇遇我并不感兴趣。"他干巴巴地答道,"如果我想了解关于大火和谋杀的故事,我读本亚历山大·仲马[1]的小说就够了。我只想知道我弟弟发生了什么事。"

我立刻变得严肃起来。

"您想说什么?"

"星期六下午他和这位小姐一起回家——暂且这么称呼她吧——直到昨天早上八点才重新出现。当他回家时,身上难闻得像从地狱回来一样,脸上的表情仿佛表明他做了绅士甚至不应该想象的事情。当然,他不愿告诉我他去哪儿了,和谁在一起,虽然这其实不难推测。"弗朗切斯克·高迪此刻抬起右手食指,指着我的眉心。他的手指又粗又红润,像巨婴的手指。"一定是那个你塞进高迪生活中的魔鬼派来的小姐。"

我思索了几秒后轻声说:

"我向您坦白,我不喜欢听到您这么说贝格小姐。"

"我也向您坦白,我完全不在乎您喜欢或不喜欢什么。"

我们俩陷入了短暂的沉默。这时一辆公共马车驶入了广场,我的马车不得不稍微挪动下给它让路。在通往海洋交易厅大楼紧闭大门的台阶最高处坐着三个姿势不雅、穿着铁匠衣服的男人,心不在焉地看

---

[1] 又称大仲马(1802—1870),法国19世纪浪漫主义作家。各种著作多达300卷,以小说和剧作为主。代表作有《亨利第三及其宫廷》(剧本)、《基督山伯爵》(长篇小说)、《三个火枪手》(长篇小说)等。

着我们。

"据我所知,周六下午和晚上您弟弟和贝格小姐在一起。"我终于说,"但是我不觉得这是我们的责任。"

"您不了解我弟弟。"

"您也不了解贝格小姐。"

"我对这个贝格小姐完全不在乎。"弗朗切斯克·高迪冲我吼道,"我所担心的是我弟弟。我弟弟自认为是这个世上最聪明最清醒的人。在有些方面的确如此。但女人绝不是他的强项。"

"相反,您似乎是这方面的行家。"我不禁讽刺道。

"和安东尼相比,相信我,我绝对是女性这方面的专家。"他严肃地答道,"甚至您和他相比也应该算专家。我弟弟在石头和数学方面有多睿智,卡马拉萨先生,他在感情和性方面就有多天真。他这方面的经验完全不足以同菲奥娜这样的老手匹敌。您知道他昨天白天做了什么吗?"

我摇摇头。

"我只知道他没做什么。他一整天都没有给我消息。"

"他一整天都躺在床上。一整天。只在中午刚过警察来找他时起来了十分钟。他甚至都没有起床吃午饭。我几乎可以肯定今天早上他也没有去上课。"他说着用手指着海洋交易厅大楼。"我弟弟,卡马拉萨先生,自我们到巴塞罗那以来从不曾无故缺课。"

虽然知道不该这么做,但我还是问道:

"您刚说警察来找他了?"

"我再重复一遍,我对您的奇遇不感兴趣。但我弟弟从没有无故缺勤过,当然也从没有一整天都在床上度过过。我们不是家境优渥的公子哥。我们是从农村来的绅士。如果有一天我们待在床上,很可能是因为我们已经病得不能起身了。"

"是一个脸上长满麻子的矮个子吗?"

弗朗切斯克·高迪非常缓慢地点点头,嘴唇露出深深的鄙视的表情。

"我了解我弟弟的精神健康对您来说有多不重要了。"他含糊地说。"首先您把一个同刚认识不久的男人共度整整一个下午和晚上都不觉得不合适的女人带入了他的生活，接着，当不可避免的事发生后，您就洗洗手撇清关系，只关心自己的事了。"

那么阿韦拉多·拉韦利亚的来访是与我有关的事了。我心想，但没有说出口。毕竟，弗朗切斯克·高迪说得有道理。

"相信我，高迪先生，您弟弟的精神健康对我来说比您想象中的重要多了。"我向他保证，同时想起了不到三分钟前高迪和我在他家门口说的最后那些话。"但我不知道您希望我在这种情况下做什么。"

"我真的需要说出来吗？我希望您禁止这位小姐再次接近我弟弟。"

我不禁微笑。

"您不了解贝格小姐，显然也不了解您弟弟。"

"我非常了解我弟弟，卡马拉萨先生。而您，我想也非常了解您的贝格小姐。"

这倒没错。

"我们都有体验一下的权力，高迪先生。"我记得我是这么说的，既说给我激动的谈话者，也说给我自己听，"如果您弟弟真的像您说的一样缺乏爱情方面的经验，他同贝格小姐接触可能对他有用。成熟正在于此，您不觉得吗？正在于把错全犯了，然后不再重犯。或许贝格小姐正是这样一个错误，对于处于这个时期的您弟弟正合适的错误。"

弗朗切斯克·高迪用微闭的蓝色大眼睛看了我一会儿。从古老的海洋之门吹来广场的海风把他的卷发弄乱，在他球形的脑袋上形成转瞬即逝的圣洁的红色边饰。汗珠已从他的额头消失，但脸上依旧泛着红润和不悦。

那三个坐在海洋交易厅大楼台阶上休息的铁匠从好一会儿前就已

经对我们失去兴趣了。

"若您能不把我们这次谈话告诉我弟弟，我将十分感激，卡马拉萨先生。"他说着递给我他坚定而温热的手，我明白，这代表着短暂的举白旗投降。

"请您放心，高迪先生。"

当我的马车终于离开宫殿广场，开始朝着格拉西亚区的别墅驶去时，里维拉区南端边界上的杂乱建筑和街巷已经把弗朗切斯克·高迪的魁梧身躯完全吞噬了。

第三十七章

玛格丽特正在家庭别墅的花园里等我，她站在铁栅栏的另一侧，几乎隐藏在一株美丽垂柳的枝杈间。她穿着一件我母亲的水獭皮大衣，戴着一顶遮到耳朵和额头的帽子，天蓝色的厚丝巾完全围住了她的脖子，但这三样东西似乎都不能帮她抵御随着夜幕降临袭来的阵阵寒意。再过几分钟格拉西亚的钟楼将敲响九点的钟声，此时的温度应该不超过十度。十一月开始显露出即将来临的严冬的征兆了。

"你听说了吗？"妹妹看到我离家就剩最后几米路时便匆忙打开栅栏门，她问的第一个问题便是这个。

"听说什么？"

"东尼和你认识的那个乞丐被杀了。犬牙。报社的一个信使一小时前来找菲奥娜去描绘现场。据说凶手也是用刀捅死他的，就像杀安德鲁一样。"

等玛格丽特关上我们身后的门，我给了她一个吻和一个小拥抱，接着给她解释了发生的事，从我们去法里格拉巷讲起，再倒叙至我同圣马丁在海上圣玛利亚教堂的相遇。

妹妹等我说完才开口。

"你们觉得是圣马丁干的？"她问我，脸庞严肃得就像一具雕像，"但愿他来给你留下拜访卡那天我就把他杀了。"

"我们不知道是不是他干的。你别说这样的话。"

"你不打算去同拉韦利亚警官说吗?"

"高迪坚信,这样只会让我陷入麻烦。我想我认同这个观点。"

"但是爸爸在监狱里时这个乞丐被杀了,这不正是爸爸没有杀安德鲁的证据吗?"

我摇摇头,边挽着她的胳膊缓缓穿过昏暗的花园。

"犬牙的死可能与安德鲁的死没有任何关系。"我对她解释道,"或者我也可能杀了犬牙,出于你说的目的,或者为了避免他做出对爸爸不利的证词。毕竟,高迪和我在尸体刚被发现二十分钟内就出现在了犯罪现场。"

玛格丽特想了一会儿。

"你说得有道理。你是主要嫌疑人,加夫。或许爸爸在牢里很快就能有你陪伴了。"

我拍了拍妹妹的肩膀,试图换个话题。

"你的朋友东尼对你表示问候和歉意。他没能来警局,但这一整天都在为我们祈祷。"

玛格丽特严肃而冷静地接受了我的话。

"有机会的时候也替我问候他。"她说,"今天我们在屋里吃晚餐吧,如果你不介意的话。"

"只有我们俩吗?"

"妈妈同四位先生在下午厅开会。"她答道,依然沉着而冷静。"贝格先生已经回到农家小屋了,而菲奥娜不知什么时候回来。"

"四位先生?"

"阿拉德伦和另外三个老人。别问我他们是谁。现实就是你和我又落单了。"

于是,玛格丽特和我用接下来短短半小时的晚餐时间交换了关于阿韦拉多·拉韦利亚对我们问询的内容和印象。让我十分惊讶的是,我发现警官在妹妹在他办公室的二十分钟里,提出的问题不是关于父亲的,也不是母亲的,更不是妹妹在安德鲁遇害那晚的行踪,而是关

他 的 城 | 345

于鄙人的。玛格丽特不得不回答的问题中超过一半是以各种方式与我相关联的,警官对玛琳娜、伊格莱西亚斯女士、马斯德乌女士、车夫甚至菲奥娜的询问似乎也是如此。

"这意味着什么?"在听玛格丽特复述了拉韦利亚问玛琳娜的关于我的最后一个问题后,我高声地问自己。妹妹和玛琳娜从警局回来后在厨房用下午点心时,女仆把一切详尽地复述给了妹妹。

"这意味着警官对你很感兴趣。"

最薄弱的一环,几小时前高迪在他的阁楼上是这么说的。我父亲在我们最后一次在他办公室谈话时也说出了同样的词。不过不同于父亲的担心,我这卡马拉萨家族链条上最薄弱的一环不是对高迪而言的,而是对拉韦利亚来说。我是在这个经验颇丰的共和国警察手里最容易断裂的部分。

就在玛琳娜端着一大盘蘸甜点用的香草奶油来到我们桌边时,拉蒙·阿拉德伦出现在餐厅门口。

"玛格丽特小姐。卡马拉萨先生。"他对我们点点头,胡子的两端也随之摆动。"您母亲要您过去。如果您不介意随我一起……"

不管是律师的目光还是他的声音都明确表示,他最后两句话的对象是我。我对那个要求并不感到奇怪,玛格丽特关于拉韦利亚警官似乎对我很感兴趣的消息让我相信,我在新形势下拥有了新的荣誉地位。我尽可能不慌不忙地把我的餐具交叉摆在盘子上,把我的餐巾一折四放在桌上,请玛格丽特原谅我在晚餐结束前离开,接着站起身请玛琳娜向马斯德乌女士表达我最真心的感谢,感谢她在发生了这么多事的漫长一天后还为妹妹和我准备了丰盛的晚餐。

"等你结束后来我房间。"玛格丽特命令我道,她右手的勺子里盛满了奶油,脸上写满了好奇。

我向她保证会这么做。

我默默地跟着阿拉德伦律师来到了母亲的下午厅,在那里我看到了玛格丽特对我形容的会议：妈妈拉维尼亚、拉蒙·阿拉德伦和另外三个我不认识的年长的男人，但他们的仪表和穿着都清晰无误地彰显着他们的身份。

"犬子加夫列尔·卡马拉萨。"母亲介绍我，接着按照他们同我握手的顺序，尊敬地报出那三位先生的名字。"你请坐吧。"

只见一把空椅子放在五把已坐了人的、构成完美半月形的椅子对面。

每把椅子旁都有一张胡桃木的矮桌子，每张桌子上都摆着一个磨砂玻璃杯、一个陶瓷烟灰缸、一些烟草和一个配有铅笔的笔记本。连我母亲的桌子上也有三支摆成扇形的香烟和一杯半满的麦芽威士忌颜色的液体。

两位先生正各自抽着哈瓦那雪茄，如同他们头顶飘浮的巨大白色烟云一样，那雪茄也特别粗大。

我注视着那番在我面前小心翼翼地铺陈开的场景的每处细节，发觉第三个人的脸让我觉得熟悉。等会议进行了一半时我才想明白，他是《插图新闻》晚会上那位六十多岁贵妇的同伴，那个被爱德华·安德鲁的突然闯入造成的混乱溅了一身葡萄酒、流着眼泪抽噎着说那是她参加过的最让人不满意的聚会的女士。

母亲接着用右手手背给我指了指那把空着的椅子，不过此刻她的脸因一丝善意的浅笑而显得更美，这是自从周五早上以来她对我的第一个微笑。于是我也报以微笑，坐下准备仔细聆听。

当我敲响她卧室房门时，玛格丽特已经钻到床上了。她的床头柜上点着一盏油灯，怀里抱着一本厚厚的、有大量插图的法国长篇小说。在我走向她的床边时，她冲我投射来的目光让我决定把刚才发现的事没有丝毫隐瞒、不加修饰地告诉她。我在她身边的羊毛床单上坐下，开始了叙述。

"爸爸星期四下午离开家，因为他以为他的同伴们约他开会，他们周期性地在与交给你爸爸的纸条上写的时间和地点类似的场合碰面。纸条上的时间是晚上十二点，地点是马塔洛的圣玛利亚教堂。在我们来巴塞罗那前不久，他们曾在那座教堂开过几次会，所以爸爸丝毫没有怀疑。他乘坐沿海火车去赴约，但除了他没有其他任何人出现。直到过了凌晨一点，他才明白发生了一场欺骗或误会，于是试图回到巴塞罗那，但那时已没有火车或是可以租的马车了。他也没能找到任何一家开门营业的旅社，于是在露天海滩上过了一夜，直到第二天清晨的第一班火车开始运行。因此下午我们看到他时他的衣服才会是那个状态，他的人才会显得邋遢。他回到巴塞罗那车站时已过八点，关于安德鲁之死的新闻已在站台上传开了。爸爸意识到，如果他回家就会立刻被逮捕，于是去了圣胡安步行道，藏在了前一天晚上原以为会见面的其中一位同伴家中，并在那里着手解决必须在被捕前搞定的事。

"在那里爸爸接待了几批访客，协调了他的同伴从那天起应当遵循的策略，最终他从那里出发，同贝格父女在佩特里特索尔街碰面，然后回到家中，向拉韦利亚警官自投罗网。"我短暂停顿了一下，周围的安静让我听到了玛格丽特如同动物般不安的呼吸。我握住她的手，放到嘴边亲吻了下，接着说：

"爸爸从 1868 年起就为波旁家族的复辟大业效劳。自从普里姆的政变将伊莎贝尔二世从西班牙王位上驱逐，并将母子二人流放，爸爸和其他许多像他一样的人就一起暗中为君主制的复辟服务。企业家、贵族、军人、教会人士。别问我爸爸参与这项事业的原因。我想是政治信仰和经济利益的综合，但我不知道分别占了多大比例。五年来，父亲的工作就是通过我们的拍卖行资助这个由阴谋家和流亡者组成的错综复杂的网络。拍卖行从合法交易中赚取的很大一部分钱最终都会进入复辟计划的金库，同时也接收和洗白参与这个计划的其他人的捐款。我们的家族生意其实是爸爸作为代表领导的集体生意。他代表的是流放中的波旁家族及其追随者，即首先反对普里姆，接着反对萨伏依家族的阿玛迪奥一世，最终反对现如今的共和国的同谋者们。爸爸只是资助他们的行动,而其他人在政治和军事领域为复辟努力。但从去年底开始,当推翻共和国、再次建立君主制的计划成熟后,爸爸的角色就发生了变化。"我又短暂地停顿,玛格丽特的呼吸轻微些了。她的眼睛紧紧盯着我的眼睛,睁得大大的,同时透出不可思议和终于得知了真相的宽慰。

"如果一切皆如爸爸的朋友们预料的那样,那么共和国在年底前就会垮台。将会有一次新的军事政变,接着伊莎贝尔二世的儿子阿方索十二世将宣告登基,成为西班牙的新国王。他将从巴塞罗那进入我们的国家,以此感谢这座城市的资本家们为他提供的服务。所谓服务,即对君主制的忠诚,对普里姆和共和国的颠覆,以及对复辟计划的经济资助。加泰罗尼亚地区的富人们一向害怕政体的变化和自由的试验。对他们而言,一个没有国王的西班牙,就等同于一个没有殖民地的西班牙;而没有殖民地,巴塞罗那这些资本家的财富就会在眨眼间灰飞烟灭。新国王懂得感谢他的加泰罗尼亚臣民出于自身利益考虑的忠心,因此他的第一份表示就是由巴塞罗那进入西班牙并宣布登基。而爸爸将会是,或者说直到上周五都是,协调国王安全抵达的负责人。"玛格丽特听到这里发出微微一声惊呼,但一个字也没有说。她用眼神请求我继续说,我照做了。

"国王抵达后将要进行的公开活动已经策划好了,爸爸的职责是确保国王在巴塞罗那停留期间不会中任何危险的埋伏。这正是我们回到巴塞罗那的原因。这正是《插图新闻》创办的意义。晚报既是为支持波旁王朝的同谋者们提供信息的工具,同时也是针对普通群众的宣传机构。通过报纸,爸爸和他们的人既可以得知城里正发酵酝酿的事,也可以对下层人民洗脑,报社从创办第一天起就是面向这部分人的。当时机来了,共和国垮台了,是时候迎接新国王了,《插图新闻》将作为支持阿方索十二世的热情民意的发声渠道,那民意正是报社用各版的文章长期滋养出的。爸爸本应当领导和控制这一切,本应当确保国王抵达巴塞罗那时看到有利他的民意环境,以及确保他在这座城市的停留无安全之虞。但现在,有人对他下手,让他从国王面前的舞台上消失了。"

"有人。"玛格丽特轻声说。

"可能是卡洛斯派分子、无政府主义者,或共和国忠诚的支持者。总之是反对未来的阿方索十二世的人。爸爸的同伴们不知道是谁下的手,似乎也不是很在乎。事实上,他们对爸爸到底是不是无辜的好似也不在意。这点上菲奥娜是对的。他们唯一能把爸爸救出监牢的策略就是等待共和国的覆灭。据他们说,这在两三周内就会发生。到时候新国王就来了,所有机构会被更新,爸爸付出的服务会得到加倍的偿还。但与此同时,妈妈会接替爸爸的位置。"

玛格丽特的眼睛睁得更大了些。

"妈妈。"

"从现在开始,她将负责组织在这座城市各种仇视君主制的小群体里暗中活动的波旁家族支持者的活动,就像之前爸爸做的一样。她将监督马丁·贝格在报社的工作,就像之前爸爸做的一样。当国王终于来到巴塞罗那时,她将负责协调所有保障国王安全的工作。"

"妈妈。"玛格丽特不敢相信地重复了一遍。

"是的,妈妈。她会得到阿拉德伦和今天与她见面的这三位先生的帮助。以及我的帮助,如果我愿意帮她的话。如果我不愿意,那我有三天时间离开这个家,放弃我的姓氏和我的继承权,以我认为最好的方式谋生。明天晚上我就要给她答复。"

玛格丽特没有问我会怎样答复。她知道得很清楚,如同我一样。

"那么,谜团解开了。"我们俩沉默了几分钟后,她只说了这么一句。

那天晚上走出妹妹卧室时,我感觉自己像安德鲁在慢慢跌入社会底层的过程中常去晃悠的港口的那些拳击手。我迷失了方向,浑身肮脏,精疲力竭,从味蕾最深处都能感受到难受的金属味在侵袭着我,深入牙髓。

第三十八章

第二天中午刚过，我父亲就被投入了阿马里亚监狱。这个消息是菲奥娜六点稍过告诉我们的，当时高迪和我刚从阿维尼翁街三号出来，就同她在费尔南多七世宫殿门口相遇了。那时的菲奥娜刚从马丁·贝格先生渗透进警局的几位编辑之一那里听说了这个消息，她胳膊下夹着画图本，正要奔往兰布拉大街找一辆马车尽快载她去森普罗尼奥·卡马拉萨的新家。马丁·贝格已经前往格拉西亚区了，他要找我的母亲和阿拉德伦律师，他们俩似乎还不知道我父亲的转移和法律处境的变化。

于是，我们叫停了一辆厢式马车，而不是敞篷马车，三人都坐了上去①。在去往阿马里亚监狱的路上，我给菲奥娜讲了昨晚被告知的内容，这些话我们在七扇门用午餐时高迪已经沉默地听过一遍了。包括昨晚我同母亲的对话。她披露的惊人内容。她在陪同她的那些德高望重的先生面前给我下的最后通牒，我要在二十四个小时内决定自己在那场浩大剧目中的角色，我们卡马拉萨家族似乎已参演其中整整六年了。高迪和我还同菲奥娜分享了我们前一天下午在犬牙被害现场的冒险，当天上午圣马丁留给我的其实或许可以预料的闭门羹，以及似

---

① 敞篷马车结构较简单，乘坐空间也较小，只容得下两人；厢式马车则较宽敞，有两排座椅，可容纳四人。

乎可以从中推断出的结论。而菲奥娜则给我们讲了前一天下午她去犬牙被害现场的情形，以及今天所能收集到的为数不多的相关新闻。接着，我们的马车终于停在了阿马里亚女王街街口，我的心情也落到谷底，失望至极。

"我本以为纽盖特监狱①已是地狱了。"菲奥娜轻声说，并在监狱入口处的门厅前挽起我的胳膊。

那是我第一次去阿马里亚监狱看望父亲，从父亲入狱起，到那些玛格丽特从昨晚起称为"我们的人"——虽然我很不喜欢这种叫法——到达巴塞罗那之间的九星期里，我一共去看了他十或十二次，第一次面对裸露的石块堆砌而成的高墙时的感受在接下来的每次探望中都会重复，牢牢占据了我的心灵。1874年年末，我在监狱里亲眼见证了许多场景，这份回忆自那以后我就没有忘记过，我想用尽余生也不可能忘怀。不论身体还是精神都被摧毁的男人。被疾病折磨得面容憔悴的女人。和建筑师奥里奥尔·科梅利亚差不多年纪、胡子浓密、值得尊敬的老人，躺在冰冷的水泥地上或闻着像呕吐物和尿的水塘间。与埃塞基耶尔一般年纪的小男孩和与我妹妹差不多大的小女孩都带着因恶习而堕落的眼睛、腐烂的舌头和冰冷的内心，他们的未来被限定在了一间牢房或是妓院的一个小房间内。挤满了人的牢房和走道难以形容、难以置信地肮脏。爬行的、飞行的、会跑的小动物到处都是，从一个盘子到另一个盘子，从一个脑袋到另一个，从一张草垫到另一张，以曾经在监狱待过的某人腐烂的血液和可怜的遗体为食。在灰黑色的砂锅里烹煮的食物的味道。很久没有洗的肉体和衣服的味道。从地面、天花板和墙壁渗透出的潮气，化成了在监狱走道上飘浮着的厚重低云，这潮湿让男人、女人、孩童的呼吸都变得可见，并把它们融成一种气味：阿马里亚监狱的病态气息。行刑的院子朝向监狱北边的墙壁，提示着等待监狱里许多居民的命运。所有人的眼睛里

---

① 位于英国伦敦。

都写满了绝望。所有人的目光中都泛着空洞。一切都浸润了死亡的恶臭。

地狱。

比地狱还要糟糕的地方。

一座分解中的城市的已腐烂的心脏。

"别被灰心打败，亲爱的朋友。"我记得当我们结束了那场恐怖而可悲的初次看望后离开阿马里亚女王街时高迪对我说。"这只是命运对你们的另一场考验。您父亲是个坚强的人，他知道如何通过它。"

"但愿我也有同样的信心。"我记得我是这么回答的，"我只知道在那种地方我一周都撑不过。"

"别妄自菲薄，卡马拉萨。如果有需要，您会为自己的耐力而惊叹。"

我停在路中央，最后看了一眼曾经是圣文森特修道院的庞然大物。寒冷的细雨下了一整天，把墙壁石块的颜色变得很深，并在大门前积起了水坑，还把附近的小贩和闲逛的路人都赶跑了，现在的监狱比以往任何时候都更像一座流传着鬼故事的中世纪堡垒。甚至照射着它的暮光也仿佛是一个差劲的德国画家用忧郁的颜料画上去的。

"那我希望我父亲也为他自己感到惊叹。"我说着拉起高迪的胳膊，重新朝市中心方向走去。

"只是短暂的几周。想想这个。"

我明白高迪所指的，短暂的几周后共和国就会覆灭，新国王阿方索十二世就会由巴塞罗那进入西班牙。这是昨晚母亲的那些朋友，或者说合作伙伴，或者说她的新下属，对我保证的，这也是拉蒙·阿拉德伦不到五分钟前在监狱大门口重新对我们暗示的，当时他同我和高迪进行了他独具特色的坚定握手，并准备陪我母亲和贝格父女坐上家庭马车。

同我们一样，他也既没能有机会见到父亲，也没能同负责看守父亲的主要狱卒说话，或从任何人口中得知巴塞罗那地方法院审判父亲

他 的 城 | 353

的具体日期。

"当我们在监狱里时,我想的全是这个。"

我们默默地沿着拉巴尔区的街道走了几分钟,接着高迪重新开口对我说:

"我能问您一个问题吗?"

"当然。"

"是个有些棘手的问题。"

高迪的谨慎让我稍许有些不安。

"您现在问我的任何问题,"我说,"都不可能让现在的我感到更不舒服了。"

高迪严肃地点点头。

"我在想,您是否意识到您的母亲和这四位先生昨晚给您提供的信息在多大程度上改变了发生在安德鲁和您父亲身上的事。"

"您想说什么?"

"我想说的是,现在我们终于知道为什么安德鲁会死,为什么森普罗尼奥·卡马拉萨会在监狱里。"高迪答道,"毫无疑问,有人希望阻止您父亲履行他被委托回到巴塞罗那要完成的任务。"

负责新国王在巴塞罗那期间安全的组织和监督工作,我在心里补充完整了高迪的话。接着立刻摇摇头。

"您忘了一个不符合这个推理的基本事实。"

"这个事实是……"

"我父亲依然活着。"

现在轮到高迪连续地左右摇头。

"或许杀害安德鲁的人不希望看到您父亲死掉。或许只想让他远离他的任务。"

"这真荒谬。哪种恐怖分子会为了打压我父亲而把匕首插在第三个人的胸膛上?"我问,"不管是谁杀了安德鲁,如果他的目的是突破新国王此行的安保措施,意在策划一起针对新国王的袭击,那为什么不直接杀了我父亲呢?"

"我没有说过杀害安德鲁的凶手是个恐怖分子,也没有说过他的目的是袭击国王。"高迪立刻反驳道,"我理解您的异议,我也赞同。我不觉得一个无政府主义者,或一个卡洛斯派分子,或任何假设的弑君者在解决介于他和他的目标之间的人时会故意招惹这么多不必要的麻烦,因为他明明可以赴马塔洛教堂之约并在那里就把您父亲了结了。"

"所以呢?"

我的朋友在两条坑坑洼洼的街道交叉口停下脚步,等待一辆载着草料的车通过后继续走。

"如果杀害安德鲁的人所谋求的不是破坏您父亲的任务,而是取而代之呢?"他问,"如果凶手是一个渴望得到您父亲的职位所带来的荣誉,却不希望他死的人呢?"

我花了几秒钟思考高迪的话。

"我可以想到十或十二个比您刚才提出的版本更容易接受的理论,高迪我的朋友。"

"这是因为您肯定忘了一些重要的细节,卡马拉萨我的朋友。"

"您真这么想?"

高迪坚定地点点头。他当然这么想。

"安德鲁的文件夹和您父亲的香烟盒。"他说,"这是您忘记的两个重要细节。把它们考虑进您的那十或十二个理论里,再告诉我是否依然更容易接受。"

于是我开始思考我朋友的理论导向哪里。他的问题无疑很微妙。

我忍不住微笑了。

"您是在对我说我母亲策划了安德鲁的死和我父亲的被捕,为的是自己来负责所谓皇家来访的安保事宜吗?"

我的朋友明显好奇地看着我。

"您是在对我说您还没有考虑过这种可能性吗?"

我母亲自上周五后的奇怪表现。她态度的明显转变。她决定接过父亲的位置,开始指挥一群负责守护波旁家族的新国王在巴塞罗那期间安全的同谋者,这决定让人惊异,完全不像她的性格,任何稍微了解母亲拉维尼亚的人都永远不会想象到她会这么做。

她说过,"我比以往任何时候都要好"。

"当然没有。"我说。

"那您真是太缺乏想象力了。相反地,我倒是相当肯定,您母亲确实怀疑您同安德鲁的死有牵连。而且她不是没有理由。"

我没有费心显出很吃惊的样子。为了避开脚下的泥潭我往边上走了两步,回到高迪身边后对他说:

"我们就看吧。"

"不管是谁杀了安德鲁,都是能进入您家的人,不管是直接进入还是借助第三者。我敢说,这种进入不单纯是一次偶然的行为。从您父亲卧室偷走他的香烟盒,再把安德鲁的文件夹塞进他的个人书房,这不是一个偶然被邀请去格拉西亚区别墅的客人有能力做到的事,更别提至少第二个行为是发生在深夜了。您赞同我吗?"

"我没法不赞同。"我轻声说。

"那我们就可以说,那个从安德鲁被杀的房间偷走文件夹,并藏到您父亲书房的人是可以正常出入您家的人。"高迪接着说,"把您家的服务人员放到一边,因为他们无疑已经被您父亲的同伴调查过了,那么可以自由进出别墅的人就只剩:卡马拉萨先生和夫人,玛格丽特小姐,马丁·贝格,菲奥娜小姐和您本人。我说错了吗?"

"您知道您没说错。"

"警方的法医把安德鲁的死亡时间确定在周四晚上十一点至周五凌晨一点之间。在这一时间段,我刚才提到的六个人中的五人可以被分为两组:您母亲、您妹妹和马丁·贝格是一组,您和菲奥娜是另一组,由我陪着。同时您父亲正在马塔洛的圣玛利亚教堂等待着并不存在的会面的到来。因此,您的母亲可以确定她女儿和马丁·贝格的清白,因为他们是在十一点半后同她一起从里世奥剧场回到格拉西亚区的,而且据她所知,他们那晚没有再出去过。"

"据她所知。"我重复道。

"当然,贝格先生可以从农家小屋偷偷溜走而不被人看见,坐租来的车回到城里,并在一点前完成杀人。但我想您母亲有她的理由信任马丁·贝格。"

"您是说,有比信任她自己的儿子更充分的理由。"

"而您,卡马拉萨我的朋友,只有两个人能证明您从周四晚十一点到周五凌晨一点间的行踪。他们中的一个是您的朋友,您母亲没有任何理由对他的话给予任何信任。另一个是一个女人,您曾经同她有过恋爱关系,但您母亲从来没有认可过。这个女人在伦敦让您接触的那些人正是现在您父亲试图要保护西班牙未来的国王不受其伤害的人。"高迪边摇头边说,"恐怕在您母亲眼中,为您的不在场作证的两名证人还不如一张伪造的期票可信。再加上您同您的父亲一直保持着一定距离,您对家庭事务的漠不关心,您似乎抱有的进步思想,当然还有您易受美丽异性影响的弱点。如果我是您的母亲,我也会怀疑您。"

我微笑了。

"您不是认真的。"

"您不觉得这解释了您母亲最近这些天对您展现出的敌意吗?她话语的严厉,她态度的严肃,她对您的冷漠,您不止一次对我说过她从周五起就变了。"高迪一一列举道,"您不觉得昨晚她给您下达的最后通牒,正呼应了您母亲需要让自己确信,在发生了这一切后您依然处在正确的阵营吗?"

我不再微笑了。

我的朋友是认真的。

"您也怀疑我吗?"

"亲爱的朋友。"现在是高迪微笑了,"我提醒您,那整个晚上我

他 的 城 | 357

都在您身边,从我们十一点半离开里世奥剧院直到凌晨三点后我们在兰布拉大街告别。就我而言,菲奥娜小姐和您是我关于安德鲁被杀案完全不怀疑的仅有的两个人。"

我严肃地点点头。

"玛格丽特会很高兴知道这一点的。"我指出,"看到自己在所爱的人眼中变成谋杀案的嫌疑人,无疑会让她浪漫的灵魂充满骄傲和激动。"

我的朋友干咳了几下。

"我说这么多唯一想表达的是,您今晚应当同您母亲聊一聊。不仅要以正确且正经的方式答复她的最后通牒,还要把事情和她说清楚。"

"那么,我是否要问她有没有杀死安德鲁并推给我父亲从而占据他的地位?"

"确切说来,您应该问她是否怀疑身边的某个人。"高迪面不改色地说道,"这个人非常想坐上她丈夫的位子,为此不惜犯下谋杀罪。您母亲是个智慧的女人,我确信这个问题不会让她惊讶。毕竟,我们在讨论的是在国王眼前凸显的机会,而这位国王来巴塞罗那就是为了报答所有那些帮忙把西班牙王位还给他的人。这牵涉的已不仅仅是政治荣誉和社会地位了,还有纯经济利益。"高迪用闪着光的眼睛看着我,嘴角有一丝笑意。"您父亲直到上周五所占据的位子非常令人垂涎,卡马拉萨我的朋友。因此您的母亲毫不犹豫地不惜任何代价也要让它保留在您的家族。"

我们俩再次陷入了好几分钟的沉默。

反对共和国的阴谋是我们家族的生意。支持波旁家族的政变是我们对未来的投资。

卡马拉萨家族是新的社会秩序下的企业家楷模。

"有一件事我没有告诉您。"我说。

"是什么?"

"您记得当我父亲和您在《插图新闻》的晚会上认识那次吗？"

"我记得相当清楚。"

"您记得我父亲在礼堂与您告别前问了您什么吗？"

高迪点点头。

"他问我他和我是否在其他场合见过。"

"您回答说没有。"

"这是真的。"

"但是他不相信您。或者更确切地说，他相信您，但这不是我父亲真正在问您的内容。"

高迪微眯着眼睛看着我。

"我好像听不懂您的话了。"

"第二天早上，我父亲请马丁·贝格询问菲奥娜关于您的情况，并让她打探您的事。他想知道您究竟是谁，您的时间都用来做什么，您为谁工作。菲奥娜同一天早上就告诉我了。我向您坦白，她和我同样好奇，为什么森普罗尼奥·卡马拉萨突然对来自塔拉戈纳农村的建筑系学生那么感兴趣。"

高迪此时本可以问我许多别的问题，但他最终问出的那个问题却罕见地揭示了他当时的心理状态。

"那么，菲奥娜调查了我的活动？"

"我不觉得。至少她对我说她不会这么做的。当然，尽管如此，这也不等于任何保证。我很抱歉地告诉您，菲奥娜的话并不十分可信。"

"您同您父亲谈过了吗？您问他为什么对我感兴趣了吗？"

"晚会当晚我就同他谈了。那是在……所有这一切之前我们最后一次谈话。他对我说他不相信您那时在我生活中的意外出现纯属偶然：大火，败坏报社名声的运动，安德鲁在您到达晚会几分钟后的突然闯入……"我勉强挤出一丝微笑，试图消减高迪脸上悲哀严肃的表情。"必须承认我父母是有道理的，我们友谊开始的时间点实在太难

他的城 | 359

不引人注意了。"

"您父母?"

"我想我母亲也对您抱有不信任。在她眼中我不是唯一一个潜在的背叛者。"

高迪晃了晃头，不知是出于悲伤还是不可思议。

"您父亲那晚还跟您说什么了吗?关于不信任我的具体原因?"

"他说您长相的每一个特点都同他收到的描述相吻合，他不愿告诉我是谁提供的描述。"我也晃了晃头，"现在我们已经知道了。"

"可以是渗透进可能给国王的成功来访带来危险的那些圈子里的您父亲或他的朋友的任何线人。"高迪点点头，"但这还是没道理，说不通。"

"或许是塔贝山?梦之剧院?有人可能目睹了'G先生的行动'，并从中看出了某种政治意图。"

两个在莫利诺斯街中央玩陀螺的男孩让我们不得不暂时分开，绕过他们衣衫褴褛的瘦小身体。一个小孩头发卷曲得就像耙子的齿，左手包着一坨英国啤酒颜色的破布。另一个小孩在我们经过时抬起头，对我们露出坦诚的微笑，似乎瞬间就治愈了阿马里亚监狱的可怕场景在我心中留下的创伤。

"这说不通。"高迪重复道，"就按您的说法，'G先生的活动'仅限于您已经了解的这些。我不常去任何小团体的聚会或是秘密会议，我同无政府主义者或是革命者都没有打过任何交道，我更不相信我这辈子同一个卡洛斯派分子面对面地见过。"

"或许是您买了这么多铜的关系。"我大胆猜测，"您也说了，军队这些天在囤积几乎所有可以获得的铜。像您这么贪婪的竞争者不可能不被他们注意到。"

高迪坚定地摇摇头。

"那个提醒您父亲我这般长相的人在大量买入金属铜的线人一定也会发现我的最终目的。奥里奥尔·科梅里亚的存在对码头上的任何人来说都不是秘密。任何找到 G 先生的线人也毫无疑问都会找到科梅里亚的仓库。"

或许奥里奥尔·科梅里亚也被怀疑了,我心想。或许不是全世界的人都像我一样这么容易地接受一个老人从好多年前起就在工业码头废弃的仓库里建造巴塞罗那城的巨型复制品这个观点。我心想,但我没有说出来。

"如果这样的话,亲爱的朋友,我们就要假设有另一个红头发、蓝眼睛的年轻人,他在城市底层做着可疑的举动。"

在接下来的五分钟里高迪没有再说话。

我们来到了拉巴尔区的东端,当我们走在一条离兰布拉大街只有几条小横街、两旁都是作坊和矮房子的狭窄陋巷时,断断续续地下了一天的细雨突然变成了倾盆大雨。高迪加快了步伐,以便在一座外表看起来比两旁的建筑更阴郁的大楼门口寻求避雨,窗都被封住了,飞檐掉落了,完全是一处水泥和石块的废墟。就在那时让我惊讶的是,高迪居然从口袋里掏出一把钥匙,做出要把它插进门锁的动作。

"这是什么意思?"我问。

"对我们俩来说,在回家之前来点儿消遣是有好处的。"他直截了当地答道,"或许还可以喝上一杯,暖暖身子和心灵。"

当我的朋友结束与门锁的斗争,终于打开门时,谈话声、欢笑声和愉快的音符立刻传入我们耳中。我没有再问更多的问题,也没有抗议。在去过阿马里亚监狱后,来些音乐和酒精不是我能想到的最糟糕的主意,而且我也疲于思考秘密、阴谋和扭曲的理论以便解释我生活中的各种谜团了。极为不幸的是,我的生活开始类似于玛格丽特读的小说里的人物了。因此,我跟着高迪上了楼梯,把外衣和帽子挂在我找到的第一个空衣架上,此时眼睛已经适应了室内的昏暗,我准备好把那个下午看到和听到的所有可怕的事情都从记忆中抹除了。

第三十九章

一小时后快到晚上九点时,高迪和我的身体及精神都因在卡德纳街上那栋没有名字也没有号码的建筑里受到的热情款待而暖和起来,于是我们穿上大衣戴上帽子,再次来到室外。就在那里,在街道对过的人行道上一字排开的作坊中的一间门口,我们遇到了埃塞基耶尔。

男孩连招呼都没打,也没有解释怎么会刚好在那里遇上我们。

"小鸦离巢了。"他就说了这么一句,用他依然不对称的流浪动物般的大眼睛看着高迪。

"空了?"

"完全空了。只有几样家具一张床,没别的了。"

高迪看了看我,脸上的表情与其说是惊讶不如说是好奇。

"我猜是圣马丁。"我说。

"圣马丁。"我的朋友点点头,他说出那个记者姓氏的方式让我觉得带有一丝尊敬。"我预料到我们的拜访可能无功而返,就暗示了埃塞基耶尔七点前后去阿维尼翁街稍微打探下。"

或许是为了排除我对于他去圣马丁家拜访的本质可能抱有的疑问,小混混立刻从衣袋里掏出了周六早上给我看过的工具,在我面前用他出其敏捷的手晃了晃。

"你上次去的时候看到的纸和书……"我问道。

"没有了。家里什么都没有了。就像从没有人在那里住过一样。"埃塞基耶尔再次收起他的撬锁工具,皱着眉看向他的上司,"这很奇怪,对吧,G 先生?"

高迪发出轻微的咕哝声以示赞同。是很奇怪。

"很抱歉,但我必须问您。"我问,我朋友正在递给埃塞基耶尔一张一折二的钞票,我想是作为对他今天下午服务的报酬。"确切来说,维克多·圣马丁是如何嵌套进您关于某个支持君主制的阴谋家一心想占据我父亲的荣誉地位这一理论的?"

我的朋友没有回答我。

接下来的十周里我们再没有得到圣马丁的消息。他的名字再没有署名在《插图新闻》四家主要竞争对手报纸的文章下。他的句法和词汇再没有暴露在任何一封读者来信里。不管他的名字、他的声音,还是他使人不安的女性化身形都再也没有出现在我们的生活里,直到 1875 年的 1 月 10 日,我很快就会讲到那时的情形。当然,这一点高迪和我都尚且无从知晓。

我们在兰布拉大街上准备各自回家,在握手告别互道晚安后,我正打算找一辆带篷马车送我回格拉西亚区,这时高迪问我是否介意第二天下午他来我家。

"我想向您母亲澄清一些事情。"他解释道。

"如果您认为这样合适的话……"

"您不觉得是个好主意吗?"

"试图说服她您不是我父亲对她提过的可能的敌人?"我想了一会儿,"我觉得是个好主意,没错。"

高迪点点头。

"那么我们明天见。"他说着沿兰布拉大街往海边走去。大雨过后,厚重的雾气开始笼罩整座城市。

埃塞基耶尔没有跟在他后面离开,而是留在我身边,带着大大的微笑。我想是因为他依旧紧握在右手中的新钞的热度,或是没有荒度的一天结束时的满足,或任何其他原因。谁知道在那个男孩脑子里翻腾着什么。

"我想我欠你一次情。"无论如何,我说。

埃塞基耶尔把头微微向左倾了倾,依旧是刚才的笑容。

"为什么?"

"昨天你对看守犬牙尸体的警察所做的事。扇他耳光以免我把名字告诉他。你这么做非常勇敢。"

埃塞基耶尔鄙视地吁了口气。

"扇一个警察三个耳光您觉得很勇敢?"

"是的。当然了,你并不觉得这有什么了不起。"我微笑着说,"无论如何,昨天你所做的是我永远也不会为你做的。因此我欠你一份情。或许你想……"

男孩的脸突然变得严肃,他打断了我把手伸进大衣内袋摸索钱包的动作。

"收好您的钱,学生先生。我不为您工作。"

"我不想冒犯你。"我赶紧说,"我只想对你表示我的感谢。"

"那么就告诉我昨晚和 G 先生在一起的妓女是谁。"

埃塞基耶尔的这个回应如此突然,我瞬间不知如何作答。

"你说什么?"

"昨晚陪伴 G 先生在老城堡的红发女人。我知道她是您的朋友,学生先生。我不止一次看到过你们在一起。"

我严肃地点点头。

老城堡。昨晚。红发女人和 G 先生。

"既然你知道她是我朋友,你也应该知道她不是妓女。"这是我能想到的最好的回答。

"因为您不和妓女打交道?"埃塞基耶尔露出一个相当冒犯的表情,我完全不想加以描述,"她可能不是妓女,但她的身材和举止像妓女。还有妓女的习惯。您曾经晚上去过老城堡吗,学生先生?"

"埃塞基耶尔,我不允许你这么说菲奥娜小姐。"

男孩在听到英国姑娘名字时戏剧般地皱了皱眉,让他僵硬的眼睑半睁半闭,刚好露出一只死鱼一样颜色的眼睛。

"菲奥娜小姐。"他重复道,"这是个啥名字?"

"这是位女士的名字,埃塞基耶尔。G 先生昨晚在她的陪伴下做了什么与你无关。"

"也与您无关吗?"埃塞基耶尔的笑容更猥琐了,"因为如果那个妓女是您的朋友,G 先生也是您的朋友,我想他俩在一起做的事的确与您有关。您想我给您讲我跟踪他们时看到的情景吗?"

我坚定地摇头否认。

"我想你告诉我的是,你为什么在不让你的上司知道的情况下跟踪他。"

"我的工作是照顾和保护 G 先生。"小混混立刻答道,声音带着喉音。"而在老城堡,尤其晚上,是会出事的。在那里,只要三分钟,您的内裤就会落到脚踝,脖子上一道裂缝。不知道您是否听懂我说的话了。"

一辆有篷马车终于在雾气中出现,并回应我高举的手。车夫是个瘦削、面目可憎的男人,我差点儿想放下手让车过去,但埃塞基耶尔的陪伴,或者说他刚才的话在我脑中形成的系列画面,突然让我觉得难以忍受。

"晚安,埃塞基耶尔。"我说着向等候我的车方向走了一步。

小混混立刻学着我也走了一步,他拉住我的胳膊,强迫我看他的脸。

"您只要告诉我,我是否应当留心着这个妓女,学生先生。"他非常严肃地说,"因为塞西莉亚女士是不会喜欢听到她的 G 先生在一个有漂亮健美曲线的女人陪伴下去老城堡的。"

塞西莉亚女士。塔贝山那个畸形的舞女。

一个身材引人背叛的母马。

"晚安，埃塞基耶尔。"我用我的喉咙能发出的最冷酷的声音重复道。接着，我上了车，指示车夫赶紧启动。

当我回到格拉西亚区的别墅时已接近晚上十点，玛格丽特在我摄影工作室的一个角落里正要独自吃完晚餐。妹妹选择用晚餐的地方出乎我的意料，但她脸上坚硬的表情和看向我时浑浊的眼神更让我不安。在我吻了她的面颊接着在她身边坐下时，她看我的眼神似乎不太确定我是谁。又或者知道我是谁，只是不在乎。

"很抱歉不能早点儿回来。"我道歉说，"你已经知道发生了什么吧。"

"爸爸被关到监狱里。监狱比死亡还要糟糕。"

玛格丽特概括得如此简明让我的胃不禁打了个寒战。

"没有什么比死亡更糟糕。"我反对道，虽然其实我自己也不是很确信。

"妈妈说她看到一个老头在吃一块长了虫子的狗肉。"

"真的？"

"她还说那个老头朝肉吐了口唾沫，然后另一个老头把肉抢过去吃掉了。"

我强迫自己笑了。

"妈妈可没这么说。"

"她不是这么说的。可是我是这么理解的。"

玛格丽特把手肘支在我金属表面的工作台上，看着我的表情仿佛需要许多东西：一个好消息，一个拥抱，从噩梦中醒来，得到她生命中的第一个吻，或者更简单，睡到一切都结束了再醒来。

"这只是命运放在我们面前的一个考验。"我对她说，"爸爸是个坚强的男人，他知道如何克服。"

"这是蠢话。"

"这是你的朋友东尼在我们走出监狱时对我说的。"

玛格丽特一秒也没有怀疑。

"那还是蠢话。"她说着把盛有柠檬水的玻璃杯靠近嘴边。她嘴唇的痕迹在玻璃上留下了印记,过一会儿便消失了。"而且你闻起来一身酒气。"

"我需要在回家前把脑袋腾空。或者让它变迟钝,我也不知道。"

玛格丽特蹙了蹙鼻。

"你和菲奥娜待在一起吗?"

"在离开阿马利亚监狱时,菲奥娜就和妈妈、阿拉德伦和马丁·贝格走了。他们坐马车走的,留下高迪和我两个人。他们没回来吗?"

妹妹勉强点点头。

"菲奥娜后来又立刻出去了。但走之前她给了我这个。"说着她把手伸到工作台的最左端,够了最新一期的《插图新闻》递给我。"是这样吗?"

毫无疑问,玛格丽特指的是封面上的插图,那风格无疑是菲奥娜·贝格的,图中画了两位警员在检查犬牙和他三条腿的狗被残忍砍杀的遗体。我观察了几秒插图,立即重新体验到了昨天下午的感受,接着我把视线挪到封面页脚,注意到了"试图攻击邮政火车!"的标题,它指向马丁·贝格先生发表在优先内页的关于拉巴尔区无政府主义群体的活动的文章。

菲奥娜说得对。《插图新闻》企图掌控巴塞罗那晚报界的群众运动有了新的攻击对象。

当然,现在这报纸看起来也不是完全无辜的。

与卡马拉萨家族有关的一切现在都不单纯,不论政治、道德还是金钱方面的事。

"大概就是这样。"我终于答道,并把报纸一折二,封面朝内,放在工作台的另一端。短暂的安静后玛格丽特似乎还不打算说话,于是我问:"你在这里做什么?"

我妹妹没有回答我，而是用手拿起摆在我的摄影工具之间的盘子上的土豆块，宣布说已经确定了父亲的审判日期。

"21号。不到三个星期。律师半小时前来告诉我们的。"

"21号。"我重复道。

"他还说审判不会举行，我们的人会很快到达，爸爸在圣诞节前就能被放回家了。你相信他吗？"

我从椅子上站起来，再次吻了妹妹的脸颊，偷走了她盘子上最后的土豆。

我们的人，我心想。

"今晚我想拍你。"我说，"去想想你想穿着什么衣服拍。"

玛格丽特的面容稍微舒展了些。

"如果你要去找妈妈答复她的最后通牒，她在爸爸的办公室里。"她说，说到"最后通牒"这个词时带着法国式英雄的郑重。她接着说："如果你对她说你不想站在她那边，明天你就从家里搬出去，我保证我会自杀。"

我把我的食指指肚放在玛格丽特鼻尖上，轻轻按了下。

"我想我们没必要走到这一步。"

妹妹笑了。

"那件绿色薄纱的裙子你觉得好看吗？"她问。

母亲正坐在父亲的书桌后，身边放着许多纸和书，鼻尖上还戴着一副秘书用的眼镜。看到她的那一刻，我忍不住回忆起我去卧室的路上从办公室门口对父亲道晚安的那些晚上，父亲几乎不把头从纸堆里抬起来，只是机械地与我告别，而我从来没思考过父亲在那间办公室日复一日、周复一周地在做什么工作，他总被纸张和文件夹包围着，眼睛里满是压得他喘不过气来的疲惫和责任。

"妈妈。我的回答是：我愿意。"那晚我从半开的办公室门口探进身，就说了这一句。

母亲从纸堆里抬起头，严肃地点点头。

"那我们有好多工作要做。"她说,"明天早上九点我在这里等你。"

我也点点头,对她说没问题,我会到的。我们俩有许多工作要做。

第四十章

接下来的八个星期里什么都没有发生。又或者说发生了许多事，但没有什么有决定性的。让阿韦拉多·拉韦利亚和他所效力的共和国司法系统失望的是，在11月21日的预审中，我父亲没有被判死刑；让我们难过的是，这一天父亲也没有被释放，我们曾天真地以为这是可能的。正式审判在原定日期的两天前被推迟到了11月30日，接着又被推迟到12月12日，再后来被延迟到本年度的最后一天，只有很少的人相信，行将就木的共和国和它的司法警察系统在这一天仍然尚且不会成为西班牙近代史的一部分。就如菲奥娜预测的那样，从父亲被投入阿马利亚监狱起，到12月29日的军事政变终于把共和国推翻为止的这八个星期是一局紧张的对弈，充满了拖延和法律的诡计，我们的律师这么做的唯一目的就是尽一切可能地延长整个过程，等待历史的潮流在铁窗后的父亲遇到生命危险前先让法官和警官的头颅落下。

没有人费心继续调查安德鲁的谋杀案。似乎不管是警察还是我父亲的辩护律师都不觉得有必要澄清真正行凶者的身份。拉韦利亚警官粗鲁的态度和阿拉德伦及其助手辩护时的保守策略似乎都忘却了高迪和我直至那时所做的所有调查，只有森普罗尼奥·卡马拉萨的——现在也是拉维尼亚·卡马拉萨的——同伴想找出谁想在国王即将进行的巴塞罗那之行的安保计划背后搞袭击的这一实际兴趣，才让我们的努力没有被完全遗忘。不说别的，就说我们的小发现，让波旁家族渗透进巴塞罗那社会各阶层的代理人对城里的极端分子团体加强了管控，这些团体从极"左"的无政府主义者，到极端保守的卡洛斯分子，从温和的乌托邦社会主义者，到信奉卢德主义①、忠诚于共和国、极端仇恨资产阶级的狂热工人们，后者最近在巴塞罗那各家工厂的破坏行动已经让他们成为"我们的人"担心的对象。

我被允许同父亲的第一次见面安排在 11 月 13 日。到那时为止我已经参加了十天行动支持小组的会议，这是负责保障国王此行安全的委员会的名字，并参与各种旨在加强不同利益派别间的联系的半秘密会议，这些派别以各自的方式和理由支持波旁王朝的复辟，支持巴塞罗那成为对新君忠诚的标志。而父亲也已被关在阿马利亚监狱中同样多日子，准确来说还要更多一天。那段时间他所受的艰辛能从他脸上的每处特征中看出来。我就不描述他脏兮兮的疲惫不堪的面容，或败者的那种气场和刻在他瞳孔中的悲伤了，我也不重复他讲述的狱中生活那些令人毛骨悚然的事了，我只想说一句话：父亲这辈子第一次对我说他以我为荣。因为牵扯进了波旁王朝的复辟计划，只能在充满湿气和害虫的牢房铁窗后看云卷云舒的他，为我——他的长子，他唯一的儿子——感到骄傲，而为了将他从牢里救出来，也为了不再让母亲失望，为了不伤害我的妹妹，加上怯懦作祟，我自己也被牵扯进了我本身完全不相信的、我的大脑和内心都不认同的，甚至在内心深处我希望看到它彻底失败的事业中。

然而，每天通过媒体和我们自己的线人传来的消息表明，这个计划不会失败。只要打开随便一份报纸的政治和军事版面，随机阅读文

---

① 卢德主义出现于工业革命初期，那时候的工人对于大机器生产的出现认识不足，盲目地认为是大机器的出现使自己丧失了就业岗位，于是憎恨大机器，开始破坏这些新出现的机器设备，以换取就业机会。卢德主义没有认清历史的合理性和历史进步的方向，它不是去摧毁吃人的资本主义制度，而是去砸毁机器。它是被压迫和被剥夺的工人阶级一种自发的反抗，而不是一种自觉的、真正有组织的、能够持续和最终取胜的斗争。卢德主义既是对资本主义的抗议，但是同时这种反抗又是逆历史潮流而动，因此是没有任何出路和注定了要失败的。它是科学社会主义理论和真正的社会主义运动产生以前的"前史"。卢德主义正好表明当时真正的社会主义还没有产生。

章的标题，就能知道共和国每时每分都在逐渐分崩离析，而共和国留下的空缺已经被这个还没加冕的、叫作阿方索的新国王不知羞耻地填满了。被流放的伊莎贝尔二世的儿子自流亡巴黎后周期性发表的声明已经显示出他就是西班牙的官方摄政王，这个男人——甚至可以说这个孩子——就是掌管这个崩溃了的国家的秩序和复苏的人，他已做好准备，一旦有需要就来拯救西班牙。在法国，这个国王就等着他的臣民们请求他回到不论他母亲还是他本人当年都从没想过离开的国家。而在这里，在西班牙，如果报纸的言论版没有撒谎，如果给行动支持小组提供信息的线人们没有在报告中扭曲大众的感受，如果周而复始地让西班牙公共生活陷入瘫痪的罢工和游行背后没有利益集团的操纵，真的是出于一个被"光荣革命"令人伤心的偏航而背叛的民族的疲惫、狂怒和失望，那么每天都有更多的呼声要求新的法国君主来到这个国家，带来秩序与和谐。

这些每天追踪报道共和国的垮台和复辟计划的日渐完善的报纸不到二十四小时就完全忘记了我的父亲。从森普罗尼奥·卡马拉萨的肉体触碰到阿马利亚监狱冰冷的地面起，他和他所谓的罪行都被完美地遗忘了，仿佛从没发生过一样。没有维克多·圣马丁的笔杆子在竞争对手的报纸上到处传播的文章和伪造的读者来信，只有《插图新闻》试图在一段时间内对父亲在监狱的情况做了新闻报道，但立刻涌现出的许多有意思的新闻让这一专题很快被束之高阁。先是无政府主义者，再是工人的罢工和破坏，接着从12月起是关于推翻共和国的最终起义的谣言，这些话题先后霸占了报纸的所有版面，并将森普罗尼奥·卡马拉萨的案件变成了一桩纯粹的家族私事。

除此之外，我的生活在这八周的等待中发生了深刻的变化。父亲被关进阿马利亚监狱后的第二天早上母亲和我在格拉西亚区别墅的办公室里开了第一次工作会议，让我发觉森普罗尼奥·卡马拉萨自从回到巴塞罗那后把他的时间、金钱和精力投入到了多么复杂而多样的事业中。这天下午，我同行动支持小组的一些成员开了我参加的第一场正式会议。这天晚上我首次参加了在著名的圣胡安步行道上的豪宅里举行的盛装晚宴。第二天早上我同一群希望资助皇家宴席的部分开销以换取未来报偿的企业家共进早餐,第二天下午我意识到,我不得不至少暂时性地中断我在建筑学院的学业。很快,我每天上午的时间开始被与《插图新闻》的良好运作相关的各种职责填满,主要是监督报社以正确的方式从追求轰动效应的民意领军者过渡到即将到来的复辟的宣传机构。到 11 月中旬,我在报社的内部组织架构里有了自己的职位,也被分配到了费尔南多七世宫殿里的一间办公室,刚好与菲奥娜的办公室在同一条走廊,因此每当新生活的压力让我喘不过气来时,我都可以去敲她的门,在十一点前后与她共饮一杯茶,那时她一般已经画完了用于当天出版的插图,她的画越来越不血腥,却越来越政治化和民众主义化了。接着在下午,我一般要参加公共会议,或私人聚会,或行动支持小组中央委员会的隐秘会议,从那些地方我获得所有帮助母亲决策的必要信息,她总是相当谦卑地说她的决定是依据自己丈夫在每个时刻、在面对新情势下会做出怎样的判断而做出的。

  放弃我在建筑学院的学生生活,也意味着放弃绝大部分加深我同高迪友谊的日常活动。只要我有空,我都会坚持去七扇门同他一起吃午餐,但现在一般已经不会超过每周两次的频率了。在尼洛叔叔的杏仁露店共进的下午茶、在宫殿广场一起抽的烟、偶尔去巴塞罗内塔区的散步,以及我们关于教室里每天发生的小事的交流通通都消失了。在这八周里,我只去蒙卡达小广场旁的他家阁楼拜访过三次;带他去格拉西亚区的别墅四次或五次,其中的第一次是我父亲刚被关进阿马利亚监狱的第二天下午,那次高迪和我母亲在父亲的办公室里单独待了十分钟不到,并向她阐明了——用他自己的话说——"关于我这个卑微之人的让彼此不舒服的误会";只在 11 月底时连续两晚陪他去了塔贝山。我们相识第一天下午他就承诺带我去他在巴塞罗那招魂术推广协会的办公室,但因故不断推迟,那段时间又因我们间被迫的疏远而推延,直到马丁内斯·坎波斯在萨贡托①带兵起义颠覆了共和国的那天下午才终于成行。

我在高迪生活中的缺席——如果可以这么说的话——由他的工作、学业和菲奥娜·贝格填满了。那些天我对我的朋友和菲奥娜之间关系的发展几乎毫不知情,我只知道菲奥娜毫不掩饰地说出的事实——那就是高迪不止一次没有事先通知就在深夜来到农家小屋,并且没有去别墅主楼与我们打招呼——以及一些二手信息,这些信息虽然让我了解了菲奥娜和高迪间的亲密程度,但依然没有穿透我的新职业在我周围竖起的让我全神贯注于工作的铠甲。(例如,埃塞基耶尔依然来问过我几次关于菲奥娜的鄙视性问题,并暗示过"那个红头发的妓女"和他仰慕的 G 先生之间高度不正常的行为;再如,12 月初的一天上午,马丁·贝格带着一连串问题来到我位于报社的办公室,全是关于那个来自农村、总是系着领带、森普罗尼奥·卡马拉萨曾经下令秘密调查过的、现在似乎成为他的独生女儿不可分离的同伴的年轻人的意图、性格和境况。)高迪被菲奥娜的想法、人格和可食用的草药迷得多么神魂颠倒,菲奥娜的个人世界让高迪陷得多么深,犬牙被杀那天下午他哥哥对我表达的害怕在多大程度上是有根据的,我一直没有注意到这些事,直到新年过后好久才发觉,直到我们间的一切都已然发生,直到我朋友有了需要很长时间才能愈合的伤口。那几周里,不管是我在十一点左右与菲奥娜同饮的早茶,还是同高迪时不时共进的午餐,都没能让我怀疑到离我这么近的两人之间真正发生的事的本质、强度和可能的后果;又或许是那些天我自己的心理状态蒙蔽了我的双眼,削弱了我的推理能力,让我没能看到显而易见的事实,那就是高迪和菲奥娜之间正酝酿发展的不只是一个充满想象力的年轻人对一个经验丰富的神秘女人的迷恋。"亲爱的卡马拉萨,您的观察能力和对人类反应的解读能力就和豪猪的一样",犬牙被杀那天下午,我同他的哥哥弗朗切斯克相遇前几分钟高迪对我说过这样的话。他没

---

① 萨贡托市,西班牙瓦伦西亚自治区的海港城市。

有说错。

  1874 年 12 月 1 日，在保守派领袖安东尼·卡诺瓦斯·德卡斯蒂略①的要求下，波旁家族的阿方索在英格兰签署了《桑赫斯特宣言》，在宣言中，伊莎贝尔二世的儿子阿方索因母亲的禅让，自称为西班牙王位的合法继承人，并表示已准备好回应那些请求他回国建立君主立宪制的臣民的诉求。12 月 29 日，马丁内斯·坎波斯将军在萨贡托带兵起义，宣布对王子忠诚。自 1 月起成为共和国总统的塞拉诺将军没有加以反抗。让我们所有人惊讶的是，共和国就这样平静地垮台了，既没有发生流血事件，也没有比那些容易镇压的游行多一丝慌乱。12 月 31 日，卡诺瓦斯接管了摄政部，等待西班牙新国王的到来。1 月 6 日，阿方索十二世从伊莎贝尔二世位于巴黎的住处瓦西莱夫斯基宫殿启程，来到了马塞利亚港，许多政治、军事和宗教领导人已经在那里等候陪伴他乘坐托洛萨的纳瓦斯号三桅船去西班牙。1 月 9 日上午十二点，国王和他的随行人员终于在巴塞罗那的码头平安靠岸，迎接他们的是热闹的大场面和热情的民众，不过我怀疑所有这些并不是市民们自发的行为，而是国王的支持者们精心安排的。我生命中最奇怪的二十四小时就这样不知不觉地开始了。

---

① 安东尼·卡诺瓦斯·德卡斯蒂（1828.2.8—1897.8.8），西班牙政治家，因担任过六任首相，为波旁王朝复辟扮演了重要角色和被无政府主义者谋杀而闻名。

第四十一章

当载着新国王的战用三桅船在好几十艘半夜驶去领海边界迎接他的船只的陪伴下终于驶入巴塞罗那港的静水区时,母亲和我已连续三十多个小时没有睡觉了。前一天白天和整个晚上我们都在不停地召开紧急会议,一起开会的还有行动支持小组越来越紧张的成员们,他们几乎都是大腹便便的老年人,有令人羡慕的社会地位。对他们来说,在数月的细致准备后,即将到来的国王的访问似乎成了远超他们实力之上的考验。然而事实上,国王在巴塞罗那停留计划的细节最后几周完全没有改动。新君阿方索十二世——只有当他在马德里正式加冕后才能合法地冠上十二世的数字,但是挂满整座城市的大幅欢迎广告牌上已经都这么写了——将在1月9日上午十二点整踏上陆地,接着会立刻坐着敞篷马车沿兰布拉大街行进,以接受巴塞罗那市民的祝贺与热情欢迎。正式的欢迎午餐将在古老的海洋宫殿举行,国王那一晚也将住在那里,晚上九点他还将主持一场盛装晚宴,所有加泰罗尼亚社会的主要成员都会出席,这其中当然包括行动支持小组的成员、他们的家人和最亲密的伙伴。地方官员将在圣海梅广场举行对国王的官方欢迎仪式,格拉西亚大道将有民众的列队行进,将军花园将有焰火表演,这些都是国王下午的活动,如果还有时间的话,他还将前往位于船厂大楼的军营,接受军人阶层的敬意。第二天下午两点他将启程赴瓦伦西亚,在那之前的上午,他将同教会上层人士在海上圣玛利亚教堂参加一场神圣弥撒,从而以一种虔诚的方式为款待西班牙新国王的正式庆祝活动画上句点。

因此,没什么预料之外的。

同父亲自 1873 年的秋天就开始仔细设计的计划相比,没什么重大改动,父亲被关押的这九周里母亲竭力维护着这份计划的每一处细节。

就是这同一份计划,没有增加也没有删减,行动支持小组的成员们为它的组织和安排付诸了时间与金钱,对有名望的人来说,预见到新国王会因此对他们心存感激,总能引起极大的热情。

然而,紧张的气氛也像面包店的面粉一样,融合在母亲让我也参与其中的、昨晚的每一场会议里。

"这让您感到惊讶吗?"在我给他讲述完最新消息后,和我一起坐在和平码头上搭的开放的梯形看台第一排的高迪问道,"任何一件没有预料到的事,这些仪式上出现任何安保错误,六年的投资就都打了水漂。"

面对我朋友的实用主义,我微笑了。

"当然,更别提眼睁睁地看着失去一位国王有多不幸和丢人了。"

"亲爱的卡马拉萨,我怀疑今天比起荣誉来,您的朋友们担心得更多的是他们的荷包。"高迪用右手的动作囊括进了我们身边的全部场景:用小旗帜和花环装饰的整个港口,覆盖了和平码头的台道、梯形看台和彩色大帐篷构成的闪闪发光的交错网络,遍布帆船的海面。"我不能想象,为了迎接皇家船队的到来,把码头装饰成这副样子要花多少钱。"

"没错,您无法想象。"

高迪嘴角露出一丝讽刺的笑意。

"如果这其中有部分钱是我的,我也会很紧张。我也想让国王注意到我为这整个阴谋做出的贡献。午餐和盛装晚宴的桌次排位一定也引起了一些有意思的争论……"

"关于这方面我也有一些轶事分享,没错。或许在午餐时可以告诉您,如果玛格丽特不占据全部对话的话。"

高迪再次微笑。

"我相信,您母亲一定为自己在桌上占据了很不错的位置。"

"最好的位置之一。她也为玛格丽特和我争取到了几乎同样好的位置。"

"但你们拒绝了。"

我耸了耸肩。

"我的工作已经结束了。"我说,"我坐在国王的那桌也没有什么好做的。而对玛格丽特来说,两餐都坐在一群狂傲的老人和君主之间,远不及在您的陪伴下度过这一天的节日来得有吸引力。"

高迪的眉毛滑稽地皱了皱。

"真的?"

"差不多吧。所以您就绅士一点儿,好好陪她吧。您同菲奥娜的友谊让她不是很满意,如果您允许我对您说实话的话。"

我的朋友严肃地点点头。

"您妹妹是个非常迷人的女孩。"他说着视线回到五分钟前玛格丽特消失的地方。接着像往常一样转换了话题,说道:"但让我惊讶的是,您说您的工作已经结束了。"

"今天和明天发生的事已经不是我的职责了。"

"但还是您母亲的职责。她要负责组织君王的安保工作。"

"安保工作已经安排好了。"我答道,"所有人已经知道自己要做什么,要何时在何地完成它,一旦完成使命后把职权交给谁。我母亲现在只能紧跟着国王的随行人员,并祈祷我们在操作层面上没有遗漏的环节。"

"你们确信事实是这样吗?"高迪问,"不存在任何无政府主义者能混进一把匕首的机会?"

我不喜欢听到那样的话。

"无政府主义者的匕首可以藏在今晚将侍奉晚餐的任何一个服务员的衣袋里，或者这个在那儿吹小号的金发男孩的长筒靴里带进来。"我说着指了指正演奏着欢快的爱国进行曲的小型军乐队所在的拼花地板处，他们离台道只有短短十米，如果不发生延误的话，国王将在一刻钟内从那里踏上西班牙的土地。"但是，保护国王不受这种袭击就像保护他不被闪电击中一样，实属我们能力范围之外。"

"无论如何，这些服务员在被允许给国王奉汤前都被搜查过衣袋了。也有人早就查过这些音乐家的身份了。"

"当然。"

"暂时也没有出现任何警告。你们没有发觉任何试图潜进国王必经之路的行为。"

我摇摇头表示否认。

"那些还没有脱下制服的为数不多的卡洛斯分子都忙着在巴斯孔嘉达斯省①撤退。那些极端的工人似乎只对朝纺织厂扔石头和在工厂大门口封锁煤炭的运输更感兴趣。至于在这座城市活动的那些无政府主义者，正如菲奥娜所说，不过是一些可怜的、抱有高贵的感情、迷糊的想法、缺乏对现实的认知的幻想家。您读过我们发表在《插图新闻》的那些文章吗？"

"我读过它们，并和菲奥娜小姐探讨过。那纯粹是追求轰动效应的宣传，如果您允许我这么对您说的话。"

"我允许您这么说。但是实在没有别的方式来分析这件事。十或十二个大学生，几个怀念放火烧修道院的那段日子的老人，一些受俄国民粹主义思想毒害的外国人，他们聚在拉巴尔区的一间地下室里，计划着如何炸飞兰布拉大街上的一个垃圾桶，或是圣赫瓦西奥区的邮递员的邮车。没什么别的了。"

"然而……"

---

① 现西班牙北部的巴斯克地区。

高迪不需要把句子说完。

然而,我父亲已经被关在阿马利亚监狱九周了,我们掌握的唯一线索——维克多·圣马丁除外的话——就只有结束了爱德华·安德鲁生命的刀把手上的应该是属于无政府主义者的徽章。

"或许所有渗透到拉巴尔区地下室的我们的人都完全被在那里集会者的粗鄙外表蒙骗了,又或者那些无政府主义者对皇室的此访兴趣不大,就好像能在里世奥剧院首映的法国歌剧里看到一样。"

高迪点点头。

此时一阵说话声和鼓掌声开始在港口东区响起,立刻传到了我们所在的看台,同时军乐队也更卖力地用肺吹奏,在我们左侧,离皇家台道几米远的荣誉台上,身着白衣的儿童合唱团唱起了一首我没听过的曲子。

"在那里!"我们身后好几个声音同时喊了出来,"国王的船!"

果然,托洛萨的纳瓦斯号三桅船刚刚驶入巴塞罗那港,陪伴它的还有小船、驳船甚至划桨小舟。一团由彩色纸屑和纸卷、多彩的焰火和受惊吓的海鸥构成的云朵飞越三桅船,仿佛给它披上了既荒谬又模糊不真实的外衣。新国王来到巴塞罗那的方式就像童话故事里描述的一样:从海上来,一路有许多小丑和溜须拍马者巴结讨好,动物王国也以自己的方式庆贺他的到来。

"他已经到我们这儿了。"我轻声说。

高迪无疑注意到我的声音中缺乏热情,于是立刻把左手短暂地放在我的膝头,低声说:

"您的父亲离自由更近了一点儿。"

"这是唯一让我感到宽慰的。"

我的朋友用力地左右摇头。

"您没什么好觉得羞愧的,亲爱的朋友。您做了应该做的事。"

"谢谢您。"

"我说的都是您本来就知道的。"帐篷及和平码头的看台传来断断续续的欢呼喝彩声，让高迪不得不停顿了一会儿，他接着问："有什么新消息吗？"

"暂时还没有。先是加冕，然后才是报答。"

"无论如何不会推迟的。"

"希望如此吧。母亲已经在为父亲一释放我们全家四口就去帕拉莫斯①的家住上几周做准备了。"

"逃离巴塞罗那"，高迪的眼神表明他赞成这个做法。

"等你们回来后呢？"他问，"您思考过要过怎样的生活吗？"

"等我们回来后，我只希望恢复正常的生活。"

"那么我们在学校里还能再看到您？"

我的朋友似乎是随口一问，但他的声音让我觉得他其实很感兴趣。

"您想我了吗，高迪我的朋友？"

"如果是这样，您会惊讶吗？"

"我惊讶的是您居然承认这一点。"我说，接着立刻补充道，"无论如何我的确想念您了。请允许我的客气话，但您的陪伴比我这几周交往的六十多岁的资产阶级中的任何一位的陪伴都要令人愉快。"

突然，一道焰火的光同时照亮了高迪和玛格丽特的笑脸，她终于回到我们身边，手里端着一个托盘。

"甜橙子。"她说，"上面倒了麝香葡萄酒。卖给我的女士向我保证我不会醉。"

"我们姑且相信她是对的吧。"我说着把高迪几分钟前借给我的双筒望远镜还给他，往边上挪了挪，让玛格丽特可以坐到我俩中间来。"我们已经在想你是不是走丢了。"

"那些小房子那里有很多人。到处都有很多人。"妹妹说着从托盘上的三小杯甜橙中端起一杯，递给高迪，"东尼……"

---

① 帕拉莫斯，加泰罗尼亚自治区赫罗那省的海滨城市。

我的朋友优雅地点点头，以示感谢。

"非常感谢，玛格丽特。您不用这么麻烦的。"

我妹妹的微笑更灿烂了。

"今天是个特殊的日子。"她说，"加夫……"

我也感谢了妹妹的心意，拿起一片甜橘子，边往嘴里送边心想，这或许有些荒谬，但今后每当我回忆起阿方索十二世从巴塞罗那港来到西班牙的这天上午，我一定不会忘记这个细节。

"好极了。"我说，"但这上头的麝香葡萄酒似乎喝了会头晕。你小心。"

妹妹做了个好笑的表情，接着再次转头面向高迪。

"您拥护君主制度吗，东尼？"她出其不意地问。

"我不认为……"我刚开始说，我的朋友就用友好的手势打断了我。

"考虑到各种情形，今天的我无疑是拥护的。"

玛格丽特似乎喜欢这个回答。

"今天将会是伟大的一天。"她宣布道，"明天也会是如此。"

"我确信会的。"

皇家三桅船此时离码头只有几寸了。巨大的旗帜在桥楼上飘扬，依稀能看到几十号人聚集在主甲板上，天空中银鸥继续着它们古老的绕圈飞翔和鸣叫。军乐队的管乐声，儿童合唱团身着白衣的孩子们的歌声，已经占据了港口每个角落的人潮发出的震耳欲聋的喧嚷声，这所有声音都属于一座准备好投入狂欢的城市。

在我们看台的最低处，即和平码头的台道处，一大排官员开始为国王的登陆各就各位。

"妈妈。"这时玛格丽特说，并用叉子的齿尖指着母亲黑蓝色的轮廓，她是站在最前排的十或十二个男人中唯一的女人。"她好美啊，对不对？"

她说得没错。母亲那天上午光彩照人。几小时前当她在《插图新闻》所在的宫殿门口与我们告别时就很美,那时她一只脚踏在家庭马车的马镫上,玛格丽特和我则挽着胳膊站在费尔南多七世街的人行道上,现在的她更美了。随着载着新国王的三桅船即将靠岸,母亲脸上仿佛燃起一团火,妹妹和我此前都没见过她这样。

替代森普罗尼奥·卡马拉萨原本职位的那九周肯定为妈妈拉维尼亚奠定了很好的地位。

"你们的母亲是个不可思议的女人。"高迪说,仿佛读懂了我的心思。"你们一定为她感到非常骄傲。"

"我们的确如此。"玛格丽特立刻答道,看向我们的朋友的眼睛也放着光。"对吧,加夫?"

我没有回答,而是用叉子齿尖指了指临近主台道右侧的地面,那里挤满了报道国王来访的记者们,在他们中间,一头火红的头发闪着光。

"菲奥娜在那里。"我说,"对她来说今天也是任务繁重的一天。"

像我母亲一样,菲奥娜也是领带和礼帽的海洋中唯一的女性。然而与母亲不同的是,虽然那天早上相对较冷,她却没有戴帽子,也没有穿披肩和大衣,她穿着一条精致华丽的白裙子,这装扮去出席在圣·胡安步行道上举行的任何一场舞会都不会显得不合时宜。"我是唯一一个觉得菲奥娜今天选衣服时弄错了职业的人吗?"

"玛格丽特……"

"当国王看到她时,会想……"

我把手轻轻放在妹妹唇上打断了她的话,避免她继续说出些不可挽回的话来。

"我们懂你意思了。"我说,"而且我们不赞同你。"

"因为你们是男人。"

"菲奥娜美极了。我想,她穿上这条裙子,是为了在所有活动中都能确保第一排的位置。是母亲和我委托她做报道的,我敢说这不是一个糟糕的策略。"

玛格丽特蹙了蹙鼻，但没有接着抗议。

"报社关门后就看不到菲奥娜了，真是遗憾。"她只说了这么一句，接着把视线从记者们所在的木台挪开，重新落到官员们站的台道上。"妈妈就缺帽子上加朵花。这条红腰带衬她有些寒碜。"

我看向高迪，等待他问出那个问题，果然，他两秒都没耽误就问道：

"这将是《插图新闻》最后的出版了吗？"

我严肃地点点头。

"下午的时候我们会出关于国王来访的第一期紧急刊物，明天早上将出版报道国王今天所有活动的专刊。晚报会继续发行几周，但接着，恐怕我们的员工不得不另觅高就了。"

高迪拿起一片橘子放进嘴里。

"贝格父女呢？"他装作自然地问，但这种自然并没有说服力。

"说到菲奥娜的事，您应当比我知道得更清楚，您不觉得吗？"我差点儿就这么回答。庆幸的是，玛格丽特抢在我前头说了。

"他们会回到伦敦去。对吧，加夫？"

"这个我们还不知道。"

"他们在这里还能做什么？"

"我们不清楚爸爸的计划。"我答道，"我们也不清楚马丁·贝格的想法。无论如何，我们家有欠对他和菲奥娜的感激……"

妹妹长长地且满是鄙夷吁了口气，打断了我的话，引来我们身边好几个人的关注。

"我们什么都不欠他们。爸爸和妈妈已经养了这两个英国人超过一年了。给他们提供免费的住宿，让他们用不是他们的钱经营着报社当着记者，此外，还付给了他们一份这座城市里任何记者都会羡慕的高薪。该是他们亲吻我们脚下的土地。"玛格丽特说完回头看向高迪，"您不觉得我说得没错吗，东尼？"

我的朋友谨慎地歪了歪头。就算菲奥娜和他已经讨论过类似等待

384 | 他 的 城

着她的——因此也是等待着他的——这场冒险之后的未来,高迪的表情或是声音也绝不会显露出来。

"的确,卡马拉萨家族和贝格父女建立了一种非常特殊的利益关系。"他答道,"如果这一切都很顺利,那最后的结果对双方来说也都是有利的。从那时起他们会怎么做,我想会取决于不管是你们还是我都无法料到的事吧。"

玛格丽特思考了一会儿高迪的话。

"您真是个天使,东尼。"她总结道,这时我们所在的看台响起一阵欢呼声,以庆祝三桅船靠岸并开始放下舷梯让新国王走向我们。"那么您喜欢这个麝香葡萄酒吗?"

接着高迪十分严肃地向我妹妹保证,那是他这辈子尝过的最甜、橘子味最浓的麝香葡萄酒,这倒相当有可能是真的。

第四十二章

　　托洛萨的纳瓦斯号三桅船的靠岸，在舷梯下的初步招待，国王在码头上官员们所在的台道上发表的听不见的短暂演讲，所有这些活动持续到了近一点，接着国王和随行人员隆重地穿过和平之门，就此开始了沿兰布拉大街的列队行进。人行道、靠边车道和几乎整个中央步行道都被挤得水泄不通，人群中有些是热情的君主制拥护者，有些是狂喜的反共和国者，还有些是纯粹上街享受节日气氛的好事者。树冠和街灯的玻璃罩被旗帜、花环和彩色纸灯连成一串，在集会人群的头顶随风舞动。朝街的每一个阳台和几乎所有窗户都挂上了热情的欢迎牌，上面的标语都是一个风格，这一点十分可疑。在兰布拉大街的起点和终点，即在古老的圣莫妮卡修道院对面和卡纳雷特斯喷泉边，已经分别竖立起了凯旋门，国王及随行人员从下面穿过，脸上写满骄傲，仿佛乘坐的是缀满月桂枝且载有奴隶的皇家马车一般①。自从拿破仑入侵②那次后，还没有人在兰布拉大街上见过类似的盛况，在未来的很长一段时间内也不会再见到。国王高举着右手，带着亲切而自

---

① 在罗马时代，为了迎接凯旋的帝王们，当地人会组织盛装打扮的花车游行，有些车上还关着战场上俘虏的奴隶。
② 1808年5月，拿破仑入侵马德里，将他的兄长约瑟夫·波拿巴指定为西班牙的国王，将被废黜的原波旁家族的皇室成员流放至法国的枫丹白露和瓦朗斯，西班牙沦为法兰西帝国的附属国。西班牙人民反抗了六年，在英国威灵顿将军所率部队的帮助下，终于在1813年逼法军撤出。

负的神情向左右两边的人挥手致意,他向临时变成看台的阳台、人行道和长椅上的人报以庄重的微笑,他的眼睛在每一张脸、每一双手和每一幅巨型广告上短暂停留。至少这是我现在想象中的当时的场面。

事实上,玛格丽特、高迪和我跟在最后一辆记者车后头穿过了和平大门,记者们的车紧紧追随着中心的华丽四轮马车而去,而随之见到的船厂大楼的高墙令人熟悉的阴影,让我们明白我们是不可能在那种难以通行的人潮中赶上国王的,人们一定已经把保护国王及其随行通过的狭窄车道的安全线两旁挤得水泄不通。

"我提议,"我厌倦了在人群中找寻不存在的近道,也担心在一片混乱中与玛格丽特走散,于是终于说道,"我们现在去安静地吃顿午餐吧,然后下午找个好地方继续跟着在格拉西亚大街上的游行队伍。"

我们正是这么做的。我们再次穿过和平之门,沿着城墙外侧前行,把为此次国王来访而打扫干净的为数不多的码头和国王十分幸运地没来得及访问的许多码头抛诸身后。我们向奥里奥尔·科梅利亚那半遗弃的仓库行了注目礼,走过巴塞罗内塔区渔民们的小房子和在老海洋之门外墙边一字排开的、叫卖预先备好的食物的小摊,在向意外遇到的一个武装后备队口头表明身份后,终于来到了宫殿旁的广场,这里已做好准备接待国王和他最先抵达的宾客们。新的旗帜飘扬在中世纪宫殿的正面外墙上、海洋交易市场的四角和海关大楼的最高处,彩色的花环挂在广场的树木上和街灯上,大束白色、红色和黄色的玫瑰在天才的加泰罗尼亚人喷泉的矮墙边散发着香气,展示着色彩。被涂上深绿色油漆的木栅栏保护着宫殿的入口,栅栏外已聚集了些好奇的人,等着围观第一顿盛装午宴的嘉宾们的到来。我母亲很快也会穿过人群间的窄小通道来到这里,我心想。我母亲很快就会成为所有人最钦慕最嫉妒的对象。我母亲很快要和西班牙的国王在一张桌子上用同样的餐具用餐。

在七扇门,我们能弄到的桌子只有餐厅深处角落里昏暗的那张了，它离任何一扇窗都很远，离厨房又很近，于是我们三人间每个短暂的沉默都会立刻被在灶台间忙碌的人们刺耳的声音填满。我们正要开始用甜点时，外头突然传来欢欣的喧闹，向我们宣告皇家游行队伍来了。

"我们出去吗？"玛格丽特立刻停下把一小块巧克力送到嘴边的动作，充满期待地看着高迪和我问道。

"等我们走到广场，国王和妈妈都已经进到宫殿里了。"

妹妹微笑地点点头。

"国王和妈妈。听起来就像小说里的情节，对吧？"

于是，我们平静地用完午餐，点了两杯牛奶咖啡和一杯热巧克力，同样不疾不徐地喝完它们。直到三点过好久，我们才离开西弗雷之家的拱廊，穿过依旧熙熙攘攘但已可以通行的宫殿广场，朝蒙卡达小广场走去。

海上圣玛利亚教堂周围也全是激昂骚动的人群。为了给第二天上午的神圣弥撒做准备，教堂里此刻挤满了工人，他们加速地布置着荣誉座席、新木凳和能让仪式个性化些的各种装饰物，同时悄悄地安放着守护国王日程里最后一场公开活动平静度过的安保装置。在户外，在教堂正面的开阔广场上，平日里由流动摊贩、喜欢叫嚷且性格欢快的无所事事之人和去往各自工作地点的里维拉区居民所构成的杂乱人群已经被巴塞罗那形形色色的社会各阶层的代表取代。明天不能来教堂参加弥撒的人利用现在来偷偷瞟一眼这座他们从来都懒得参观的教堂内部。他们中有码头的装卸工人，圣安德列斯区的女裁缝，拉巴尔区的年轻工人，新扩展区的阔太太，兰布拉大街的绅士，圣海梅广场附近的女秘书和女店员，奥尔塔区的农民，格拉西亚区的资本家，皇家广场、费里萨门和佩特里特索尔街的女服务员[①]……有那么一刻，有那么几小时，构成这幅名叫巴塞罗那的拼图的每一片都汇聚在了这座城市最耀眼的角落。

[①] 此处列举的皆为巴塞罗那市内和周边各区域居民的主要职业。

"你们这两天不会没热闹看的。"我说,这时高迪把钥匙插进大楼的门锁,终于有一次这扇门是关着的了。"我想您的哥哥不会很高兴……"

我的朋友微笑了,同时侧到一边让我们走进大楼的门厅。

"您想得没错。"他说,"请原谅这座楼不是很好,玛格丽特。也请原谅我哥哥可能的行为举止。弗朗切斯克是个性格比较……难以预料的人。"

"我很想认识他。"玛格丽特肯定地说,面对门厅墙壁深处散发出的湿气她努力忍住不蹙鼻。"而且这座楼我觉得很讨人喜欢。"

"她说的是真的。"我证实道,"我是说关于弗朗切斯克,不是关于这座楼。玛格丽特想从您哥哥那里套出关于您私生活的所有细节,高迪我的朋友。"

玛格丽特在通往高迪家阁楼的昏暗楼梯上盲目地打了一下我的脸。

"别在意他说的,东尼。"她说,"加夫午餐时喝了太多酒。您一定也注意到了,他的脑袋忍受不了太多酒精。"

高迪冲我妹妹友好地哼了一声以示回应。

"小心台阶。"他接着说,"这一段有几级台阶相当容易把人绊倒。"

当我们到达最后一个楼梯平台时,看到阁楼的门是开着的。里面传出经过弱音器处理的奇怪音乐,像是刚点燃的火苗的噼啪爆裂声,节奏难以辨别,伴着音乐有一个男声毫不优雅地哼唱着同样神秘的旋律。

"你们有一台手摇风琴!"玛格丽特叫了出来,明显十分高兴。当我们不约而同地探身进高迪家门时,我们看到弗朗切斯克盘腿坐在大房间的地上,面前有一堆器材,他双眼紧闭,走调而激情地张大嘴唱着。

"我跟您感到一样惊讶。"高迪轻声说着关上身后的门,把钥匙串精准地扔到他哥哥怀里。"弗朗切斯克!"

高迪兄弟中年长的那个缓缓睁开了眼,看着我们的表情中没有明显的惊讶。他立刻停下了歌唱,操作风琴曲柄的右手也放了下来,但无论身体的姿势还是脸上满足的表情都完全没变。他从怀里拿起钥匙,用双手掂量了一会儿,接着立刻把它们丢回给高迪。

"这是我庆祝国王到来的方式。"他向我们宣布道,同时指了指手摇风琴和他身边的几只小风琴,"似乎听起来不那么好听,但只要习惯了就好了。"

我的朋友点点头,在他脸上也看不到他对于兄弟俩共享的家里增加了那些古怪的家具而感到的任何惊奇。我明白了,那两个年轻人从很久以前开始就不会对另一方的行为感到惊讶了。

"如果你愿意友好地站起来,并整理一下裤腿的话,我给你介绍这位小姐。玛格丽特,卡马拉萨先生的妹妹。弗朗切斯克,我哥哥。"

在未来的律师弗朗切斯克·高迪还没完全直起他的魁梧身材前,我妹妹就已经来到他身边并把右手递给他,脸上因极大的快乐而熠熠生辉。

"您的头发真好玩,高迪先生。"这是她说的第一句话,同时左手指着那个年轻人头上爆炸般失控的红头发。"我特别喜欢您的手摇风琴。我可以叫您弗朗切斯克吗?"

高迪的哥哥眨了好几下眼睛,才决定接过玛格丽特递给他的手。他没有吻上去,而是像握住一个小孩的手那样与我妹妹握手。

"如果您想这样的话,小姐……"

"请就叫我玛格丽特。如果您叫我玛格丽特小姐,我就永远不再和您说话了。"

弗朗切斯克·高迪严肃地点点头。

"您喜欢音乐吗,玛格丽特?"

"我特别喜欢音乐,弗朗切斯克。您能给我展示一下您会的曲子吗?"

于是，高迪和我留下各自的哥哥和妹妹愉快地坐在阁楼地上，接着双双倒上一杯雪莉酒，来到阳台抽烟。今天从那里看出去的视野特别吸引人，不仅围绕着海上的圣玛利亚教堂的外墙边是一片热闹激动的景象，里维拉区卑微的屋顶以及我们目光所及的小巷和中世纪大道组成的杂乱网络仿佛也浸润在节日的气氛里。

"我注意到，您把模型从大厅里撤走了。"在吸了第一口高迪递给我的香烟后，我说。

"我两周前把它完成了。"高迪点点头，"三天前我又把它拆了。因为我哥哥又开始烦人地让我在屋里给他腾出些空间。现在我明白是为了做什么了。"

"我之前不知道您哥哥是个音乐迷。"

"我哥哥迷好多东西。"高迪利落地挥了一下香烟，转移了话题。"不管怎样，我本来就决定把模型的事放一放，把我的注意力集中到手头这台新相机上。"

我忍不住笑了，因为我想起了12月29日，也就是马丁内斯·坎波斯将军在萨贡托起义的同一天，玛格丽特和我去巴塞罗那招魂术推广协会总部的拜访。想起了我朋友私人办公室的工作台上堆满的各种破烂东西。想起了他再次以热情和极度严肃的态度对我陈述的荒谬理论。想起了他给我展示的三张照片，照片里一些不成形的、没有颜色的所谓鬼魂正从一个处在灵魂附体状态下的灵媒的口中出来。

"那些信奉招魂术的人开始变得紧张了？"我问。

"我想更确切地说是缺乏耐心。那些我开始取得的棒极了的结果……"

"您是指，您那些在冲印底片时因透光而产生的斑点。"

"……唤起了我的雇主们的欲望，这是很好理解的。我们正处在一个重要时刻，我相信把更多精力放在这项事业上较为合适。"

我看着我的朋友，真心地感到好奇。

"您是认真的，是吗？"

他 的 城 | 391

"我说的所有的话都是认真的，卡马拉萨我的朋友。我们的交情到这份上了，您应该了解我的。"

"所以您真的依旧认为可以拍摄到鬼魂。"

"我不仅这么认为，而且很快就将用您无法否认的结果让您大吃一惊。"

高迪说出这些话时脸上的笑容充满了自信，令我有那么一瞬几乎要相信他。

"我迫不及待想要看了。"我说着朝他举起我的酒杯。

"我看您依旧持怀疑态度。"高迪也举起酒杯，与我碰杯。"您想打赌吗？我在三个月期限内就能给您看到证明我的理论不是您想的那样荒谬的第一份证据。"

我没有回答，而是抿了一口酒，再次微笑。

"菲奥娜已经把英国人好赌的恶习传染给您了？"我问。

"您是企图转移话题吗，亲爱的卡马拉萨？"

"当然不是，尊敬的高迪。您提出赌局的条件吧，我会毫无异议地接受。虽然，如果您允许我多说一句的话，我认为您在关于这架不可思议的相机一事上不够有野心。"

"不够有野心。"高迪重复道。

"既然您觉得您拥有一台可以拍出看不到的东西的相机，为什么局限于拍摄鬼魂呢？为什么不拍摄回忆？或者梦境？又或者我们没能体验过的生活片段？"

我的朋友带着满意的表情看着我。

"这最后一个想法相当有诗意。"他表示赞同，"都不像是您能想出来的了。"

"再或者，您可以拍那些当菲奥娜和您寻龙时去的神秘地方……我向您保证，我很愿意花钱看那些照片。"

"您别把这个好点子破坏了，卡马拉萨我的朋友。"

我们俩陷入了一阵友好的沉默，我们欣赏着海上圣玛利亚教堂的塔楼和屋顶，慢慢品着优质波西米亚水晶杯里盛的雪莉酒。从屋内依旧传来弗朗切斯克·高迪用手摇风琴弹出的、被玛格丽特的评论时不时打断的欢快音乐，偶尔还会夹杂着未来律师的歌声。

"科梅利亚先生看到教堂这么热闹会很高兴吧。"我记得那时我没来由地随口说道。

"科梅利亚先生？"

"您对我说你们是在这座教堂认识的。就在您刚来巴塞罗那的那天下午。"

高迪点点头。

"无论如何，我很怀疑科梅利亚先生是否会愿意看到我们的教堂沦落为仅仅是给政治界和社会界举办活动用的场所。"他说。

我们的教堂。这种占有感让我觉得很有意思。

"这不一直是教堂的主要功能吗？"我问，"政治界和社会界举办活动用的奢华场所，毕竟教堂都是用教众的金钱和汗水建成的。"

高迪再次点点头。

"这个想法更像是您个人的。"

"相反，您依旧对宗教事务感到深深的尊敬，虽然您承认已经失去信仰，不再像父辈那样了。"我微笑着说，"您记得安德鲁被杀那晚我们去梦之剧院吗？"

"我记得相当清楚。"

"那么，也请您记住那晚菲奥娜在听了您对我们阐述的一些可爱理论后对您说的话。"

我的朋友疑惑地看着我。

"或许您可以帮我重温下那段记忆。"他说。

"高迪我的朋友，菲奥娜当时对您说，您离神秘主义者只差相信上帝以及不信世间欢愉这两样了。"

就像那次一样，高迪的脸上没有露出任何微笑。

"菲奥娜小姐是个喜欢快速做出评判的女人。"他轻声说。

"而且评判得很准确。"

"我恐怕不总是这样。"高迪用左手大拇指的指甲摩擦着他黑色的丝质领结,右手则冲我几乎空了的酒杯做了个手势,就像喝醉的主人邀请宾客们嗨起来。"您觉得我是个神秘主义者吗?"

我没有回答,而是问了一个很久前就想问他的问题。

"菲奥娜已经认识奥里奥尔·科梅利亚了吗?"

高迪一刻也没有犹豫。

"当然没有。"

"当然?"

一阵短暂的沉默。两只银鸥在蒙卡达小广场边建筑的屋檐上滑翔而过。巨大的圣玛利亚教堂的另一侧传来响亮的笑声和掌声。而在我们身后,从屋里传来了一首新的流行歌曲开头的节拍。

"有些地方是容不下一个女人的。更别提一个菲奥娜小姐这样的女人。"

我的朋友说出这第二句话的方式——紧张的嘴唇,坚定的声音,盯着我的目光——让我把从我们拜访码头的那座废弃仓库的那天早上起就在我脑中徘徊的念头化作了语言。

"在科梅利亚先生身上,您看到了某种既吸引您同时又让您反感的东西。"我迎着他的目光说,"您有时会想,这也将是您的未来。一个独自生活的老人,全身心地投入到一项巨大的工程里,却没有人能懂它的意义,或者说没人在乎。一个与世界断了联系的人。我说错了吗?"

高迪所有的反应,就是一口喝完了杯中的雪莉酒,对我说他要去添满。

这天下午的后半部分就像在此之前一样,在一片平静祥和中度过。五点整时,我们等候在格拉西亚大道与阿拉贡街的交汇处,准备在第一排观看第二场皇家游行。结果表明,这场游行和五小时前在兰布拉大街上的那场一样观看者众多，五彩缤纷，热闹非凡，而且让我感到欣慰的是，同样没有发生惊吓事件。接着，我们在拓展区伊尔德方索·塞尔达新建的某个方正街区的巧克力店吃下午点心，随后前往将军花园，在那里欣赏我到那时为止见过的最绚烂的烟火表演，连伦敦游乐园每晚举行的烟火表演都相形见绌。在那里，我们第一次遇到了菲奥娜，虽然整座城市已被笼罩在黑暗与寒冷中，但她依旧没有戴帽子，穿着那件几乎算作夏装的白裙熠熠生辉，她那慷慨的大领口让任何在路上与她相遇的男人都克制不住地多看她几眼，并表露出无声的赞赏。演出结束后，在我们等待身边的人群稍稍散开时，我们给她讲了这一天是怎么度过的，她也用一个词对我们概括了她的一天，那就是"疲惫"。她还向我们证实，国王和随从没有遇到任何重大的事件。没有一个企图袭击国王的警报，国王身边没有任何奇怪的动作，只有几人自发地高呼支持共和国、反对君主制的口号，或表达对卡洛斯事业的忠诚。皇家午宴也是无须掩饰地成功，古老的海洋宫殿的中世纪厅堂让国王和他的随从陶醉，与官员们的正式会面也顺利举行，没什么值得一提的差错，而且我们的母亲，就菲奥娜所知，已经同即将成为阿方索十二世的人单独说过至少几次话了。

"您父亲现在一条半的腿已经从监狱出来了。"菲奥娜总结道，这时刚才送我们到那儿的人潮又正将我们拖离将军花园。"您母亲的工作完成得非常好。"

"你也一样。"我答道。

菲奥娜微微行礼。

"你们雇我就是为了这个，不是吗？"

"你穿的这条裙子肯定在工作里帮了你很多忙。"这时玛格丽特说，自从菲奥娜出现后她就一直低调地待在一边，这完全不是她的风格。

"你喜欢吗，亲爱的？"

"你美极了。如果我是个男人，而且兜里有多余两张钱的话，我会毫不犹豫地选你。"

"玛格丽特……"我说。

"我说的是恭维话。"我妹妹说,她的目光依旧盯着菲奥娜笑意越来越明显的脸庞,也以完美的礼貌微笑起来。

"我就是当恭维话听的,亲爱的。"菲奥娜把左手伸向玛格丽特的脸,帮她把一绺头发放到耳后,"任何来自你的奉承对我来说都意义重大。"

"我也这么认为。"玛格丽特稍稍把头歪了几秒钟,"但我担心你这么多肉暴露在外面,一定很冷。每年的这时候很容易感到不舒服,对吧东尼?"

高迪发出一声不舒服的喉音,似乎为了同时让我妹妹和菲奥娜满意。

"无论如何,玛格丽特说得没错。"我插话道,"你美极了。"

"至少今天你没有穿成男人的样子。"我妹妹微笑得更厉害了些,"您看到过穿裤子的菲奥娜吗,东尼?"

高迪微微皱了皱左眉。

"我还没有那个荣幸。"他轻声说,他看向菲奥娜的眼神我不确定该如何形容。

"那您真是错过了一场好戏。"玛格丽特说,"菲奥娜打扮成什么样子都好看,但当她穿上裤子戴上帽子时,没人能把她同一位真正的绅士区别开来。"

"你又恭维我了,亲爱的。"

"我只是说实话。当你脱下你的裙子,扎起你的头发时,没有人会说你是个女人。"玛格丽特转向高迪,"让加夫给你看些照片,你就知道了。"

"没那个必要,亲爱的。"菲奥娜立刻答道,"如果安东尼感到好奇,当他想看的时候我可以亲自展示给他看。"

此刻几个滞后的烟花在空中绽放,用它们的光芒和声响填满了我们之间的短暂安静。

"这听起来一点儿也不好,亲爱的。"玛格丽特终于说,"东尼会觉得你是个轻浮的女人。"

"玛格丽特……"

"我这么说是为了她好,加夫。可怜的菲奥娜因为穿的这条裙子已经在忍受不必要的寒冷了。现在她没必要再多一个不必要的轻浮名声,仅仅为了在真正的绅士面前假装聪明。"

第三支烟花在将军花园上方的天空中绽放,它蓝色的光亮在我们身上投射下令人愉快的幻觉般的光辉。我们身边的人群中响起一阵呼喊和掌声:孩童,老人,年轻的男男女女,资产阶级和无产阶级,所有人都相聚在有火光星辰映照的天空下。就是在那时,菲奥娜说出了高迪、我妹妹和我在未来依然会记得的话。

"亲爱的,但愿你永远不需要发现这些我们女人有时为了生存不得不做的不必要的事。"她说话的语气相当随意,但我觉得眼神中闪着愤怒的光。"希望你父亲的出狱至少有这个作用。"

这次玛格丽特不知该如何作答。

"谢谢。"她终于皱着眉头说,意外地投降了。

"而现在,如果你们允许的话,我的工作在召唤我了。"

画图本依然夹在胳膊下,脸上挂着不变的笑容,菲奥娜就这样离开去报道将为这一天的国王来访画上句号的盛装晚宴了。短暂犹豫后,我们决定就这样结束这一天,于是启程回家庭别墅。几小时前,当我们在格拉西亚大道的拐角处等待国王的队列到达时,高迪没能抵挡住玛格丽特对他发出的即兴邀请,只得来我们家吃晚餐,以此结束用妹妹的话来说"值得载入史册"的一天。因此晚上十点时我们三人在一层大厅里分享美味多汁的米饭和大罐柠檬水,十一点时在同一张桌边和侍女玛琳娜和马斯德乌女士玩扑克——伊格莱西亚斯女士已经知道如何友善地拒绝玛格丽特的邀请了——十二点时,当我母亲终于在菲奥娜和马丁·贝格的陪伴下到家时,可怜的高迪还在想方设法逃离我那过度兴奋的妹妹的注意。

母亲是从海洋宫殿的盛装晚宴直接回来的,她既精疲力竭又因完成任务而心满意足。她肿胀的眼睛闪烁着愉快的光芒,我都快不记得这种神采了,她的声音因疲惫和激动而颤抖,她那因缺乏睡眠而发干的嘴唇终于露出了自然的微笑。

"一场大胜仗。"这就是她给我们概括的她的一天,在那之前她吻了玛格丽特和我的脸颊,并把戴着手套的手递给了高迪。母亲和我的朋友如此自然地打招呼让我终于放心了:在妈妈卡马拉萨眼中,高迪从许久以前起就不再是怀疑对象了。"明天下午我跟你们解释。"

"爸爸……?"

母亲竖起一根手指让玛格丽特别说话,并露出微笑,我明白,这是肯定的意思。

"明天我给你们解释。"

而贝格父女回家前是在监督第二天上午要出版的《插图新闻·特别版》的编辑工作,现在有国王来访最新消息的报纸已付诸印刷了。马丁·贝格几乎没和我们待多久。当依旧披着披肩提着手袋的母亲对我们宣布玛格丽特和她要各自回房休息时,他也趁机朝农家小屋走去,一句告别的话也没有说。他的这一天就和他女儿的一样,漫长而精疲力竭,而明天对于这个在不到二十四个小时内要发行三期比以往更充斥着配有插图的流行新闻的报社经理来说,不会比今天累得多了。

而菲奥娜,则完全不像是愿意让疲惫迫使她结束这一天的样子。

"在我们都去睡觉前,你们会允许我邀请你们再喝上最后一杯,对吗?"当只剩我们三人站在有顶院子门口时,菲奥娜对高迪和我说。"我们有太多要分享的了,而且玛格丽特已经不在这里评判我们的道德水准了。"

就这样,我们三人在菲奥娜的艺术工作室度过了那晚。

就这样,最后一杯酒变成了倒数第二杯,接着变成了倒数第三杯，继而变成了倒数第四杯。

就这样，随着时间的流逝，装饰在菲奥娜工作室墙上的梦幻般的奇异风景画对我来说不再仅仅是五彩的、令人不安的鬼怪，而开始有了一种只有酒精才能帮我们在所有事物的深处发现的秘密意义。

就这样，菲奥娜从她的私人抽屉里拿出一包香烟，递给我们一人一支，不论高迪还是我都没想过要拒绝。

第四十三章

　　我记得一开始什么都没发生。我记得草药在我的喉咙里产生的灼痛感，它在我鼻子里的奇怪气味，以及烟对我的眼睛产生的刺激。我记得我似乎感到轻微的晕眩，胃的入口和腭的深处不太舒服。我记得高迪是第一个躺到地上的，接着菲奥娜也躺下了，他们俩靠得比我原本希望的要近得多。我记得我试图站起身走到他们身边把他俩分开，但那时让我羞愧的是，我的腿拒绝再为我服务了。我记得我跪倒在地上，我的额头撞在了工作室铺满报纸的地上，我还记得在我的眼睛最终屈服于菲奥娜草药的魔力前看到的最后一样东西是她为《插图新闻》画的双色插图中的一幅。一具尸体躺在一张铺设简单的床上，一把刀插在他的胸口，床垫下是一摊凝固的黑色血液。那是菲奥娜画的爱德华·安德鲁的小房间，我父亲并没有在那里杀死他。

　　当龙来的时候，我脑袋里的幻灯机开始在我眼前投射一系列我不会忘记的风景。

　　当我醒来时，我左半边脑袋正浸在一摊凉凉的苦艾酒颜色的胆汁里。从我自己胃里吐出来的东西的气味让我差点儿又要吐了，而且它像栎树浆液一样黏稠的触感在我试图摸索着确定我的脸周围是什么状况时并没有帮助，我的脸似乎在睡梦中与地面黏连在一起了。我艰难地转了个身，眨了好几次眼睛，才看清头上是高高的屋顶，横梁不知是用哪种木材做的。直到我把头转向右侧，看到挂在墙上的画、盖在地上的报纸，以及在我脚边打呼的红发黑衣的大块头后，我才想起我在哪里，以及为什么在那里。老旧的农家小屋。菲奥娜的艺术工作室。昨晚的聚会画上奇怪终点的地方。我把黏糊糊的手拿到额前，摸了摸占据着额头中央、像台球一样硬、有鹌鹑蛋般大的新疙瘩。我努力地回忆，但唯一出现在脑子里的只有一幅景象——一条彩色的龙威严地缓缓穿过化成碎片的陶瓷做的天空。还有就是当人尿在裤子里后感觉到的胚胎般的温热。我闭上眼睛，睁开，再闭上，再睁开，那时才注意到从百叶窗的缝隙里照进来的阳光有多强烈。

"高迪？"我叫道，这男中音的嗓音几乎都不像我的，"菲奥娜？"

没人回答我。没有一声应答，没有一声哼叫，躺在我脚边的红头发大块头的呼噜声也没有一丝变化。我又转身到脸朝上，把手掌撑在地板上，试图把自己的身体抬起来。在第三次尝试时，我成功地让膝盖承受体重，同时用双臂把自己抬到了近似垂直的姿势。

"高迪？"我又喊了一声，一边摸索着又湿又乱的衣服，心里猜着就凭这衣服的状态，等我恢复理智后会对自己的多少行为感到后悔，"菲奥娜？"

我又花了好几分钟才明白，只有高迪和我两个人在工作室里。我朋友的状态似乎比我还要糟糕，虽然他的裤子乍一看没有丢人的小便失禁的明显痕迹。在前一晚菲奥娜在他身边待的那三平方米里，现在是旧报纸、褶皱的衣服和一小摊棕褐色的液体，远远望去和我吐出来的泛着绿色的液体没什么大差别。我在我朋友身边弯下腰，猛烈地摇晃了一会儿他的右半边身体，得到的唯一结果就是鼾声又暂时加剧了，以及一秒钟的眨眼，这眨眼让我隐约看到一个扩张到半便士硬币那么大的瞳孔的阴影。

我认输了，留下高迪继续睡觉和打鼾，来到工作室三扇窗户中最大的那扇前，半开了百叶窗。光线立刻洒满了房间，残忍地呈现出了菲奥娜那天早上离开前看到的醉酒或幻觉状态中的我们的悲惨模样。我不想从挂在工作室门上的镜子里看到自己，便目光盯着地面转动门把手走出房间，开始在农家小屋里四处走动寻找菲奥娜或是马丁·贝格。

那两个英国人都不在了。房子的大门被用钥匙锁上了，而钥匙不在锁眼里。客厅烟囱的搁板上，有一只瑞士钟，指示着九点十分。我的脑袋暂时还没法处理这三条奇怪信息的含义。

在重新走遍空荡荡的卧室、厨房和卫生间后，我想不到什么可以做的，于是回到厨房，用碗碟洗涤池里三指高的马马虎虎干净的水洗了脸。接着我用一个陶瓷大杯子盛满了水，回到工作室，把水倒在高迪脸上。

我朋友的鼾声立刻停止了，他终于睁开了眼睛。

"什么鬼……？"

"这话该我问。"我说着把空杯子放在地上后再次直起身。"现在九点多了，我们俩单独待在贝格父女家，而且大门被用钥匙锁上了。有什么想法吗？"

高迪从直到刚才都是他的巢穴的那一堆乱糟糟的衣服和报纸上艰难地坐起来，用和我一样茫然的表情看着我。

"菲奥娜呢？"他问，声音也不像是他自己的。

"我正要去弄清楚。您尽量别把手伸到这些水洼里。"

我走近窗户，抬起大腿跨到高高的窗框上。僵硬的骨头和肌肉立刻嘎吱作响，向我表明那天上午不太好用的不仅仅是我的脑子。我小心翼翼地掉落在贴着农家小屋的细沙带上，再次检查了一下我的衣服，向别墅主楼走去。

我正要到达有顶小院时，玛格丽特出现在了装饰院子用的那棵柠檬树树干边。

"加夫！"

她惊讶的语气倒没有让我感到惊讶。

"一个艰难的晚上。"我说，"如果你不提这片小便的污渍，我也不会提的。"

我妹妹上下打量着我,那副表情似乎在看一只刚被车轮猛烈撞击过的猫。

"你额头上的疙瘩我可以提吧?"

"一个小意外。没什么严重的。"

玛格丽特严肃地点点头。一个小意外。

"你在这儿做什么?"她问。

"我希望能换身衣服,稍微洗洗。我被关在农家小屋了。"

"你被关在农家小屋了。"玛格丽特左右摇摇头,她甚至懒得评论那句话。"玛琳娜对我说你一早就离开家了。妈妈生病了。阿拉德伦先生现在在她房间陪她。"

我花了几秒吸收这三条新的意料之外的消息。

"妈妈生病了?"

"病得很厉害。"玛格丽特说,"今天早上没人能叫醒她。玛琳娜喊伊格莱西亚斯女士去帮忙,伊格莱西亚斯女士最终来找我了。妈妈就像得到王子亲吻前的白雪公主一样沉睡着。我们捏她的脸,抓她的头发,可是她一点儿反应也没有。如果不是她仍旧有呼吸,我们都以为她死了。"我妹妹戏剧性地暂停了一下才继续,"当我们终于把她叫醒时,她就开始呕吐,直到半小时前才停的。现在她在床上,脸色难看得仿佛随时会死去一样。"

"已经有医生来看过她了吗?"

玛格丽特点点头。

"是阿拉德伦先生带来的医生。菲奥娜在前往国王那里继续溜须拍马前派人去找他来的。没什么严重的。"

"医生说妈妈的病没什么严重的?"我稍加解释了妹妹的话。

"是轻微的中毒。似乎是昨晚有什么东西让她不舒服。卧床静养会儿,再喝点儿我为她准备的汤药就能好了。"玛格丽特露出微笑,"但现在令她担心的是在昨晚的盛装晚宴上别有什么质量不好的食物。

他的城 | 403

已经派使者们拿着信去了,在等他们回来。我们的人正在祈祷昨晚国王没有肚子疼。"

虽然妹妹是微笑着、用平常的语气说出这些话的,但很明显,对国王下毒这种可能让她和我一样不安。一位国王死于我们之手,这意味着许多东西,包括森普罗尼奥·卡马拉萨不得不被五花大绑地押到阿马里亚监狱用于行刑的院子里。

"你说玛琳娜告诉你我一早就走了?"

"所以我在喊菲奥娜前没有先去找你。"

"菲奥娜也没有告诉你我之前和她在一起?"

玛格丽特的颌骨微微变了形。

"你之前和菲奥娜在一起?"

"差不多吧。我在菲奥娜工作室的地上,看着彩色的龙飞舞,我也吐了。"这第二句话我没有大声地说出来,至少我觉得我没有。"菲奥娜现在在哪儿?"

"她和她爸爸去工作了。"

"玛琳娜呢?"

"我想在铺床吧。"妹妹眯起了眼睛,"为什么玛琳娜告诉我……?"

我没有留下来听完玛格丽特后面的话。我边穿过有顶小院的门边请她帮我最后一个忙,然后跑上二层,立刻在我自己的卧室里找到了侍女。

"你没必要铺我的床,玛琳娜。"我说着关上身后的门,"你知道我没在这里睡觉。"

女孩带着惊恐的表情看着我。她瞪大的眼睛打量着我乱糟糟的头发,全是褶皱和油污的衣服,以及或许依旧粘在我手上的绿色薄膜,最终停留在我裤子的裆门处。

那时我想,关门或许不是一个好主意。

"你要对我做什么?"女仆终于问道,并把我进入房间时她正在拍松的枕头抱在胸前。

"我不会对你做什么,玛琳娜。"我向她保证,同时抬起我的双手,不知这样是否能让她镇静下来,"我只想知道你为什么对我妹妹说我一早就离开家了。"

侍女似乎立刻放轻松了。

"因为菲奥娜小姐是这么对我说的。"她答道。

"菲奥娜小姐对你说我一早就走了?"

玛琳娜剧烈地点点头。

"当您母亲叫不醒时,我过来叫您,而您不在。"她解释道,"那时菲奥娜小姐对我说您已经去工作了。于是我就去叫醒玛格丽特小姐了。我没做任何坏事。"

"我的床铺并没有被弄乱,你对此不感到奇怪吗?"

女孩看着我,流露出发自内心的奇怪。

"床铺是乱的。现在很整齐因为我刚刚铺了。您看。"她说着把枕头放到应该在的位置上,把床罩的下摆弄平,以此作为示范。接着,她看到我因惊讶而沉默,便指了指我的裤子问道:"您尿在身上了吗,卡马拉萨先生?"

我严肃地点点头,同时重新打开了卧室门。

"谢谢你,玛琳娜。你现在可以走了。"

五分钟后,我已换好了衣服并稍微梳洗了一下,但依然沉浸在侍女透露的信息让我感到的一片茫然中。我走进母亲的卧室,真的看到妈妈拉维尼亚躺在床上,她面色惨白,眼睛灼热,身边是拉蒙·阿拉德伦坐在显然从下午厅搬来的椅子上,他虽然也脸色苍白而严肃,但肠胃看起来却好得很。

"发生了什么事?"我问,"你现在感觉怎么样?"

母亲没有回答我,而是微微直起身靠在枕头上,问我道:

"你在这里做什么?"

"菲奥娜也告诉你我一早就已经离开家了吗?"我没有等母亲回

答,立刻接着问,"国王还好吗?"

阿拉德伦试图露出让人感到宽慰的微笑,但在他浓密的小胡子下面几乎看不到笑意。

"错误的警报,卡马拉萨先生。"他说,"我们同好些我们的人联系过了,所有人都向我们保证,国王和随行人员以及出席盛装晚宴的宾客里没有一起相似的案例。不管是什么让您母亲肠胃不舒服,都不是在宫殿里吃到或喝到的东西。"

我点点头,感到宽慰。

"可能是什么东西导致的,对此你有想法吗?"

母亲摇摇头。

"睡前,我在这里喝了一杯热牛奶。这就是我在家里吃过的所有东西。"

我在床头柜上寻找牛奶杯,却没有找到。我也没有看到卡马拉萨家族的所有人每晚睡前会带去各自卧室的一杯水。

"昨晚你在大厅同我们告别后,有人和你一起待在这里吗?"

母亲看我的表情似乎在问我是不是疯了。

"谁会半夜十二点和我一起在我的卧室?"她干巴巴地问。

"玛格丽特、玛琳娜、伊格莱西亚斯女士、马斯德乌女士、菲奥娜。"

母亲摇摇头。

"我在玛格丽特的房间同她告别。玛琳娜给我端了一杯牛奶和一杯水进来,在我睡前就离开了。我没有见过伊格莱西亚斯女士或是马斯德乌女士。当然,我把你的朋友和你同菲奥娜及她父亲留在大厅后也没有见过他们父女俩。"母亲在床上稍稍坐得更直些,"你在暗示什么?"

我自己也不知道。

"我在想,昨晚可能是什么东西让您坏肚子,仅此而已。"我答道,"我这一晚过得也不是很好。"

"我看出来了,亲爱的。"像玛格丽特一样,母亲也用下巴指了指我额头上的疙瘩,"你怎么了?"

我耸了耸肩,努力挤出一个无所谓的表情:没什么严重的。

"你不能参加在海上圣玛利亚教堂的神圣弥撒了。"我指出,"也不能去码头的告别仪式了。我应当代替你去吗?"

母亲用力地左右摇摇头。

"你已经来不及赶到教堂去了。"她说,"而且无论如何,能否被邀请入内是严格按名单控制的。至于告别,"她突然用非常坚定的声音说,"我想自己一定要去,不过你和你妹妹必须搀着我去了。这个男孩在向我承诺你父亲会在他加冕那天走出阿马利亚监狱前,别想离开巴塞罗那。"

这就是新的妈妈拉维尼亚,我边走出她的卧室边想,嘴角不由露出一丝笑意,同时大脑全速运转着:这是一个把西班牙的新国王称为"男孩",并让不是她丈夫的其他有钱男人在她卧室守护她的女人。

玛格丽特正拿着农家小屋的钥匙在带顶小院的门口等我,在上楼找玛琳娜之前我请她去帮我找的。

"还好吗?"她问。

"妈妈会走出这个意外的。国王也是。玛琳娜也没有问题。菲奥娜倒是有些奇怪。"

在我说的四句话里,玛格丽特最感兴趣的当然是最后一句。

"你现在才知道吗?"

"请努力回忆一下。"我说着严肃地看着我的妹妹,"当你进去叫醒妈妈时,你是否注意到床头柜上有没有杯子?"

玛格丽特立刻皱起了眉。

"我想是有的。"几秒后她答道,"是的,一个牛奶杯,一个水杯,就像每天早晨一样。两杯都剩下了一半。"妹妹的眼睛更明亮了些,"毒药在那里?"

我没有回答她,而是接着问:

"菲奥娜进去过妈妈的卧室吗?"

"我们所有人一起进去的。直到贝格先生探身进来看发生了什么事。他是第一个说要叫阿拉德伦先生来的人。菲奥娜对妈妈下毒?"

我短暂地吻了下妹妹的左脸颊,并在她胳膊上拍了几下。

"请你上去陪妈妈吧。"我请求她,"她想两点前到达码头,要求国王还人情。这样对我们是有好处的。所以尽你可能地帮助她。"

玛格丽特似乎戴上了成年人般的严肃面具,向我保证她会做到。

"但你要小心菲奥娜。"她说,"如果有人对妈妈下毒,那一定就是她。"

在我拿着农家小屋的钥匙走出带顶小院,迈着轻轻的脚步穿过花园去找高迪的路上,妹妹的最后这几句话在我脑海里一遍遍重复。我相信高迪的大脑能帮着理解那天早上刚在我们眼前发生的一系列意外谜团。

我来到贝格父女家时,我朋友的身躯刚好从菲奥娜工作室的窗户里探出来。

"我给您开门。"我说着朝他挥动手中的钥匙串。

半分钟后,高迪和我在农家小屋门廊上的两张摇椅里面对面地坐着,这无疑唤起了我们很多回忆。我的朋友左手拿着一张报纸,右手拿着一个皮匣子,一副曾经有过好日子但现在流落街头的乞丐模样。他洗了脸,稍微梳理了下头发,但不管是他的风衣还是英式剪裁的紧身裤的状态,都丝毫不能掩饰他度过了怎样不平静的一晚。

"您知道菲奥娜在哪儿吗?"他问我的第一个问题是这个。

"大约八点时她已经和她父亲去工作了。但在那之前,她让我的家人相信我已经不在家了。就我所知,她根本没有提到您。"我短暂地停顿了一下,然后问出了我那时能想到的对解开谜团唯一无辜的解释,"有没有可能菲奥娜把我们忘记了?所以把我们锁在这里?"

高迪没有回答我,而是把手中的报纸递给我。

"告诉我您在这里看到了什么。"他要求我道。

我立刻发现这是爱德华·安德鲁的尸体被发现那天的《插图新闻》报。占据了整个头版的插图正是昨晚我被菲奥娜草药的效果迷惑之前吸引了我的注意力的那幅。画里用两种色彩再现了犯罪现场的每一处细节，10月末的那个难忘的早上，高迪、菲奥娜和我偷偷地拜访那里，那天我父亲也正式变成了杀人犯。

"我应该看到什么？"我问。

高迪指了指安德鲁房间地上散落的许多物品中的一样。那是老商人尸体所在的床脚边的一样小东西。只是个长方形的草稿，里面草草画了两笔。是两个首字母。

"您知道那是什么吗？"

我的舌头比我的脑袋先反应了过来。

"我父亲的香烟盒。"

"正是。"

"但是……"我试图在记忆里重建那个周五的时间轴，然后说出了高迪无疑期待我说出的话。"但是当我们到的时候香烟盒已经不在安德鲁的房间了。警察已经在我们到招待所之前就把它收起来了。我们一直都不知道它的存在，直到拉韦利亚警官就在这里把爸爸逮捕后把它当作又一项针对他的证据。"

"正是。"高迪重复道，脸色非常严肃，"这是下午两点之后的事。那时报纸已经在印刷了。"

我摇摇头。

"但这是不可能的。菲奥娜怎么知道……？"我没有把疑惑说完，"一定有某个合理的解释。"

"《插图新闻》下午会出第二版吗？"

"从来没有。"

"您确定吗？"

"绝对确定。"

"那么,您说得没错。"高迪说,"有一种合理解释。"

"真的吗?"

高迪关上农家小屋的门,用钥匙锁上,接着把钥匙串递给我,他的表情让我觉得充满隐喻。

"我们已经知道是谁杀了安德鲁。"他说,"我们已经知道您父亲为什么会在监狱。我们还知道杀害安德鲁的凶手现在会选什么方式杀害西班牙的新国王。"

我感到整个花园开始在我周围天翻地覆,就像英国的公园里让小孩子们很开心的旋转木马。

"您是想说……?"

"我想说,卡马拉萨我的朋友,菲奥娜小姐以一种令人钦佩的方式欺骗了我们。"

我摇头否认。

"菲奥娜不……"我张口想说话,但不知道如何继续。我咽了一口唾液,用力把两只脚放在天旋地转般的花园地面上,"菲奥娜不可能以这种方式背叛我们。"

"恐怕,在菲奥娜眼中,她做的只是忠于自己。"高迪答道,"倒是您,背叛了曾经与她共同持有的理想信念。"

在大英博物馆周围的社会主义者的会议。

在白教堂的民粹主义者的秘密会议。

在东伦敦码头的工人们的革命协会。

而现在,回到巴塞罗那后,我站到了国王那边,反对共和国。

我再次摇头否认。

"一定有别的解释。"我说。

"但愿您能告诉我别的解释。我向您保证,我最希望的就是被您说服。"高迪的脸突然蒙上了阴影。"您母亲受邀参加今天上午在海上圣玛利亚教堂举行的神圣弥撒了吧,我想。"

一个寒战传遍我整个后背,从脊柱尾端到后颈。

"她的确被邀请了。但晚上她感到不适，现在正卧床休息。"我简短地跟高迪说了我同母亲和阿拉德伦律师的对话。"不管怎样，她希望能去和平码头出席国王的告别仪式。"我总结说。

高迪严肃地点点头。

"那么您的家庭马车现在能用，对吧？"

"如果您是想去圣玛利亚教堂，现在已经来不及了。弥撒十点开始，现在已经超过九点半了。"

"这样的话，我们有接近半小时赶到那里。"高迪把报纸放在一张摇椅上，把小皮匣收进风衣内袋里，用空空的双手猛地击了一下掌，惊起了花园树冠上的麻雀。"您去找车夫，让他备好马车，然后在大门口等我。我去看看您的母亲。我们有三分钟。"

就这样，我现在试图讲述的奇异冒险的倒数第二幕开始了。

第四十四章

把整个市中心堵得水泄不通的交通让我们最终不得不在天使之门附近放弃马车,并从那一刻起一路狂奔,穿过高迪和我在过去的三个月里走过无数次的街巷。欢乐的人群虽然挤满了老城区所有主干道,但幸运的是他们没有冒险走大道间密集分布的、散发着难闻气味的小街小巷,因此我们只被迫停下了几次,不得不用胳膊肘撞击自发聚集的巴塞罗那市民以便开辟道路。这些市民在某个街角高呼国王万岁,盼望共和国、"光荣革命"或者说"九月革命"①失败,欢迎新加泰罗尼亚光明的未来,仿佛还未加冕的新波旁国王已经承诺到马德里后就会推动加泰罗尼亚的发展。

无论如何,上午十点过几分钟后,我们终于来到了里维拉街区的心脏地带。

"这太荒谬了。"我边说边试图喘气,我身边的高迪则在思索穿过我们与海上圣玛利亚教堂之间的混乱人墙的最佳方式。"不可能有人试图在这里袭击国王。"

我朋友满是汗水的脸上此刻的表情比我认识他以来的任何时刻都要严肃、紧张、全神贯注。他的嘴唇在我们坐家庭马车来的短短十分钟里没有张开过,他的眼睛一刻也没有从车窗外飞驰而过的风景上挪

---

① 因"光荣革命"发生于1868年9月,故也称"九月革命"。

开，我有两三次试图弄明白到底正在发生什么鬼事情，但都以他凝重的沉默告终，让我不好再继续碰运气地问。

而这次，高迪却回应了我刚才说的话。但他的回应却无法让我镇定。

"但愿我也能这么想，亲爱的朋友。"他说着挽起我的胳膊，请我跟着他从吵嚷的人潮中刚刚出现的空隙向前走。

"这场弥撒是整个日程里最安全的活动。"我肯定地说，既说给高迪听，也说给自己听。"整个上午这片区域都被完全封锁了，所有参加仪式的嘉宾都是经过小心挑选的，而且不论教堂内部还是外部，每时每刻都有我们的人警戒。之所以选择海上圣玛利亚教堂而不是大教堂作为这场弥撒的举办地，恰恰是因为监视这座教堂的入口和内部都相当容易。"

听了我的话，高迪坚定地点点头。

"我对此深信不疑。"他说，"在这种情况下，让国王去大教堂是非常不明智的。"

"而且即使防范装置不起作用，也没有人能在这里丢一颗炸弹，掏出一把刀，或是开枪，而不立即被前来欢庆国王到来的人群阻挠得动弹不得。您知道的，无政府主义者都是胆小鬼。这种政治恐怖分子只有在知道可以全身而退时才会发动袭击。"

"您是想说，就像那些袭击了伦敦地铁的俄国民粹主义分子一样。"

"袭击后，多亏一项调查发现了他们的巢穴，那些民粹分子全部被逮捕了。他们不是混迹在乘客中扔炸弹，并留下来等着看他们死去。"

"他们用的是定时炸弹。"

"当然。"我点点头，还没理解高迪在暗示什么，"您是想说……"

"我想说的是，没人会在这里丢炸弹，也不会掏出刀子，更不会开枪射击。"高迪接过我的话，"我不知道杀害爱德华·安德鲁的凶手

他的城 | 413

是不是真的是一个无政府主义者,但他现在所谋划的,亲爱的朋友,对他来说非常干净非常稳妥,就像任何最怯懦的无政府主义者会希望的那样。"

又有一大群人让我们不得不停下脚步,寻找通往教堂的新路。我们现在距正对教堂的广场不足二十米,但抵达教堂开始让我觉得是件不可能的任务了。

"您是怎么知道的?"我高喊着问,"您怎么知道这个凶手的计划?"

高迪在我们身边的几百人中搜寻了一会儿可以插队的空子,接着用蓝色冰块般冷漠又明亮的眼睛看着我。

"我知道。"他说,"因为是我设计的。"

那时,我终于以为自己听明白他了。

菲奥娜·贝格。

安东尼·高迪。

过去的九周里,英国姑娘在我朋友身上施展了吸引,或者说魅力,或者说不可抗拒的魔力,而我被迫的缺席让我没能尝试着从自己与菲奥娜相处的经验出发缓和这种魅力。

"您是想说……"

"我想说,卡马拉萨我的朋友,如果今天上午在这里发生什么无可挽回的事,我的余生都会感到良心负罪。"

我摇了摇头,不敢相信自己听到的。

"但是您不可能……"

"我只把我的发现同两个人分享过。"高迪再次打断我说,"一个是您,另一个是菲奥娜。我的骄傲让我想给你们俩留下深刻的印象,而现在我的骄傲可能就要夺走上百条无辜的性命。"

现在我是真的明白了。

"您的发现。"

"菲奥娜表现得对我给她看的模型和平面图特别感兴趣。她问了我关于教堂设计图、关于承重的机械、关于我的发现的理论基础、关于支撑我的发现的物理证据等各种问题。她的兴趣让我感觉受到了恭维。"我的朋友悲伤地笑了笑,"您有何感想?"

在猛烈撞击着我们的人潮中,我艰难地把右手放在高迪的左前臂上,按按他以示安慰。

"我觉得您没有什么好感到羞愧的。"

我的朋友用含糊不清的哼声感谢我笨拙的安慰。

"我觉得您没有正确理解我们现在的处境。"

我试图回忆起高迪在阁楼大房间摆了好几个月的海上圣玛利亚教堂的奇怪复制品的样子。它的承重和滑轮系统,它悬挂着泥土的小袋子,它用马口铁和金属制的器械:总之,模型展现了我的朋友在教堂建筑原理基础上构思出的惊人理论。让我羞愧的是,在我屡次拜访高迪兄弟俩的家时,我对观察模型的细节总有些心不在焉。无论如何,我只要记得中心思想就好,即按高迪的理论,五根或六根柱子支撑着教堂的秘密结构,这座石块和玻璃制的庞然大物数以千吨的重量,在物理学和人类智慧的神奇结合下,都承载在五六根柱子上,而现在,我的朋友似乎在不知情的情况下用粉笔画了十字把它们标了出来,并打上了"从这里破坏"的记号。

"那些无政府主义者不想把子弹射进国王脑袋里。"我总结道,手依然抓着高迪的前臂,声音因不敢相信而颤抖,"他们想让整座教堂倒塌在他身上。为了达到目的,他们打算听从您通过菲奥娜提供的指点。"

高迪没有费神点头。

"现在,当您对您的同伴解释当前情形时,尽量用别的词。"这就是高迪全部的话。接着他生硬地把胳膊从我手中挣脱,神情变得更冷酷了些,开始用肘击或推搡在人群中开辟出一条通往教堂正面广场的路。

他 的 城 | 415

当我来到围着教堂的第一道警戒线边时，已经快十点十五分了。我立刻看到行动支持小组的好几个成员在主入口旁巡视，他们身边有十好几个年轻人，我想应该是渗透进这座城市的无政府主义者中、给我们提供关于他们的策划信息的后备队中的一些人。我在那些人中最年长的奥古斯蒂·列拉先生面前适当地进行了自我介绍，他是矿业界的高级实业家，我有机会和他一同参加了最近几周的数次会议，在回答了他关于我母亲健康状况的友善问题后——用他的话说，母亲身体的不适让所有人感到深深的惊愕，包括国王本人——我终于在他的陪伴下穿过了保护广场的制服军人构筑的围墙。

我不会在这里重复我那时同列拉先生的对话。恐怕我的讲述——一群身份不明的无政府主义者的阴谋没有被我们的安防工作检测到，他们试图仅凭弄断三四根看起来只起装饰作用的柱子来摧毁一座好几百年历史的教堂——听起来很荒谬，至少很没有说服力。事实上在我大脑深处，我也依然觉得荒唐。那些导致高迪和我抱有这种惊人怀疑的论据——包括菲奥娜那天早上的奇怪举动，香烟盒在她画中难以解释的出现，我母亲突然的中毒，以及我们俩吸了菲奥娜给的香烟后的中毒——在那种情况下自然也不能引起列拉先生的反应，因为在听我费力而磕巴地解释了三分钟后，他一定已经开始暗想我为什么不也在母亲身边一起卧床了。

无论如何，列拉先生对我所说内容的怀疑并不是没有原因的。那天早上我们的人已经仔细全面地检查过了教堂内部，搜寻爆炸物、暗藏的武器，或其他任何可能对国王的人身安全构成潜在威胁的东西，但什么都没有找到。从那时起就没有任何陌生人进出过教堂，包括所有那些封锁进入广场的通道的军人，以及守卫教堂那几个入口的便衣警察，只有身份得到确认的行动支持小组成员可以在八点后进入教堂内部。如果教堂里此刻有一枚炸弹，只可能是藏在正在举行的神圣弥撒的助手们的衣服里进去的。而我知道得很清楚，这场弥撒的助手都是加泰罗尼亚民间、政界、军队和教坛精心挑选的。他们都不是从事在教堂内放置炸弹这一行的人,当然他们更不会在他们本人也参加的、为迎接新国王到来而举行神圣弥撒的教堂里这么做。

"请允许我问您一个问题,先生。"那时高迪说,他终于来到我们身边,上气不接下气的,脸庞因坚信的表情而有些变形。

他的样子和五分钟前没有很大区别,那时他消失在了把我们与广场分隔开的人群中。荒谬的是,此刻他身边竟然站着小混混埃塞基耶尔。

"是个重要的问题。"男孩说,他交替地看着列拉先生和我,一副做好准备静观从那刻起事态会朝哪个方向发展的样子,"你好,学生。"

列拉先生上下打量着衣着不甚美观的高迪和陪伴他的衣衫褴褛的小罪犯,摆出了完全不喜欢眼前两人的表情。

"你们又是谁?"

"列拉先生,这是我的朋友高迪,以及他的朋友埃塞基耶尔。"我赶紧介绍他俩,"在这件事上他们是同我们在一起的。"

"请只回答我一个问题,列拉先生。"高迪说,他的语调友善但坚定,"今天早上菲奥娜·贝格小姐来过这里吗?"

老人在回答前先看了看我,似乎征求我的允许,又似乎让我负责把他也牵连进这个不舒服的境地。

"当然。"他终于点点头,"卡马拉萨夫人快九点时派她来告诉我们发生了什么事。"

"我想她也利用这个机会在本子上画了一些草稿。"

列拉先生微微一笑。

"就像往常一样。你们见过不带铅笔和画图本的菲奥娜小姐吗?"

"她也画了关于教堂内部的草稿吗?"

老人脸上的微笑立刻消失不见了。他再次转头看向我。

"您的朋友在暗示什么?"他问我。

"没什么不合适的,您不用担心。"我立刻答道,很容易地明白了高迪的问题指向何方。"菲奥娜小姐无疑想在仪式开始前画一些教堂内部的草稿,因为神圣弥撒举行期间,她不可能进来。那你们允许她进去了吗?"

"我们当然让她进去了。"列拉先生答道,下巴上的肉仍因气愤而颤抖着。"有办法拒绝这位小姐进入任何地方吗?再者说,她和她的父亲是我们信息搜集和宣传力量的一部分,不是吗?"

他们是的。他们当然是。我不得不点点头,高迪又接着问:

"菲奥娜小姐是单独一人进教堂打草稿的吗?"

列拉先生一刻也没有迟疑。

"一个为她的插图写新闻的记者陪她一起进去的。"

高迪和我不约而同地对视了一下。

"毫无疑问是个面色苍白、长头发、长得女性化的年轻人。"我的朋友说,他的话让我的胃立刻感到翻腾。

"就是他。"列拉先生的嘴角露出轻蔑的表情。"在我们的年代,如果一个年轻人敢把头发留这么长,当局无疑会把它剪了,再用几天牢狱来警告并训斥他。"

高迪试图露出友好的微笑,但他的嘴角几乎弯不起来。

"请给我们描述下这个年轻人带在肩上的包。"他请求老人道。

"一个黑色的大包,大概这个尺寸。"寒冷的冬日里,列拉先生用手在他浆洗得笔挺的胸前比画了一下。"您怎么知道这个年轻人会肩背一个包?"

高迪没有回答他,而是回头看着我,带着确凿无疑的表情。已经到了在那位老人面前使用我的地位和姓氏的时候了。

"列拉先生,我们必须中止神圣弥撒,并在一切都太晚之前立刻疏散教堂里的人。"我尽可能地用最坚定的声音说道。

老人的头不可思议地晃了晃。

"您说什么?"

"您听到我说的了。如果我们不现在就撤离教堂和周围的人,几百个无辜者的死就会永远背负在我们良心上了。"

列拉先生发红的脸微微变得苍白，但从我们对话一开始他就面带的不可思议的神情并没有改变。

"您知道您在请求我做什么吗？"

"我不是在请求您，我是在命令您。"我答道，"我母亲不在的情况下，我是国王安全的首要负责人。"

"不是这样的。您母亲不在的情况下，国王的安全变为由行动支持小组十名主要成员组成的委员会主管。而这个委员会的协调权则掌握在国王每一刻所访问区域的主要负责人手里。这片区域的负责人是我。因此，"老人突然目光强硬地看着我，总结道，"我有充分权力认为，卡马拉萨先生，您给我的提议完全是疯狂之举。"

"列拉先生，真正疯狂的是把数百人的性命置于险境，其中还包括一位国王，就因为害怕……"

我没有来得及把话说完。高迪的指甲用力掐进了我的前臂，让我不得不把话语权交给他。

"没时间了。"这是他说的全部内容。

接着，让控制广场进出的所有持枪警卫惊异的是，我的朋友开始没魂似的朝教堂主入口狂奔而去，他用一个斗牛中的闪身动作避开了此刻站在台阶下的唯一一个年轻人，就这样进入了海上圣玛利亚教堂，而小混混埃塞基耶尔一直跟在他身后寸步不离。

第四十五章

　　时至今日，我仍不知道我是如何让负责西班牙新国王安全的持枪警卫不要一枪放倒狂奔向教堂里的我的朋友的，我也不明白自己是怎么在高迪之后不久进去的，而且获得了列拉先生的承诺，即他的人不会在五分钟内进来抓我们。

　　但我记得在我终于穿过海上圣玛利亚教堂的门廊时，巴洛克式管风琴的音乐在教堂的每个角落回响，古老的音符似乎让空气更为黑暗，并让这个说到底只是一场充满政治和奉承意味的社会仪式充满了尊严和神秘感。我记得那天上午照亮教堂内部的灯光的质感和色调相当不真实，特别白，特别厚重，充满了彩色的光束和悬浮的灰尘颗粒，和我遇到维克多·圣马丁的那个下午笼罩在教堂里的昏暗很不相同。我记得我想起了那个下午，犬牙被杀的那个下午，我在警察局对拉韦利亚警官做声明的那个下午，而现在一切似乎都有了新的意义：圣马丁看到我出现在教堂时的极度紧张，他在听到我提及菲奥娜时的反应，他出现在圣玛利亚教堂这件事本身。我记得国王、他邀请的客人们，以及负责主持这场仪式的众多主教、牧师和侍童只占据了教堂中央大殿前三分之一的空间，所有人都拥挤在主席台和围绕祭坛的新凳子上，教堂其余部分就像被流放的国王的宫殿一样空无一人。我还记得，当我终于在中央大殿那片八边形立柱组成的美丽柱林间看到高迪和埃塞基耶尔时，他们俩都跪在一包连接着一个看起来颇具威胁性的装置的炸药卷前。

"一个贴着导火线的定时器。"高迪悄声说，几乎没有抬起头看我，"那边、那边和那边还有三个。"他用没戴手套的手指了指，在我看来像是随意一指。他补充道："他们几乎没费心掩饰。就贴着柱子盖上了类似石块的罩子。"

我看着埃塞基耶尔两脚之间的被处理过的石膏模型，心想，这些就是维克多·圣马丁包里的东西——炸药卷、遮盖物和定时用的小装置。如今，在这些指针上寄托着我们的未来。

"我们有多少时间？"我用细若游丝的声音问。

"我希望是足够了。"高迪用小指尖指了指定时用的奇怪手表的前盖，"如果我们的朋友不犯任何计算错误，并且那四个定时器是被设置成同时启动的话，我们在被炸成碎片前还有十多分钟。"

我咽了咽口水，克制住了人生第一次想画十字祈福的冲动。

"那么是真的了。"我轻声说，"菲奥娜和圣马丁。"看到我的朋友没接话，我接着问："那现在呢？"

"现在，您就祈祷在这最糟糕的时刻埃塞基耶尔的手没有颤抖吧。"

小混混立刻举起双手，在垂直面上展示给我们看。手上有污渍、痂和各种茧子，但就是没有颤抖。那个动作表示，听凭他这个小偷修长灵活的手指摆布的四个定时炸弹还不足以让他紧张。

"淡定，G 先生。"他说着把右手伸进衣袋，拿出一个已经生锈的、样子丝毫不能让人淡定的指甲剪，"这是小事一桩。"

"你确定你懂……"

埃塞基耶尔瞪了我一眼。

"闭嘴，学生。"他命令道，"现在这里由我来指挥。您去和 G 先生一起，帮他去掉炸弹外面的罩子。"

高迪把右手短暂地放在男孩的后颈，接着站起身，快速朝刚才指给我看的三根柱子中最近的一根走去。

假石块状的遮盖物的确就在柱子的内侧低处，朝着大祭坛。这个手法或许不是很精致，但那块盖着炸药卷的、上了色的简单石膏不论颜色、质感，还是摆放的位置都相当成功，只有刻意地寻找才会发现它。

"这些是您在模型里标记出的柱子。"我说出自己的猜测，"菲奥娜把您的讲解记录下来了。"

"她照相般的记忆力。"我的朋友轻声说，坚定地紧握着刚才已经帮他卸下第一个遮盖物的刀子，"这记忆力以前给她惹过麻烦，现在坑害了您和我。"

我在高迪身边弯下腰，观察了几秒他的动作。他的手在坚硬的石膏上操作，像演奏肖邦的波罗奈兹舞曲的钢琴家一样慎重；他那已经发白的刀刃沉入石膏里，就像外科医生的手术刀插进待解剖的尸体里一样。

"您什么意思？"我终于问道。

"画着安德鲁房间的那幅画。"他答道，"毫无疑问，在警察收走您父亲的香烟盒前，菲奥娜小姐已经去过那个房间了。她那时看到的场景清晰地刻在她的视网膜上，这是她一直引以为傲的过人之处，这种能力让她可以凭记忆为报纸画插图，而不用在现场对着真实场景画仔细的草稿。菲奥娜小姐把公主街的犯罪现场记在脑子里，那时您父亲的香烟盒还在地上，等待着被警方发现。接着，几小时后，在把这场景从记忆转移到纸上时，她忘记把这唯一一处错误的细节去掉了。香烟盒已经不在现场了，却依然留在她的眼中和记忆里。"

我思索了一会儿这番话。

"但是菲奥娜什么时候在安德鲁的房间呢？"我问。

此刻，高迪手中的刀正拨弄着的石膏罩子被打开了，让我们看到了里面恐怖的内容。五卷炸药卷，它们的导火线都被串联起来，还有一个定时器贴着一个类似汽灯灯嘴的东西。

"菲奥娜小姐去安德鲁房间放下您父亲的香烟盒并拿走文件夹，

接着把它藏到您父亲的书桌里。"高迪说着小心翼翼地把装置放在地上,然后站起身。"还有那儿。"

我跟着高迪来到他手指指的另一根柱子面前,与此同时,埃塞基耶尔来到我们刚离开的柱子那儿,嘴角挂着骄傲的微笑。我明白了,他的第一个测试通过了。现在还剩三个。

"但是那天菲奥娜整晚都和我们在一起。"我们俩弯下腰靠近贴着柱子的石膏罩子时我反对道,"我们俩知道她不可能杀了安德鲁。"

"她没有杀安德鲁。"高迪点点头,"在安德鲁死的时候,您和我为她提供了完美的不在场证明。"

"所以呢?"

"那天晚上,菲奥娜小姐的任务不是谋杀安德鲁,而是让警方相信是您父亲杀的。"这时高迪的刀尖从涂了色的假石块上滑脱,落到圣玛利亚教堂铺了瓷砖的地面上,发出一记噼啪声,在我听来仿佛玩具手枪的射击声。突然几颗汗珠出现在我朋友的额头上,但他的右手毫不颤抖地又继续工作起来。"我们以前就知道,某个能进入您家中的人参与了这起旨在把您父亲从负责国王来访安全的位子上弄走的阴谋。现在我们知道这个人是谁,是怎么做到的,以及为什么这么做了。"

我思索着高迪这最后几句话,并把视线从他的操作上移开,我看到神圣弥撒依旧在祭坛周围进行着,似乎没有一个人注意到在教堂后半部的柱子间走动的奇怪人影。我心想,没有什么比一位国王的现身更能吸引一百多名朝臣和这些教会人员的注意力了。

"所以,菲奥娜那晚在和我一起回到格拉西亚区后又回到市区。"我推测道,和之前一样小声,"她去了已经被她某位同伴杀害的安德鲁的房间,拿走老人的文件夹,用我父亲的香烟盒取而代之,再次回到格拉西亚区,偷偷溜进别墅主楼,把文件夹藏在我父亲的办公室,接着回到农家小屋上床睡觉,没让任何人听到动静。"我短暂地停顿了下,"是这样吗?"

"菲奥娜小姐是个谨慎的女人。"高迪点点头,"如果昨晚她能进入您母亲的房间,在她的水杯里加入几滴吗啡,同时让您和我与她自制草药的药效做挣扎,我不觉得安德鲁被杀那晚她做不到所有这些。她的动机很强烈,一个有动机的女人有能力办到任何事。"

"她的动机是把我父亲关起来,让他远离负责国王安全这项职能。"

"她的动机,还包括让您的母亲和您在父亲被关押的这段时间顶替他。让这项职能留在您家中。这样,所有安排都逃不出她的眼睛和耳朵。"

我咬了咬下嘴唇。

"那她昨晚对我母亲下毒的动机是什么呢?"

高迪发出满意的哼声,他已经把第三块石膏做的遮盖物拆了下来,再次站起身。

"我想,是避免她和其他出席仪式的人一起被炸飞吧。"我的朋友用蓝色的大眼睛看着我,眼神难以看穿,"哪怕是决心摧毁一座百年历史的教堂并炸死几十位社会名流的恐怖分子,似乎也有不敢跨越的红线。"

我再次咬了下嘴唇。

"昨晚对我们下毒,今早把我们关在屋里……"

"正是如此。"

这时,埃塞基耶尔像阿马里亚监狱未来的服刑人员般蹦蹦跳跳地来到我们身边,他两手各拿着一包炸药卷,两条眉毛淘气地故作惊恐状,嘴里叼着已经帮他赢得我的钦佩的奇异多功能指甲剪,仿佛叼着一支金属香烟。

"您帮我收着吗,学生?"

"那是我的荣幸,埃塞基耶尔。"我说着咽了咽口水,试图重新理顺高迪刚才揭露的事。我接过男孩递给我的炸药卷,把它们放在我的大衣口袋里,然后也把右手放在他的后颈上,就像刚才高迪那样。"请允许我告诉你,你在完成一件不可思议的工作。等这一切都结束了,我承诺找一天邀请你去我家吃午餐。"

"您是想说,如果我没有手一抖,让我们所有人都灰飞烟灭的话。"

我悲伤地笑了笑。我就是这个意思,没错。

我们留下埃塞基耶尔继续让第三块表失效,前往寻找第四个石块状覆盖物。这一个所在的柱子离出席神圣弥撒的人坐的最后一排凳子仅相隔几米。高迪对我做了安静的手势,我毫不迟疑地听从了。我不会问更多关于菲奥娜,或是关于她神秘动机的问题了,也不会问为什么那个我们俩都爱过的女人——各自在不同的时间、以不同的方式、怀着不同的愿望爱过的女人——最终会成为卷入炸毁海上圣玛利亚教堂这种古怪预谋的人。

"你完全变了个人。"在我父亲被捕那天晚上,我对菲奥娜说过这句话,当时她让我看清了卡马拉萨家族——因此也是贝格父女——在巴塞罗那所从事的活动。

"你一点儿也不了解我",她是这么回答我的,"现在不了解。而且你也没资格评判我。"

直到那时我才明白了菲奥娜话中的真实用意。直到那时我想我才理解了那晚菲奥娜在我卧室的谈话、之前我们在农家小屋门廊下的对话,以及在她艺术工作室里拍摄照片时的交谈中所蕴含的意图。

即赢得我——或者说恢复我——对某项事业的支持,在其他情况下或许我本人会相信这项事业。

"我们离开这里吧。"高迪对我耳语道,把我从回忆引发的短暂呆滞状态中拉了回来,他手里拿着第四个覆盖物,额头已全被黏稠的汗水沾湿了。

我们在埃塞基耶尔刚好把第三个连通炸药卷的手表弄失效后来到他身边。他的脸庞依旧像三岁小孩那般红润,他嘴角的笑容快乐得仿佛会传染。如果良心不安带来的害怕、悲痛和幻觉没有让我的灵魂无可救药地黯淡的话，我或许也会微笑。

"在您的朋友们不耐烦之前把这个给他们。"高迪说着把埃塞基耶尔刚交给他的已经无害的炸药卷递给我，"告诉他们我们马上把缺的最后一个给他们。"

"您确定没有别的了吗？"

我的朋友摇摇头。

"菲奥娜小姐原原本本地按照我模型里的标注安排的。"他说，我不知道声音中是否有一丝悲伤的骄傲，"这四根柱子一旦被拿掉，就会导致祭坛和教堂中央部分倒塌，她正是让人把装置放在那四根上。我指给她看过可以让倒塌更彻底的另外三个点，但她并不关心。我已经核实过了，没有别的爆炸装置了。"

"归根结底，菲奥娜是个热爱艺术的人。仍有几面墙挺立着的中世纪教堂胜过完全化作废墟的教堂。"我心想，但没有说出来。

"让我想想要怎么和列拉先生解释吧。"我轻声说着，把第三个炸药卷和前两个放到一起。

"别说细节。"

"我不知道如何能……"

"只告诉他，您母亲和您会在下一次小组会议时解释给他听。今天下午，如果您觉得合适的话，您和我可以跟您母亲谈谈，试图让她理解发生的一切。"

"您是想说，终于有一次是我们先明白事实了。"

高迪严肃地点点头。他就是想说这个。

"也请告诉他加强国王离开时码头的安保力度。"他补充道，"当我们的两位朋友看到他们的计划没有生效，愤怒或是绝望可能会促使他们诉诸不那么优雅的方式来了结新波旁国王的性命。"

直到那时我才决定问那个自从我们到了里维拉区就在我脑中萦绕的疑问。

"又或者，不是所有菲奥娜的同伴都像她一样，相信您关于教堂结构理论的正确性。"

我的朋友再次点点头。

"当我把我的作品展示给菲奥娜看时,安德鲁已经被杀了,而且几周前,如果不说几个月前的话,圣马丁就开始策划对您父亲的骚扰和攻击。"高迪说,"首先,《下午报》社的大火,无疑是作为员工的圣马丁放的;接着,暗示森普罗尼奥·卡马拉萨与大火有牵连的文章也是他写的;随后,那些伪造的读者来信,那些居心叵测的匿名信和公开针对菲奥娜小姐的攻击,目的无疑在于不让我们怀疑她和圣马丁之间有联系;最后,当您父亲的神经和耐心都快达到极限时,上演了《插图新闻》报社晚会上的那一幕。公开的互相威胁,故意让您父亲袭击安德鲁,从而在时机到来时,让人觉得不论凶手的身份还是动机都确凿无误。"高迪短暂停顿了一下,以便观察埃塞基耶尔指间的动作,只见他的手指像纺纱工的一样灵活,在连接着炸药卷和定时器的电线结上舞动。"圣马丁决定让您父亲远离负责国王访问安全的职位时就应当已经准备了他自己的袭击计划。那个计划最终被取代了,因为愚蠢的我向他的同伙提供了另一种无疑更精彩的想法,但或许他没有完全舍弃原计划。"

"您说得好像圣马丁和菲奥娜是唯一该对此负责的两个人似的。"我说。

"就我们所知,就只有他们俩。"

"那么,在袭击企图背后没有任何无政府主义者吗?"我不敢相信地问,"这一切背后只有一个女性化的记者和一个信仰革命的插画家?"

"我提醒您,我们对维克多·圣马丁一无所知。"高迪答道,他的声音在教堂四个角落传出的管风琴雷鸣般的音乐衬托下轻得几乎听不到。"正因为我们不了解,所以我怀疑这根本不是真名。明天,当您在行动支持小组的同伴们开始调查他的过往和履历时,我坚信他们只能遇到一个大谜团。我几乎可以肯定,他是这整个计划的大脑和执行

他 的 城 | 427

者。当我们帮菲奥娜小姐摆脱嫌疑的同时,他杀死了安德鲁;当他怀疑犬牙的证词可能会让他陷入困境时,他就结果了犬牙的性命;正如我们所知,不到一小时前他亲自在这里安装了埃塞基耶尔现在正善良地拆卸的爆炸装置。"高迪摇摇头说,"这一切都不需要第三者来完成了。只需一个安插在敌人内部的信息提供者,以及一个准备好为了不知什么革命理想让双手沾满鲜血的执行者就够了。"

我想了一会儿这些话。

"那么,是菲奥娜找到了安德鲁,并决定利用他把我父亲送进监狱的。"我指出,"那个老人自从伪造照片一事后对我父亲心怀的怨恨被圣马丁和她当工具利用,最终要了他的命。"

"当然,很久以前也是菲奥娜小姐告诉的圣马丁,关于您父亲在为新国王来巴塞罗那做准备的线索。"我的朋友点点头,"现在,请您在那些穿制服的年轻人变得紧张并把一切都毁了之前走出这里吧。"

我留下埃塞基耶尔在高迪专注的注视下愉快地破坏最后一个爆炸装置,走出了海上圣玛利亚教堂,怀里和衣袋里都塞满了炸药,心里因刚才看到和听到的一切而紧绷着,脑子里充满了令人心痛的疑惑。我越过大门门槛后再次暴露在了那天明亮的阳光下,我看到军人们把台阶围了起来,他们都手持武器,神情严肃,处于战斗状态,热切地希望向王权表达忠心。然而,他们中谁都没有露出调转枪口对准我或阻拦我的征兆,看来列拉先生很好地完成了管住他的人这项工作,同时等待着我完成我那部分协定。

"发生的一切是这样的。"我来到站在楼梯下的他身边,从口袋里掏出第一个炸药卷,开始了我的讲述。

当高迪和埃塞基耶尔终于拿着最后一枚定时炸弹的残余物出现在广场上时,列拉先生已经听我快速地讲完了所有事实,虽然他的脸因惊吓而变得苍白,但他已经以令人钦佩的敏捷布置好了旨在加强国王和随从离开教堂时以及在巴塞罗那的最后三小时的紧急安保计划。在从我们视线中消失前，这个好人还是同高迪、埃塞基耶尔和我依次握手，并轻声说出腼腆的感谢语。在一位年长的权贵口中，这感谢听着像真诚的悔悟。

"现在呢？"只剩我们三人时我问高迪。

我的朋友没有回答我，而是解开风衣的部分纽扣，从内袋里取出那个我看见他从农家小屋拿走的小皮匣。当他拉开拉链时，我看到里头只有一支钢笔、一支铅笔、一小块墨和两支明显属于菲奥娜的香烟。高迪拿起铅笔，又从裤袋里拿出一片皱皱的纸，开始在纸上迅速地写些什么。写完后，他把纸一折四，递给埃塞基耶尔。

"快去卡马拉萨先生家，把这个交给玛格丽特。"他对他说，"格拉西亚区马约尔街 16 号。玛格丽特。告诉她你是东尼派去的。如果那里的人不想接待你，别把拒绝当作回答。解释给他们听发生了什么。"

埃塞基耶尔攥紧了字条，就像是捏着一张合法获得的钞票，再次做出了他著名的致意动作。

"接着呢？"

"接着，休息一会儿。这是你应得的。"

小混混笑了。

"回头见，G 先生。"他说，"再见，学生。"

当他脏兮兮的身影逐渐消失在保护广场的安全线另一侧依然聚集的看热闹的人潮中后，我转身面对高迪，看到他再次把皮匣收在了风衣内袋里。

"给未来一个提示。"他在我还没来得及问任何事前轻声说，"至于字条，只是给您母亲的一个通知。"

"一个通知。"我重复道。

"我很怀疑不论菲奥娜小姐还是她的同伴今天上午还会敢出现在别墅，但谨慎些永远不为过。"

我点点头。

他的城 | 429

"现在呢?"我再次问道。

短暂的犹豫后,高迪挽起我的胳膊,开始朝广场的侧边走去。

"现在,"他说,"我们试着离开这里。"

第四十六章

当高迪和我来到费尔南多七世宫殿时，远处的贝伦教堂传来欢快的钟声。排字工人、女秘书、记者、排版工人、面带微笑的送口信的男孩和脸色阴沉的主编，一如往常的喧嚣让建筑底层的每一寸空间都充满热闹和生机。印刷机发出墨水和过热金属的气味，混合着机器操作工的汗味，混合着在磨砂玻璃墙后工作的女秘书的香水味，我想有必要指出还混合着那些为了卡马拉萨家族连续工作近三十小时没有休息过的男男女女抽屉里、废纸篓里和桌上的食物残渣的气味。堆得高高的《插图新闻》晨间特刊在大厅墙边等待着被走街串巷的卖报人领走，他们会在全市范围内售卖，直到全部卖光，或是直到报道国王离开的常规下午版取代它们。我拿起一份日报，心中明白那是菲奥娜为《插图新闻》画的最后的插图了，那是她为复辟大业提供的最后一次服务，就在几小时前她差点儿把这项事业炸得灰飞烟灭。

在大楼的二层，气氛几乎不比基层员工所占据的一层更轻松。我们沿着相互连通的走道前进时遇到的好几个主编都手里塞满了纸张，脸上写满了疲惫，所有开着门的办公室里都传来会计、总监、主要插画家、秘书主管的说话声，我之前从没听到过他们如此紧张的声音。

菲奥娜办公室的门也是开着的，但里面一个人也没有。她的桌子像往常一样，摊满了炭笔画的草图、被舍弃的印刷样张和往期的报纸，但不论她的画图本还是画图工具都不在了。钢笔、铅笔、墨、吸墨纸、尺和圆规的套装,这些以前总是在书桌右前方边缘排列的东西都消失了。

"我们料到会是这样了,菲奥娜打包走人了。"在我给他指出少了这些东西后高迪说。

"我们原本预料的不是别的吗?"

"我们继续碰碰运气吧。"

于是我们离开了菲奥娜的办公室,经过关着门的我的办公室继续向前,来到了马丁·贝格的办公室。他的门也是关着的。在我还没完成举起拳头、用指关节敲击锃亮木门的动作前,高迪已经抢先握住门把手,把门一下推开了。

震惊的马丁·贝格一下子从书桌上正在检查的纸堆里抬起头。

"什么鬼……"他用东伦敦的口音咆哮起来,他的发音如此含糊,我费了好大劲才听出他是用哪种语言咒骂我们的闯入。

"抱歉,贝格先生。"高迪打断他说,脸上完全没有因为发现他就在办公室而露出惊讶。"我们只是来告诉您,您女儿的第一次尝试没有取得好结果。"

接下来的沉默应该不超过五秒钟,我却感觉有永恒那么长。

"您说什么,高迪先生?"英国人终于问道,脸上是无可探知的表情。

"我说,贝格先生,您女儿和圣马丁先生对西班牙新国王的第一次袭击失败了。如果您能告诉我们是否应当让您老板的人为第二次袭击做准备,我们将非常感激。"

马丁·贝格勉强挤出一个微笑,我不知道那是不可思议还是鄙视的意味。他满是赘肉的脸转向我。

"可以知道您的朋友在说些什么吗,卡马拉萨先生?"

有那么一秒,我在心里问自己,如果高迪没错呢?如果马丁·贝格对她女儿的活动并不是完全不知情,不像直到那天早上才醒悟的高迪和我一样呢?如果菲奥娜没能把他也骗过呢?

"我们知道您知道,贝格先生。"我的朋友说,"卡马拉萨先生在安德鲁被杀后一天的晚上听到过您和女儿争吵。您知道菲奥娜在谋杀发生那晚从家里出去过。您知道她是唯一一个可能把安德鲁的文件夹放在森普罗尼奥·卡马拉萨办公室的人。"高迪短暂停顿了一下接着说,"当然,那天下午您也注意到菲奥娜在为报纸画的犯罪现场插图里犯下的错误,即安德鲁房间地上的属于森普罗尼奥·卡马拉萨的香烟盒。"

我明白,我的朋友用坚定的声音和冷漠的表情说出的最后这句话像是比其他话从更远处射来的一枪。然而,正是这句话似乎使马丁·贝格沉着冷静的面具终于破裂了。

"我不知道您在说什么。"他说这话的声音已经不像他自己的了。

"我不是在评判您,贝格先生。我理解,对女儿的爱应当永远胜过对老板的责任感和对一项从根本上说不是您的事业的忠诚。哪怕我们这里讨论的这位女儿试图给您的良心和姓氏都泼上血渍,即使您在未来一百世的善举都不可能洗刷。"

年纪、体重和良心的不安带来的沉重感让菲奥娜的父亲突然从椅子上站起来,绕过办公桌来到我们俩身边。有那么一刻我担心会发生暴力行为,但他做的全部只是打开高迪在进来后关上的门,让我们离开办公室。

"你们在这里不受欢迎。"他说。

"我想您忘记了谁是这家报社的主人。"那时我介入道,"我想您也忘记了您女儿将您置于的境地。您有两个选择,贝格先生。要么与我父亲的人合作,要么很快您会被关在阿马利亚监狱我父亲释放前待过的牢房。"

他红润脸庞中央的嘴唇明显地颤抖着。

"您应该为自己感到羞愧,卡马拉萨先生。"他含糊地说,"您没资格这样对我说话,也没资格这样说我女儿。"

高迪缓缓摇摇头。

"您完全没有在帮忙，贝格先生。"他说完开始朝菲奥娜的父亲为我们打开的门口走去。

"高迪先生。卡马拉萨先生。"

马丁·贝格用刚才他的声音和神情没能表现出的全部坚定关上了办公室的门。

高迪和我重新看到他应该是好多年以后的事了。

"您觉得他说实话了吗？"我们边从二层朝一层门厅走去，我边问我的朋友。

"我想他希望自己说的是实话。"他答道，"我不怪他。"

"我父亲是我拥有的全部"，我无意间听到她同马丁·贝格争吵那天的晚上菲奥娜亲口说的。直到现在听了高迪的解释，我才明白那次争吵是为了什么。

"菲奥娜是独生女。"我说，"她母亲在她还是个小女孩时就过世了。如果这一切是真的，那贝格先生刚才失去了他的整个家庭。"

"如果这一切是真的？"高迪重复道。

"有一部分的我依然对此不敢相信。"

我的朋友露出悲伤的微笑。

"昨晚，在将军花园，当我们在烟火表演结束后遇到菲奥娜小姐时，您妹妹说菲奥娜小姐有装扮成男人的习惯。是真的吗？"

这个突如其来的问题只让我惊讶了一秒钟。

"她喜欢为我的摄影做各种打扮。"我点点头，"您第一次参观我的摄影工作室时也亲眼见过一些拍摄成果。几乎总是艺术性的乔装：罗马时代的贵妇、森林里的仙女、中世纪的女仆。但有时菲奥娜也会为我装扮成一个年轻的绅士。这种变装对她来说不是新鲜事。"

"您是想说……"

"早在伦敦，她在去东伦敦街区时就不止一次地尝试过这种装扮。菲奥娜那时去的某些场所并不适合女士，因此她更偏向于以一个年轻绅士的形象前去。"

"一个红头发的年轻绅士。"高迪有力地说,"归根结底,您父亲的线人不是那么误入歧途。"

这个新的揭露没有让我感到惊讶。毕竟到那天的那个时候,已经没有什么可以让我讶异了。

"来到巴塞罗那后,菲奥娜去参加夜间活动时没有改变她隐藏性别的习惯。"我说。

"毫无疑问,这其中一些活动引起了您父亲渗透进这座城市革命团体中的线人的注意。一个长着红头发、淡色眼睛、皮肤白皙的年轻人行为可疑。因此,您父亲因看到我恰好在《下午报》起火那天出现在您生命中而深感不安,这就不足为奇了。"高迪补充说,"他让人调查我是对的。他唯一的错误是把这项任务刚好交给了菲奥娜小姐。"

从那时起,一切就这样发生了。

我们身后的高处响起了一个女人的声音时,高迪和我已经踏上连接一层大厅与二层的楼梯最后一级,于是我们停下脚步回过头。

"抱歉,卡马拉萨先生!"

那是一个三十岁左右的女人,个子高挑,魅力十足,穿着体现出《插图新闻》高级秘书特有的优雅与慎重。她站在我们刚走过的楼梯最高处,正向我们走来,她的眼神表明这是件紧迫的事。

"马丁·贝格的私人秘书。"我对我的朋友耳语,接着立刻露出友善的微笑,"早上好,戈尔切斯小姐。"

她来到我们身边,对我报以无可挑剔的职业微笑。

"有人让我把这个交给您,卡马拉萨先生。"她说着递给我一个紫红色的小信封,"我想是紧急的事。"

我接过信封,通过硬挺的触感立刻明白里面是一张拜访卡。

"谢谢你,戈尔切斯小姐。"

那个女人微微点了下头,做出转身退回二层的动作。

"抱歉,戈尔切斯小姐。"高迪这时插话道,并把右脚踏上楼梯的第一级台阶,"我可否问您,是谁请您把这个信封交给卡马拉萨先生的？"

戈尔切斯小姐看了看我的朋友，流露出不喜欢他干涉的表情。

"一位先生。"她答道，又向上走了一步。

"您是说，马丁·贝格。"

那个女人一秒也没有犹豫。

"一位先生。"她重复道。再次向我点头致意后，她终于把背影留给我们，顶着那无法打破的尊严的光环上楼去了。那光环同她着装的优雅与慎重一样，似乎是《插图新闻》所有高级秘书的自然属性。

我打开了信封，证实了这张拜访卡来自何人。

"维克多·圣马丁，《下午报》编辑。"它的正面如此写道。背面则以熟悉的字迹写着高迪、玛格丽特和我三个月前在另一张一模一样的拜访卡上看到的内容，"阿维尼翁街3号楼二层3号门。"

"怎么样？"我把卡片递给我的朋友问道。

他的眼睛不知出于惊讶、不安还是纯粹对即将发生的事感到激动而显得分外明亮，回答我说：

"我们似乎有了一个约会。"

阿维尼翁街3号楼的大门像往常一样半开半闭着。在通向大门的矮台阶上，坐着一个盲人，脚边放着一个盛硬币的小盘子。在我们经过时，那人的头抬了起来，就像一只嗅到大火味道的狗，他的嘴唇轻声说了句让人无法理解的祝福。我把几枚硬币丢到他的盘子里，我记得金属撞击金属的声音让他没了牙齿的嘴挤出一个生硬而变形的微笑。

和上次一样昏暗、尘土飞扬的门厅，低矮的天花板，墙粉剥落了的墙壁。楼梯扶手上有一层和上次一样油腻的薄膜。整座建筑闻起来和上次一样病态、被蛀虫和潮气吞噬，好似注定要被清算官下令推倒。

在二层，同一盏壁灯的火苗摇曳着，照亮维克多·圣马丁公寓半开半闭的门。

高迪把手掌放到有裂缝的木门表面,轻柔地推了开来。

"亲爱的们(亲爱的朋友们?)。"那时,一个我没料到会再度听见的声音和我们打招呼。

菲奥娜斜倚着照亮公寓客厅的唯一一扇窗户的窗台。上午的阳光精确仔细地刻画出了她身体的轮廓,也模糊了她脸上的细节。她的头发披着,手臂和脖子裸露着,一件简洁的淡色套裙里是丰腴的曲线。在她空洞的脸中央,我以直觉感到一双灰色的眼睛正带着读不懂的表情看着我们。

"菲奥娜。"心跳加速的我轻声说着缓慢朝她走去。

当我们之间只隔几米时,菲奥娜抬起右手要我停下。

"请你别再靠近了。"她说。又补充道:"我们有五分钟。"

"在圣马丁先生来找我们之前,我们有五分钟。"高迪解释了一下她的话,依然站在门槛处查看着室内,无疑是在寻找屋子主人现身或是活动的痕迹。

"在他来找我之前。"菲奥娜纠正他道,"亲爱的们,恐怕你们不是我们未来计划的一部分。"

高迪终于把门在他身后关上,也向客厅中央走了几步。

"那么,这是告别了。"他说。

菲奥娜点点头,让包围着她的美丽光影迅速随之改变。一束光照亮了她裸露胳膊上柔软的汗毛,并在她雪白的皮肤上突然引发红光和金光的跃动,我曾经在另一个世界里用笨拙而感激的手指爱抚过她的皮肤。一秒后,阴影又在她一动不动的身体上安顿下来。

"这是告别,因为是你们想要这样的。"她说,"如果可以由我来决定,这只会是对我们三个来说一个全新的开始。"

"您是想说对我们四个来说吧。"

在我的想象里,菲奥娜的嘴唇应该露出了满是英式嘲讽的微笑。

"我想我们已经可以以'你'相称了,安东尼。"她说,"在今天

他 的 城 | 437

上午我们之间发生的所有这一切后,礼节已经不适合我们了。"

高迪没有为那句话寻找可行的对答,而是又向窗前走了一步,几乎站在我右侧与我并列。

我有那么多想问菲奥娜的事,可是那一刻,我居然问出了最愚蠢的问题。

"你怎么可以做出这种事?"

她半秒钟都没有考虑就答道:

"你怎么可以做出这种事?"

"我?"

"你。你们。效力于一个国王。参与反共和国的阴谋,就为了换取一丁点儿钱财。忠诚的卡马拉萨家族。臣民卡马拉萨家族。"菲奥娜的声音在第二次重复我的姓氏时变得更坚硬了。"但愿你们的国王以你们应得的感激回报你们。"

我难以置信地摇摇头。

"我从来都不知道……"我刚开始说,菲奥娜就把我打断了。

"你从来都什么也不知道。"她说,鄙视之情就像醉汉的口水一样从她口中涌出,"你唯一在意的从来都只有桌上的一盘食物和口袋里的一把钞票。我祝你继承你父亲的衣钵,获得光明的未来。"

我不知道自己在做什么,也不知道为什么那么做,但我就是跨过了把我和菲奥娜隔开的那两米,搂住她的腰,生硬地把她拉向我,我从没有这样对待过任何女人。我记得她的肌肉非常紧绷,呼吸非常急促,脸上锋利的线条在远离窗户的那一刻终于能看清了。我记得我内心翻腾的愤怒和无能为力,为所发生的事感到的悲痛,以及因什么都不明白而感到极度压抑。我记得菲奥娜的眼神像凶手的匕首一样残忍而冰冷地刺进我的眼里,这眼神中有某种东西让我突然恢复了那时和她一起去东伦敦抽鸦片的地方时感到的恐怖和挫败感。

"菲奥娜。"我轻声说,就像那时她在追寻想象中的龙的旅程中变得毫无生气、毫无防备,身边都是栖居在腐朽之地的社会渣滓时我呼唤她的那样，"菲奥娜。"

她从我怀里挣脱后给我的耳光似乎让那些回忆全部重现在我的脑海。

"你永远别再碰我。"她含糊地说，"永远不要。"

我放下手，垂下头，朝前走了一步，来到菲奥娜刚离开的窗台前。两扇打开的窗户让一月的凉风和城市那片区域不知疲惫的嘈杂声传进屋里，然而这两重事实都不能改变我的意识，我坚定地认为那天早上发生的一切——在圣玛利亚教堂的冒险，那个全新的菲奥娜，那个全新的我——都只不过是菲奥娜前一天晚上让我们服下的草药的效果。或许在现实中这一切都没有发生。或许一切都是我受到毒品刺激后想象出来的。或许现在我依然和高迪躺在农家小屋的工作室里，吐着最后残留的胆汁，尿在身上，梦到龙和着魔的女人。

此刻，一声尖叫撕破了比阿维尼翁街和费尔南多七世街交叉口更远处的天空，但我们谁都没有在意。

"如果圣马丁先生通过某种方式强迫您做这些，我们可以帮助您。"我重新回到客厅里时听到高迪这样对菲奥娜说，"此时逃离他的影响还不算晚。不管他对您施加了什么掌控，我们一定可以用某种办法把它消除。"

这次我可以看清菲奥娜听到我朋友的话后露出的微笑，无须想象。

"圣马丁先生对我的掌控？"

"我们知道您试图破坏对圣玛利亚教堂的袭击。我们知道您试图用各种方式唤起我们对正在发生的一切的注意。您之前把香烟盒错画在安德鲁房间那幅画里。今天早上您把印有这张插图的报纸放在工作室地面的显眼位置，为了让我可以有第二次机会注意到这个错误。您用药让我们昏迷过去后又把我们关在工作室，用的剂量刚好让我们能及时醒来，注意到发生了奇怪的事。"高迪做出要走近菲奥娜的征兆，她立刻向后退了一步，离我更近了些。"如果没有这些您留给我们的

他的城 | 439

迹象，几百条人命就成为压在您和圣马丁先生良心上的负担了。还有您父亲的。"

菲奥娜摇摇头，表情中满是不可思议，不知是假装的还是发自内心的。

"请允许我作为朋友给你最后一条忠告，安东尼。"她说，"别再试着从别人的行为和意图看人了。你看得一点儿都不准。看我就更差劲了。"

高迪简短地点点头。两个长着红头发的脑袋在空荡荡的客厅中央对视。

从开着的窗户里再次传来尖叫声，但这次我们也没有注意。

"圣马丁先生和您在某次天真的无政府主义者的聚会上相识，您来到巴塞罗那后无疑经常去这种聚会。"我的朋友继续说着又向前走了一步，令菲奥娜又向后退了一步。"通过某种方式，圣马丁先生发现您是森普罗尼奥·卡马拉萨的员工，后者不仅仅是在这座城市拥有新生意的成功企业家，还是即将发生的君主制复辟阴谋的关键棋子。您对您老板所投身的事业发自本能的反对让您对圣马丁先生来说就像是天赐的礼物：接近敌方阵营核心的信息来源者。发现卡马拉萨先生正在安排的国王来访计划后，圣马丁先生就决定，那是像他一样自我被点燃的革命者实现梦想中的致命一击的机会——以值得纪念的方式弑君。但是，森普罗尼奥·卡马拉萨直接掌管国王的安保工作让圣马丁无疑在九月底就策划的不同袭击计划都很难成功，于是他决定以这种方式解决卡马拉萨先生，让他的权力被稀释，分散到好几个人手里，包括他的家人。这样，既严重削弱了国王此行的安保，又能确保您依然是线人，因为您有《插图新闻》高级员工和卡马拉萨家住户的双重身份。那时是您想起了爱德华·安德鲁，又或者是您去城市最卑微的区域办一些事情时与他偶遇了。无论如何，那时一个想法就在你们的脑子里成型了。圣马丁先生放火烧了他自己渗透进的报社，并开始了针对卡马拉萨先生的诽谤。在您的帮助下，他策划了安德鲁在

《插图新闻》晚会上的出现。他在您同我们待在一起时杀害了安德鲁,确保当红色文件夹在卡马拉萨先生办公室的出现,让我们认定家里有某人参与了这件事时,您有不在场证明完全摆脱嫌疑。当然,接着我为你们提供了一个比你们已经准备好的方案都更值得纪念的弑君方式。您那时就已经知道皇家访问会包括在海上圣玛利亚教堂举行神圣弥撒。因此您拜访我家的那天下午对我的项目那么感兴趣,并用您不可思议的记忆力把我在教堂受力模型里标出的那些柱子的布局都刻在了脑子里就不足为奇了。于是森普罗尼奥·卡马拉萨离开了核心圈,国王的安保工作交给了好心却不专业的拉维尼亚女士,行动支持小组没有了实际领导人物,您的父亲独自掌管《插图新闻》,而且您可以随意地在这场您下定决心要破坏的行动里自由走动,国王的命运早就注定了。"高迪的演讲到这里稍稍停顿。"或者说如果您没敢来寻求我的帮助的话,国王的命运早就注定了。"

菲奥娜非常严肃地点点头。

"棒极了。"她说着把右手放到头上快速拨了拨她的红头发。"我果然没有看错你,安东尼。你毫无疑问是我在这个城市认识的最惊艳的人。"

高迪向前走了一步,把两只手伸向菲奥娜。

她立即后退,现在她的背已经蹭到我的胸膛了,我把下巴埋进她的头发,而我的手不自觉地重新放到了她的腰间。

从街上传来的喊叫声越来越尖,越来越响,并开始伴着一种奇怪的、让人不悦的、但同时又意外地熟悉的气味,哪怕是菲奥娜头发的浓郁香味都不能让我忽略这个气味。

"让我帮助您。"高迪说,"让我们帮助您。"

菲奥娜转了一百八十度,她的脸正对我的脸。她灰色的眼睛,她白皙的皮肤,她颧骨和鼻子弯曲的轮廓。她饱满红润的双唇。她美妙的半月形的下巴。

"加夫列尔。"她说。

"菲奥娜。"

就在那时，公寓的门被打开了，门框里出现了维克多·圣马丁。

"先生们，我很抱歉打断这一刻。"他看着高迪和我说，没有血色的薄嘴唇上挂着让人十分讨厌的微笑。

我记得我看了看高迪，高迪看了看菲奥娜，菲奥娜先看了看我的朋友，接着看了看维克多·圣马丁，最后再次看了看我的朋友。我记得在她的嘴角，挂着一个我和她做朋友四年来从没见过的微笑。

"亲爱的，你所有的推理都完全正确。"她说着朝高迪的脑袋伸出右手，调整他一绺头发的位置，此刻他波浪状的红头发因为一上午的忙碌而乱糟糟的。"但是你所有的结论都惊人地错误。"接着她踮起脚尖，亲吻了一下我朋友的脸颊，补充说，"想想这一点。"

从开着的窗户飘进来的浓郁而熟悉的气味无疑就是烟了。街上传来的声音清晰地高喊着"起火啦！"

维克多·圣马丁嘴角的笑容也是让人不舒服且奇怪的。

"菲奥娜。"我说着把一只手搭在她裸露的肩膀上，感到了她如大理石般冰凉的皮肤，"你不必这么做的。"

菲奥娜转身面对我，再次踮起脚尖，重复了刚才对高迪做的动作。她也用指肚揉了揉我的头发，在我脸颊上吻了一下，呢喃道：

"我们会再见的。"

接着，她开始威严地缓缓朝门口走去，门框处维克多·圣马丁继续用他带着笑意的、女性化的、乌黑的鬈发下的脸观察着我们。

在那个年轻人的腰上，别着一把手枪，几乎没能被明显用于转移注意力的短外套的下摆掩饰，像极了我父亲被捕那天下午对着我妹妹瞄准了好几秒的那一把。

他的右手拿着一块皱皱的碎布，左手是一把湿润土地颜色的小型长钥匙。

"先生们。"等菲奥娜走到门口，经过他身边并最终从我们视线中消失后，他说。

他把碎布丢到地上后也消失了。

那时，从公寓窗户飘进来的空气已满是灰和出于害怕的吼叫声，并且闻起来和加努达街口起火那天上午兰布拉大街的空气一模一样。

"杂酚油。"高迪去门口捡起地上的碎布快速地闻了闻后说道，让我惊讶的是，圣马丁离开前都不屑于把门锁上。

看来他这么不在意我们，我心想。他对他自己的安全这么有信心。或者说他的手枪给了他这么强烈的自信。

当因大火而激动的人群的高喊声掺杂进第一辆消防车的铃声时，高迪和我正穿过阿维尼翁大街3号楼的大门，并准备好要确认我们已经猜到的事实，那就是被火苗吞噬的建筑不是其他，正是《插图新闻》办公室所在的宫殿。

"历史的终结吗？"我记得我问道。我看着所有那些熟悉的面孔在费尔南多七世街上奔跑，往兰布拉大街去寻找安全之所。记者、插画家、主编、送口信的男孩、印刷机的操作工人、高级秘书，所有人都只穿着长袖衬衫，头上没有戴帽子，非常惊恐地躲避着吞噬办公室的火苗，《插图新闻》报社刚刚在火焰里的魔力中化作了巴塞罗那的历史。

我也记得高迪没有回答我，而是一口气吹走了他右肩的灰，接着生硬地把双手插进风衣口袋，脸上的表情仿佛突然感受到一丝凉意沁入脊髓。

第四十七章

我让母亲和妹妹各自沉入安全的梦乡后,再次离开格拉西亚区的别墅,那时已过晚上十点了。一下午没停的冰冷细雨给马约尔街路面盖上了一层由泥土、灰尘、落叶、动物的排泄物和工业垃圾组成的容易让人打滑的覆盖物,我有好几次差点儿脸朝下摔倒。晚上七点,当高迪不自在地参加了行动支持小组所有主要领导人为他举办的感谢仪式后独自走过这同样一段路时,街灯几乎不能在贴着地面飘的浓重烟雾里开辟出几寸光明。现在,浓雾升高了些,但能见度还是那么低,人与其说在走路,不如说感觉在泥泞的河底摸索前行。在对角线街街口,离拉蒙·阿拉德伦家豪宅的铁栅栏几步远的地方,我终于叫停了开往警局的最后一班有轨马车,并在一排排空荡荡的座位间坐下。

那时候,没有来来往往的车辆和行人堵塞格拉西亚大道的交通,我们的马儿只用十分钟就到达了加泰罗尼亚广场的第一个拐弯处。我们绕着广场逆时针方向走,把卡纳雷特斯喷泉留在身后,快速沿兰布拉大街往海边驶去。前两天让这条路生机勃勃的喧嚣已了无踪影,现在的兰布拉重新变成了夜间活动的鸟儿的庇护所,它们等待着太阳升起或是警卫们的打击乐再次把它们驱散。我在科梅迪亚斯广场下了车,向医院街走去,无可避免地想起了第一次去现在所去之处的那个晚上。皇家广场上,军乐队演奏着老旧的爱国歌曲,君主制和共和制的支持者激烈地争吵,我在医院外墙边因醉酒而呕吐。"我们每个人都患有爱之疾。"老头对我说。塔贝山的门关着。我第一次看到了老女人、女孩们、奇怪的舞女和神秘的G先生。

这一次，没人为我打开剧院门。我按了按蛇头形状的门铃，等了一会儿却是徒劳。几分钟后我又重复了按铃的动作，得到的还是同样的结果。那天晚上，医院街寂静得能听到流浪猫的爪子在潮湿的石铺路面上小心行走的声音。我明白了，今晚塔贝山没有演出。今天不会有扭动的肉体，也不会有起修复作用的草药。充斥着工厂和车间的巴塞罗那新城不会有非基督教的古老仪式。塔贝山不是高迪选择来舔舐伤口的庇护所。

回到兰布拉大街的途中，两个妓女上前攀谈，她们的提议下流得无法形容。皇家来访的落幕也把巴塞罗那的大街小巷还给了它们真正的主人，我心想，并离开那两个不幸的姑娘，避开睡在里世奥剧院门口的一圈乞丐。依旧悬挂在中央步行道的树冠上的花环和小彩灯现在看来那么不合时宜，仿佛是很久以前的、埋在记忆深处的事了，又像依然充满了强烈燃烧气味的空气一样没有意义。兰布拉大街上所有建筑阳台上的旗帜，外墙上的海报，窗户上的湿润花束，这一切也是明天早上就几乎什么都不剩的奇怪梦境的些许痕迹。

在船厂大楼附近，我绕着庞大的军营和军火库走，把警局抛在身后。它透着光的窗户让我想起阿韦拉多·拉韦利亚，后者又让我想起我的父亲，他虽然还被关在阿马利亚监狱的牢房里，但很快，只要上帝和国王不为难，他就能从他的这场噩梦中醒来。

一小支预备队士兵没精打采地守卫着圣马德罗纳门的两侧。我在经过他们身边时把手放到帽檐，同他们道了声晚安，但他们中只有一个回应了我。走到码头时，我立刻明白了十分钟前在兰布拉大街上就该注意到的事：权力的交接已经完成了。在下午两点整举行的皇家船队启程离开的仪式后，挤满码头的荣誉市民已经把这个地方的掌控权还给它真正的主人了，即由冷漠的工人、恶劣的小偷，以及手上沾满鲜血的罪犯组成的国际公民们，此刻他们正看着我穿过他们的领地，

他的城 | 445

就像猛兽窥伺着注定的猎物。

　　当我终于来到奥里奥尔·科梅利亚的仓库时，雨又开始下了起来。门半开着，里面透出微弱的红色和橙色调的光。在我走到仓库主库房的短短五秒钟里，对又一场大火的恐惧让我的心脏剧烈收缩了一下。接着，老人那座无与伦比的想象之城再次呈现在我眼前，我看到了巨型模型四周燃烧着的火盆，以及模型里摆放的好些油灯，还有铜、石头和玻璃制的建筑本身发出的光亮。

　　我记得雨从仓库天花板的许多裂缝里潜入，缓缓落在科梅利亚的城市上。

　　我记得老人正跪在一个火盆旁，手里拿着一大块椭圆形的铜片。

　　我记得跪在他身边的那个人是高迪。

　　我不知道我在那里待了多久，静静地从那座巴塞罗那城的边界外观察着我的朋友，那是他们两人花了好多年在废墟之中的仓库里建起来的私人城市。他的手灵巧又智慧。他的后颈低垂。他的眼睛迷失在某处。（"你们完全没什么好感谢我的"，那天下午在我家别墅主厅里，行动支持小组的成员们临时为他举行了感谢仪式，仪式最后高迪轻声说了这句话，他无疑是真心的。）十分钟过去了，或者五十分钟，又或者两小时，什么都没有发生。那两位先生依旧在为他们项目的某个微小细节忙碌，我也继续在阴影里的藏身之地静静地看着他们。直到雨终于不再从天花板落到奥里奥尔·科梅利亚的铜片与石块之城，直到火盆的烟开始在我们身边变得像雾一样浓密，直到那一刻我想我才终于明白我正在观赏的场景的意义。

　　于是，我走出藏身之所，找到仓库的门，开始独自向格拉西亚区走去。

　　这天晚上我梦到一切都没有发生。我从来没有回到巴塞罗那。我依然同我的父母、妹妹和菲奥娜待在伦敦，面前是有千百种可能的开放的未来。我从没有认识安东尼·高迪。一切都是我奇异的神志错乱，怪诞的幻想，用上辈子读过的烂书里的碎片缝缝补补的故事。塔贝山那些红色的窗帘，港口那些肮脏的码头，火海中的费尔南多七世宫殿，这些都是一个关于鬼魂的故事中的场景，所有恐怖随着最后一句话音落下而消散不见。这就是我那天晚上的梦，一件不可挽回的事都没有发生。就像在学校院子里玩游戏一样，只要从一数到三，我们往常习惯的生活就会重新开始。

第二天早上，卧室门响起三声干涩的敲门声把我叫醒，还有人轻声喊我的名字，我这才重新忆起确实有事发生了。

"加夫列尔。"

过了好几秒，在门边看着我的女性身形才摆脱了我的梦境试图投射在她身上的不现实的外衣——裸露的脚踝，纤细的腰身，浓密而有光泽的红头发——显出妈妈拉维尼亚熟悉的特征。

"妈妈。"我呢喃道，在床上翻了个身，让眼睛感受从百叶窗缝隙里透过来的光线，"几点了？"

母亲没有回答我的问题，只说了三句话，就让我立刻清醒了。

"警察来了。他们希望你和他们去警局。别让他们等你。"

五分钟后，我换好衣服梳洗完毕，下到客厅，看到母亲和妹妹陪着卡塔兰警员。身边没有拉韦利亚警官后，这个年轻的警察现在看起来——又或许他一直就是这个样子——没比我大多少，强壮，没什么胡子，他穿着制服、腰间配着枪的样子极度缺乏自信，就像一个服装和配饰的穿戴极不合适的演员。看到我出现在楼梯上，他旋即立正，朝着我微微点了点头。

"抱歉麻烦您，卡马拉萨先生。"他同我打招呼，但语调中有些许他的上级特有的油滑，"拉韦利亚警官请您去趟警察局。我们需要您帮助我们辨认。"

"他们找到了一具尸体。"这时玛格丽特插嘴道，用力抓着我的胳膊，用特别苍白、特别严肃、特别成熟的表情看着我，和昨晚当高

他的城 | 447

迪和我向她和妈妈讲述随着《插图新闻》办公室没入火海而告终的所有奇特事件时的表情一样。"昨晚。在老城堡。他们希望你辨认一下身份。"

玛格丽特无须多言，我明白她的脸色为何如此苍白了。

我回头看向卡塔兰警员，凝聚了我所有的镇定，问道：

"为什么是我？"

"是拉韦利亚警官请求的。"

我摇摇头。这不是我寻求的答案。

"是一具男人的尸体吗？"

"我没有被授权告诉您这点。"警员微微扬起下巴。"我很抱歉。等我们到达警局后，拉韦利亚警官会给您提供所有信息。"

我不再坚持。吻了吻玛格丽特的额头，松开她的胳膊，看向母亲。

"我会尽早把发生的事告知你们。"我说着朝通往别墅大门的小路走去，"你们别担心。"

我想我从没有经历过比那天早上卡塔兰警员和我去警局一路更漫无止境的旅程。坐警车从格拉西亚区的别墅到海洋城墙应该只花了短暂的半小时，却让我觉得比和家人一起数次坐火车穿越数百千米从加来港①到比利牛斯关从而回到巴塞罗那的旅程还要漫长。当车终于停在警局墙边时，我的大脑已有充足的时间估量我现在的处境意味着的几种可能。那个把我父亲关在阿马利亚监狱里的叫作阿韦拉多·拉韦利亚的男人，那个试图用尽一切办法把父亲的命运终结在邪恶的绞刑用铁环的犬牙间的男人，现在要求我来警局确认一具昨晚在老城堡发现的尸体的身份，要知道那是个只有罪犯、妓女和在拆毁的堡垒废墟里寻觅颠茄根的瘾君子才会常去的地方。我也不得不向明显的现实投降——不管那让我感到多沉重——实在没有合理的理由对玛格丽特脸

---

① 位于法国北部，是离大不列颠岛最近的港口。

上的苍白和妈妈拉维尼亚在与我们告别时丧葬般的严肃视而不见。接着，妹妹在陪着卡塔兰警员和我去栅栏门时对我说的最后的话，让我胃部深处顿时生出了空荡荡的感觉。

"是东尼，对吧？他破坏了他们的计划，现在他们来找他报仇了。"

费尔南多七世宫殿大火的气味依旧飘浮在兰布拉大街靠海段的空气中，现在混合着盐、海鱼和在海洋城墙另一边经营的各种生意散发的难闻气味。因此，能把木轮大推车和流动摊贩一贯的忙碌丢在身后倒也是解脱，我走进警局大楼，在这里笼罩一切的氛围和往常一样，依旧纯粹是绝望的人性。

卡塔兰警员和我穿过好几条狭窄昏暗的走道，直到来到一个几乎不足五平方米的房间，这里无疑是一间旧牢房，里面只有一把椅子和一张木桌。

"警官马上来找您。"

只剩我一个人后，我在桌前坐下，再次开始整理那个简单拼图的碎片。

昨晚我在科梅利亚的仓库看到的场景。高迪在那个铜片和石块做的荒唐模型边工作时的面部表情。从他低垂的后颈可以看出的挫败感。

尸体是几小时前在老城堡被发现的。

我现在被叫来警察局。

这些拼图的碎片所描绘的图景不可能错。

"卡马拉萨先生。"几分钟后拉韦利亚警官说道，他矮胖的身体从牢房门口探出来，"非常感谢您能过来。"

我站起身，握了握那个矮小男人向我伸出的手，沉默地跟着他走过了一连串无尽的走道。我们下了几段楼梯，把通往牢房的双重大门留在身后，穿过了由脸色阴沉而蜡黄的警察看守的关卡，终于来到了停尸房的入口。拉韦利亚警官握住把手重重地把门推开了。

他 的 城 | 449

"这对您来说不会很愉悦，卡马拉萨先生。"他说道，"但您和您的朋友是唯一能帮助我们的人。"

我还没来得及完全吸收他最后一句话的意思，停尸房的门就被打开了。潮湿的阴冷立刻从房里传出，让我全身的汗毛都竖了起来，但我还是向前走了几步，进入房间。房间的三面墙壁旁摆放着许多桌子，原本就在里头的两人在其中一张桌子上方侧身查看。几乎所有桌上都盖着白色的脏床单，但依然掩藏不住在它们的庇护下安息的悲伤的人形。那两人在查看的尸体却没有被床单盖住。黑色的短皮靴，塔夫绸的浅色裙子的褶边，伸展到臀部的裸露的胳膊。我所站的位置让我没法从那两个弓着身子的人肩头看到那具女性尸体的其他细节，但不论是那双熟悉的靴子还是前一天上午我的手抚摸过的裙子，都让我对尸体的身份没法抱有任何怀疑。

那两个观察着菲奥娜遗体的男人一个是卡塔兰警员。

另一个是安东尼·高迪。

"亲爱的朋友。"我轻声说着走向他，整个身心都因从没体验过的复杂情绪剧烈收缩了一下，"亲爱的高迪。"

高迪回头看向我，他脸上的表情一样写满了奇怪。或许他在来警局的路上也以为我死了，我心想。或许他看到安息在那张散发着腐烂气息的桌子上的尸体不是我而是菲奥娜的瞬间感到一丝宽慰，并为此感到羞愧。又或者他所羞愧的是恰恰相反的事。

"看看这个，卡马拉萨。"他就说了这一句话，同时远离了桌子，无视了我来到他身边时流露出的要拥抱他的意图。

于是我把半抬着的手臂放了下来，回头看向菲奥娜的尸体：她的短皮靴，她塔夫绸的裙子，她英国人特有的苍白皮肤，我的胃脏深处有某种东西又开始翻腾起来。

躺在那张桌子上的尸体不是菲奥娜。

而是维克多·圣马丁。

"我只需要您也辨认一下尸体的身份，卡马拉萨先生。"拉韦利亚警官在我身后说道,他的声音穿过我身体周围刚形成的一片真空微弱地传来。"高迪先生已经这么做了,但我们需要第二个人来辨识身份,以便签署死亡证明。"

我先看看高迪,再看看拉韦利亚警官,接着是卡塔兰警员,最后再次停留在维克多·圣马丁的遗体上。

尸体的双目圆睁,脖子被砍断了。

尸体的嘴唇被染成了红色。

尸体穿着女人的衣服。

高迪和我绝不是菲奥娜在那段冒险中唯一利用过的两个男人。

"维克多·圣马丁。"我证实道,"不过他穿着高迪和我最后一次看到菲奥娜·贝格时她穿的衣服。"

拉韦利亚警官满意地点点头。当他走到我左侧再次观察尸体时——这尸体是一位记者,或是一位无政府主义者,或是维克多·圣马丁生前真正的身份——他长满了麻子的脸似乎换上了奇怪的健康色调。也许那才是适合阿韦拉多·拉韦利亚的地方,我心里模糊地想。或许一个停尸房是新的君王能为一个像他那样的人保留的最好职位了。

"贝格小姐无疑在他们逃离巴塞罗那的途中和他交换了衣服。"他说着用食指尖摩擦菲奥娜裙子精良的布料,"当然,是在老城堡的草木丛中把他的脖子砍断之后。"拉韦利亚警官的食指往上挪到裙子宽大的领口处,把领口向下拉。在圣马丁裸露的胸前皮肤上出现了一小块黑色的文身。"您也看不穿这个的意义吗?"

我看向高迪,证实他的眼睛躲避着我的目光。于是我明白,在这件事上我不能指望他。决定权在我。于是我再次望向文身,在心里从一数到五后才给出了显而易见的回答。

"一条龙。"

"一条龙。"拉韦利亚警官表示赞同,"这我们已经知道了。一条内部有一个字母的龙。有什么想法吗?"

他 的 城 | 451

我自然地耸耸肩，这至少是我试图达到的效果，同时大脑高速运转起来。

"一个简单的源于东方的文身。"我答道，"好多他们这类人都会文在身上炫耀。毫无疑问这会帮助你们发现维克多·圣马丁究竟是何许人也。"

拉韦利亚警官缓缓地摇摇头。

"不是一个文身。"他说，"是一幅画。您的朋友贝格小姐在死者皮肤上用墨水画的画，当然，关于作者是谁这一点只是我的推测，但我想是非常合理的推测。"他响亮地咂着舌头，再度用他石鸡捕猎者般敏锐的眼神看着我。"或许是给你们的一条信息？"

我再次倾身到桌子上，观察菲奥娜画在圣马丁皮肤上的图案，直到几分钟以前，我都以为菲奥娜会在这个年轻人的陪伴下逃到这个星球某个遥远的地方开启新的生活。

一条威严的巨龙，被捕捉到的是在空中翱翔的姿态，与菲奥娜丢弃在农家小屋工作室的画纸上的龙一模一样。

这龙的笔触就是菲奥娜的绝不会错，在它的腹部写着的唯一字母也绝不会错，那是大写字母 G。

一条转瞬即逝、注定会消失、画在死去肉体上的龙，就像菲奥娜在那最后一条讯息真正的收信人心中和脑中种下的梦一样。

"如果是给我的消息，我很抱歉告诉您我没办法破解它的含义。"我肯定地说，我没有撒谎。"高迪您呢？"

我的朋友听到我说出他的姓氏，便把视线从维克多·圣马丁被羞辱的遗体上抬起来，终于看向我的脸。他蓝色的大眼睛让我觉得比以往任何时候都更加无法探知。

"我已经对警官说了。"他轻声道，"不管贝格小姐还是她的父亲都没有任何信息要传递给我。"

阿韦拉多·拉韦利亚轻轻松开了菲奥娜裙子领口的皮筋，龙形图案再次消失在奶油色的塔夫绸布料下。

"既然如此,我就不继续打扰你们了。感谢你们的合作,先生们。但愿您父亲能很快获得自由,卡马拉萨先生。"警官补充道,在同高迪握手后他也向我伸出手,"不管最近这三个月里我们之间发生了什么,我希望您知道我从来都是祝福您全家的。"

我坚定地握住拉韦利亚警官的手,并把此刻我内心所有的冷漠都表现在微笑中。

"我从没怀疑过,警官。"我对他说,"我的全家懂得恰当地报答您的好意,对此我也不怀疑。"

这就是全部对话了。

五分钟后,我们来到大街上。当我们把船厂大楼抛在身后,朝城墙步行道走去时,我挽起高迪的胳膊,等待他先开口。

"在某种意义上,菲奥娜小姐打扮成年轻绅士离开巴塞罗那是合适的。"过了一会儿高迪说,我记得他的目光迷失在步行道右侧不断倒退消失的桅杆里,"毕竟在这座城市,她没有一天不是带着某种伪装度过的。"

我没有赞同他公正的评论,而是向高迪提出了那个自拉韦利亚警官在我眼前揭开维克多·圣马丁胸前的衣服起就占据我内心的问题。

"这条龙意味着我们会再见到菲奥娜?"

而高迪所有的回应,就是把另一只空着的手抬到没有戴帽子的头上,把刚被北风吹乱的一绺红头发在额前整理好。